10
18

12, AVENUE D'ITALIE. PARIS XIIIe

Sur l'auteur

Jonathan Tropper est né et a grandi à Riverdale, dans l'État de New York. Son premier roman, *Plan B*, a paru aux États-Unis en 2001. *Le Livre de Joe* est actuellement en cours d'adaptation pour le cinéma par les studios Warner. Jonathan Tropper vit aujourd'hui à Westchester (New York). Il a signé depuis deux romans : *Tout peut arriver* (Fleuve Noir, 2007) et *How to Talk to a Widower.*

JONATHAN TROPPER

LE LIVRE DE JOE

Traduit de l'américain
par Nathalie PERONNY

10
18

« Domaine étranger »

dirigé par Jean-Claude Zylberstein

FLEUVE NOIR

Titre original :
The Book of Joe

Published by Bantam Dell,
a Division of Random House, Inc., New York.

ISBN : 978-2-264-04508-9

Pour ma fille, Emma Yetta Tropper, dont l'amour et les éclats de rire me régénèrent chaque jour, et à la mémoire de la grande dame dont elle porte le nom, Yetta Tropper, qui ne pouvait s'empêcher d'illuminer une pièce de sa présence en y entrant, tout simplement.

REMERCIEMENTS

Merci :

À ma famille : ma femme, Lizie, qui tolère mes écarts d'humeur créatifs, emmène les enfants en escapade dominicale pour que je puisse écrire, et n'a jamais douté que je finirais par trouver la bonne maison pour ce livre. Mes parents, qui m'ont soutenu et encouragé dans mon travail d'écriture bien avant que je leur donne la moindre raison de le faire. Spencer et Emma, qui remplissent ma vie du chaos parfait de leur amour, et sans qui ce livre aurait été achevé tellement plus vite.

À Simon Lipskar, mon formidable agent, ma caisse de résonance et ma conscience littéraire. Il s'enthousiasme en mon nom, se fout en rogne en mon nom, et c'est génial, car il n'y a rien de plus ennuyeux que de s'enthousiasmer ou de se foutre en rogne tout seul. Merci également à Maja Nikolic, qui s'est occupée des droits étrangers, à Daniel Lazar et à tout le monde chez Writers House pour m'avoir tant chouchouté.

À Kassie Evashevski, mon agent cinématographique supercool chez Brillstein-Grey, pour m'avoir fait vivre quatre des heures les plus surréalistes et les plus grandioses de toute ma vie professionnelle.

À Abby Zidle, mon éditrice de rêve chez Bantam Dell,

si effroyablement cultivée mais délicieusement au ras des pâquerettes quand les circonstances l'exigent, et avec qui c'est un tel bonheur de travailler. Merci à toute l'équipe de Bantam Dell pour s'être mobilisée derrière ce livre avec tant d'énergie, et pour leur accueil chaleureux.

À Kelley Ragland, l'éditrice de *Plan B*, mon premier roman, et dont les précieux conseils m'ont aidé à améliorer celui-ci.

À Alan Arrick Stone – qu'il repose en paix –, décédé bien trop jeune le 7 juillet 1992, et à Steven Stone, qui a évoqué le souvenir d'Alan en ma compagnie lors d'un malheureux trajet nocturne en voiture entre York, Pennsylvanie, et New York City. Nous nous étions irrémédiablement perdus et avions fini par appeler à l'aide, mais nos discussions n'avaient pas quitté mon esprit depuis, et certains fragments se sont glissés dans ce roman.

À Aari Itzkowitz, qui est resté suffisamment au chômage le temps de relire mon premier jet, malgré l'absence évidente de Winston Churchill ou d'une guerre mondiale quelconque dans l'intrigue.

À tous mes amis et mes proches dévoués, qui me réclamaient sans arrêt ce livre. Le voilà. Maintenant, je vous en prie, fichez-moi la paix.

LIVRE PREMIER

Now a life of leisure and a pirate's treasure
Don't make much for tragedy
But it's a sad man my friend who's livin' in his own skin
And can't stand the company[1]

— *Better Days*, Bruce Springsteen

It's a town full of losers
I'm pulling out of here to win[2]

— *Thunder Road*, Bruce Springsteen

1. Une vie facile et un magot de pirates/On fait mieux comme tragédie/Mais quoi de plus triste, mon ami, que le type qui vit seul dans sa peau/Et ne supporte pas sa propre compagnie.
2. C'est un bled de perdants/Moi je m'arrache d'ici pour gagner.

UN

Quelques mois seulement après le suicide de ma mère, je suis entré dans le garage à la recherche de mon gant de baseball et j'ai découvert Cindy Posner à genoux en train de pratiquer avec ardeur une fellation sur mon frère aîné, Brad, appuyé contre l'établi de notre père. Les marteaux et les clés à molette sautillaient sur leurs crochets en tintant comme un carillon de Noël tandis que Brad oscillait d'avant en arrière, fixant le plafond d'un air étrangement las. Le jean et le caleçon baissés jusqu'aux chevilles, il avait la main posée négligemment sur la tête de Cindy qui allait et venait au rythme de cette prestation buccale étonnamment sonore. Je suis resté là, pétrifié, jusqu'au moment où Brad, sentant ma présence, a baissé les yeux et où j'ai croisé son regard. On n'y lisait aucune panique, pas le moindre soupçon d'embarras à s'être fait surprendre en si fâcheuse posture, mais la même résignation blasée qu'il affectait toujours à mon égard. *Eh ouais. Je suis en train de me faire tailler une pipe dans le garage. Un truc qui ne t'arrivera sans doute jamais.* Cindy, qui me tournait le dos, ne m'a remarqué que quelques secondes plus tard et a aussitôt sombré dans une hystérie totale, me hurlant un chapelet d'injures tandis que j'opérais un repli précipité, quoiqu'un tantinet tardif. J'avais alors treize ans.

Peut-être Cindy aurait-elle fait l'effort de mieux se maîtriser si elle avait su que, des années plus tard, cet incident se verrait immortalisé dans le premier chapitre de mon roman autobiographique à succès ainsi que dans l'inévitable adaptation cinématographique qui, comme pour tout best-seller qui se respecte, suivit peu après. À l'époque, elle ne s'appelait plus Cindy Posner mais Cindy Goffman, ayant épousé Brad pendant leur dernière année de fac, et je dois reconnaître que cette indiscrétion littéraire ne fit rien pour arranger nos rapports déjà tendus. Mon livre s'appelle *Bush Falls*, du nom du bled du Connecticut où j'ai grandi – un terme que j'utilise par défaut, car reste encore à déterminer si j'ai grandi tout court.

Vous avez dû entendre parler de *Bush Falls*, ou en tout cas voir le film avec Leonardo DiCaprio et Kirsten Dunst, qui a enregistré de jolies recettes au box-office. À moins que vous n'ayez lu dans la presse le scandale énorme qu'a déclenché mon bouquin dans ma ville natale, où ils ont été jusqu'à m'intenter un procès collectif en diffamation qui n'a abouti à rien. Toujours est-il que mon livre a connu un succès phénoménal il y a deux ans et demi environ et que, pour un moment du moins, je suis devenu une sorte de mini-célébrité.

N'importe quel pauvre type peut être malheureux quand ça ne marche pas fort dans sa vie, mais il faut vraiment appartenir à une élite particulière, un genre de nouvelle avant-garde du pauvre type, pour se sentir malheureux quand on a autant le vent en poupe. À trente-quatre ans, j'ai de l'argent, du succès, des rapports sexuels réguliers et un quatre pièces luxueux à Manhattan dans l'Upper West Side. De quoi vous donner a priori l'impression de tenir le monde par l'entrejambe, pour rester poli. Et pourtant, récemment, j'ai commencé à me demander si je n'étais pas au fond qu'un sale connard seul au monde, et ce depuis longtemps déjà.

Bien qu'il n'y ait nulle carence en femmes à déplorer dans ma vie ces temps-ci, il semble que toutes mes aventures, au cours des deux ans et demi qui ont suivi la publication de *Bush Falls*, aient duré presque exactement huit semaines, et respecté grosso modo le même plan de vol. La première semaine, je sors d'abord la grosse artillerie – restos chic, concerts, spectacles à Broadway et boîtes branchées –, tout en prenant soin d'éviter les propos raffinés concernant le milieu littéraire au profit des potins mondains, films et autres événements du moment qui constituent bien sûr le fonds de commerce du marché new-yorkais de la drague, même si personne ne voudra jamais l'admettre. Non qu'être un écrivain reconnu ne vous garantisse déjà un certain succès, cependant un compte rendu de soirée Miramax ou quelques bonnes anecdotes de tournage avec Leo et Kirsten vous assurent une conclusion à l'horizontale plus rapide, et des femmes d'un calibre supérieur. Les semaines deux et trois sont en général les meilleures, les moments que l'on aimerait mettre en bouteilles pour les conserver, essentiellement à cause du surplus d'endorphine généré sur le plan sexuel par l'effet de nouveauté. Au cours de la semaine quatre, je tombe amoureux, envisage un bref instant la possibilité que ce pourrait être l'Élue, et alors tout se met à foirer au ralenti. Je déblatère, j'hésite, je me sens vulnérable, j'en fais des tonnes. Je conduis quelques petites expériences psychologiques sur moi-même ou sur la femme en question. Vous voyez le tableau. Et ça dure comme ça pendant deux autres semaines douloureuses, après quoi nous passons la septième semaine à prier ardemment pour que cette relation se dissolve d'elle-même d'un coup de baguette magique, grâce à une intervention divine ou à un cas de combustion spontanée – tout pour s'éviter la pénible traversée en eaux troubles qu'impose une séparation formelle. La dernière semaine, chacun « prend du temps pour soi », ce qui se conclut par un dernier coup de fil laconique visant à mettre un terme définitif à l'arrangement et à résoudre les problèmes de logistique en suspens. Je rendrai le sac et le sweat Donna Karan que tu as laissés chez moi au portier de ton immeuble, tu peux garder les livres que je t'ai prêtés, merci pour les bons souvenirs, sans rancune, restons amis, et cetera, ad nauseam.

Je sais, rendre les autres responsables de ses malheurs est un signe extérieur de médiocrité personnelle, mais je reste persuadé que tout est la faute de Carly. Carly Diamond était ma petite amie au lycée, la première – et, à ce jour, la seule – femme que j'aie jamais aimée. Nous sommes sortis ensemble pendant toute l'année de terminale et nous nous aimions avec une conviction d'adolescents, farouche et éternelle. C'est au cours de cette même année que se sont déroulés tous les événements terribles décrits dans mon bouquin, et notre relation constituait l'unique rayon de soleil de mon univers en triste expansion.

Techniquement parlant, nous n'avons jamais vraiment rompu, en fait. Après le lycée, nous étions partis dans des facs différentes, elle à Harvard et moi à NYU. Nous avions bien sûr tenté le coup des amours longue distance, mais mon refus obstiné de retourner à Bush Falls pour nos vacances communes n'avait rien arrangé ; avec le temps, nous nous étions simplement éloignés l'un de l'autre, sans pour autant clore officiellement notre histoire. Après Harvard, Carly était venue faire des études de journalisme à New York, et nous nous étions alors embarqués dans l'une de ces longues relations chaotiques et post-adolescentes où l'on couche juste assez ensemble pour totalement brouiller les pistes et, au terme d'une série de timings malheureux et d'imbroglios avec tiers, achever de bousiller pour de bon ce qui était autrefois la chose la plus pure que l'on puisse espérer connaître.

Nous étions encore amoureux à cette époque, ça ne faisait aucun doute, mais si Carly semblait prête à réanimer la flamme, je trouvais toujours de nouveaux prétextes pour ne pas m'engager. J'avais beau l'aimer – et je l'aimais vraiment –, je ne pouvais m'empêcher de comparer la qualité de notre relation d'alors à la beauté crue, à l'exaltation de la découverte qui nous accompagnaient du temps de nos dix-sept ans. Lorsque j'ai réalisé mon erreur, il était trop tard : Carly était déjà partie. La perdre une fois avait été pénible, quoique compréhensible. Rejeter négligemment cette seconde chance que le destin m'avait offerte sur un plateau était un acte d'une telle arrogance, d'une telle bêtise, qu'il devait forcément s'agir chez moi d'un trait de caractère entretenu à dessein, car je suis sûr de n'avoir pas toujours été un tel connard dans la vie.

Je ne me suis jamais pardonné d'avoir été si pervers et manipulateur avec Carly pendant les années qu'elle a passées à New York, à lui faire du charme dès que je la sentais s'éloigner pour me détacher d'elle dès l'instant où je me sentais à nouveau en sécurité. Je me laissais porter par sa foi inébranlable en nous deux, même lorsque je ne la partageais pas moi-même, la berçant d'illusions et de belles promesses jamais tenues. Le temps que je commence enfin à comprendre à quel point je l'avais malmenée, je l'avais en fait complètement broyée. Elle quitta New York meurtrie, écœurée, et repartit s'installer à Bush Falls pour devenir rédactrice en chef du journal local, *The Minuteman*. Chaque fois que je crois avoir tourné la page, je me retrouve à me réveiller en pleine nuit et à me languir d'elle avec un désespoir si intense que l'on croirait qu'elle est partie seulement la veille, et non il y a dix ans.

Depuis, pas un jour ne passe sans que je sois hanté par

un sentiment de regret diffus, mais prégnant, et chacune de mes nouvelles conquêtes féminines ne fait que me rappeler le trésor que j'ai laissé me filer entre les doigts. Ainsi, en un sens, c'est bien la faute de Carly si je suis seul dans mon lit, au milieu de la nuit, lorsque retentit la complainte électronique de mon téléphone, déchirant le silence de mon appartement telle une sirène d'alarme. En général, lorsqu'on vous appelle à deux heures du matin, c'est mauvais signe. Ma première pensée tandis que j'émerge des limbes amères d'un sommeil éthylique est que ce doit être Natalie, mon ex quasi psychotique, qui m'appelle pour me hurler dessus. J'ignore quels dégâts j'ai pu causer à son équilibre psychique manifestement fragile en l'espace de huit semaines, mais sa nouvelle psy lui a mis dans la tête qu'elle n'avait pas encore tout réglé avec moi et que, pour son bien-être mental, il était de son devoir de m'appeler jour et nuit, chaque fois qu'elle en éprouvait le besoin, histoire de me répéter à quel point je m'étais comporté comme un parfait salaud insensible. Les appels ont commencé il y a quatre mois environ et se reproduisent désormais à intervalles réguliers, chez moi ou sur mon portable, sous forme de happenings de trente secondes ne nécessitant aucune participation active de ma part et consistant en un flot d'invectives copieusement assaisonné de grossièretés. Si, pour une raison quelconque, je ne peux décrocher le téléphone, Nat se contente de déposer ses harangues fleuries sur mon répondeur. Elle a toujours été adepte des thérapies radicales ; de fait, ces derniers temps, je semble n'être attiré que par des femmes qui en auraient grand besoin.

Le téléphone continue de sonner. Dix, douze fois, j'ai oublié de compter ; tout ce que je sais, c'est qu'il ne veut pas s'arrêter. Je me roule sur le côté et me frotte le visage pour tenter de déloger le sommeil incrusté dans mon crâne. Mes joues flasques et tombantes me font l'effet d'une pâte molle, comme si les excès de la veille m'avaient vieilli d'un coup. J'ai passé la soirée avec Owen et, pour changer, nous nous sommes murgés dans les grandes largeurs. Owen Hobbs, agent très spécial, est mon émissaire personnel non seulement auprès de l'establishment littéraire, mais aussi de tout ce qui touche de près ou de loin au chaos et à la débauche. Je ne bois jamais, sauf en sa compagnie, et là, je me mets à boire comme lui, c'est-à-dire beaucoup, et avec faste. Owen a fait de moi un homme riche et il touche quinze pour cent de mes revenus, échange de bons procédés qui s'est révélé un extraordinaire ciment pour notre amitié – le plus souvent, de quoi passer l'éponge sur ces atroces gueules de bois qui parachèvent toujours nos « célébrations », comme il les appelle. Toute soirée avec lui se transforme inévitablement en une descente aux enfers tourbillonnante, dont je peine à me remémorer les étapes tandis que ma carcasse endolorie émerge non sans mal du trou noir. Et bien que je flotte encore confusément dans cet état d'apathie éphémère situé entre la fin de l'ivresse et l'attente fatidique de la gueule de bois, je me sens déjà nauséeux et passablement K.O.

Le téléphone. Sans bouger ma tête de son point d'ancrage au creux de l'oreiller, je tends le bras en direction de la table de nuit, envoyant valdinguer quelques magazines ainsi qu'une bouteille d'Aleve sans bouchon et un verre d'eau à moitié plein qui se répandent sans un bruit sur l'épaisse moquette écrue au pied de mon lit. Il s'avère que le combiné de mon sans fil était posé par terre, tout simplement, et lorsque, après l'avoir enfin localisé, j'approche l'appareil de mon crâne immobile, des gouttelettes glaciales s'insinuent telles des limaces à l'intérieur de mon oreille.

« Allô ? »

C'est une voix de femme.

« Joe ?

— Qui est-ce ? » dis-je, relevant légèrement la tête afin

de placer le combiné dans le voisinage approximatif de ma bouche.

Ce n'est pas Nat ; on risque donc d'exiger de moi un certain niveau de participation orale.

« C'est Cindy.

— Cindy… »

Je répète ce nom avec prudence.

« Ta belle-sœur.

— Oh ! »

Cette Cindy.

« Ton père a eu une attaque. »

L'épouse de mon frère laisse échapper cette phrase comme s'il s'agissait de la chute d'une blague lâchée trop tôt. Dans la plupart des familles, un événement de cette ampleur mériterait qu'on y mette les formes, que l'on amène les choses avec soin, afin de ménager son interlocuteur tout en lui laissant le temps d'assimiler la nouvelle. Une annonce d'une telle gravité appellerait sans doute l'intervention personnelle d'un proche direct, dans le cas présent de mon frère aîné, Brad. Mais aux yeux de mon frère comme de mon père, je ne fais partie de la famille qu'au sens strictement légal du terme. Lors des rares occasions où ils reconnaissent mon existence, leur geste n'est motivé que par un vague sursaut de responsabilité civique concernant quelque corvée légale ou impôt à payer.

« Où est Brad ? dis-je en continuant à chuchoter, comme s'obstinent inutilement à le faire la nuit les gens qui vivent seuls.

— À l'hôpital », répond Cindy.

Elle ne m'a jamais porté dans son cœur, mais ce n'est pas totalement sa faute. Je ne lui ai jamais donné aucune raison de m'apprécier.

« Qu'est-ce qui s'est passé ?

— Ton père est dans le coma, m'apprend-elle d'un ton détaché, comme si je venais de lui demander l'heure.

C'est assez grave. On ne sait pas encore s'il va s'en sortir.

— Épargne-moi les fioritures, surtout », marmonné-je en me rasseyant dans mon lit, provoquant aussitôt des éruptions de violence parmi les trillions de neurones qui se rallient comme autant de supporters de foot dans les tribunes de ma tempe gauche.

Court silence à l'autre bout du fil. « Quoi ? » fait Cindy. Je me rappelle que mon sens très personnel de l'ironie tombe le plus souvent à plat, avec elle. Bref. Mon père est en train de mourir. Je dresse un rapide inventaire émotionnel en quête d'une réaction quelconque à cette nouvelle : chagrin, choc, colère, déni. Quelque chose.

« Rien », dis-je.

Nouveau silence embarrassé.

« Bon, d'après Brad, c'est inutile que tu accoures cette nuit. Mais il aimerait que tu le rejoignes demain à l'hôpital.

— Demain », répété-je bêtement en jetant un autre coup d'œil au réveil.

C'est déjà demain.

« Tu peux venir dormir chez nous ou dans la maison de ton père. En fait, de chez lui, on est plus vite rendu à l'hôpital.

— O.K. » Du fond de ma torpeur décroissante, je note que l'on sollicite, voire même que l'on anticipe, ma présence sur les lieux. Dans les deux cas, le fait est exceptionnel.

« Alors, qu'est-ce que tu décides ? Tu préfères aller chez nous, ou chez ton père ? »

Quelqu'un de plus compatissant aurait attendu que le choc se dissipe avant de s'empresser de régler les vulgaires questions logistiques, mais la compassion de Cindy atteint rapidement ses limites dès qu'il s'agit de ma personne.

« Peu importe. Faisons au mieux, comme ça vous arrange.

— Disons que c'est un peu le souk ici, avec les enfants et tout, dit-elle. Je crois que tu serais plus à l'aise dans ton ancienne maison.

— D'accord.

— Ton père est au Mercy Hospital. Tu sais comment t'y rendre ? »

Il me semble déceler, dans cette question, un sous-entendu désobligeant, rapport au fait que je n'ai pas remis les pieds à Bush Falls une seule fois en dix-sept ans.

« Personne ne l'a changé de place ?

— Non.

— Alors ça devrait aller. »

J'entends sa respiration faible au bout du fil tandis qu'un autre silence gêné s'installe. Âgée de trois ans de plus que moi, Cindy avait été la proverbiale jolie fille « populaire » de Bush Falls High, le lycée local. La chevelure sombre et brillante, un corps délicieux sculpté à la perfection grâce à ses entraînements de pom-pom girl, elle était sans conteste la muse numéro un des rêves humides de tous les adolescents de la ville à l'époque. Moi-même, j'avais souvent recours à elle dans le cadre de mes petits fantasmes personnels, inspiré à plus d'un titre par la scène que j'avais surprise dans le garage, ce fameux jour. Mais aujourd'hui c'est une femme de trente-sept ans, mère de trois enfants, et même au téléphone on entend les varices dans le son de sa voix.

« Très bien, dit-elle enfin. À demain, alors ?

— Ouais. »

Comme s'il n'y avait rien de plus naturel au monde.

DEUX

J'ai quitté Bush Falls après le lycée et je n'y suis jamais retourné.

Je n'ai jamais eu de raison particulière de revenir dans ma ville natale – plutôt, toutes les raisons du monde de m'en tenir éloigné. Pour commencer, mon père y habite encore, dans la grande maison de style colonial où j'ai vécu jusqu'à mes dix-huit ans, et voilà bien des années que nous n'avons plus eu besoin l'un de l'autre. Tous les ans, généralement à l'approche de Thanksgiving, Brad m'appelle pour m'inviter à passer le week-end chez lui pour partager la traditionnelle dinde en famille. Mais je sais qu'il y voit surtout une occasion de jouer les grands princes. Ça n'est que Brad, après tout, mon grand frère, mon aîné de quatre ans, celui qui m'a un jour expédié aux urgences en me renversant pour rigoler avec la Pontiac Grand Am de notre père alors qu'il venait de décrocher son permis. La voiture ne s'était pas arrêtée tout à fait là où il l'avait prévu, et je m'étais retrouvé avec une fracture au poignet et une épaule déboîtée, ce qui n'était pas tout à fait ce que j'avais prévu non plus. Plus tard, il a prétendu que j'avais surgi sans crier gare devant le capot de la bagnole. Que mon père le croie ou non, ça n'avait aucune importance, car il y avait un match important contre Fairfield le lendemain, et Bush Falls comptait sur Brad pour mener l'équipe des Couguars en finale et lui faire remporter son deuxième championnat. Aux yeux de mon père, punir le héros local eût été impensable.

Achevons les présentations familiales.

Ma mère, Linda, maniaco-dépressive dont le trouble n'a été détecté que bien trop tard, s'est suicidée par noyade en se jetant sans grâce du haut des chutes de la Bush River lorsque j'avais douze ans. Il m'arrive parfois de me souvenir d'elle telle qu'elle était avant le déferlement de ses crises et le bombardement d'antidépresseurs qui, à défaut d'alléger ses souffrances, n'avait fait que ronger sa vitalité à petit feu – une femme élancée, à la voix douce, avec ce regard rieur et ce petit sourire malicieux qui vous donnait toujours l'impression qu'elle était de mèche avec vous. Lorsqu'elle m'embrassait pour me souhaiter bonne nuit, elle m'appelait Jo Jo l'Ourson. Son rire était communicatif ; ses larmes répétées, une énigme pesante. Son suicide nous avait foutu une véritable raclée en nous laissant tous les trois, Brad, mon père et moi, nous télescoper avec violence dans la maison, incapables que nous étions de gérer nos rapports sans le liant de sa douce présence féminine.

Brad et mon père finirent tout de même par trouver un terrain d'entente grâce au basket-ball. Brad était la star des Couguars de Bush Falls, et à Bush Falls, il n'y avait pas de plus beau rêve à atteindre. Il offrit deux titres de champions aux Couguars tout en marquant une kyrielle de scores records. Il se tapait aussi des pom-pom girls à gogo. Voilà à quoi se résumait l'existence de Brad, à l'époque : le cul et le basket. Un sort plutôt enviable pour qui parvenait à y accéder. Mais pour moi c'était niet, et Brad, avec qui toute forme de communication était par conséquent impossible, se contentait de me toiser avec un mélange de pitié perplexe et de mépris. Quant à moi, je le considérais comme un abruti creux et insipide, et je crevais d'envie de lui ressembler. Mon père, Arthur, avait de son temps nettement moins fait sensation au sein des Couguars, et il ne manquait pas un seul des matchs de Brad, à domicile ou à l'extérieur. Après chaque rencontre, ensemble, ils disséquaient le jeu, reparlaient des meilleurs moments et visionnaient les matchs de la UConn[1].

J'ignore s'il est encore utile de le préciser à ce stade mais, bien sûr, je n'ai jamais intégré l'équipe.

Notre foyer tragiquement amputé n'avait que faire d'un gamin au cynisme croissant, affligé d'un dribble croisé nullissime et incapable d'effectuer un tir long digne de ce nom, et je commençai à haïr l'aspect exclusif de leur dévotion pour le basket en général et les Couguars en particulier. Chercher à savoir qui avait initié ce cycle infernal d'isolement et de ressentiment équivaut à l'éternelle devinette de la poule et de l'œuf, mais reste que le gouffre qui nous séparait ne cessa de se creuser – si mon père a jamais tenté un jour l'exploit de le franchir, ses efforts ont dû être si minimes que je n'ai rien remarqué de mon côté. Brad obtint une bourse sportive de l'Université du Connecticut et quitta la maison pour la fac l'année de mon entrée au lycée, à charge pour mon père et moi de combler le silence suffocant qui s'était abattu sur la maison.

Je n'aurais jamais pensé revenir un jour à Bush Falls. Assurément. Sans quoi, je n'aurais jamais écrit un livre crachant sur à peu près tout ce qui bouge là-bas. Mais à vrai dire, je ne pensais pas une seconde qu'il serait publié. J'ai donc écrit un roman sur ma ville natale dans lequel il était question de Carly, de Sammy, de Wayne et des drames qui avaient assombri mon année de terminale, affranchi par l'idée que ce récit ne verrait jamais

1. Équipe de basket de l'Université du Connecticut. *(Toutes les notes sont de la traductrice.)*

la lumière du jour. Puis, un soir, j'ai reçu un coup de fil d'Owen Hobbs m'assurant que mon livre était un putain de chef-d'œuvre. Peu de gens parviennent à leurs fins en utilisant ce genre d'expression ; Owen oui, parce que Owen est un putain de génie.

Statistiquement parlant, il est quasi impossible d'écrire un best-seller. De même qu'il est très difficile de se mettre une ville tout entière à dos. En digne perfectionniste que je suis, j'ai réussi à faire d'une pierre deux coups. Dès qu'il s'agit de se faire remarquer, j'ai toujours été un enfant prodige.

Bref, je n'aurais jamais pensé remettre les pieds à Bush Falls. Mais je n'aurais jamais imaginé non plus que mon père ferait une attaque au beau milieu du gymnase du lycée pendant son match de la ligue des anciens, un vendredi soir. D'après Cindy, il se tenait à environ un mètre à gauche de la zone restrictive, à son poste fétiche, comme il l'appelait. De là, il ne ratait jamais son tir. Il s'était élancé pour marquer un panier avant de s'écrouler, inconscient, sur le parquet lustré du terrain de basket. Tous les témoins de la scène, d'anciens sportifs à divers stades de décrépitude, vous expliqueront avec des trémolos dans la voix que le ballon était bel et bien entré dans le panier. Comme si ça changeait quoi que ce soit au résultat. Poste fétiche, tu parles.

TROIS

En raccrochant d'avec Cindy, j'éprouve aussitôt le besoin de parler à quelqu'un. La chose est trop énorme pour que je l'affronte seul, défoncé par le manque de sommeil : mon père est à deux doigts de la mort et je vais retourner à Bush Falls au bout de dix-sept ans d'absence. Je hisse le combiné jusqu'à mon oreille et ressens alors un vide absolu. Qui vais-je bien pouvoir appeler ?

Soucieux de mettre un terme à mon cortège d'aventures sans intérêt, je m'essaie au célibat depuis près de six mois et, malgré quelques faux départs, j'ai fini par attraper le coup. Le résultat, c'est que je ne pense qu'à ça. Et que je me sens totalement pathétique. Les jours ordinaires, c'est soit l'un, soit l'autre ; mais là, allongé dans le noir, hébété et perdu dans l'immensité désolée de mon lit *king-size* – investissement optimiste s'il en fut –, je dois dire que le pathétique l'emporte haut la main.

Je m'efforce de penser à un ami quelconque à qui parler, et réalise avec horreur que tous les noms qui me viennent à l'esprit sont plus ou moins des relations de travail. Lorsque *Bush Falls* a rejoint la liste des meilleures ventes de livres, j'ai quitté mon boulot et mon studio de plain-pied dans le quartier d'Amsterdam pour m'installer dans un quatre pièces à Central Park West, et il semblerait que le passage du statut d'aspirant écrivain à celui d'auteur à succès ait fait de moi un homme sans amis. Conséquence indirecte, mais néanmoins cruelle, de mes « *fuck you* dollars ».

L'expression est d'Owen. D'abord, il y avait eu l'avance sur droits d'auteur : soixante-quinze mille net, auxquels il fallait retrancher ses quinze pour cent, bien sûr, plus trente-huit et quelques autres pour cent de prélèvements divers. Ce qui me laissait avec un peu moins de quarante mille dollars. Une somme tout à fait honorable, certes, mais pas vraiment de quoi pavoiser non plus.

« Oprah a arrêté son talk-show littéraire, m'annonça un jour Owen dans son bureau, peu après la publication de *Bush Falls*, pendant une petite séance de brainstorming à deux. Bah, dis-toi qu'elle n'aurait jamais sélectionné ton bouquin, de toute façon. Pas assez de femmes déchirées par la souffrance, d'handicapés surdoués ou de voyages héroïques vers un renouveau spirituel. »

Cela ne me surprit guère. À vrai dire, je n'en revenais toujours pas que quelqu'un ait accepté de publier mon livre – sans parler de cette avance de soixante-quinze mille dollars.

« Comment diable allons-nous vendre ce bouquin ? fit-il d'un air soucieux.

— Tournée des librairies ?

— Tu n'es pas encore un nom.

— Campagne de pub ?

— Même problème.

— Comment se fait-on un nom, alors ?

— En vendant beaucoup de livres.

— Je vois. Et comment fait-on, pour vendre beaucoup de livres ? »

Derrière son bureau, Owen fronça les sourcils.

« Oprah.

— Arrête avec ça, répondis-je. On vendait déjà des livres avant Oprah. »

Owen opinait d'un air absent, perdu dans ses pensées.

« J'ai une idée », lança-t-il.

Il conclut un accord avec Paperbacks Plus, la librairie de Bush Falls, leur permettant de recevoir gratuitement un stock d'exemplaires du livre. Puis il envoya l'un de ses clients, qui se trouvait être rédacteur pour le *New York Times*, à Bush Falls même, avec pour mission de retrouver les personnes apparaissant dans le roman et de les interviewer. L'article qui s'ensuivit, « Autopsie d'une ville », allié au harcèlement continu d'Owen, suffit à attirer l'attention d'un critique du supplément littéraire et *Bush Falls* eut droit à une page entière dans l'édition du dimanche. Le papier du *New York Times* était tout ce dont Owen avait besoin pour lancer sa machine publicitaire. En l'espace d'un mois, mon humble roman avait été chroniqué dans *People*, *Time*, *Entertainment Weekly*, *Esquire*, et tout un paquet d'autres grands magazines. *Bush Falls* devint un best-seller trois mois après sa sortie, et le nombre de zéros inscrit sur mes chèques de droits d'auteur se mit à grimper en flèche. En apprenant que nous avions rejoint la liste des meilleures ventes, Owen grimpa sur son bureau en cerisier de Chine sculpté à la main et exécuta une mini-gigue endiablée de son cru. Puis il s'envola pour Francfort et vendit les droits européens pour un total de 250 000 dollars, avant de se rendre à L.A. où il négocia les droits d'adaptation avec Universal pour cinq fois cette somme. Mes droits d'auteur ne cessèrent de gonfler. Six mois plus tard, toujours au top des ventes, je me retrouvai assis sur une montagne de fric que je n'aurais jamais pu espérer gagner en une vie entière à bosser comme responsable marketing – c'est-à-dire le job que j'exerçais avant que la vraie vie ne commence enfin.

« Ça y est, tu as officiellement gagné tes premiers *fuck you* dollars », m'annonça gaiement Owen entre deux bouchées de steak chez Peter Luger's.

Il avait transformé notre débriefing commercial mensuel en un dîner amical aux frais de l'agence, même si en réalité, quand on y réfléchissait, c'était moi qui payais l'addition. Mais j'avais décidé de ne pas m'arrêter à ce détail ; cela m'amusait d'être important et de jouer les pères nourriciers pour agence littéraire. En outre, comme je l'ai dit, je n'ai pas tellement d'amis.

« Mes *fuck you* dollars…, répétai-je.

— Et comment », dit Owen en sirotant son vin.

Owen est un homme quelque peu enrobé pour ses trente et un ans, arborant des cheveux blond filasse et une figure rougeaude parsemée de taches de rousseur. Exceptionnellement lettré, d'une agressivité flamboyante, il était vite devenu l'un des agents littéraires les plus influents du marché. Il y avait un je-ne-sais-quoi dans le pli ironique de ces lèvres charnues, dans ce visage poupin et dans le renflement de ce corps adipeux boudiné dans des chemises sur mesure, qui dégageait une sorte d'image subliminale d'extravagance secrète et nihiliste. Un empereur romain entre deux orgies.

« Peux-tu m'expliquer le concept de *fuck you* dollars, je te prie ? »

Il piqua deux frites du bout de sa fourchette, les trempa dans une montagne de ketchup et les enfourna dans sa bouche. Les deux morceaux de frite saillirent quelques secondes d'entre ses lèvres, telles les jambes d'un figurant non indispensable dévoré pour les besoins du script par un dinosaure de Spielberg.

« C'est le fric, m'expliqua-t-il, la bouche pleine, qui va enfin te permettre d'envoyer se faire foutre la terre entière : boss, famille, ex-nanas… qui tu veux. Tous ceux dont il a fallu encaisser la connerie sous prétexte que tu dépendais d'eux. Tu es ton propre clébard, maintenant. Tu n'as plus besoin de personne. »

Je le regardai droit dans les yeux.

« Eh bien, me voilà quitte avec le monde.

— Comment ça ?

— Parce que personne n'a besoin de moi. »

Owen prit un air faussement attristé avant de m'adresser un sourire cynique.

« Moi, j'ai besoin de toi. »

Il avait raison, avec son histoire de dollars. Cet argent m'avait offert mon nouvel appart, ma nouvelle Mercedes décapotable – un CLK 430 cabriolet – avec sa place de parking au coût obscène, un *home cinema* parfaitement disproportionné et autres fantaisies attendues. Et j'avais eu tout aussi raison de mon côté : personne n'avait besoin de moi. Un état de fait que je parvenais généralement à esquiver grâce à de savants stratagèmes de défense, élaborés avec soin. Mais confronté à la perspective de retrouver Brad et mon père, de retourner à Bush Falls après tant d'années, mes petits tours de passe-passe ne suffisent plus à me dissimuler ce que je sais depuis toujours : à savoir que je suis pour ainsi dire seul au monde. Moi et mes *fuck you* dollars.

Ai-je mentionné ma tendance naturelle à l'auto-apitoiement ? Ça ne fait qu'ajouter à mon charme.

Je me roule lentement hors du lit avec l'impression d'avoir le double de mon âge, enfile un T-shirt et traverse le couloir d'un pas traînant pour aller m'enfiler un en-cas nocturne à base de toasts beurre-cannelle et de POWERade. Inutile d'essayer de lutter contre l'assaut imminent de la gueule de bois ; toutefois, j'ai découvert lors d'une expérience récente générée par l'ennui ou un trop-plein de temps libre, qu'un verre de POWERade coupé au Tylenol en sirop permettait de limiter efficacement le choc. Je n'attends pas le lever du jour avec impatience, mais après tout, j'ai encore pas mal de temps devant moi. J'allume mon téléviseur à écran plat ridiculement large et tombe sur un Australien accro à la caféine en train de barboter dans un marais avec deux gros crocodiles, dans le seul but manifeste de démontrer comment ce genre de prouesse se doit d'être exécutée. Peu après trois heures du matin, rendu complètement fébrile par le rush d'électrolyte de mon cocktail anti-gueule de bois, je prends une grande décision : et merde, j'appelle Owen. Après tout, je lui dois bien quinze pour cent de mes insomnies.

QUATRE

Tous les chemins ramènent à Bush Falls.

Ce n'est même pas une métaphore. La première autoroute venue quittant Manhattan en direction du nord peut vous y emmener. Il suffit de prendre la Harlem River Drive jusqu'à la Cross Bronx Expressway, qui devient ensuite la New England Thruway, et filer tout droit jusqu'à Bush Falls. Ou alors de suivre la Henry Hudson Parkway jusqu'à la Saw Mill Parkway, puis de là, la Cross Country Parkway, puis la Hutchinson River Parkway, et bifurquer enfin sur la Merritt Parkway qui serpente à travers le sud du Connecticut. Une fois sur la Merritt, attrapez la I-91, dépassez Hartford et vous arrivez droit à Bush Falls : plus d'autoroute, mais moins de circulation. On peut aussi mélanger les itinéraires en commençant d'abord par la Merritt avant de changer pour la Thruway à l'échangeur de la I-287. Pourtant, malgré ce prodigieux foisonnement de voies express, je n'ai pas jugé une seule fois utile d'emprunter l'une d'elles pour me rendre à Bush Falls.

Le lendemain matin, je suis au volant de ma Mercedes argentée à la sortie du garage Kinney, qui abrite ma place de parking, paralysé par l'indécision quant au choix du trajet à emprunter pour les deux heures et demie de route qui m'attendent. Le ciel est dégagé, la température au sol est de 20 °Celsius, mais l'observateur avisé remarquera une diminution notable de la superficie de chair exposée parmi la population féminine en marche vers son lieu de travail. L'été est fini, et je ne me souviens même pas qu'il ait jamais commencé. Voilà, ça y est : je recommence à essayer de gagner du temps. Je n'ai aucune envie d'y aller. Mon père n'a jamais été là pour moi. Pourquoi devrais-je être là pour lui, aujourd'hui ? Il ne fera même pas la différence, de toute façon, plongé dans le coma comme il l'est.

Mais je vais y aller, je le sais, et ce pour la même raison qui pousse Brad à saisir son téléphone chaque année afin de réitérer sans grande conviction son invitation au repas de famille traditionnel : parce que ça se fait. Quand vous avez un frère cadet qui vit seul à Manhattan, vous l'appelez avant les fêtes pour l'inonder d'un déluge de faux bons sentiments et d'aménité artificielle. Et quand votre père est sur son lit de mort à la suite d'une crise cardiaque l'ayant foudroyé à son poste fétiche, vous remisez dix-sept années de brouille au placard et vous prenez votre bagnole pour vous rendre à son chevet. Pas nécessairement pour apporter votre aide, encore moins votre soutien. Simplement parce que votre place est là. Les liens du sang peuvent se distendre, parfois ; mais lorsqu'ils vous rappellent à l'ordre, impossible de les ignorer.

Le Motorola V.60 installé sur mon tableau de bord se met à sonner. Je l'ouvre sans l'ôter de son socle et le haut-parleur émetteur de la voiture se déclenche aussitôt.

« Allô ?

— Misogyne ! »

Natalie.

« Tu n'es qu'un petit minable égocentrique qui n'a pas la moindre idée de ce qu'est l'amour. Tu n'aimeras jamais personne d'autre que toi, et tu mourras seul et malheureux ! »

J'ai envie de lui répondre que je suis déjà seul et malheureux en ce moment même, mais elle raccroche.

« Bonne journée à toi aussi », lancé-je d'une voix douce, presque tendre, avant de lâcher un dernier soupir stoïque et de passer la boîte de vitesses automatique en mode Drive pour m'engager dans la 96e Rue, direction la West Side Highway. Lorsque le coup de fil rageur d'une ex-petite amie schizo s'annonce comme le meilleur moment de la journée, on peut en déduire sans trop se planter que c'est vraiment la débâcle.

Neuf heures trente. Théoriquement, c'est encore l'heure de pointe mais je vais vers le nord, à contresens du flux des automobilistes. Tout en gardant un œil sur la route, je farfouille négligemment parmi les CD éparpillés à côté de moi sur le siège, un assortiment pour le moins éclectique et symbolique d'une pitoyable tendance à vouloir oublier mon âge. Non pas que j'aie peur de vieillir ; je refuse de le faire seul, c'est tout. Ainsi, à trente-quatre ans, j'écoute Everclear, Blink 182, Dashboard Confessional, Foo Fighters et une flopée d'autres machins actuels. Ma fontaine de Jouvence stéréo. J'ai réussi à vaincre la fatalité et à garder tous mes cheveux, mais c'est un autre débat. La calvitie nous guette tous ailleurs.

Du reste, je viens des années quatre-vingt, une décennie placée sous le signe des néons électriques et du spray fixant pour cheveux, dont la musique a très peu survécu. À quand remonte la dernière fois où vous avez entendu Men at Work, Thompson Twins ou Alphaville sur une radio de grande écoute ? La musique de ma jeunesse a si mal vieilli qu'elle fait aujourd'hui l'effet d'une blague hors contexte. Il fallait le vivre à l'époque, point final.

Et pourtant mes doigts continuent de chercher, repoussant au passage No Doubt et Ben Folds jusqu'à l'exhumation d'une vieille édition du *Born to Run* de Springsteen. Il est de ces choses qui transcendent le passage des années, et le Boss en fait partie. J'insère le

CD et les premières notes me ramènent aussitôt, comme seule la musique a le pouvoir de le faire, dans ma chambre à Bush Falls, où j'écoutais le disque en boucle sur la platine stéréo Fisher que mon père m'avait offerte pour mon passage au lycée. Près de neuf mois après le décès de ma mère, et il en était encore à distribuer des lots de consolation. La platine avait été son coup d'éclat final, avant qu'il n'aille se terrer dans son bureau où il se soûlait tous les soirs en compagnie de ses vieux trophées de basket, ne quittant la maison que pour se rendre au boulot ou aux matchs des Couguars.

Arrivé au péage de Riverdale, j'appelle Owen à son bureau. Stuart, son secrétaire psychorigide, décroche d'un petit ton tatillon et constipé.

« Bureau d'Owen Hobbs.

— Puis-je parler à Owen, je vous prie ?

— M. Hobbs est en réunion, rétorque-t-il d'une voix automatique. Puis-je savoir qui le demande ?

— Joe Goffman.

— Oh, monsieur Goffman ! s'enflamme Stuart, soudain tout miel. Comment allez-vous ? Je ne vous avais pas reconnu.

— C'est parce que je vous adresse rarement la parole. »

Stuart est un snobinard puant, l'incarnation même du cerbère arrogant, mais Owen s'obstine à le garder par pur plaisir pervers. Et, bien que son don à s'aplatir devant moi en jouant aussitôt les frotte-manche sans scrupule me mette d'habitude en joie, aujourd'hui je ne me sens pas d'humeur.

« Dites-lui que je veux lui parler.

— Bien sûr, répond Stuart, visiblement piqué au vif. Tout va bien ?

— Merveilleux. »

La musique d'attente est *Band on the Run*, et les vocalises de Paul McCartney, qui résonnent avec une clarté surprenante à travers mon haut-parleur, s'entrechoquent brutalement avec Springsteen. J'arrête le CD au moment où la voix rugueuse d'Owen remplace celle de McCartney, privant ainsi le monde d'un duo historique. « Hey, Joe… » Il est enroué, comme groggy, mais c'est un peu ma faute puisque je lui ai tenu la jambe au téléphone jusqu'à près de cinq heures du matin.

« Désolé pour cette nuit. Je ne tombais pas mal, j'espère », commencé-je, bien qu'avec Owen, on pouvait être sûr de toujours mal tomber.

Ce type entretient sa vie sociale avec une intensité frénétique, quasi désespérée. Comme s'il craignait qu'en faisant relâche un soir, le grand Barnum qui anime son existence plie bagage et quitte la ville sans lui.

« Sasha m'en avait déjà largement donné pour mon argent, ricane-t-il.

— Sasha ?

— Une infirmière roumaine, si j'ai bien compris ses états de service.

— Je vois. »

Le mécénat éhonté d'Owen en faveur des call-girls de luxe est légendaire dans le milieu de l'édition. Ces jours-ci, il en est aux petites annonces de la catégorie « jeu de rôle sensuel » des dernières pages de *New York*, et il ne manque jamais de me dresser en jubilant son compte rendu après chaque nouvelle expérience.

« Tu es en route pour les Falls, là ? »

Les Falls. Seuls les autochtones emploient ce terme ; il n'y a qu'Owen pour s'approprier ainsi les coutumes locales des autres sans vergogne.

« On ne peut rien te cacher.

— Bon, j'espère que le paternel va mieux.

— Merci, lui répondis-je avant de me sentir aussitôt gagné par une bouffée de culpabilité, comme si je commettais une sorte d'escroquerie en acceptant des vœux de rétablissement au nom de mon père. Tu as reçu le manuscrit ?

— Je l'ai trouvé ce matin en arrivant », dit-il après une très courte pause.

Owen n'est pas du genre à marquer une pause avant de répondre.

« Tu l'as lu ?

— Quelques pages. »

Depuis le succès de *Bush Falls*, Owen attendait avec impatience le nouveau manuscrit que je lui promettais depuis l'année dernière. En fait, je l'ai achevé il y a six mois, mais j'ai préféré ne pas divulguer cette information, étant peu satisfait du produit fini. En matière de fiction, l'opinion la plus communément admise, selon Owen, est que les premiers romans sont souvent des œuvres d'inspiration autobiographique, et le mien ne fait pas exception à la règle. C'est toujours la deuxième livraison qui confirme le talent d'un auteur et sa place sur le marché littéraire car, en théorie, c'est celle qui lui demande de mettre réellement son imagination et sa voix au service de la création pure. Le monde de l'édition baigne dans le sang des poignets tailladés d'une multitude d'écrivaillons non récidivistes.

« Tu détestes.

— Non. »

Je perçois au grincement et au clic de son briquet tempête qu'il vient de s'allumer une cigarette.

« Il y a d'ailleurs certains passages magnifiques.

— Il manque un *mais* à la fin de ta phrase. »

Owen soupire :

« Je n'aurais jamais imaginé que tu donnerais dans le réalisme magique.

— Je m'y adonne avec modération, objecté-je. Simple coquetterie esthétique.

— Simple distraction prétentieuse, rectifie Owen d'un ton méprisant. Regardez-moi, je repousse les limites de la littérature ! Navré, mais ça tombe complètement à plat. Le réalisme magique n'est ni un mouvement ni une technique. C'était un coup novateur, et la nouveauté est passée depuis longtemps. Le public tolère encore ce genre d'excentricités chez Marquez et Calvino parce que le public obéit à tout ce que dit le *New York Times*. Toi, tu es un Juif de Manhattan. Personne ne va avaler ça.

— Pourquoi tu n'avoues pas le fond de ta pensée ?

— Le fond de ma pensée, c'est que tu es beaucoup trop doué pour t'égarer dans le postmodernisme expérimental. »

Je dissèque cette remarque à la recherche d'une éventuelle trace de paternalisme et décide d'en conclure qu'Owen est sincère.

« Bon, et à part ça, comment tu trouves l'intrigue ? »

Et à part ça, Mrs Kennedy, comment trouvez-vous Dallas ?

« Honnêtement, Joe, je crois que ce sujet n'est pas digne de toi. »

Je suis choqué, vraiment. Cette faculté de résumer en une seule phrase ce sur quoi j'essaie en vain de mettre le doigt depuis six mois. Le roman – dont le titre de travail est : *Tout commence ici* – parle d'un étudiant qui plaque la fac pour suivre un groupe style Grateful Dead à travers tout le pays pendant plusieurs mois, et ce, avec une femme qu'il vient à peine de rencontrer. Lui fuit son milieu bourgeois, elle fuit la loi et un mari violent. Romance et chaos se mêlent à l'aventure sur fond psyché de bohème rock'n'roll. C'est loin d'être l'intrigue la plus originale du monde, mais je me suis lancé dans l'écriture avec des objectifs littéraires fort louables, désireux de raconter une histoire d'amour moderne tout en décrivant des individus confrontés à la lutte des classes invisible qui régit l'Amérique. La simple rencontre de mes deux personnages, leur approche unique d'un thème universel, aurait dû m'obliger à me concentrer sur mon histoire au lieu de me mettre à nourrir des ambitions stylistiques démesurées. Mais l'adaptation cinématographique de

Bush Falls était déjà en cours, à ce moment-là, et j'avoue que le film a déteint sur ma façon d'écrire. Je composais des plans au lieu de décrire des scènes, une technique visible comme le nez au milieu de la figure et proprement inadmissible en dehors des sagas judiciaires ou des livres de tueurs en série.

« Écoute, reprend Owen. Je viens à peine de commencer, tout débat serait prématuré. Reparlons-en après le week-end.

— Mais on sait déjà que tu n'aimes pas.

— Ça s'améliore, ensuite ?

— Pas sûr.

— Ah !

— Ne me fais pas le coup du “Ah”.

— Hmm, dit-il.

— Bref, lancé-je après un court silence. Et maintenant ? »

Il toussote.

« Écoute, Joe. Tu es un bon écrivain, blablabla... Tu n'as rien à me prouver. Mais je ne tiens pas à en discuter avant d'avoir fini ma lecture. Ensuite, nous prendrons le temps de voir ensemble comment arranger tout ça. »

Ce sera vite vu, j'imagine : prendre le tout et le passer à la grande moulinette cosmique.

« Et si le manuscrit est à jeter ?

— Eh bien, nous le jetterons, répond-il d'un ton tranquille. Et tu m'écriras autre chose. Je vois ça tous les jours.

— C'est censé me consoler ?

— Je ne suis pas là pour te sucer la bite. Si tu as besoin de te faire consoler, retourne chez ton psy. Mon boulot, c'est de t'aider à te développer en tant qu'écrivain, et crois-en ma longue expérience : plus on souffre, mieux on écrit.

— Formidable », raillé-je d'un ton abattu.

Je ne me fatigue même pas à lui expliquer que je me

sens malheureux comme les pierres depuis six mois, que je n'ai pas réussi à pondre une putain de bonne phrase et que je suis terrifié à l'idée de faire partie de ces pauvres ratés qui ne portent qu'un livre en eux.

Owen change de sujet :

« Alors comme ça, tu retournes aux Falls. Encore une fois, wow. L'expérience promet d'être fascinante.

— J'espère juste qu'elle sera de courte durée.

— Tiens-moi au courant, surtout. Je veux tout savoir.

— Owen, dis-je. Un jour, dans le futur, tu devrais vraiment songer à avoir une vie. »

Il lâche un petit rire étouffé.

« J'en ai eu une, autrefois, mais j'ai réalisé que c'était très surfait. Et puis je n'en ai plus besoin, maintenant. J'ai la tienne.

— Tchao. »

J'appuie sur le bouton de fin d'appel, remets le CD en marche et appuie un peu plus sur l'accélérateur. Le moteur réagit aussitôt avec un rugissement feutré. En quelques minutes, je me retrouve sur la Merritt Parkway, savourant la tenue de route de la Mercedes à mesure qu'elle engloutit les courbes du double ruban d'asphalte. J'en suis encore au prélude d'une relation d'amour-haine avec cette voiture. Certes, elle se laisse conduire comme dans un rêve et anticipe quasiment mes moindres gestes. En même temps, ce n'est pas parce qu'on a les moyens de s'offrir une Mercedes qu'on a forcément le profil et, plus ça va, plus je pense que c'est là mon problème. Cette bagnole m'embarrasse. Je me surprends parfois à envoyer des sourires contrits aux conducteurs de Ford ou de Toyota comme si ces parfaits inconnus savaient qu'au fond, je n'étais que l'un des leurs, s'adonnant au ridicule étalage de son ascension sociale. Le chic glacial allemand n'était pas fait pour abriter mes petits complexes personnels.

La voie rapide serpente au cœur de la verdoyante

frondaison du Connecticut. L'extrémité des feuilles commence tout juste à rougeoyer, signe de l'arrivée de l'automne. Je chante les paroles de *Thunder Road* à tue-tête avec le disque dans l'espoir de tromper l'angoisse qui s'empare de moi au fil des kilomètres, mais en vain. Je me sens assiégé par un déluge de réminiscences du passé défilant devant moi à trop vive allure pour que je puisse les identifier, mais qui ne m'en laissent pas moins vaguement contrarié. Puis, comme je passe à hauteur de Norwalk, Bruce attaque *Backstreets* et d'un coup, sans crier gare, comme obéissant à un signal, surgit devant moi l'image de Sammy Haber, jaillissant des tréfonds de ma mémoire avec son pantalon bigarré et sa houppette ridicule. C'est une vision si entière, si parfaite, que je sens ma gorge se serrer et les larmes me monter aux yeux malgré moi. J'inspire à fond, mais les larmes continuent d'affluer, et tout devient si flou que je me vois contraint de déboîter brutalement sur l'étroite bande d'arrêt d'urgence où je m'arrête en étouffant un sanglot stupéfait.

Sammy. Cette seule vision suffit à me faire comprendre que je m'étais menti à moi-même pendant toutes ces années, trichant avec mes souvenirs et le réduisant à un simple personnage de fiction pour mieux nier les liens émotionnels qui me rattachaient encore à lui. Je pensais avoir exorcisé les démons du passé, en écrivant ce livre ; je réalise qu'ils s'étaient juste assoupis. Et me voilà à présent en route pour les Falls où m'attendent le fantôme de Sammy et tant d'autres que je vais à nouveau devoir affronter, mais privé cette fois de mon bouclier intellectuel de pages et de chapitres conçu pour maintenir le mal à distance. Frissonnant, j'essuie mes joues brûlantes, baignées de larmes, et m'efforce de me calmer. Chaque nouveau bolide qui passe sur la voie rapide fait légèrement trembler ma voiture, isolée sur le bas-côté.

Ça n'a pas toujours été comme ça. Fut un temps,

j'avais des sentiments, des amis. Sammy, Wayne et moi, trois parfaits asociaux qui avions pourtant réussi à trouver notre place. Et puis les choses ont complètement merdé et nous n'avons plus rien retrouvé du tout. Mais pendant un moment, nous détenions un truc précieux, ensemble. Sans compter que moi, en plus, j'avais Carly.

Le temps ne guérit pas tant les blessures qu'il se contente de les enfouir au plus profond de votre cerveau, où elles restent tapies en attendant de vous piéger lorsque vous vous y attendez le moins. C'est ainsi qu'au fil des ans, Sammy est devenu un genre de curiosité exhibé dans le musée de ma mémoire et Wayne s'est vu réduit à un hologramme énigmatique luisant par intermittence dans l'obscurité. Seule Carly a conservé une force palpable, immuable, dans ma conscience, contrant obstinément chacune de mes tentatives visant à l'exiler derrière la vitrine de mes souvenirs, peut-être parce que je l'avais aimée à l'âge adulte ou tout simplement parce que c'était Carly, dont la forte personnalité n'aurait jamais toléré pareille réduction. Quoi qu'il en soit, son souvenir continue vaguement de teinter le moindre de mes sentiments ou de mes actes, et où que j'aille, elle ne semble jamais très loin. Elle fait encore tellement partie de ma vie, la douleur est encore si vivace, que j'ai peine à croire que nous ne nous sommes pas vus depuis près de dix ans. À ceux qui veulent toujours savoir à quoi l'on reconnaît le véritable amour, voilà la réponse : c'est lorsque ni la douleur ni les blessures ne s'effacent, et qu'il est déjà trop tard.

Les larmes menacent de me submerger à nouveau. Je décide de faire le vide dans mon esprit et de respirer à fond. J'ai soudain la tête qui tourne, conséquence de ma crise de panique, et j'appuie mon front contre le cuir douillet du volant en fermant les paupières. La solitude est une chose qui n'existe à aucun niveau de la conscience. C'est le plus souvent un battement sourd, à peine perceptible, comme le ronron d'un moteur de Mercedes arrêtée sur le bas-côté. Mais lorsque les vicissitudes de la route l'appellent, une accélération brutale transforme le bourdonnement en un rugissement tonitruant, viscéral, et l'on se souvient alors de ce que la bête avait sous le capot.

CINQ

1986

Sammy Haber a emménagé à Bush Falls l'été précédant notre entrée en terminale. C'était un gamin maigrichon au visage poupin, aux cheveux blond-roux gominés en une houppette à la hauteur improbable, chaussé de lunettes en écaille et affichant un goût malheureux pour les pantalons à carreaux et les mocassins. Sa mère et lui avaient quitté Manhattan, murmurait-on, contraints et forcés par quelque scandale. L'absence de détails concrets n'enraya nullement la puissante machine à ragots de Bush Falls, bien au contraire, puisque cela laissait le champ libre aux hypothèses les plus sordides.

Lucy Haber, la mère de Sammy, n'aidait en rien. Elle était d'une beauté farouche, lourde chevelure acajou toujours lâchée, grands yeux limpides et peau de porcelaine qui offrait un contraste parfait avec ses mèches auburn et la moue arrondie de ses incroyables lèvres charnues. Juchée sur des sandales à plate-forme, drapée dans de longues jupes à fleurs et des bustiers échancrés, elle dégageait une aura sexuelle bohème et insouciante lorsqu'elle passait en fredonnant le long des boutiques de Stratfield Road. Les mères de famille du Connecticut étaient pour la plupart peu portées sur les décolletés plongeants, lorsqu'il s'agissait de faire les courses. À Bush Falls, les canons de la mode étaient plutôt du genre chemisier Banana Republic enfoncé dans un pantalon en coton. Comme l'argenterie, on ne sortait les décolletés que dans les grandes occasions – et encore, avec parcimonie. Mais Lucy Haber ne semblait guère prêter attention aux regards furieux des femmes qu'elle croisait sur son passage, ni aux coups d'œil appréciateurs de la gent masculine. Tout le monde s'accordait à dire qu'elle paraissait beaucoup trop jeune pour avoir un fils de l'âge de Sammy et que cela était sans nul doute lié à sa sexualité prodigue ou à son mystérieux passé new-yorkais. Il n'y avait apparemment pas de M. Haber, ce qui bien sûr tombait à pic.

Cet été-là, comme chaque été, je travaillais dans l'usine de mon père, située aux abords de la ville. Mon père était l'un des rares chefs de famille de Bush Falls à ne pas travailler directement pour P.J. Porter's, la gigantesque chaîne de grands magasins discount dont le siège national était établi chez nous. Avec plus de sept cents magasins répartis dans tout le pays et vendant une gamme de produits allant du textile au mobilier en passant par les bijoux, le maquillage et l'électroménager, Porter's était l'un des plus gros employeurs du Connecticut. À l'origine, Bush Falls avait été créé de toutes pièces pour les salariés de ce géant du commerce, dont le site s'étendait sur vingt-huit hectares à quelques kilomètres au nord de la ville et comptait plus d'un millier de bureaux. Il n'y avait pas un foyer à Bush Falls qui ne comptât au moins un salarié de P.J. Porter's. De notoriété publique, la compagnie préférait recruter parmi les habitants de la ville, et elle offrait avec succès de nombreuses opportunités de jobs d'été en partenariat avec le lycée de Bush Falls.

Mon père avait d'abord travaillé chez eux, au service des achats, avant de se lancer à son propre compte dans la production de mobilier de magasin. Porter's était rapidement devenu son plus gros client grâce aux anciens collègues qui passaient commande auprès de lui pour leurs accessoires promotionnels et produits d'emballage. Bien qu'il continuât de dépendre autant de Porter's qu'à l'époque où il y travaillait, il était désormais son propre patron, distinction dont il n'était pas peu fier et qu'il ne manquait jamais de rappeler à la moindre occasion.

Ainsi, tandis que mes camarades de classe partaient en stage d'été chez Porter's, je repris ma place parmi les immigrés péruviens voûtés qui constituaient le cœur de la main-d'œuvre maison aux commandes de l'une des presses sous vide hydrauliques. Mon boulot consistait essentiellement à déposer des feuilles de styrène d'un mètre carré environ sur des moules en aluminium préalablement positionnés avant d'abaisser la presse, et d'actionner les pompes sous vide qui faisaient fondre le plastique à l'intérieur des moules. Après quoi, je relevais la presse et récupérais le moulage encore chaud, découpais proprement les côtés au cutter et balançais la pièce neuve dans un chariot destiné ensuite à l'équipe d'assemblage et de finition. C'était un travail physique et monotone ; chaque après-midi, je rentrais exténué, courbaturé, empestant le plastique brûlé mais me répétant qu'au moins, je n'avais pas à porter un costume. Par fierté, mon père me payait toujours un peu au-dessus de ce qui se pratiquait habituellement pour les stagiaires chez Porter's. « Ton paternel n'est le larbin de personne, me lançait-il, installé derrière le petit secrétaire en aluminium de son étroit bureau encombré, au fond de l'usine. Alors il n'y a aucune raison que tu le sois. »

L'été était toujours une période d'activité intense, puisqu'il s'agissait de pondre à la chaîne les accessoires de magasin pour la saison d'automne, mais cet été-là, l'usine croulait particulièrement sous les commandes. Confronté à cette hausse brutale de la production et contraint à des délais rigoureux, mon père loua une nouvelle presse qu'il fit installer à côté de la mienne, et me demanda si l'un de mes amis serait intéressé par un boulot saisonnier.

Mon meilleur pote était Wayne Hargrove, un type qui s'était révélé de si bonne compagnie au fil des ans que j'étais prêt à lui pardonner son statut regrettable de nouvel avant pour l'équipe des Couguars. Grand, musclé, avec une épaisse touffe de cheveux blonds et une parfaite carrure de nageur, Wayne faisait partie de ces gens qui surfent sans le moindre effort au sein du système complexe de castes du lycée pour la simple raison qu'ils en ignorent l'existence. Il semblait dépourvu de ce filtre inné dont nous disposions tous et qui nous permettait de reconnaître automatiquement les ringards, les ploucs, les bouffons, les fumeurs de shit, les sportifs, les goths, et toutes les sous-catégories intermédiaires. Ceux qui se retrouvent en bas de la chaîne alimentaire sont parfois les plus enclins à passer outre à ces frontières sociales, et la violation des règles a le plus souvent des répercussions dramatiques dignes d'un film de John Hugues. En sa qualité de sportif, Wayne échappait à de telles conventions, ce qui faisait de lui l'un des élèves les plus populaires du lycée. Son humour, quoique vif et cinglant, n'était jamais blessant ni cynique, et il possédait une énergie contagieuse capable de répandre des ondes positives autour de lui. Je l'enviais à en crever, mais je n'éprouvais pas le moindre ressentiment envers lui, puisque rien de tout cela n'était le résultat d'un effort conscient de sa part.

J'essayai instamment de le convaincre de laisser tomber son stage chez Porter's et de venir travailler à l'usine. Des barrières linguistiques et sociales m'empêchaient d'accorder plus que de simples hochements de tête à mes collègues de travail qui, j'en étais convaincu, passaient leur temps à se moquer du fils du patron dans leur idiome natal incompréhensible. La présence de Wayne constituerait l'antidote idéal à mon isolement et me changerait de la morosité du boulot.

« Merci, vieux, me dit-il quelques jours avant la fin de l'année comme on rentrait du lycée, un soir. Mais j'ai déjà décroché un emploi rémunéré.

— On termine à quinze heures, insisté-je.

— Tu te lèves aux aurores, observe-t-il.

— C'est mieux payé. »

Il leva les sourcils.

« Il y a plus essentiel que l'argent, en ce bas monde.

— Quoi, par exemple ?

— L'air conditionné. »

Là, il marquait un point.

Un peu plus tard, en rentrant chez moi, je trouvai mon père dans son bureau en train de manger un plat réchauffé devant sa télé tout en crachant sur les sportifs professionnels. *Il est fini. Bon sang de bonsoir ! qu'est-ce qu'ils attendent pour envoyer les remplaçants ! À quoi ça sert de garder des lanceurs en réserve ?* J'annonçai à mon père que Wayne n'était pas intéressé par le job.

« Alors demande à quelqu'un d'autre, dit-il.

— Franchement, je ne vois pas qui. »

Il se détourna de l'écran pour me regarder, un événement si rare qu'il aurait mérité d'être salué par une sonnerie de trompettes. « Tu n'as vraiment pas d'autres amis que Wayne ? » demanda-t-il en plissant le front d'un air incrédule.

Mon père, ou la sensibilité incarnée.

« Aucun qui ait envie de travailler dans un four, rétorquai-je.

— La paye est bonne.

— Inutile d'essayer de me convaincre. Après tout, je n'ai pas eu le choix. »

Mon père était sur le point de répliquer lorsque soudain, il pivota à nouveau la tête vers le téléviseur où un joueur venait de glisser, ou de frapper la balle, bref de faire quelque chose revêtant une bien plus haute importance que le second fruit de ses entrailles.

« Bien, dit-il avec un haussement d'épaules. Si tu n'as vraiment pas d'autres amis...

— Merci de remuer le couteau dans la plaie », lançai-je, mais il était déjà reparti dans son baseball.

Ces abrutis de Mets vont peut-être même arriver en finale, si ça continue. Je restai planté là un moment afin de m'assurer que la conversation était bel et bien close, puis je soupirai et me retranchai dans la cuisine, histoire de me dégoter de quoi dîner.

Lorsque j'ai rencontré Sammy pour la première fois, il se tenait dans le bureau de mon père, atrocement bariolé avec sa veste de coton marron, son T-shirt vert menthe, son jean gris retroussé au-dessus de la cheville et ses mocassins noirs, hochant nerveusement la tête tandis que mon paternel jaugeait sa silhouette dégingandée d'un œil sceptique.

« Voici Samuel Haber, fit-il d'un ton las, comme s'il désignait une verrue disgracieuse sur son orteil. Il vient postuler au job d'été à la presse. »

Mon père était un gros gaillard polonais d'un mètre quatre-vingt-cinq, aux épaules larges, à la mâchoire carrée, au visage renfrogné en permanence et à la nuque si épaisse qu'elle semblait aussi solide qu'un tronc d'arbre. Face à son imposante carrure, Sammy faisait l'effet d'une brindille.

« Enchanté, fit Sammy en me serrant la main d'un petit coup sec. Je n'ai pas encore d'amis pour l'instant, mais si j'en avais, ils m'appelleraient Sammy.

— Moi, c'est Joe », répondis-je.

En observant plus attentivement son corps maigre, son visage poupin et imberbe, je compris le scepticisme de mon père. Je me demandai à quelle fréquence Sammy se rasait, si tant est qu'il se soit jamais servi d'un rasoir.

« Tu dois être nouveau dans le quartier.

— Je viens d'emménager, dit-il. (Il se tourna vers

mon père.) Alors, grand chef, quand est-ce que je commence ? »

Les yeux de mon père se plissèrent. Il goûtait peu ce genre de familiarités avec ses propres enfants, alors vous parlez d'un gamin sorti de nulle part ! Arthur Goffman avait du mal à s'intéresser à quiconque n'était pas un athlète, comme me l'avait enseigné ma douloureuse expérience, et Sammy n'entrait clairement pas dans cette catégorie. Je le trouvai tout de suite sympathique.

Mon père poussa un grognement.

« Écoutez, Samuel, je vais être honnête avec vous, dit-il. (C'était là son introduction classique lorsqu'il s'apprêtait à descendre quelqu'un en flèche.) C'est une grosse machine, et vous êtes plutôt du genre maigrichon. Si vous vous en sortez avec la presse, la place est pour vous. Mais dans le cas contraire, vous risqueriez de bousiller toute la production, et cela est hors de question.

— Bien sûr. Je comprends, fit Sammy avec un hochement de tête appuyé. Ne vous inquiétez pas. Je suis plus costaud que j'en ai l'air.

— Je l'espère pour vous.

— Elle est bonne, celle-là, m'sieur.

— Et vous allez me faire le plaisir d'abaisser les rambardes de protection, vu ? continua mon père avant de se tourner vers moi, la mine sévère. Montre-lui les rambardes et demande-lui de les abaisser devant toi, compris ? (Je fis oui de la tête, et il se tourna à nouveau vers Sammy.) Si vous laissez traîner votre bras au moment d'actionner la presse, vous repartirez chez vous avec un moignon.

— C'est noté, dit Sammy. La direction désapprouve les amputations. (Puis, d'une voix grave et théâtrale, il ajouta :) Merci de votre confiance, big boss. Vous ne serez pas déçu. »

Mon père le fixa un long moment en tâchant de déterminer s'il passait à côté d'une blague quelconque.

« Ne m'appelez pas big boss.

— Bien, Arthur.

— Monsieur Goffman.

— J'allais le dire. »

Mon père poussa un long soupir.

« C'est bon, je vous prends. »

Sammy acquiesça :

« Cool. »

« *Vous allez me faire le plaisir d'abaisser ces rambardes.* » Sammy s'était lancé dans une imitation particulièrement réussie des grognements paternels, tandis que je le conduisais jusqu'à la presse.

« *Il est hors de question que la production soit bousillée à cause d'un bras arraché.* Nom de Dieu ! Ce type a un balai dans le cul, ou quoi ?

— Le moment est sans doute venu de t'annoncer qu'il s'agit de mon père », dis-je.

Je ne savais pas si je devais me sentir offusqué, ou amusé.

Sammy s'arrêta net et me jeta un regard hésitant.

« Tu me fais marcher, pas vrai ?

— J'ai bien peur que non.

— Putain, mais quel con », lâcha-t-il avec emphase.

Je décidai d'opter pour la version amusée.

« Ne t'inquiète pas pour ça.

— Non, je t'assure. Je suis une vraie tache. À force de vouloir me faire des potes et impressionner les gens, je me fous dans des situations pas possibles.

— Oublie. C'était une bonne imitation.

— Et pour la prochaine, ce sera un pauvre mec mort de honte.

— Ça n'a aucune importance.

— Je te présente toutes mes excuses. Je suis sûr que c'est un type génial. »

Je haussai les épaules.

« Pas vraiment. »

Sammy m'observa un instant.

« Eh bien, dit-il avec un grand sourire. S'il n'a pas le sens de l'humour, qu'il aille se faire foutre. »

Le père de Sammy était prof de musique à l'université de Columbia. Sa mère avait demandé le divorce à cause du fâcheux penchant de son époux pour ses étudiantes, jeunes musiciennes sensibles et passionnées, autant dire des proies faciles. Information, parmi tant d'autres, qui me fut révélée dès les premiers jours de Sammy à l'usine. À force de travailler côte à côte pendant huit heures d'affilée, on finit par bien se connaître. Sammy était un fan invétéré de Springsteen, et il passait son temps à chanter à pleine voix derrière sa presse en battant la mesure avec sa tête ou à donner la sérénade aux ouvrières immigrées qui passaient par là, insensible à leurs regards fuyants. « *Rosalita, jump a little lighter* », entonnait-il soudain. « Allez, Carmen... avec moi ! *Señorita, come sit by my fire.* » Il vouait une adoration totale à Springsteen et me tenait souvent de longs discours sur la profondeur de telle ou telle chanson, avec citations et commentaire de texte à l'appui. Il s'inquiétait beaucoup du succès commercial récent de *Born in the U.S.A.*

« Je ne dis pas que ce n'est pas un grand album, mais ça ne vaut pas *Greetings from Asbury Park* ou *Born to Run*. Et ces abrutis qui s'agitent sur MTV n'ont rien compris. Lui parle de la détresse des vétérans du Vietnam, et la jeunesse de ce pays tortille bêtement du cul comme sur Wham ! ou Culture Club. (Il pointa le doigt en avant pour accentuer ses propos.) Bruce Springsteen n'est pas Wham ! »

Cet été 1986 est resté dans les annales comme le pire été qu'ait connu le Connecticut en quatre-vingts ans ; une saison comme un ulcère, lancinante et à vif. L'air était chargé d'une humidité écœurante et l'odeur de l'asphalte fondu vous prenait à la gorge tant le soleil cognait, implacable, sur les rues et les toits de Bush Falls. Le quartier tout entier vibrait au ronronnement des centaines de compresseurs à air conditionné nichés dans les cours latérales des maisons et qui tournaient à pleine puissance de jour comme de nuit, ajoutant à l'atmosphère suffocante qui régnait déjà à l'extérieur. Les gens restaient cloîtrés chez eux, et lorsqu'ils étaient contraints de s'aventurer dehors ils se déplaçaient avec une lenteur infinie, comme terrassés par le poids d'une gravité plus forte.

À l'usine, Sammy et moi macérions littéralement dans notre jus, sachant que les machines faisaient monter le thermomètre d'une bonne dizaine de degrés supplémentaire. On allait prendre l'air dehors, assis sur les marches de l'escalier en béton qui menait au parking, en sirotant mollement des cannettes de Cherry Coke tandis que la sueur de nos corps s'évaporait.

« Au fait, me lança-t-il une fois pendant l'une de ces pauses, je t'ai dit qu'on avait une piscine ? »

Je lui jetai un regard noir.

« Non. Jamais. »

Il sourit.

« Simple oubli. »

L'été n'allait peut-être pas être aussi pourri, finalement.

Les Haber avaient acheté une vieille maison coloniale hollandaise à la façade immaculée sur Leicester Road, une rue isolée et escarpée grimpant péniblement jusqu'au point culminant de la ville. Mais ce dernier détail n'avait aucune importance. L'essentiel, c'était la grande piscine en marbre qui scintillait tel un bijou dans son écrin en forme de haricot au milieu du jardin. Tout au long de mes huit heures de calvaire quotidien à découper et démouler du plastique brûlant par une chaleur accablante, la vision de ses eaux bleutées et rafraîchissantes restait tatouée à l'intérieur de mes paupières. Mais la piscine de Sammy représentait bien plus qu'un simple refuge contre la canicule estivale. Il y avait d'autres facteurs en jeu. Mon propre logis, outre le fait qu'il était dépourvu de piscine, était loin de constituer une destination attrayante pour moi à cette époque. Un silence de plomb s'était abattu sur la famille au fil des ans depuis le suicide de ma mère, et au lieu de nous serrer les coudes pour tâcher d'en sortir, nous avions peu à peu fléchi sous son poids, comme une maison souffrant d'un vice de construction caché. Les conversations étaient rares ; quant au rire, c'était une anomalie. Brad et mon père pouvaient au moins parler basket, voire faire quelques paniers dans l'allée du garage de temps à autre, offrant ainsi l'illusion du bien-être familial, mais cet été-là, mon frère était parti en vacances avec des copains de fac. Ce qui me laissait seul face au visage fermé de mon père le soir à son retour, ses épaules voûtées sous l'effet d'une fatigue immense et bien plus profonde que le simple épuisement d'une rude journée de travail. Je songeais parfois à lui proposer une partie de basket devant la maison, mais je ne passais jamais à l'acte, persuadé que je me heurterais alors à son rictus méprisant tandis qu'il me répondrait du bout des lèvres, ses sourcils broussailleux levés en un étonnement ironique : « Toi ? » Ma triste expérience m'avait enseigné que mon père préférait s'enfermer dans le petit bureau sombre et climatisé où il arrosait son dîner à coups de cannettes de Bushmills dans le rayonnement nucléaire de l'écran de la télé jusqu'à ce qu'il s'écroule de sommeil, plutôt que de passer du temps dans le jardin avec le représentant le plus minable de son insignifiante descendance.

Les journées à l'usine allaient de sept heures à quinze heures, et avec Wayne qui ne sortait jamais de chez Porter's avant dix-huit heures au bas mot, c'est un morne néant qui s'ouvrait devant moi chaque après-midi. Une petite amie se serait avérée bien utile, à cette époque, mais j'avais fait preuve en trois années[1] de lycée d'une inaptitude remarquable en la matière. Et ce n'était, hélas, guère faute d'avoir essayé. À ce jour, l'apogée de mes exploits sexuels se limitait à la fois où Morgan Hayes m'avait laissé caresser son soutien-gorge sous son chemisier pendant qu'elle me labourait les lèvres avec son appareil dentaire à la soirée de fin d'année de troisième.

Ce fut donc un adolescent solitaire, orphelin de mère, en proie au désœuvrement et à la frustration sexuelle qui accepta la proposition de Sammy de venir s'immerger tous les jours dans les eaux turquoise de la piscine Haber. Et ce fut ce même garçon qui découvrit, pour le plus grand bonheur de ses hormones, que Lucy Haber, la mère de Sammy, au corps de liane absurdement sexy, passait ses après-midi à nager et à se faire bronzer dans toutes sortes de maillots de bain deux pièces dont la moindre fibre de tissu s'étirait pour mieux épouser ses courbes glorieuses.

Sammy n'était pas un grand nageur. Il faisait mine d'effectuer quelques brasses, comme pour justifier le fait qu'il m'avait invité dans sa piscine, mais il ressortait invariablement au bout de cinq ou dix minutes avant de draper une serviette autour de son torse fluet et de disparaître à l'intérieur de la maison climatisée, où il pouvait reconfigurer les mèches de sa houppe trempée et se plonger dans ses magazines de musique. En quelques jours, un plaisant rituel se mit en place : Sammy partait bouquiner à l'intérieur tandis que je restais dans la piscine à bavarder avec sa mère tout en camouflant d'embarrassantes érections sous-marines. À l'inverse de toutes les mères que je connaissais, Lucy semblait apprécier d'avoir quelqu'un avec qui passer l'après-midi. Elle me posait sans arrêt des questions sur ma vie, insérant de temps à autre quelque anecdote sur la sienne. À vrai dire, elle aurait pu me parler physique

1. Aux États-Unis, le lycée dure quatre ans, de l'équivalent de notre classe de troisième à la terminale.

quantique, j'aurais été tout autant ébloui, absorbé comme je l'étais par l'examen attentif de sa bouche voluptueuse, de ses cuisses fermes et hâlées, et des gouttes d'eau qui coulaient le long de sa poitrine luisante jusque dans le creux miraculeux entre ses seins pendant qu'elle bronzait au bord de la piscine. L'infidélité chronique de son mari ne semblait plus seulement inique, mais incompréhensible et scandaleuse. Qu'aurait-il pu désirer de plus qu'il n'avait déjà ? Bref, barboter dans l'eau était tout ce que j'avais trouvé pour garder mes mains hors de mon maillot de bain tandis que je me délectais de la proximité de Lucy. Je pris l'habitude de toujours laisser ma serviette au bord du bassin afin de pouvoir masquer, par ce subterfuge, le monstre rampant sous mon caleçon lorsque venait, à mon grand regret, le moment de me sortir enfin de l'eau.

Ma douche post-piscine chez Sammy devint une nécessité quotidienne, le seul moyen d'apaiser ma tension sexuelle débordante. Après quoi, Sammy et moi partions avec la voiture de Brad, qu'il m'avait léguée à contrecœur le temps des vacances. Nous retrouvions Wayne pour aller grignoter un hamburger ou une pizza, puis voir un film ou passer la soirée à glander ensemble.

Sammy et Wayne s'étaient tout de suite bien entendus. J'étais conscient que l'excentricité et le verbiage permanent de Sammy pouvaient taper sur les nerfs, mais le tempérament coulant de Wayne semblait ici faire merveille. Sammy s'intégra sans effort à notre rythme, tel un musicien itinérant venu rejoindre le groupe, et nous devînmes un joyeux petit trio.

Ces journées d'été caniculaires se fondirent les unes dans les autres comme un produit assemblé à la chaîne, chacune identique en tout point à celle qui la précédait. Longs après-midi de désir brûlant et de fascination masturbatoire devant les moindres mouvements langoureux de Lucy, ses courbes voluptueuses, ses ombres mystérieuses, et virées le soir en compagnie de Wayne et de Sammy. Même en sachant maintenant ce qui est arrivé après, et qui était déjà en germe à ce moment-là, je me souviens encore à quel point j'ai adoré ces mois de non-vacances : l'éternité brumeuse et luisante de l'abrutissement dans le travail à la chaîne, l'odeur du chlore et les clapotis de la piscine, et la pornographie délicieuse du corps de Lucy. Avouez qu'on pouvait faire pire, pour un été.

SIX

Je pensais m'être assez bien remémoré Bush Falls, au moment d'écrire mon livre. Mais maintenant que j'entre dans la ville, je réalise que ce que j'avais conservé en mémoire n'était que des réminiscences superficielles, substituts de carton-pâte en lieu et place des véritables souvenirs qui commencent alors seulement à émerger. L'expérience physique du retour réveille les vieux souvenirs assoupis, et à mesure que se déroulent devant moi les rues de ma ville natale, je suis frappé par la clarté retrouvée de tant de détails enfouis dans mon inconscient. Des images qui auraient dû tomber en poussière au bout de dix-sept ans d'usure rejaillissent désormais à la surface, scellées et intactes, poussées par une forme de volonté hypnotique. Je me sens presque violé dans mon intimité en découvrant que mon esprit a ainsi conservé à mon insu des liens si forts avec cette ville, un peu comme si mon cerveau m'avait fait des coups en douce.

Bush Falls est une version typique, quoiqu'à échelle réduite, de nombreuses villes moyennes du Connecticut ; une banlieue conçue et édifiée selon un plan précis, où les pelouses sont toujours vertes et la plupart des cols blancs. Le paysage, notamment, est une notion que l'on prend très au sérieux au Connecticut. Les habitants n'ont ni écussons ni armoiries au-dessus de leur porte d'entrée ; ils ont des haies, des fuchsias et des pachysandres, des parterres de fleurs et des thuyas émeraude. Une pelouse mal entretenue attire l'œil comme un goitre, symptôme révélateur d'une glande familiale dysfonctionnelle. L'été, le crissement des cigales, invisibles au sommet des arbres, fait écho au faible staccato chuintant des centaines d'arroseurs automatiques en rotation, sortis du garage après dîner ou incrustés dans le gazon et déclenchés par minuterie. Bientôt, je le sais, les arroseurs se verront remisés pour la saison, remplacés par des râteaux et des aspirateurs à feuilles mortes mais pour l'instant, ils continuent de trôner de part et d'autre de Startfield Road, la grande artère reliant la partie résidentielle de Bush Falls au quartier commerçant.

Bien que rien n'ait tellement changé en apparence depuis mon départ, je sais que les Falls ont durement pâti de la faillite de Porter's, il y a cinq ans, laquelle a entraîné la disparition de plus d'un millier d'emplois. La plupart des habitants de la ville ont pu se recaser sur le marché du travail alors fertile du Connecticut, mais beaucoup se sont retrouvés dans des start-up Internet pour mieux se faire laminer à la fin de l'an 2000 par l'effondrement de la Net économie. À présent, la ville s'est durablement ancrée dans la récession et il n'est pas un pâté de maisons qui n'arbore son ou ses panneaux À VENDRE plantés au gré des pelouses. Malgré les maisons bien tenues, les gazons impeccables, il émane de cette obsession quotidienne de netteté un désespoir latent, comme si aujourd'hui plus que jamais, ces demeures briquées avec soin n'étaient que de simples façades dissimulant des dommages cachés et irréparables.

Je tourne à gauche dans Diamond Hill Road et arrive devant la maison de mon père, qui abritait son propre lot de désastres bien avant la chute de P.J. Porter's. Je ralentis pour jeter un coup d'œil à la pelouse légèrement pentue qui s'étend devant la demeure de style colonial où j'ai grandi. Le garage en aluminium, bleu pâle du temps de mon enfance, est maintenant d'un blanc coquille d'œuf crasseux, et les haies qui poussent sous la baie vitrée du salon ne sont pas aussi hautes ou denses que dans mon souvenir, mais à part cela, rien n'a bougé. J'arrête la voiture et respire un grand coup, anticipant déjà je ne sais quelle réaction émotionnelle face à la vision de ma maison d'enfance. Mais non, rien. Je n'ai pas toujours été aussi détaché, pourtant ; j'en suis certain. Est-ce fonction de l'éloignement et du voyage, ou bien ai-je simplement, au fil des ans, éliminé tout ce que j'avais de sensibilité en moi ? J'essaie de me remémorer une occasion récente au cours de laquelle j'aurais exprimé un sentiment sincère envers quelqu'un, mais aucune manifestation d'émotion ou passion particulière ne me revient à l'esprit. Après avoir tourné à droite dans Churchill, je m'inquiète à l'idée d'être devenu, sans m'en rendre compte, un parfait trou du cul. Ce qui m'amène à un bref débat syllogistique. Le fait que je me soupçonne de n'être qu'un trou du cul prouve que je n'en suis sans doute pas un, puisqu'un vrai trou du cul ne se poserait jamais la question – pas vrai ? Ainsi, par ma prise de conscience de n'être qu'un trou du cul, j'annule de fait la pertinence de cette même prise de conscience – pas vrai ? Selon le grand Axiome du Trou du Cul de Descartes : je pense que j'en suis un, donc je n'en suis pas un.

C'est à ce genre de soliloque, ajouté à l'impression grandissante d'avoir perdu la faculté de ressentir quoi que ce soit, que je dois mon bref et fatidique passage par la psychothérapie. L'un des inconvénients de mon statut d'écrivain – comme je n'ai pas tardé à m'en apercevoir – est que je semble être devenu incapable d'habiter pleinement le moment présent. Une partie de moi-même demeure toujours en retrait, à analyser, à rechercher le contexte et le sous-texte, à imaginer comment je décrirai l'instant une fois qu'il sera passé. Pour mon psy, le Dr Levine, cela n'avait rien à voir avec le fait d'être un écrivain, mais plutôt avec celui d'être un égocentrique souffrant d'un sentiment d'insécurité, ce qui, vrai ou faux, m'était apparu comme un jugement pour le moins péremptoire au bout d'à peine vingt-cinq minutes, lors de notre deuxième séance.

« En outre, m'annonça-t-il, à votre penchant pour l'auto-analyse – manifestation supplémentaire, soit dit en passant, de votre égocentrisme – s'ajoute un immense complexe d'infériorité. Vous vous interdisez de vous investir totalement dans quoi que ce soit parce que au fond de vous-même, vous vous sentez indigne de l'approbation d'autrui, de l'amour, du succès, etc. Toutes choses que vous réclamez et désirez.

— Vous devriez essayer de me connaître un peu mieux avant d'émettre des jugements aussi catégoriques, non ? rétorquai-je, piqué au vif par ses propos.

— Ne soyez pas sur la défensive, me réprimanda-t-il. Cela ne fait que ralentir le processus. Vous ne me payez pas pour être gentil avec vous.

— Je ne suis pas sur la défensive.

— Vous parlez sur un ton défensif.

— C'est parce qu'il est impossible de se défendre d'être sur la défensive sans prendre un ton défensif.

— Exactement ! » lança le Dr Levine d'un ton énigmatique, avant de se renfoncer dans son fauteuil en grattant son petit bouc ridicule qui faisait étrangement ressembler sa bouche à un vagin.

Je me demandai s'il l'avait fait exprès, en bon freudien qu'il était et tout. Il ôta ses lunettes cerclées d'or et les essuya machinalement avec sa cravate. Puis, après les avoir replacées sur son nez, il me posa la question que tous les thérapeutes ressortent invariablement quand ils se trouvent à court d'idées et que l'heure est encore loin d'être écoulée :

« Parlez-moi de votre père.

— Non, sérieux… vous pouvez faire mieux que ça.

— Ne croyez-vous pas qu'il s'agit là d'une question légitime ?

— Qui est sur la défensive, tout à coup ?

— Je ne suis pas… (Il s'arrêta net et me lança un sourire compatissant.) Bien joué, Joe. Je regrette que vous éprouviez le besoin de me mettre à l'épreuve avec vos joutes verbales. Cela témoigne un manque de respect évident de votre part pour ma personne et pour mes capacités en tant que professionnel. (Mon psy était réellement en train de bouder.) Je me demande pourquoi vous prenez la peine de venir. »

J'ai donc arrêté.

Churchill oblique vers la droite pour rejoindre Stratfield Road, qui devient alors une voie de circulation à double sens et débouche dans le cœur commerçant de la ville. Centres commerciaux chic et parkings coûteux se déploient des deux côtés de la route. Les cinq pâtés de maisons suivants sont une succession de magasins destinés à répondre à tous les besoins suburbains possibles et imaginables. Radio Shack, K•B Toys, Blockbuster Video, Carvel, Party City, Home Depot, Barnes & Noble, Super Stop & Shop, un drugstore CVS, Coconuts Music, deux bijouteries, une pépinière et un Duchess Diner. Arrivé au dernier pâté de maisons, j'aperçois l'ancien magasin P.J. Porter's, aujourd'hui en démolition.

Au carrefour suivant, je bifurque dans Oak Hill Road et me gare au parking du Mercy Hospital, un bâtiment en briques rouges qui m'apparaît un tantinet jovial et assez peu institutionnel pour un hôpital. J'empiète délibérément sur deux places de parking afin d'empêcher quiconque de venir me coller de trop près, une manie honteuse acquise depuis l'achat de la Mercedes. Les parkings sont un terrain favorable à la rayure de portière, fléau absolu du possesseur de voiture de prix. Une fois de plus, je réalise que je déteste ma bagnole. C'est un peu comme une poule de luxe. Dès qu'on en a fini avec elle, on voudrait qu'elle disparaisse sans laisser de trace.

Une fraîche brise automnale vient se poser sur moi telle une bénédiction lorsque je m'extirpe du cockpit climatisé de ma Mercedes. De gros nuages couleur de poussière s'amoncellent au-dessus de la ville, et les jeunes ormes plantés à intervalles strictement réguliers sur toute la surface du parking ont leurs feuilles tournées vers le ciel, suppliantes. Une poignée d'internes est en train de fumer sur les marches du perron et cette vision me paraît presque blasphématoire, comme celle de rabbins mangeant du porc. Je franchis le feu roulant de leurs vapeurs nicotiniques en restant en apnée jusque dans le sas de la porte à tambour puis, une fois dans le hall, me dirige vers l'unité de soins intensifs en suivant les panneaux.

Cindy est le visage même de la lassitude, assise sur un banc avec ses jumelles devant l'entrée de l'USI. C'est toujours mignon, les jumeaux. Je n'en ai jamais vu de laids. Comme s'il existait une sorte de régulation spontanée, d'origine biologique ou divine, chargée de conjurer la duplication de la laideur. Et les jumelles de Brad sont vraiment trop mignonnes. Entre leurs deux parents, les petites ont clairement puisé dans le filon génétique maternel. À douze ans, elles ont le teint nacré et les cheveux bruns ondulés de leur mère, et elles arborent toutes deux la même petite jupe plissée et le même polo blanc à manches longues. Rien qu'à les regarder, on sait d'avance qu'elles n'auront jamais à s'inquiéter de détails comme l'acné, leur tour de cuisse ou le volume de leurs fesses. Elles seront parfaites, comme leur mère, jusqu'à ce que cette perfection devienne leur ultime tare. Elles balancent leurs jambes d'avant en arrière, exactement en même temps, et l'illusion est si parfaite que l'on croirait un jeu de miroir.

« Bonjour, Cindy. »

Le ton est cérémonieux. Vingt ans se sont écoulés depuis l'épisode de la fellation, mais c'est toujours la première chose qui me vient à l'esprit. On oublie rarement une pipe quand on est un homme – même lorsque c'est un autre qui en a profité.

Cindy lève les yeux.

« Tiens, salut, Joe », répond-elle d'un ton égal.

Elle se lève pour me plaquer un baiser sec sur la joue et je ne peux m'empêcher de jeter un coup d'œil appréciateur à sa silhouette qui, malgré trois enfants, est toujours mince et ferme. On aurait peine à déceler le moindre élément de changé dans son visage, à part peut-être le léger flétrissement de la peau sous les paupières, et pourtant, une étincelle semble avoir disparu. La structure générale est bien en place, toujours aussi exquise, mais le moteur qui l'anime est comme altéré, sa pulsation vigoureuse réduite à un murmure vacillant. Les hommes continueront de la remarquer dans la rue, de détailler avec convoitise son ventre ferme et sa poitrine bombée, le galbe délicatement musclé de ses jambes et la courbe de ses fesses en forme de cœur, se verront réprimander par leur épouse ou leur petite amie pour avoir laissé traîner leur regard au-delà de la limite de temps réglementaire, avant de les amadouer à coups de belles déclarations sur les mérites des femmes aux formes épanouies et autres mensonges masculins ; mais les choses en resteront là. Ils ne la ramèneront pas jusque dans leur lit par la pensée, comme ils l'auraient peut-être fait autrefois, histoire de superposer son image à la réalité ordinaire de leurs orgasmes ménagers. La beauté de Cindy, quoique intacte, a basculé dans la catégorie oubliable.

Elle recule d'un pas et désigne les jumelles qui m'observent avec de grands yeux curieux. « Tu te souviens d'Emily et de Jenny. » Elle ne prend pas même la peine de m'indiquer laquelle est laquelle, comme si cela ne me serait d'aucun intérêt, et j'imagine qu'elle n'a pas tort. De toute leur vie, je ne les ai vues que cinq ou six fois, lors des rares visites de Brad et de Cindy à New York.

« Les filles, voici votre oncle Joe.

— Salut, oncle Joe », répondent-elles en chœur avant de se regarder et de pouffer de rire.

C'est la première fois que je m'entends appeler « oncle » et je tressaille, paniqué de me sentir soudain les mains vides. Les oncles ne sont-ils pas censés exécuter des tours de magie, faire apparaître des pièces en argent ou des bonbons ? Le seul oncle que j'aie jamais eu – le frère de ma mère, Peter – avait pour manie de m'attraper par l'épaule, de me filer un billet de cinq dollars et de me faire un clin d'œil en me gratifiant d'un « Arrête tes couillonnades, fiston », avant même que j'aie eu le temps d'ouvrir la bouche. J'avais pris l'habitude d'encaisser sans broncher, car ça paraissait au fond un moindre mal pour cinq dollars. J'envisage un instant de donner un billet de vingt à chacune des jumelles, puis me ravise – sage décision, à mon avis.

« Bonjour, lancé-je d'une voix molle. Vous vous habillez toujours pareil, toutes les deux ?

— On n'est pas habillées pareil, répond Emily ou Jenny avec un sourire narquois.

— Nan, on n'est pas habillées pareil », renchérit l'autre, et elles se remettent à glousser.

Clairement, je viens de me prendre les pieds dans les filets d'une blague invisible.

« Désolé, dis-je. J'ai fait erreur. »

Pour je ne sais quelle raison, mes excuses déclenchent un nouveau pic d'hilarité chez les jumelles qui se radossent contre le banc avec de joyeux petits rires étouffés.

« Calmez-vous, les filles », lâche Cindy d'un ton si automatique que je la soupçonne de ne même pas s'apercevoir qu'elle vient de parler.

« Où est Brad ? demandé-je.

— Là-bas, avec lui », répond-elle en indiquant la porte de l'unité de soins intensifs, au moment même où en sort mon frère.

La plupart des gens comme vous et moi se décomposent après leur mort, mais pour les sportifs et les rock stars, ce processus commence déjà des années avant. Chez les rock stars, cela commence par le visage ; il suffit pour s'en convaincre de regarder n'importe quelle photo de Mick Jagger prise au cours des dix dernières années. Chez les sportifs, les jambes sont touchées en premier. Les anciens athlètes ont tous la même démarche, une sorte de léger balancement latéral, comme s'ils plébiscitaient à tour de rôle la jambe sur laquelle ils s'appuyaient. La foulée reste hardie et leste, portée par le souvenir d'une puissance musculaire tranquille, puis, comme frappé par la prise de conscience que ces mêmes muscles se sont détériorés, le pied se met à marcher légèrement en dedans, heurtant le sol avec précaution pour raccourcir la longueur du pas. Ce simple détail ramène les jambes à la réalité en leur rappelant qu'elles doivent désormais modérer leurs ambitions d'autrefois, car leurs genoux ravagés ne tiendraient plus le choc. Les épaules ne sont pas en reste, qui se soulèvent imperceptiblement à chaque pas comme pour anticiper une décharge de douleur arthritique. Il se dégage une grâce maladroite de cette démarche, à la croisée de la jeunesse et du déclin. Bush Falls étant la grande ville de basket que l'on sait, beaucoup d'hommes y marchent de cette manière, y compris mon père. En voyant Brad franchir le pas de la porte, les traits tirés et le visage huileux, je réalise qu'il a commencé à s'y mettre lui aussi.

Il vient vers moi.

« Salut, Joe.

— Salut. »

Nous tombons dans les bras l'un de l'autre en une

accolade chaleureuse. Non, ce n'est pas vrai. Ça n'est jamais arrivé, mais ce serait bien de pouvoir échanger une bise entre frères, songé-je. Au lieu de quoi, nous nous serrons la main d'un geste aussi machinal que si nous avions tendu le bras pour éteindre un interrupteur, et les retrouvailles sont achevées.

« Content que tu sois venu. »

Je m'attendais à un ton de reproche, mais sa voix paraît sincère, dénuée de toute inflexion ambiguë.

Si l'on prenait mon mètre soixante pour l'étirer jusqu'à atteindre un mètre quatre-vingt-neuf, le résultat ressemblerait grosso modo à Brad. Notre ADN commun saute aux yeux, mais le sien a bénéficié d'un coup de rouleau à pâtisserie l'ayant fait long et vigoureux tandis que je suis resté petit et dense. Mais nous avons tous les deux les yeux foncés de notre mère, ses cheveux bruns et raides, ainsi que la mâchoire carrée, à la polonaise, de notre père.

« Comment va-t-il ? » demandé-je en désignant la porte.

Brad plisse le front.

« Stationnaire.

— Qu'en disent les médecins ? »

Le plissement de front s'accentue.

« Pas grand-chose. Ils ne devraient pas tarder, tu pourras leur poser toi-même la question. »

Je jette un nouveau coup d'œil à la porte.

« Va le voir, me suggère Brad en regardant Cindy et les filles par-dessus mon épaule. Je te rejoins tout de suite. »

Il me faut plusieurs secondes avant de repérer mon père au milieu du bourbier de tubes et de câbles qui a colonisé son corps inerte, perforé à la moindre jointure : intubation au nez et à la bouche, perfusion dans le bras, cathéter enfoui sous les draps au niveau des hanches, sans parler des tuyaux divers rattachés aux électrodes collées sur son torse et qui livrent leurs données invariables au moniteur cardiaque placé à gauche du lit. Il est étendu là, déshumanisé, une créature tout droit sortie d'un roman d'Isaac Asimov, ses fonctions vitales les plus intimes désormais cooptées par la machine qui respire, pète, chie et avale à sa place. Le tube enfoncé dans sa bouche le prive même d'une quelconque illusion d'expression faciale.

Levant les yeux au-dessus de cette plomberie, je réalise que ses cheveux sont passés du noir de jais de mes souvenirs à un charbonneux argenté. Les îlots de poils mal rasés qui semblent consteller son menton de graines de pavot me font aussitôt penser à Homer Simpson. Mon père gît dans un état critique sur son lit d'hôpital, et son quasi étranger de fils le compare à des personnages de cartoons. Ses sourcils sont plus broussailleux qu'avant, mais je parviens néanmoins à déceler la cicatrice sous l'arcade sourcilière gauche, sa blessure de guerre, souvenir d'un coup de coude reçu pendant un match de championnat du Connecticut en 1958. Il ne se lasse jamais de raconter comment son équipe avait remonté de seize points dans le dernier quart-temps. À moins de dix secondes de la fin, il s'était élancé pour égaliser par un tir déposé, s'était pris un coup de coude en plein visage mais avait quand même marqué le panier. Son équipe avait gagné sur cet ultime coup franc, réussi malgré le sang qui lui coulait dans l'œil gauche et brouillait sa vision. L'anecdote, accompagnée d'une photo granuleuse montrant son visage ensanglanté, avait été rapportée dans *The Minuteman*, dont un vieil exemplaire jaunissant trônait, encadré, sur l'un des murs du bureau.

Il n'y a pas le moindre bruit dans la chambre, à l'exception des bips du moniteur et du souffle mécanique régulier du respirateur. Je m'assois sur la chaise installée à son chevet, à défaut d'une autre idée. Clairement, pour le brin de causette, il faudra repasser. Si mon père avait été conscient, ma verve légendaire aurait été ma meilleure arme défensive, mais son coma me place en net désavantage. J'envisage néanmoins de lui parler comme on le fait toujours à la télévision, d'une voix grave et tremblante d'émotion suppliant le malade de s'accrocher à la vie. Parce qu'il m'entendra. Quelque part au milieu de sa brume comateuse, ma voix naviguera jusqu'à lui, des images de moi défileront en une succession de flashs derrière ses paupières closes comme dans un clip de rock, et une mystérieuse combinaison qui n'avait pas encore été testée jusqu'à présent débloquera le cadenas de son cerveau, et ses doigts tressailliront au creux de la paume de ma main, ses yeux se mettront à cligner et le premier mot qu'il prononcera, dans un murmure rocailleux, sera mon prénom. Mais je n'ai vraiment pas ça dans le ventre. Sa main repose le long de son corps, sur le drap, et je pose la mienne par-dessus en un mouvement furtif. La sienne est beaucoup plus grande, rêche et calleuse aux extrémités mais étonnamment douce au centre, comme un toast sorti in extremis du grille-pain alors qu'il commençait à cramer. Je ne me souviens pas avoir jamais touché la main de mon père avant ce jour. Je la presse légèrement. Aucune réaction. J'entends la porte s'ouvrir derrière moi et je retire aussitôt ma main, tel un voleur à l'étalage.

« Salut, dit Brad en entrant dans la chambre.

— Salut.

— Alors, quoi de neuf depuis tout ce temps ?

— Tout va bien. Et toi ? »

Soupir.

« J'ai connu mieux.

— Je comprends ».

Nous nous tournons tous les deux vers le corps inanimé de notre père. Brad s'avance vers le lit et réarrange délicatement les couvertures. Ses gestes sont lents, emplis d'une très grande tendresse. En l'observant, je comprends soudain qu'il est bouleversé. Accaparé par la complexité de mes sentiments à l'égard de mon père, j'en ai oublié qu'il était aussi le père – et le grand-père – de quelqu'un d'autre, et qu'il était aimé. Je me détourne au moment où Brad termine de remettre les draps en place. Une fois de plus je me sens honteux, dans la peau d'un intrus.

Brad s'écarte du lit et m'adresse un petit sourire gêné.

« Voilà…

— Quel est le diagnostic des médecins ?

— Plutôt merdique. Ils ne savent pas s'il va sortir du coma. Et quand bien même, il est impossible de savoir à l'avance dans quel état sera son cerveau.

— Combien de temps va-t-il pouvoir tenir comme ça ?

— Ils n'en ont aucune idée.

— Ils n'en savent pas lourd, on dirait. »

Je pose à nouveau les yeux sur mon père. Il paraît tout tassé, beaucoup plus petit et terne que dans mon souvenir. Nous ne nous sommes vus que rarement au fil des ans, et je n'ai jamais songé à vieillir l'image que j'avais gardée de lui dans ma tête. Dans son état, il m'est impossible d'évaluer les traces laissées sur lui par le temps en dix-sept ans et de me figurer à quoi il pouvait ressembler juste avant son attaque. Je réalise alors que, bien que nous nous trouvions enfin réunis dans la même pièce, je ne reverrai sans doute jamais mon père.

Brad s'appuie contre le rebord de la fenêtre et je reprends la chaise à côté du lit. Sous mon poids, le coussin en vinyle émet un léger soupir chuintant. *Et maintenant ?* songé-je.

« Combien de temps comptes-tu rester ? » demande Brad au bout d'un moment.

Rester ?

« Je n'en sais rien. »

Il hoche silencieusement la tête, comme s'il s'attendait à une telle réponse, et s'éclaircit la gorge.

« Je suis content que tu sois là. Je ne savais pas si tu viendrais.

— Il le fallait bien », fais-je, sans plus d'explications.

Il me regarde.

« Ouais, j'imagine. »

Assis tous les deux en silence, nous laissons la conversation s'échouer d'elle-même jusqu'à ces rives inconnues où les conversations se traînent pour mourir.

« Où est Jared ? »

Brad fronce les sourcils.

« Je lui ai dit de passer en sortant du lycée, mais on ne peut vraiment pas compter sur lui, ces temps-ci. »

Jared est le fils de Brad. Mon neveu. D'après mes calculs, il doit avoir seize ou dix-sept ans, à présent. Je dis cela parce qu'il avait quatorze ans quand il a fugué de chez lui pour prendre le train jusqu'à Manhattan et faire irruption chez moi à vingt-deux heures trente le soir même, affamé, sans le sou et proprement révolté par je ne sais quels outrages l'ayant poussé à cet acte de défi. Nous avions commandé des sandwichs, et je l'avais forcé à appeler son père. Après quoi nous avions regardé le *David Letterman Show* et, le lendemain matin, je l'avais remis dans le train pour le Connecticut. Fin de l'épisode. Brad m'avait laissé un message le lendemain soir pour me remercier mais j'étais sorti, et bien que je me souvienne distinctement m'être promis de le rappeler, je ne l'avais jamais fait.

« Ça lui fait quoi… dix-sept ans ?

— Dix-huit, corrige mon frère. Il est en terminale. »

Au temps pour mes prouesses en maths.

« C'est le capitaine des Couguars ? »

Brad détourne les yeux. « Jared ne joue pas au basket. » Ces mots, alourdis par le poids du regret et de la contrariété, m'indiquent que mes malheureux efforts pour animer la conversation viennent de me faire aborder un sujet douloureux. Je décide donc de passer le relais à Brad, mais ce dernier semble préférer se radosser contre le mur en faisant craquer ses articulations et en observant l'écoulement des fluides qui entrent et sortent de cette chose sifflante et bip-bipante qu'est devenu notre père.

« J'ai lu ton livre, dit-il enfin, faisant aussitôt grimper la tension qui règne dans la pièce de quelques degrés supplémentaires.

— Vraiment, dis-je. Ça t'a plu ? »

Il plisse le front, réfléchit à la question.

« En partie », avoue-t-il.

Je hausse les épaules d'un air dégagé.

« C'est déjà pas mal. »

Il me considère d'un air pensif, comme s'il hésitait à me dire quelque chose, puis soupire et regarde ailleurs.

« Ouais, dit-il. Ton bouquin a pas mal fait jaser, ici. »

Je garde le silence, le temps de le laisser poursuivre, mais il semble avoir fait le tour de la question. Entre nous, mon père se met soudain à trembler, secoué par une vague de soubresauts qui l'agite depuis le torse jusqu'aux orteils. Je bondis de ma chaise, mais Brad me retient d'un simple geste du bras.

« C'est normal, explique-t-il en se penchant pour remettre un coin de couverture en place. Il fait ça tout le temps. »

SEPT

1986

Le vaste no man's land à quoi se résumait la vie nocturne de Bush Falls engendrait toutes sortes d'actes de délinquance et de débauche. Nous débordions d'une rage angoissée et d'un ennui qui faisaient en permanence bouillir le sang dans nos veines adolescentes. Il y a forcément une limite au nombre de soirées qu'on peut passer à traîner au centre commercial, de films nouveaux qu'on peut voir au Megaplex ou de cheeseburgers et de sandwichs au thon qu'on peut ingurgiter au Duchess Dinner. En dehors de ça, il ne restait guère que la picole, la baise, et le vandalisme gratuit sous diverses formes.

Avec Sammy et Wayne, nous allions parfois escalader le portail du siège de Porter's à la nuit tombée pour trafiquer l'allumeur des petites voitures de golf électriques rangées près des portes du hangar. Ces véhicules servaient aux cadres de l'entreprise pour traverser les hectares de pelouse manucurée à la perfection qui séparaient le bâtiment principal du centre de distribution, situé à l'autre bout du site. En sa qualité de stagiaire, Wayne avait appris qu'il suffisait de soulever le siège du conducteur pour atteindre la batterie et de créer un court-circuit à l'aide d'un trombone pour démarrer la voiture. Il y avait quelque chose d'agréablement surréaliste à piloter ces mini-engins silencieux en pleine nuit sur cette immense étendue de gazon. Nous organisions de grands rallyes à travers tout le complexe, en marche avant puis en marche arrière, ou encore des concours de cascades foireux, comme sauter d'un véhicule qui roule à un autre, par exemple. Après quoi, installés au bord de l'un des étangs artificiels qui miroitaient dans le noir, nous nous amusions à balancer des cailloux dans la fontaine automatique éclairée par des spots et dont les eaux jaillissaient à une quinzaine de mètres vers le ciel, tout en sirotant de la bière au rabais achetée à New Haven grâce à la fausse carte d'identité de Wayne.

Nous étions assis dans l'herbe immaculée près de l'étang principal, par une lourde nuit de chaleur, grisés par la boisson et les effets kaléidoscopiques du geyser, lorsque d'un coup, Wayne se leva en titubant.

« J'ai trop chaud, dit-il. J'ai l'impression d'avoir pris feu.

— Exactement comme le Boss, commenta Sammy, avant de se mettre à chantonner de sa voix haut perchée : "*At night I wake up with the sheets soaking wet and a freight train running through the middle of my head, only you can cool my desire. I'm on fire*[1]. "

— Le voilà qui remet ça avec Springsteen, bougonna Wayne.

— Je croyais qu'on s'était mis d'accord, Sammy.

— On dirait Springsteen reprit par les Bee Gees, renchérit Wayne.

— Allez, vous n'osez pas le dire, mais vous adorez ça, rétorqua Sammy avec bonne humeur.

1. « La nuit je me réveille, les draps trempés/Et j'ai comme un train de marchandises qui me fend le crâne en deux/Toi seule peux apaiser mon désir/Je suis en feu », *I'm on Fire*, Bruce Springsteen.

— Quoi qu'on fasse, tu trouves toujours le moyen de caser une citation de Springsteen, dis-je.

— Je n'y peux rien. C'est bien la preuve de son génie.

— Cause toujours, mec, conclut Wayne en trébuchant à moitié. N'empêche que je crève de chaud. »

Il ôta son T-shirt, sur lequel on pouvait lire les mots « BIG IN JAPAN » inscrits en grosses lettres noires, et le jeta à terre.

« Je vais piquer une tête.

— On peut retourner se baigner chez moi, suggéra Sammy.

— Pourquoi s'emmerder ? »

Wayne se débarrassa de ses baskets montantes, entra dans le bassin et, sans hésiter, plongea la tête la première dans l'eau noire et lisse comme un miroir avant de se mettre à nager vers la fontaine en un crawl vigoureux.

« Bière et bain de minuit, dis-je. Comme c'est intelligent.

— Et va savoir ce qu'il y a dans ce foutu bassin, ajouta Sammy d'un ton réprobateur. Micro-organismes, parasites...

— Déchets radioactifs...

— Monstre du Loch Ness...

— Tout à l'égout personnel de la famille Porter's...

— Allez, venez les gars ! cria Wayne depuis la fontaine. C'est le bonheur, ici !

— Est-ce que ça ne commence pas toujours comme ça, dans *Les Dents de la mer* ? fit Sammy.

— Les requins ne vivent pas dans les étangs, objectai-je.

— C'est exactement ce que dit la fille en bikini avant de se faire bouffer. »

Entre-temps, Wayne avait pris la fontaine d'assaut et s'était suspendu à une sorte de dispositif mécanique indistinct, à demi caché derrière l'épaisse brume résiduelle du geyser. Je fermai les yeux une seconde, ballonné et grisé par les litres de bière américaine bon marché que nous avions ingurgités. Lorsque je les rouvris, Wayne avait disparu.

« Où est-ce qu'il est passé ? demandai-je.

— Aucune idée », répondit Sammy en se tordant le cou pour tâcher d'apercevoir quelque chose.

Nous nous relevâmes en criant son nom, scrutant l'obscurité dans l'espoir de voir surgir sa tête de l'eau.

« Où est-ce qu'il est, bordel ? » m'écriai-je, la panique enflant dans mon ventre tel un ballon de glace.

Je jetai un coup d'œil à Sammy, qui commençait déjà à enlever ses baskets, et m'empressai de l'imiter. Nous nous précipitâmes dans l'eau froide, hurlant le nom de Wayne entre deux mouvements de crawl frénétiques à mesure que nous approchions de la fontaine, dont le bruit était bien plus assourdissant de près que je ne l'aurais cru depuis la rive. J'atteignis la fontaine le premier et tentai une plongée maladroite sous l'eau ; mes doigts raclèrent le fond de l'étang et firent remuer la vase noirâtre. Je remontai à la surface, haletant, et m'apprêtais à retenter le coup lorsqu'un hurlement de joie se fit entendre et que Wayne jaillit soudain du cœur de la fontaine, roulé en boule et propulsé au-dessus de nos têtes par des gerbes d'eau étincelantes évoquant une queue de comète. Il voltigea vers le ciel au ralenti, sous la lumière des projecteurs, porté par ce geyser tel un dieu de la mythologie surgissant des profondeurs, avant de replonger en une bombe parfaite entre Sammy et moi. Il remonta à la surface quelques secondes plus tard, ôta ses cheveux mouillés de son visage et éclata de rire.

« Enfoiré ! s'écria Sammy en l'aspergeant d'un geste écœuré.

— T'es malade ou quoi ? m'exclamai-je, toussotant de soulagement et étouffé par un répugnant reste de vase coincé au fond de ma gorge.

— C'était le seul moyen de vous faire venir dans l'eau », fit Wayne, la mine réjouie.

Une féroce bataille aquatique s'ensuivit, au cours de laquelle nous essayâmes de le couler en vain, repoussés chaque fois par la pugnacité de ses bras longs et puissants. Après quoi il nous montra la minuscule voie d'accès à la plate-forme de maintenance, située sur le côté de la fontaine, qui lui avait permis de réaliser son exploit, et nous nous relayâmes pour plonger à travers le jet d'eau.

Je fus le premier à ressortir de l'étang, l'estomac vrillé par le funeste cocktail de bière et d'eau saumâtre que j'avais avalé. Je partis m'adosser contre un sycomore, le souffle court, jusqu'à ce que mes tripes n'en puissent plus. Je fus alors pris de vomissements si violents qu'ils firent larmoyer mes yeux ; l'acidité de ma propre gerbe me brûlait la gorge. J'enlevai mon T-shirt et m'étendis sur l'herbe, vacillant et étourdi. Lorsque je rouvris les yeux quelques minutes plus tard, Sammy et Wayne n'étaient toujours pas sortis de l'eau. L'écho de leurs voix résonnait étrangement à travers l'étang, couvert par le grondement léger de la fontaine. Je me relevai sur un coude et distinguai vaguement, dans le noir, leurs ombres jaillissant et disparaissant au milieu de la bruine épaisse qui les enveloppait. Les contours se brouillaient à mesure que mes paupières s'alourdissaient sous l'effet de l'alcool, et l'image se mit à clignoter faiblement tandis que tout tanguait à une vitesse vertigineuse autour de moi. Juste avant que mes yeux ne se ferment, leurs silhouettes semblèrent se joindre en une étreinte hésitante mais c'est à peine si j'avais remarqué ce mirage lorsque le sommeil de l'alcool m'ouvrit les bras et, sautant les préliminaires, consomma directement notre union.

HUIT

Le temps se traîne au ralenti dans la chambre de mon père. Malgré leurs efforts, les secondes qui s'égrènent sont incapables de s'aligner sur les bips réguliers du moniteur cardiaque. La journée me fait l'effet d'une phrase sans fin d'Henry James, dépourvue du moindre sens et ponctuée par les conversations creuses, les pauses pipi ou les allers et retours entre la chambre et la machine à café cyclothymique située au bout du couloir. J'ai du mal à comprendre si nous sommes là pour guetter le réveil de notre père ou son dernier soupir, mais la question est presque hors de propos puisque la machine semble conçue exprès pour ne permettre ni l'un ni l'autre, et le maintenir à dessein dans une sorte de purgatoire mécanique. Cindy, partie emmener les filles à l'école peu après mon départ, revient vers midi pour nous apporter des parts de pizza. N'ayant jamais été marié, je n'ai pas l'équipement requis pour déchiffrer la nature des regards furtifs teintés de colère qu'elle échange avec Brad. Celui-ci part la raccompagner jusqu'à l'ascenseur. Lorsqu'il revient, il semble préoccupé et encore plus abattu. J'ai vraiment l'impression qu'il se passe un truc.

Vers dix-sept heures trente, Brad décèle à je ne sais quelle variation imperceptible dans les bips et les chuchotements du respirateur artificiel que le temps est venu de plier bagage. Il s'entretient brièvement avec l'infirmière de service, puis nous partons.

« Belle bagnole », commente Brad en prenant place dans la Mercedes.

Le fauteuil en cuir lâche un pet impudent au frottement de son jean.

« Merci, marmonné-je sans réfléchir.

— Ça a dû te coûter bonbon. »

J'étouffe un soupir las. À coup sûr, rien de bon ne peut sortir de cette conversation. Les concessionnaires Mercedes devraient disposer d'une arrière-salle avec moquette épaisse et canapés du même cuir que celui utilisé pour l'intérieur des voitures, dans laquelle, une fois tous les papiers signés, un instructeur vous formerait autour d'un muffin et d'une tasse du meilleur café à l'étiquette et aux conventions sociales inhérentes à la possession d'une voiture de luxe. Pour soixante-huit mille billets, ce serait la moindre des choses. Alors, peut-être, je me sentirais plus apte à affronter les vicissitudes de mon statut de proprio de Mercedes novice. Si j'adhère au commentaire de mon frère, je fais preuve de condescendance. Si je réponds : « Pas vraiment », cela prouve que je suis prétentieux. Tant qu'on n'en a pas, on s'imagine que l'argent est la réponse à tous nos tracas ; jusqu'au jour où l'argent vous tombe dessus et où vous réalisez que cela ne fait que vous créer une foule d'autres problèmes, à la différence près que vous devez désormais les garder pour vous car plus personne n'a envie de vous plaindre. Je marmonne une réponse inintelligible en priant pour qu'on en reste là.

« Tu as faim ? demande Brad.

— Je mangerais bien un morceau, ouais. »

Il n'y a que deux endroits dignes de ce nom où se sustenter, à Bush Falls. Le Duchess Diner, sur Stratfield Road, et le Halftime Pub, mélange de bar des sports et de pub fréquenté essentiellement par tous les anciens sportifs de la ville. En outre, le Halftime Pub se distingue par le fait qu'on y sert les meilleurs steaks de tout le nord du Connecticut.

« Ça te dirait, un steak ? proposé-je, le Halftime se trouvant à deux pas.

— Bof, fait Brad. J'ai envie d'un truc léger. Allons plutôt au Duchess.

— Allez, dis-je. Je t'invite.

— Tu peux m'inviter au Duchess », répond Brad d'un air embarrassé.

Je n'ai pas souvenir d'avoir jamais vu Brad dire non à un steak au Halftime Pub, mais je n'insiste pas ; lorsqu'on revient quelque part au bout de dix-sept ans, mieux vaut se fier au principe que, peut-être, certaines choses ont eu le temps de changer en votre absence.

La déco intérieure du Duchess ressemble à celle de n'importe quel autre *diner* : les banquettes y sont en vinyle marron, les tables recouvertes d'un Formica brillant et moucheté, au poli impeccable. Au fond de la salle se trouve le bar, au long comptoir muni de neuf tabourets hauts pour les clients en solo et, derrière encore, la cuisine. S'il y a eu le moindre changement ici depuis mon départ, la différence est bien trop subtile pour que je remarque quoi que ce soit.

La serveuse officiant au comptoir est Sheila Girardi ; d'une classe plus jeune que moi, elle tenait toujours le rôle principal dans les pièces du club théâtre, en plus de danser et de chanter à tous les récitals du lycée.

« Hé, Goff ! » lance-t-elle à Brad avec un sourire familier.

Ce sobriquet remonte au lycée. Chaque fois que Brad réalisait un exploit particulièrement spectaculaire ou s'accrochait au panier après avoir marqué, son surnom résonnait entre les murs du gymnase en une véritable frénésie : *« Goff! Goff! Goff! »* J'étais dans les gradins, à encourager Brad et à rêver du jour où l'on scanderait la même chose pour moi. Mais je n'ai jamais réussi à rentrer dans l'équipe et personne n'a jamais crié « *Goff* » en mon honneur. Je suis resté Joe Goffman, ce qui semble traduire une certaine forme d'échec – Joe Goffman, ou le frère raté du grand Goff.

« Salut, Sheila. Tu te souviens de mon frère Joe ?

— Bien sûr, dit-elle. Salut, Joe. Ça fait un bail. Quoi de neuf ?

— Ça va bien. Et toi ?

— Super. »

Sheila Girardi avait été désignée comme la prochaine Madonna mais, si elle éprouve un quelconque ressentiment à l'encontre des dieux qui ont élu Britney Spears à sa place, elle n'en laisse rien paraître.

« Au fait, navrée pour votre père. Comment va-t-il ?

— Aucun changement », répond Brad, avant de m'entraîner vers l'une des banquettes.

En traversant la salle du restaurant, je note que je fais l'objet de regards appuyés – et, dans l'ensemble, peu amicaux – de la part des autres clients.

« Je crois que tu es célèbre, dit Brad, comme nous prenons place dans un box.

— On dirait. »

Nous nous regardons d'un air gêné par-dessus la table et je me mets à regretter la présence amorphe de notre père, qui constituait malgré tout une formidable diversion.

« Alors, lancé-je. Comment vont les affaires ? »

Il fait la grimace.

« Pas fort, en ce moment.

— La fermeture de Porter's a dû faire des dégâts, non ? »

Il pousse un long soupir.

« Ça n'a rien arrangé, c'est sûr, mais la vérité, c'est qu'on traînait déjà la patte depuis longtemps. »

Il se redresse contre son dossier et Sheila nous apporte deux verres d'eau. C'était une jolie fille du temps du lycée, charmante, élancée ; aujourd'hui, elle est toujours aussi séduisante mais dans un genre plus rêche, presque artificiel, avec ses cheveux d'un blond hôtesse de l'air et ses dents d'un blanc texan.

« Je prendrai un burger *deluxe* et un milk-shake au chocolat, dis-je.

— Exactement comme ton frère, commente-t-elle, tournant un visage étonné vers Brad.

— C'est ce que tu prends, d'habitude ? » lui demandé-je.

Il hausse les épaules.

« Faut croire. »

Alors qu'elle s'apprête à tourner les talons pour transmettre notre commande en cuisine, il me semble surprendre une œillade furtive entre eux deux, une sorte de complicité aguicheuse, comme une lueur intime. *Ting*, fait la petite ampoule qui s'allume au fond de ma tête.

J'observe Brad, qui détourne aussitôt les yeux et dit :

« Les Chinois sont en train de nous baiser.

— Les Chinois ?

— Hmm-hmm. Tous les magasins achètent leurs présentoirs à moitié prix en Asie, maintenant. Si on veut jouer dans la cour des grands, mieux vaut faire fabriquer son matériel là-bas.

— Mais tes produits sont de meilleure qualité, non ?

— La qualité est un concept appartenant au XXe siècle. (Il avale une gorgée d'eau et esquisse un rictus amer.) Aujourd'hui, dans le nouveau millénaire, il faut être compétitif. Peu importe si l'on offre le stockage, la livraison, l'installation, et un tas d'autres services que les prestataires étrangers ne pourront jamais assurer. Si on fait bosser des Américains, on devient trop cher pour le marché.

— Qu'est-ce que tu comptes faire, alors ?

— Pour l'instant, dit-il d'un ton las en s'extirpant de la banquette, je vais aller pisser. »

Nos commandes arrivent pendant que Brad est aux toilettes. J'attrape une frite de mon assiette et lève les yeux juste à temps pour voir une femme aux cheveux grisonnants s'avancer vers moi et me balancer son milk-shake en plein visage. Vous avez beau voir ce genre de truc sans arrêt à la télé, vous n'y êtes jamais vraiment préparé lorsque ça vous arrive dans la vraie vie. À la télévision, il s'agit le plus souvent d'un verre de vin ou d'un liquide de couleur claire. Ce milk-shake-ci est au chocolat, visqueux et parfaitement glacial – l'un dans l'autre, un choix bien plus judicieux.

« Sale petit con ! » me crache-t-elle tandis que je bondis de mon siège.

L'épais fluide gelé glisse le long de mon cou et s'insinue sous le col de ma chemise.

« Comment osez-vous mettre les pieds ici ! »

J'en demeure pantois. Incapable de prononcer une parole, je me contente d'observer cette femme cramoisie de rage tout en m'essuyant maladroitement le visage et les cheveux avec les mains.

« Tu n'as aucun droit de revenir ici après tout le mal que tu as fait ! hurle-t-elle.

— Eh là, parviens-je enfin à balbutier. C'est quoi, votre problème ?

— C'est toi, mon problème ! s'égosille-t-elle, et je prends soudain conscience du silence qui s'est abattu sur la salle. Toi et le satané tissu de mensonges que tu as écrit ! »

C'est à ce moment que Brad revient des toilettes, l'air affolé.

« Qu'est-ce qui se passe, ici ? tonne-t-il.

— Demande donc à madame », dis-je en attrapant une poignée de serviettes en papier sur notre table pour m'essuyer le visage.

La crème glacée commence à sécher et à former des plaques collantes sur ma peau.

« Que se passe-t-il, Franny ? »

Franny ?

« Excuse-moi, Brad, lui dit-elle, la voix encore tremblante de rage. Mais il a un sacré culot de se pointer ici.

— Vous êtes pas mal non plus, dans votre genre », rétorqué-je.

Brad m'ordonne de me taire d'un geste impatient, et j'ai à nouveau douze ans.

« Désolé, Franny, répond Brad d'un ton calme. Je comprends que tu sois bouleversée. Mais mon père est à l'hôpital ; tu es peut-être au courant.

— Non, j'ignorais, dit-elle en se tournant vers lui. Il est arrivé quelque chose ? »

Sans se départir de sa voix douce et apaisante, Brad lui explique la situation tout en l'éloignant progressivement de notre table pour la raccompagner vers la sortie. Ils échangent quelques mots, et elle le serre un instant entre ses bras. Puis, non sans un dernier regard mauvais dans ma direction, elle franchit la porte. Brad revient en secouant la tête et remarque alors les sept ou huit autres clients qui nous observent d'un air médusé, pétrifiés sur leurs sièges.

« Le spectacle est terminé, les gars », annonce-t-il d'un ton irrité en les dévisageant un par un jusqu'à ce qu'ils détournent le regard. « Du moins pour l'instant », marmonne-t-il à mon intention comme nous reprenons notre place.

En m'appuyant contre le dossier de la banquette, je sens le tissu de ma chemise qui me colle à la peau. Le milk-shake m'a coulé dans le dos jusqu'à la ceinture et commence déjà à s'aventurer un peu plus au sud.

« C'est qui, cette folle ?

— Tu ne sais pas ?

— L'expression “c'est qui, cette folle” contient d'avance la réponse à ta question, non ?

— C'est Francine Dugan. La femme du coach.
— Oh, dis-je en opinant bêtement. Je ne l'avais pas reconnue.
— Tu comprends mieux, maintenant ?
— Oui. Sauf le passage où tu l'appelles Franny et où elle te prend dans ses bras. D'où es-tu si copain avec la femme de Dugan ? »
Brad me dévisage.
« Je suis entraîneur adjoint pour l'équipe des Couguars. Je croyais que tu étais au courant.
— Depuis quand une équipe de basket lycéenne a-t-elle besoin d'un entraîneur adjoint ? »
Il pousse un soupir.
« Oui, je sais... Mais Dugan se fait vieux, tu comprends. Il a presque soixante-dix ans. Ça se veut plutôt comme un truc de transition. Je l'assiste pendant un ou deux ans, je chapeaute l'entraînement pendant la semaine, je hurle et je joue du sifflet. Ensuite, il part à la retraite et je prends le relais.
— Tu veux entraîner les Couguars ? »
Il ne me serait jamais venu à l'idée que Brad souhaite devenir coach.
« C'est un métier intéressant, répond-il, un peu sur la défensive. Bien payé, et avec une excellente retraite. On ne peut pas vraiment en dire autant du commerce, ces temps-ci. »
Maintenant qu'il me le dit, tout cela est d'une logique éclatante. Les stars de lycées vivent constamment dans le passé, comme si aucune autre partie de leur existence, avant ou après, n'était aussi réelle à leurs yeux que ces quatre années de gloire sur le terrain. Le reste de leur vie n'est que l'après basket-ball, comme ces soldats qui regrettent la guerre. Je repense à la tension que j'ai cru déceler entre Cindy et Brad à l'hôpital. Nul besoin d'être Einstein pour comprendre que Brad a la nostalgie de

cette époque où il était le héros local adoré de tous, y compris de sa femme.

« Depuis combien de temps es-tu l'assistant du coach ?

— Cinq ans.

— Longue phase de transition, non ? »

Un soupir.

« Tu m'étonnes.

— Dugan ne veut pas raccrocher les gants, deviné-je.

— Bingo. »

Là aussi, simple question de logique. Si les basketteurs de Bush Falls sont les chevaliers glorieux de leur ville, Dugan n'est autre que leur souverain révéré. Partout où il va, on l'acclame avec des « Salut, Coach », « Joli match, Coach ! », « Écrasez-les, Coach », ou autres variations sur le même thème. Il a sa propre table au Halftime, où la tradition veut qu'il se rende avec sa femme après chaque match. Le restaurant étant un repaire d'anciens Couguars, il y est toujours accueilli dès son entrée par une véritable ovation, qu'il finit sans doute par tempérer avec un geste de fausse modestie mais seulement après l'avoir bien fait durer.

Cette adoration aveugle lui confère un degré de pouvoir non négligeable à Bush Falls, surtout à mesure que ses anciens joueurs accèdent à des postes influents au sein de la communauté. Les ex-sportifs quittent rarement leur ville natale. Partout ailleurs, ils seraient considérés comme n'importe quel citoyen lambda – un sort impensable après quatre ans passés sous les couleurs de la plus prestigieuse équipe de basket-ball lycéen de la région. Les anciens Couguars sont une confrérie à eux seuls et Dugan est leur leader tout-puissant, le noyau central constituant leur dernier trait d'union avec un passé auréolé de gloire. Si un ancien Couguar cherche du travail, Dugan s'arrange pour lui en trouver. Si un ancien Couguar se présente aux élections locales, Dugan fait en sorte qu'il obtienne les suffrages nécessaires. Du fait de son vaste réseau de relations, Dugan est également un excellent collecteur de fonds pour le lycée de Bush Falls, ce qui lui permet de jouer de son influence auprès de l'équipe pédagogique et du conseil d'administration.

Comme vous l'aurez deviné, Dugan est en outre un enfoiré de première, arrogant et manipulateur. Et dans mon livre, c'est aussi un maniaque de la masturbation, marotte que je lui ai inventée sans trop de finesse en m'inspirant de sa tendance légendaire à visionner les vidéos des matchs pendant la nuit. Le coach en caleçon en train de mater des adolescents en sueur sur le terrain pendant que sa main s'achemine fébrilement vers un orgasme violent et rageur… C'est de la pure fiction, c'était bas et perfide, mais je n'ai jamais éprouvé le moindre remords. D'abord, parce que je tiens Dugan pour responsable de ce qui est arrivé à Sammy. Et aussi, j'imagine, parce que je suis un être bas et perfide.

Je regarde Brad.

« Alors comme ça, tu bosses pour Dugan.

— Exact, dit-il avec une pointe de sarcasme.

— J'imagine qu'il n'a pas trop aimé mon bouquin.

— Non, tu crois ?

— Sa femme non plus.

— On dirait.

— Je suis désolé, dis-je, sans en être vraiment certain. Ça n'a pas dû être simple pour toi de bosser avec lui quand le bouquin est sorti.

— Pour autant, il ne s'en est jamais pris à moi, répond Brad d'un ton tranquille, avant d'ajouter, me regardant droit dans les yeux : Pas plus que les autres gens de cette ville, d'ailleurs.

— Heureux de l'apprendre, dis-je en me levant. Terminé ?

— Moi, oui. Mais tu as à peine touché à ton assiette.

— Ça sent trop le milk-shake. »

NEUF

La mémoire ne s'embarrasse pas de la chronologie. J'ai beau savoir que mon neveu Jared a dix-huit ans, dans ma tête il est resté l'ado craintif de quatorze ans que j'avais vu chez moi cette fameuse nuit, il y a des années de ça. Quelle n'est donc pas ma surprise de l'apercevoir vautré en slip sur le canapé du bureau de mon père, en train de s'affairer avec une jeune fille aussi dévêtue que lui. En m'entendant pénétrer dans la pièce, la fille pousse un hurlement strident et bondit avec inélégance derrière le canapé, tandis que Jared ramasse à la hâte les vêtements roulés en boule par terre et les étale sur son bas-ventre.

« Merde, désolé », m'excusé-je avant de ressortir de la pièce aussi sec.

Je semble voué par une étrange malédiction à surprendre les membres de ma famille au milieu du coït. Schéma qui, à l'avenir, mériterait sans doute une étude plus poussée : l'observation du sexe plutôt que la pratique de l'acte d'amour. Toujours demoiselle d'honneur, etc., etc.

« T'inquiète, lance Jared, mais je réalise alors qu'il s'adresse à la fille planquée derrière le canapé. C'était pas mon père. »

Une minute plus tard, il me rejoint dans le vestibule en finissant d'enfiler son jean.

« Hé, oncle Joe, ça va ? »

Voilà que je me fais traiter d'oncle par des adolescents nus et en rut.

« Pas aussi bien que toi, j'imagine. »

Il ricane et reboutonne nonchalamment sa braguette d'une main. Il a beaucoup grandi depuis la dernière fois que je l'ai vu ; il fait désormais plus d'un mètre quatre-vingts, et a hérité la carrure svelte et athlétique de son père. Il repousse ses longs cheveux bruns derrière ses oreilles aux lobes criblés de divers clous et anneaux en or ou en argent. À la vue de ces ornements et de la touffe de poils qui orne le creux de son menton, je comprends aussitôt la frustration muette exprimée par Brad tout à l'heure.

« Encore désolé, dis-je. Je ne pensais vraiment pas trouver quelqu'un en entrant. »

Jared se passe la main dans les cheveux et hausse les épaules.

« On était juste…

— Ouais.

— J'ai cru que t'étais mon père, dit-il. J'aurais été bien baisé, crois-moi.

— À cinq minutes près, c'est ce qui allait t'arriver sur ce canapé, non ? »

Il me sourit. Il se dégage une aisance naturelle de ce garçon, une sorte de décontraction cool. Il s'exprime par petits groupes de mots, avec douceur, et il émane de lui une intelligence charismatique. Pas le moindre signe extérieur de colère chez ce garçon, à l'inverse de tous ces ados qui se baladent avec leur liste de choses à prouver au monde entier ; à peine sent-on une légère impatience maussade, typique de son âge, à cette façon qu'ont ses yeux de papillonner autour de moi sans jamais se poser.

« J'espère que t'es pas trop furax, s'excuse-t-il.

— Quel ado américain au sang chaud résisterait à la tentation d'une maison vide ? C'est presque ton devoir de patriote que de te trouver ici avec une fille. »

J'accroche la lanière de mon gros sac en toile au pommeau de la rampe d'escalier comme je l'ai déjà fait un million de fois auparavant, dans une autre vie. Ce geste, purement instinctif, me fait comme un pincement au cœur, et pendant un bref instant je retrouve le parfum de mon enfance.

« Qu'est-ce qui est arrivé à ta chemise ? me demande Jared.

— Une femme m'a balancé son verre dessus. »

Mon neveu sourit.

« Les meufs.

— Celle-ci avait la soixantaine bien tassée.

— Qu'est-ce qui lui a pris ?

— Elle avait ses raisons.

— Hé, au fait, dit-il en caressant ses remarquables abdominaux d'un geste absent. J'ai bien aimé ton bouquin. »

D'étonnement, je hausse les sourcils.

« Voilà qui fait de toi une exception dans cette ville.

— Lire tout court fait de vous une exception dans cette ville. »

Commentaire plutôt inattendu, songé-je, de la part de quelqu'un qui, voilà deux minutes, était plongé en plein rodéo lubrique avec cette fille encore planquée nue et tremblante derrière le canapé du salon. Ce garçon gagne à être connu. Comme par enchantement, la fille fait irruption, toute pimpante et chamarrée façon pub pour Gap avec son jean et son T-shirt rayé vert et bleu, arborant ces hanches inexistantes et ces seins parfaits de lycéenne qui forcent l'attention non par leur taille mais par leur simple exubérance, comme une paire de chiots frétillants.

« Voici Sheri, annonce Jared en enfilant la chemise que la fille vient de lui tendre. Sheri, mon oncle Joe.

— Enchanté, dis-je.

— Bonjour », répond-elle en fixant le sol.

Elle ne se remettra pas de ma fâcheuse intrusion avant un certain temps.

« Au fait, pour résumer, dit Jared, pas un mot de ce petit incident à mon père.

— Je serai muet comme une tombe. »

Je suis sûr que Jared serait fort amusé d'apprendre comment j'avais surpris Brad et Cindy dans le garage, à l'époque, mais la plupart des garçons équilibrés n'ont aucune envie d'entendre la moindre anecdote susceptible d'associer leur mère, même de très loin, à la pratique de la fellation ; aussi décidé-je de la boucler.

« De toute façon, je crois qu'il a d'autres chats à fouetter en ce moment.

— C'est clair, dit Jared. Si tu es là, c'est que Paps doit vraiment être dans un sale état, non ?

— Je crois. »

Ses prunelles s'élargissent, comme sous l'effet de la peur, et je réalise que mon père et lui doivent être très proches. Je ressens la même pointe de jalousie qu'à l'hôpital, lorsque Brad arrangeait les draps sur le lit de papa.

« Merde », murmure Jared.

S'ensuit un court silence tandis que chacun pense à des choses qu'il n'exprimera pas à voix haute, à propos de la mort, et de l'imminence de celle de mon père. Nous sommes interrompus par le carillon électronique de mon portable, que j'extirpe de ma ceinture avec le sourire gêné d'un accro.

« Allô ?

— Fils de pute, menteur, égoïste ! » crache la voix de Nat.

Je pose ma main sur le combiné et lève les yeux vers Jared et Sheri.

« Désolé, je dois répondre.

— Jared, intervient Sheri en se mordant les lèvres. Il faut que j'y aille.

— Je te raccompagne, dit-il. À plus, oncle Joe.

— Je serai là », dis-je en replaçant le portable contre mon oreille pour profiter de la suite du réquisitoire de Nat.

« … servie de moi, espèce de connard. Et quand tu en as eu assez… »

À travers la fenêtre du salon, je vois les deux adolescents descendre l'allée d'une démarche traînante, Jared tenant Sheri par la taille et leurs hanches frottant doucement l'une contre l'autre. Je me sens soudain vieux et fatigué. Nat termine et raccroche ; je ferme mon téléphone et le remets à sa place dans mon étui de ceinture. Avec un gros soupir, j'attrape mon sac et monte à l'étage dans mon ancienne chambre, histoire d'en finir au plus vite avec ça. De retour au bercail, songé-je. Ce n'est jamais vraiment ce qu'on s'imaginait.

DIX

1986

La nuit, Lucy nageait nue.

Non dans les faits – même si, pour autant que je le sache, elle le faisait vraiment –, mais dans mon imagination, où chaque nuit, elle s'affranchissait de toutes contraintes vestimentaires et plongeait nue dans la piscine pour y nager lascivement avant de se retourner et de flotter sur le dos, dans la lueur trouble des spots allumés au fond de l'eau. Le fantasme était né ; où que j'aille, quoi que je fasse, il repassait en boucle dans mon esprit. *Elle se tient là, sur le plongeoir, luminescente dans sa nudité. Juste avant de plonger, elle m'aperçoit debout de l'autre côté du bassin. Mais elle ne paraît pas s'en étonner et m'adresse un sourire bienveillant, plein de connivence et de promesses aguicheuses. Puis, elle plonge. À mon tour, je pénètre dans l'eau et j'attends, immobile, jusqu'à ce qu'elle remonte à la surface. Nous nous tenons l'un en face de l'autre, immergés jusqu'à la taille.* « Je me demandais quand tu viendrais enfin, *observa-t-elle.* – Je sais », *lui dis-je. Alors, elle me prend dans ses bras, et je sens ses seins bombés, magnifiques, se presser contre moi, ses lèvres ardentes s'entrouvrir devant les miennes et sa langue s'enfoncer rageusement à l'intérieur de ma bouche. Sous l'eau, nos sexes se frottent lentement l'un contre l'autre, et soudain, elle m'attire brutalement vers elle pour me faire l'amour tandis qu'au loin, une radio diffuse* In Your Eyes *de Peter Gabriel.* Difficile de faire plus tarte, mais à l'époque, cela paraissait aussi magique à mes yeux que le concept en soi alléchant du sexe en piscine.

Baiser dans une piscine, nom de Dieu ! La garantie d'un accouplement ténu et compliqué, qui apporte plus d'épuisement que de plaisir, où chaque mouvement et chaque coup de reins doit être contrebalancé afin de maintenir un semblant d'équilibre précaire et où, pour prix de tous ces efforts, la sensibilité des zones clés s'émousse au lieu de s'accroître. Une sordide réalité à mille lieues de la vision dispensée par les programmes du câble en troisième partie de soirée, ce qui tend bien à prouver que la baise en piscine est avant tout un fantasme visuel. Mais pour le puceau que j'étais, à dix-sept ans, faire l'amour à une fille dans l'eau semblait aussi excitant que n'importe lequel des autres trucs sexuels que je n'avais jamais faits – un chapitre de plus dans mon catalogue exponentiel de l'inaccessible.

Mis à part cette immense frustration sexuelle qui menaçait chaque jour de tourner à l'obsession, je passais vraiment un été génial. Avoir deux amis, c'est avoir bien plus que la simple somme de deux amis réunis. Depuis que Sammy s'était rajouté à la sauce, j'avais un groupe. Ma bande. « Mes potes. » J'adorais notre camaraderie nonchalante, nos blagues rituelles et la complicité qui grandissait entre nous à mesure que l'été avançait. Moi et mes potes. Ma démarche se fit plus élastique, mon sourire plus alerte, mon regard plus pétillant. D'un coup, sans crier gare, j'étais devenu heureux.

Et aussi longtemps que je le pus, j'ignorai la chose non dite, inquiétante, tapie à la périphérie, les regards en coin, les signaux muets que j'interceptais avec une fréquence croissante. Surtout, ne pas faire de vagues. On écoutait

Springsteen, on regardait MTV, on buvait trop de bière avant d'aller se baigner, on faisait la course sur les pelouses de Porter's en pleine nuit, on invectivait le grand écran du Megaplex, on se goinfrait de hamburgers et de pizzas au Duchess Diner et, de loin en loin, on allait acheter de l'herbe à Niko, le proprio de la station-service Sunoco qui se trouvait dans le centre-ville. Et au milieu de tout ça, Wayne et Sammy ont fini par devenir bien plus que de simples amis.

Combien de temps peut-on rester aveugle à une liaison qui se déroule juste devant vos yeux ? Simple question de détermination, en fait. Quelque part, j'avais dû noter les coups d'œil furtifs et les sourires de connivence, les mains qui disparaissaient dans le noir au cinéma, la redistribution rapide et saccadée des corps lorsque j'entrais sans prévenir dans une pièce, et l'atmosphère de plus en plus dense qui régnait autour de mes deux meilleurs potes. Mais je me raccrochais vaille que vaille à mon aveuglement, bien décidé à éliminer cette nouvelle folie comme on lutte contre un virus puissant. Dans ma naïveté, je ne voyais là qu'une excentricité passagère, une sorte d'expérimentation rebelle qu'ils finiraient par dépasser.

Nous n'étions qu'en 86, après tout ; on ne nous avait pas encore habitués à gérer ce genre de truc. Pour nous, il en allait de l'homosexualité comme de Dieu : quelque chose dont nous avions entendu parler, mais dont nous ne reconnaissions pas forcément l'existence. On débattait à propos de Michael Jackson et de sa consommation présumée d'hormones féminines, ou encore du rouge à lèvres de Boy George, et on les traitait de pédales, mais au fond, aucun d'entre nous ne pensait qu'ils étaient vraiment gays. Ce n'était que du marketing. Des rumeurs persistantes couraient au sujet d'Andrew McCarthy, mais il roulait des pelles à Ally Sheedy avec tant de conviction dans *St. Elmo's Fire* qu'il ne pouvait décemment pas être gay. Entre nous, on se balançait du « tarlouze » et du

« pédé », pour rigoler, mais sans jamais le prendre au sens littéral. Notre vision des choses était avant tout façonnée par Hollywood, or Hollywood même reniait la réalité. Pour les jeunes provinciaux que nous étions, l'homosexualité n'existait que sur un plan purement conceptuel, comme l'algèbre ou la spirale de l'univers.

C'est ainsi que, pendant un certain temps, je pus prétendre ne pas voir ce que je voyais et me convaincre que la meilleure politique consistait à traiter le problème comme face à un chien errant : si je ne le regardais pas en face, il finirait par s'éloigner. J'avais désespérément besoin d'y croire ; non seulement parce que l'autre solution était impensable à mes yeux, mais aussi parce qu'il s'agissait de mes deux seuls et meilleurs amis, et que je ressentais une terrible angoisse à l'idée de les perdre. Envisagée de front, leur homosexualité aurait peut-être heurté ma sensibilité intime, mais même cela n'était rien comparé à la solitude suffocante dans laquelle je vivais depuis le plongeon fâcheux de ma mère dans la Bush River.

Donc, je savais. Ils savaient que je savais. Et sans aborder une seule fois la question, nous parvînmes à une acceptation tacite, collective, de la situation. Dans le vide nébuleux de cet été caniculaire, la chose finit par se fondre dans le décor, et ce à une vitesse proprement stupéfiante. Il allait de soi que Wayne était parfois déjà là lorsque j'arrivais chez Sammy, ou qu'en fin de soirée, il s'attardait longtemps encore après que je fus rentré chez moi. Je réussis à ne jamais leur faire sentir à quel point tout ça était bizarre, et eux, à ne jamais me laisser entendre que ma présence était de trop. Nous avions tous, j'imagine, de bonnes raisons de minimiser la magnitude de l'événement et de maintenir le statu quo. Et ainsi, l'été continua d'avancer, tranquillement calé sur le rythme de croisière imposé par ce moteur invisible et silencieux.

Un soir, alors que nous barbotions dans la piscine, chez Sammy, j'entrai dans la maison pour me chercher à boire et flirter un peu avec Lucy, lovée sur le canapé du salon dans une tunique-pantalon d'infirmière et plongée dans la lecture d'un numéro de *People*.

« Salut, Joe, dit-elle, levant les yeux et reposant son magazine. Comment va ?

— Ça va. »

Je sortais tout juste de la piscine et frissonnai au souffle glacé de l'air conditionné sur ma peau ruisselante.

« J'avais juste envie de passer vous dire bonjour. »

Lucy eut un sourire doux et bienveillant, dans lequel je crus néanmoins déceler un sous-entendu amusé semblant indiquer que ma passion pour elle n'était pas passée inaperçue.

« Tu es vraiment un amour. Comment se fait-il que tu n'aies pas de petite amie ?

— J'ai du mal à m'engager.

— Comment ça ?

— Je ne trouve personne qui veut s'engager avec moi. »

Elle éclata de rire.

« Allons, allons. Un joli garçon comme toi ?

— Et pourtant si », répondis-je en souriant.

Elle se redressa, et je constatai que la pointe de son col en V laissait entrevoir la fente de son décolleté. C'était prodigieux, vraiment, l'effet volatil que pouvait produire une simple ligne verticale sur certaines parties de mon anatomie. L'espace d'un instant, elle me fixa d'un œil sombre, comme si elle s'apprêtait à me parler ; puis, semblant se raviser, elle se mordit les lèvres d'un air pensif. Elle paraissait exténuée, tout à coup.

« Je suis heureuse que toi et Sammy soyez copains, dit-elle.

— Moi aussi.

— Non. J'entends par là qu'il ait un ami comme toi pour aller en cours. »

Elle jeta un coup d'œil par-dessus son épaule et se pencha en avant, si bien que je voyais à présent le point de démarcation où le sillon entre ses seins laissait la place à deux courbes symétriques. À ce stade, une érection eût été instantanément visible, tendue sous la toile de mon caleçon de bain trempé tel un invité indésirable signalant bruyamment sa présence. Lucy reprit la parole en chuchotant tandis que je priais pour préserver ma flaccidité.

« Il a toujours eu des problèmes à l'école, dit-elle. Les gosses peuvent être d'une cruauté abominable, parfois.

— Tout va bien se passer, rétorquai-je maladroitement.

— Tu prendras soin de lui, n'est-ce pas ?

— Nous prendrons soin de lui tous les deux. »

Je n'aimais pas la tournure que prenait cette conversation, et Lucy dut s'en rendre compte. Elle hocha doucement la tête et se renfonça dans le canapé.

« Ne lui dis pas que je t'en ai parlé.

— N'ayez crainte, répondis-je d'un ton bien plus mélodramatique que je ne l'aurais souhaité, et elle eut un petit rire.

— Bien, je ne veux pas te retenir plus longtemps, déclara-t-elle.

— C'est toujours ce que les femmes me disent.

— Si j'avais quinze ans de moins..., commença-t-elle, espiègle.

— Vous seriez hors concours pour moi », terminai-je, et elle rit à nouveau.

Lorsque je ressortis, Wayne et Sammy étaient dans l'eau, en train d'échanger un long baiser passionné sous le plongeoir, le bras musclé de Wayne enlaçant l'épaule frêle de Sammy. Leurs têtes se balançaient en un léger mouvement circulaire, au rythme de leurs mâchoires entremêlées. La main de Sammy remonta pour caresser doucement le visage de Wayne. Je sentis mes genoux trembler. J'avais envie de fuir, de toutes mes forces. J'aurais aimé être le genre de mec capable de débouler en hurlant « Allez faire ça dans votre chambre ! » et de sauter exprès dans l'eau juste à côté d'eux pour les éclabousser. Je savais que ça leur aurait fait plaisir, mais je ne pus m'y résoudre. Savoir était une chose ; surprendre l'intensité ardente de leur baiser en était une autre.

Je revins sur mes pas sans un bruit et retournai dans le salon, où Lucy était allongée sur le canapé en train de fumer une cigarette, l'air soucieux, les yeux rivés vers le plafond.

« Je crois que je vais rester un peu ici », expliquai-je.

Elle m'observa attentivement, le temps d'une brève éternité, les traits tirés en un mélange de résignation et de consternation, avant de se redresser et de tapoter le coussin à côté d'elle. « Viens t'asseoir, me dit-elle avec un sourire, en écrasant sa cigarette dans le cendrier posé sur la table basse. Je vais te chercher un Coca. » Elle contourna le canapé, puis s'arrêta pour tapoter gentiment mon épaule et sa main s'attarda un instant sur ma peau.

« Joe, dit-elle, debout derrière moi.

— Hmm ?

— Tu es vraiment un amour.

— Hmm. »

Je ne me retournai pas, de peur qu'elle ne voie mes larmes.

Le premier lundi de septembre arriva sournoisement, tel un félin en maraude se glissant dans la nuit, et à notre réveil, l'été s'en était allé. La piscine des Haber fut vidée, nettoyée et recouverte pour l'hiver, de même que Lucy, dont les bikinis, à ma grande consternation, avaient été remisés pour la saison. Le jour de la rentrée se profilait, totémique, à l'horizon, telle une nuée d'orage indéchiffrable.

La nuit précédant notre entrée au lycée, Wayne et moi avions pris l'escalier de secours derrière le bâtiment et avions grimpé sur le toit. Nous étions restés assis tous les deux, perchés au sommet de la coupole blanche qui surplombait la grande pelouse du lycée, à fumer un paquet de Dunhill en méditant sur l'année à venir. C'était devenu un rite annuel, quoique légèrement modifié l'année précédente, à la veille de notre entrée en première, où Wayne avait remplacé les traditionnelles Dunhill par un sachet de marijuana acheté au pompiste bègue de la station-service Sunoco. Décision qui se révéla d'une sottise presque fatale puisque Wayne avait failli basculer du haut de la coupole et m'entraîner avec lui dans sa chute, notre sens de l'équilibre ayant été quelque peu altéré par l'effet de l'herbe. Nous étions restés cramponnés fébrilement à la paroi en plâtre de la coupole jusqu'au petit matin, en attendant que les étoiles aient cessé de tourner au-dessus de nos têtes telle une galaxie hyperactive en manque de Ritalin. Après quoi nous nous étions juré de revenir sagement aux cigarettes la fois prochaine.

Je ne m'attendais pas à ce que Wayne soit au rendez-vous pour notre veillée clandestine annuelle mais en ce premier lundi de septembre, en proie à une mélancolie profonde liée à une vague prise de conscience de la fuite du temps, je décidai de grimper seul sur le toit. Une fois solidement niché au sommet de la coupole, je m'allumai une cigarette et contemplai la ville d'un air pensif. Malgré l'ajout de Sammy à ma pathétique liste d'amis, je ne m'étais jamais senti aussi seul de ma vie. Je m'allongeai sur le dos pour contempler les étoiles, et pensai à ma mère ; je me demandai si elle m'observait, de là-haut, et culpabilisai soudain à l'idée qu'elle me voie dans cet état, malheureux et solitaire, si tant est qu'elle le puisse.

Il y eut un léger bruit de frottement contre la pierre, et Wayne vint se hisser à côté de moi en haletant.

« Putain, mec, hoqueta-t-il dans un souffle, ses cheveux blonds collés à son front ruisselant de sueur. Tu pouvais pas m'attendre dix minutes de plus ? »

Je souris et lui allumai une cigarette du bout de la mienne.

« Je ne pensais pas que tu viendrais.

— Eh bien, tu n'es qu'un enfoiré, dit Wayne en acceptant la cigarette. Tradition est mon deuxième prénom.

— Je croyais que c'était Howard.

— Ce genre de remarque peut valoir une vilaine chute, si tu vois ce que je veux dire.

— Désolé.

— Bref, fit-il en levant sa cigarette comme pour un toast. À la terminale.

— À la terminale », répétai-je, heureux qu'il soit venu et que nous soyons là ensemble, comme au bon vieux temps.

Malgré tout le reste, les choses semblaient encore pouvoir revenir à la normale.

Wayne tira une longue bouffée de sa cigarette et m'observa en silence pendant un moment.

« Joe, dit-il enfin. Tu es toujours mon meilleur ami.

— Je sais.

— Tant mieux. »

Nous baignions côte à côte dans un silence douillet, les yeux tournés vers le ciel, les non-dits se mêlant insidieusement aux volutes de fumée qui flottaient entre nous. Si nous devions jamais nous décider à en discuter, c'était maintenant.

« Wayne..., commençai-je.

— Ne dis rien, mec, énonça-t-il avec un sourire triste. C'est déjà assez le bordel comme ça. Si je dois en parler, je crois que je vais devenir cinglé.

— O.K. », répondis-je, avant de pousser un bruyant soupir de soulagement théâtral qui nous fit rire tous les deux.

En bas, une grosse mouffette dodue fit irruption sur la pelouse, reniflant le sol comme si elle cherchait une lentille de contact. Je suivis les mouvements de l'animal tandis que Wayne nous allumait deux nouvelles cigarettes.

« Notre dernière année au lycée, dit-il en tirant sur les

deux cigarettes à la fois avant de me tendre la mienne. À partir de là, c'est le déclin.

— Si c'est ça, le plus bel âge de la vie, alors bute-moi tout de suite. »

Wayne eut un sourire malicieux.

« Tu devrais essayer de brancher cette fille, Joe.

— Quelle fille ?

— Cette Carly machin-truc.

— Carly Diamond », rectifiai-je.

J'avais le béguin pour elle depuis le milieu de l'année dernière, chose dont je m'étais ouvert plus d'une fois à Wayne.

« Elle est mignonne, dit-il. Tu devrais tenter le coup.

— Peut-être.

— Où est le problème ?

— On ne s'est parlé qu'une ou deux fois, protestai-je. Comment veux-tu que je passe en un clin d'œil de quelques mots insignifiants à "Qu'est-ce que tu fais vendredi soir" ?

— Mais c'est la meilleure tactique, justement.

— Je préfère qu'on se connaisse un peu mieux. Histoire que ça ne vienne pas comme un cheveu sur la soupe.

— Erreur, erreur, erreur, scanda Wayne. C'est la phase la plus propice : quand vous vous connaissez déjà mais que la relation peut encore évoluer dans n'importe quelle direction. Les filles classent les mecs en deux catégories : les amis et les petits copains potentiels. Tu dois te placer dans la bonne catégorie dès le départ. Si tu procèdes comme tu dis, vous serez de simples amis et une fois que les jeux sont faits, il n'y a rien de plus difficile que de changer de catégorie. Elle finira par te parler de tous les autres types qui la font craquer, auquel cas mieux vaut encore te faire jeter tout de suite.

— Merci, dis-je. Mais ma méthode me semble plus logique.

— Et tous les résultats le prouvent, d'ailleurs, railla-t-il, en envoyant voler sa cendre par-dessus l'arête du toit.

— Va te faire foutre.

— Nan, pas ce soir, désolé. »

Nous terminâmes nos cigarettes en silence tandis qu'autour de nous, une à une, les maisons s'éteignaient. La membrane translucide de la lune fut éclipsée derrière un amas de nuages gris et j'eus un léger frisson tandis que l'air de la nuit se rafraîchissait, imperceptiblement. *Voilà ce qu'on ressent quand le temps s'accélère*, songeai-je.

Wayne se tourna vers moi d'un air sérieux et balança son mégot.

« On devrait se faire tatouer », dit-il.

ONZE

J'ai connu une grande phase posters de rock, quand j'étais en troisième – époque à laquelle remonte visiblement la décoration de ma chambre. Au-dessus du bureau en pin, dans le coin, se trouve une reproduction agrandie de la nana peinturlurée sur la pochette de *Rio* de Duran Duran. À côté de la fenêtre, c'est une affiche de The Cure. Sur le mur d'en face, au-dessus du lit, j'avais trouvé le moyen de faire cohabiter Elvis Costello avec son regard inquisiteur dépassant de ses lunettes à la Buddy Holly, et Howard Jones, souriant avec décontraction sous son brushing laqué et photographié dans les dernières cinq minutes avant que la pop à synthétiseur, devenue un objet de risée, ne soit balayée du paysage musical. Je pensais avoir meilleur goût que ça, mais il doit s'agir de l'un des nombreux correctifs apportés à ma mémoire défaillante. La vision d'un Springsteen jeune et barbu, transpirant sur sa guitare contre la porte de la salle de bains, me remonte le moral une seconde, bien qu'il ait sans doute atterri là davantage par souci de crédibilité qu'autre chose.

Punaisée sur la porte de ma chambre, sa bordure blanche tout abîmée et déchirée en plusieurs endroits sous l'effet de contacts humains accidentels, trône une affiche de *La Guerre des étoiles*, comme dans la chanson d'Everclear. Je fredonne les paroles à voix basse, juste pour moi. « *I want the things that I had before/like a* Star Wars *poster on my bedroom door*[1]. » On est en droit de s'inquiéter sur l'originalité de son existence lorsque celle-ci se voit résumée à la perfection dans les paroles d'un morceau de pop rock.

Posée sur la plus haute étagère de mon bureau se trouve ma vieille stéréo Fisher. J'appuie sur l'énorme bouton POWER argenté, et tous les voyants s'allument avec un couinement sonore. Émerveillé, je vois le bras du phono qui se lève automatiquement et se déplace jusqu'au bord de la platine, sur laquelle est posé un vieux 45 tours. Il n'y avait aucune raison que l'appareil ne fonctionne plus, mais je ne peux m'empêcher d'être surpris. La chaîne est branchée derrière le bureau, et je me souviens de la galère que ç'avait été pour déplacer ce fichu meuble afin d'atteindre la prise. Je suis sidéré que les conséquences d'un geste, effectué par le gamin que j'étais avant de devenir moi, aient perduré jusqu'à aujourd'hui, comme s'il allait de soi que je reviendrais un jour. Nous voici soudain connectés, ce môme et moi, par une sorte de faille dans le continuum temps, et je le distingue avec une netteté parfaite tandis que ses angoisses et ses pensées submergent mon esprit, que ses jeunes humeurs se déversent dans mes veines et, le temps d'un éclair, par l'effet de je ne sais quelle espèce de mémoire moléculaire, je suis lui à nouveau. Je ressens comme un fourmillement dans les jambes et je m'empresse de m'asseoir sur le lit. Mon lit. Les haut-parleurs crachotent les premières notes de *In Your Eyes*, de Peter Gabriel, et je ne peux m'empêcher de sourire.

J'utilise les toilettes situées dans le couloir, et ma

1. « Je veux toutes les choses que j'avais avant/comme une affiche *Star Wars* sur la porte de ma chambre. »

main se souvient qu'il faut lever la poignée de la chasse d'eau vers le haut avant de l'enfoncer ; extravagance de plomberie jamais réparée depuis mon adolescence, puisque mon père vivant désormais seul dans la maison, ces toilettes-ci ont pour l'essentiel été laissées à l'abandon. J'essaie d'imaginer un enchaînement de circonstances ayant pu le conduire à se traîner jusqu'ici, sans y parvenir. Entre les toilettes « pour les invités » du rez-de-chaussée et sa propre salle de bains de maître, mon père n'avait aucune raison d'utiliser cette pièce, et Arthur Goffman n'est pas homme à s'embarrasser de changements de décor fantaisistes lorsqu'il s'agit d'aller chier un coup.

Je retourne dans ma chambre et vais à la fenêtre, qui surplombe le porche de la maison. Mes doigts jouent instinctivement avec la grille en plastique blanc posée par mon père à cause des pigeons qui venaient s'écraser accidentellement contre la vitre. Je me souviens encore très nettement de ces bruits de collision répugnants, à vous glacer le sang, qui me tiraient souvent brutalement du sommeil au petit matin. Je me glissais alors jusqu'à la fenêtre avec appréhension pour jeter un coup d'œil au malheureux volatile tremblant sous le choc, étalé sur les marches du perron. Généralement, il retrouvait ses esprits au bout de cinq minutes et reprenait son envol de façon quelque peu décousue, encore secoué et guère plus avancé quant aux circonstances de sa fracassante expérience, mais désormais hanté par la vague notion désagréable que l'air avait parfois tendance à se solidifier sans crier gare pour l'envoyer bouler à terre. De temps à autre, le crash était fatal ; je me voyais alors contraint de ramasser l'oiseau mort au moyen d'une des pelles à neige rouges entreposées dans le garage et de lui creuser une sépulture anonyme derrière la haie du jardin. La deuxième fois que je dus enterrer un pigeon au crâne brisé, je vomis tripes et boyaux et fus malade pendant des heures, si bien que mon père, à contrecœur, avait fini par poser cette grille en plastique tout en pestant dans sa barbe contre ma prétendue constitution fragile.

La sonnette de la porte d'entrée retentit ; malgré mon très fort désir de poursuivre ces douces rêveries à base de popstars aux coupes de cheveux atroces, d'oiseaux écrasés et d'insensibilité paternelle, je chasse rapidement ces pensées hors de mon esprit et descends ouvrir.

Le débris d'homme exsangue qui se tient sur le pas de la porte, vêtu d'un jean baggy et d'une vieille veste aux couleurs des Couguars, n'est autre que Wayne Hargrove, mais je mets plusieurs secondes avant de le reconnaître. Ses cheveux blonds, si épais autrefois, sont désormais réduits à quelques touffes incolores disséminées sur son crâne, et ses yeux creusés sont entourés de cernes. Il est d'une maigreur effroyable, anguleuse, avec ses épaules voûtées, ses coudes saillants, et cette impression générale de rétrécissement à laquelle on s'attendrait plutôt chez un vieillard. Il a la peau diaphane, le teint terreux, et son front et son cou laissent apparaître les petites taches lie-de-vin caractéristiques du sarcome de Kaposi, comme s'il était besoin d'une preuve supplémentaire de sa maladie.

« La rumeur était donc vraie », déclare mon vieux pote en s'appuyant contre l'encadrement de la porte avec nonchalance, comme si c'était hier, et non il y a dix-sept ans, qu'il avait l'habitude de se pointer chez moi chaque fois que l'envie lui en prenait.

« Le fils prodigue est de retour.

— Les bonnes nouvelles vont vite », rétorqué-je en lui serrant la main, tout sourires.

Sous sa peau moite, fine comme du papier à cigarette, je sens le déplacement de ses os fragiles et disloqués, écrasés à l'intérieur de ma paume.

« Toutes les nouvelles vont vite, dans cette ville. Nul n'est mieux placé pour le savoir que le pédé local. »

Nous nous regardons en silence.

« C'est bon de te revoir », dis-je.

Il me sourit avec malice et, pendant une fraction de seconde, l'ombre du Wayne d'autrefois, jeune, impertinent, perpétuellement railleur, traverse son visage hagard.

« Tu ne me dis pas à quel point j'ai l'air en pleine forme ? Combien le poids des années m'a à peine effleuré ?

— J'allais justement te demander l'adresse de ton diététicien. »

Wayne éclate d'un rire sonore, et je me félicite d'avoir opté pour l'approche directe. « Je peux entrer ? » demande-t-il d'une voix hésitante. Je note un changement imperceptible dans son expression, une lueur de doute, comme s'il s'attendait tout à fait à essuyer une rebuffade. À cet instant, j'entrevois une partie infime de l'isolement et de la bigoterie dont il a dû souffrir en tant que seul homosexuel avéré de Bush Falls.

« Ça dépend, dis-je. Tu es en rogne contre moi ?

— Je promets de ne renverser aucune boisson sur toi, si c'est ce que tu entends par là.

— Je vois que tu es au courant.

— Les langues vont bon train, remarque-t-il, écarquillant les yeux comme il pénètre dans le vestibule et regarde d'un air éberlué autour de lui. Wow. Bienvenue dans le vortex temporel.

— Attends de voir ma chambre, on dirait un sanctuaire dédié aux années quatre-vingt.

— Tu m'étonnes. »

Il me demande des nouvelles de mon père. Je lui fais le compte rendu de son état de santé et du pronostic pessimiste des médecins. Il m'écoute avec attention tout en sortant une cigarette et des allumettes de la poche de sa chemise. D'une main, il met le feu à une allumette sans la détacher de la pochette, un truc dont il avait déjà le secret au lycée, allume son clope et tire une longue bouffée avide.

« Cigarette ?

— Oui, c'est bien cela », et nous échangeons un sourire à l'évocation de cette vieille blague débile.

« C'est vraiment recommandé de fumer, dans ton état ?

— Absolument, mon cher. »

Il hausse les sourcils d'un air cynique, une mimique dans laquelle je reconnais un trait de maniérisme typiquement gay : digne, plein d'autodérision et un brin efféminé. Je me demande s'il le faisait déjà au lycée sans que je m'en rende compte, ou bien s'il a développé ce genre de tic après avoir quitté Bush Falls pour Los Angeles, du temps où il enchaînait petits boulots et castings pour d'improbables pilotes de séries télévisées. Nous étions restés en contact de façon sporadique, nous racontant nos malheurs respectifs dans de longues lettres pleines d'ironie. Puis, pendant ma dernière année de fac à New York, Wayne avait appris lors d'un test de routine qu'il était séropositif, et ses lettres avaient cessé de me parvenir. Ce n'est que récemment, lors d'une de nos rares conversations avec Brad, que j'avais appris que Wayne était revenu habiter à Bush Falls, et je m'étais promis plus d'une fois de lui passer un coup de fil. Bien sûr, je n'en avais jamais rien fait.

J'observe son visage émacié, ses yeux ravagés, et je sens ma gorge se serrer, soudain empli d'une tristesse immense. Il me rappelle un de ces pigeons que j'allais enterrer quand j'étais gamin – voltigeant peinard sans rien demander à personne jusqu'au moment où l'air s'était retourné contre lui.

« Depuis quand as-tu développé les premiers symptômes ?

— Je crois que je viens de franchir la limite entre assez longtemps et trop longtemps, dit-il avec un sourire désabusé.

— Tu es retourné vivre chez toi ?

— Ouais. Apparemment, le sida ne suffisait pas à satisfaire ma nature masochiste.

— Et comment vont les Hargrove seniors ?

— Remontés à bloc, dit-il d'un ton amer. Ma mère m'a déjà averti que je brûlerai en enfer comme prix de mes abominations. »

La mère de Wayne est une sorte de sorcière castratrice qui brode d'obscurs versets de la Bible sur des coussins et possède toute une collection de numéros du *Reader's Digest*, qu'elle lit religieusement en sanglotant chaque dimanche après la messe. À côté d'elle, le père, frêle silhouette dégarnie qui ne s'exprime que par des chuchotements étouffés comme s'il craignait de réveiller quelqu'un, est quasi inexistant.

« Je peux t'offrir quelque chose à boire ? » proposé-je, bien que, n'ayant pas encore mis les pieds dans la cuisine, je n'aie pas la moindre idée de ce qu'il peut y avoir à offrir.

Mon père a toujours eu un faible pour la bière et le Gatorade, mais je le soupçonne de toujours faire ses courses au jour le jour.

« Non, merci, dit Wayne. Je voulais t'emmener quelque part, en fait.

— Ah ouais ? Où ça ?

— Picoler, dit-il, comme si c'était l'évidence même. Si funestes que soient les circonstances, il n'en reste pas moins que c'est ton grand retour. Nos retrouvailles, en somme. Par conséquent, il est de notre devoir d'aller prendre une cuite. »

Sceptique, je contemple sa carcasse affaiblie.

« Tu veux aller te soûler ? Ça ne doit pas être très bon pour toi de…

— Oh, allez ! s'exclame-t-il en levant les yeux au ciel. Regarde ma tête. Un peu tard pour rétablir la prohibition, non ? »

Il y a un élément nouveau dans sa façon de parler,

quelque chose que je ne lui connaissais pas du temps de notre adolescence, comme si son humour pince-sans-rire s'était teinté d'une amertume résignée.

« Ça va si mal que ça ? lui demandé-je, avant de me corriger aussitôt. Je veux dire, où en est la maladie ?

— C'est le compte à rebours final. »

Cette remarque ainsi que l'expression qui l'accompagne révèlent une première craquelure dans son masque de jovialité. Un silence triste et paisible nous enveloppe ; deux vieux amis partageant un sentiment tangible d'intimité et qui constatent, sans qu'il y ait besoin d'une parole, le tragique de la situation. Je pousse un soupir ostensible en regrettant intérieurement de ne pas avoir un tempérament plus démonstratif, et Wayne soupire à son tour, en regrettant sans doute d'avoir chopé cette putain de maladie.

« Je suis vraiment désolé, mec, dis-je. Je ne sais pas quoi dire. »

Il opine et ouvre la porte.

« Tu trouveras en route. »

Nous sortons sur le perron, dans la quiétude pastel du crépuscule. Les cigales sont parties se coucher, le concert de criquets n'a pas encore commencé, et je m'arrête sur le pas de la porte pour humer le parfum du gazon fraîchement coupé, l'odeur de l'asphalte tiède et les subtiles senteurs de chèvrefeuille. Je suis soudain accablé par la nostalgie de ma jeunesse et de la maison dans laquelle j'ai grandi.

« Tu as oublié quelque chose ? me lance Wayne depuis les marches du perron.

— Des tas de choses », fis-je, troublé.

À son sourire, il est évident qu'il a tout de suite compris.

« Bienvenue au pays, mon pote. (Il désigne la Mercedes.) Cet obscène symbole de pouvoir t'appartient, j'imagine ?

— Je le crains.

— Excellent ! s'exclame-t-il en ouvrant la portière côté passager. Voyons ce qu'elle a dans le ventre. »

Sur ordre de Wayne, nous prenons la direction de Pinfield Avenue, une longue artère déserte qui se déploie tout autour de la ville, et je mets la gomme. La Mercedes gronde avec une énergie mythique et l'aiguille dépasse bientôt les 130 kilomètres à l'heure. À ma droite, Wayne ouvre la vitre en grand pour laisser un souffle cinglant s'engouffrer à l'intérieur de la voiture, et il ferme les yeux en souriant, le visage fouetté par le vent, ses derniers petits cheveux voletant derrière lui dans un effet plus que comique.

« Allez, quoi ! hurle-t-il par-dessus le double mugissement du moteur et du vent. Tu peux faire mieux que ça. »

Je secoue la tête d'un air faussement affligé et accélère encore. L'aiguille grimpe jusqu'à 150, et nous sentons à présent le moindre caillou ou la moindre aspérité du vieux bitume défoncé. Je m'agrippe au volant en me disant que tout cela va forcément mal tourner. Sur son siège, Wayne semble encore plus ratatiné que tout à l'heure, et je ressens soudain une inquiétude parfaitement irrationnelle à la vue de la pression du vent sur son visage, comme si sa peau trop fine risquait de s'arracher de ses os fragiles.

« Plus vite, ordonne-t-il.

— Tu n'as même pas mis ta ceinture. »

Il se tourne vers moi avec un sourire grinçant.

« C'est l'un des rares avantages de ma situation, dit-il, avant de s'exclamer dans un faux accent mexicain : Plou besoin de satanée ceintoure ! »

La Mercedes avale le bitume et les arbres défilent de chaque côté en un flou verdoyant. L'aiguille indique à présent 170 – de mémoire, je n'avais jamais roulé à pareille vitesse. Nous fonçons côte à côte à travers la nuit, deux âmes perdues et esseulées, vibrant sur nos sièges comme une paire de pistons à mesure que la voiture file ventre à terre, déchirant l'air qui se dérobe sous le regard xénon des phares. Mais peut-être ne s'agit-il pas que d'une question de vitesse ; peut-être nous sommes-nous aussi lancés dans une course contre la montre, contre ce foutu temps qui passe et qu'on voudrait tant pouvoir rattraper, histoire de ralentir un peu le cours des choses.

« Plus vite ! jubile Wayne. Espèce de fillette !

— Tu as vraiment une très mauvaise influence sur moi.

— Allez, quoi, m'exhorte-t-il. Qu'est-ce qui te fait peur ? »

Au même moment, comme un fait exprès, le hurlement d'une sirène de police retentit juste derrière nous, avant que la lumière clignotante d'un gyrophare n'apparaisse dans mon rétroviseur.

« On est faits comme des rats, commente Wayne, incapable de cacher sa joie.

— Merde. (Je ralentis aussitôt.) J'espère que t'es content, maintenant ? »

Wayne se penche pour jeter un coup d'œil dans le rétroviseur droit.

« Je crois qu'on peut l'amadouer, déclare-t-il avec sérieux, une folle lueur dans le regard.

— Tu plaisantes.

— Oh, vas-y, quoi. Pète un coup. »

La voiture commence à ralentir et Wayne tourne la tête vers la fenêtre en feignant une moue boudeuse, tel un ado susceptible.

« O.K. Fais comme tu voudras », marmonne-t-il.

Je m'arrête sur le bas-côté en lui faisant les gros yeux, et le véhicule balisé s'arrête à une dizaine de mètres derrière nous.

« C'est Mouse, fait Wayne.

— Quoi ? dis-je, penché par-dessus ses genoux pour

fourrager dans la boîte à gants, à la recherche de ma carte grise.

— Mouse Muser. Du lycée.

— Nooon... »

Je jette un coup d'œil dans mon rétroviseur pour observer l'agent de police qui se dirige droit vers nous.

« Hélas, si. »

Dave Muser, ancien meneur de l'équipe des Couguars du temps de mes années de service au lycée de Bush Falls, avait été surnommé Mouse, « la souris », en raison de sa petite taille et de ses déplacements frénétiques sur le terrain pour passer la balle à ses coéquipiers. D'ordinaire, s'apercevoir que l'on vient de se faire arrêter par un de ses ex-camarades de classe devrait être un soulagement ; mais à l'évidence, les circonstances n'ont rien d'ordinaire. Avec Sean Tallon, Mouse avait été l'un des principaux instigateurs du harcèlement systématique mené contre Sammy Haber, au lycée, et j'en avais fait un personnage particulièrement grotesque dans mon roman – encore plus petit et plus laid qu'il ne l'était en réalité, et davantage un larbin qu'un ami véritable aux yeux de Sean et de sa bande. Le père de Mouse était le shérif de la ville, à l'époque ; Mouse avait semble-t-il repris le flambeau.

J'abaisse ma vitre à son approche. Du fait de sa taille réduite, sa tête arrive quasi à hauteur de mes yeux, et un examen superficiel suffit à me confirmer qu'il n'a guère changé en dix-sept ans. Avec son front bombé, primitif, son léger strabisme et ses joues grêlées de cicatrices d'acné, le visage de Mouse semblait suggérer que ses géniteurs avaient peut-être, fût un temps, un peu trop barboté dans la mare génétique familiale.

« Tiens, tiens ! s'exclame-t-il avec un rictus narquois. Regardez qui voilà.

— Hé, salut, Mouse, dis-je. Comment va ?

— On ne m'appelle plus comme ça.

— Désolé, heu… Dave.

— Pour toi, ce sera shérif Muser, rétorque-t-il avec une hostilité non dissimulée dans la voix. Tu as une idée de la vitesse à laquelle tu roulais ?

— Pas vraiment.

— Hé, Mouse ! lance Wayne depuis son siège. Ça gaze ? »

Mouse regarde par-dessus mon épaule et grimace à la vue de Wayne.

« Oh, salut, Wayne, dit-il, visiblement embarrassé. Je ne t'avais pas vu. »

Le coming-out de Wayne avait été une première pour un ex-Couguar, et ses anciens coéquipiers l'avaient tous renié avec violence avant de le fuir comme la peste, craignant sans doute de voir leur propre inclination sexuelle remise en cause par effet d'association.

« Est-ce que tu ne pourrais pas faire une exception, pour cette fois ? reprend Wayne. Un petit geste pour un de tes vieux coéquipiers ?

— Si tu avais été au volant, cela aurait été envisageable, répond Mouse, affectant un petit sourire supérieur. Disons, avec ta maladie, tout ça… (Il prononce le mot *maladie* comme s'il était entre guillemets, comme s'il s'agissait d'un ridicule euphémisme.) Mais pour lui, là, poursuit-il en me pointant du doigt, il n'y aura aucune exception. Ni de ma part, ni de quiconque dans cette ville. (Il se redresse et se tourne à nouveau vers moi, droit comme un i.) Permis de conduire et carte grise. »

Il repart dans sa voiture interroger son ordinateur, priant sans doute pour que ma Mercedes figure au fichier des véhicules volés et que mon permis de conduire soit un faux.

« Mouse est devenu flic, m'explique Wayne, tout sourires.

— J'avais compris. »

Devant nous, une Lincoln Town Car arrivant en sens

inverse se met à ralentir. Comme elle passe à notre hauteur, je vois s'abaisser la vitre teintée côté conducteur, et mon regard plonge alors dans celui du coach Dugan. Ce dernier me fixe de ses yeux d'un noir charbon, le visage impavide, et je m'en veux aussitôt de la peur glacée qui me vrille l'estomac, du tremblement qui agite mes mains crispées sur le volant inerte pendant cet échange muet. J'avais certes beaucoup exagéré la malveillance du personnage, dans mon livre, mais j'avais oublié la puissance qui se dégageait de lui dans la vraie vie.

Mouse le salue de la main avec empressement avant de revenir jusqu'à ma portière et de me tendre deux P.V.

« Le premier, c'est pour excès de vitesse. Et le second pour possession d'un phare cassé.

— Je n'ai pas de phare cassé, objecté-je, encore tout tremblant de l'apparition fugitive de Dugan.

— Bien sûr que si. »

Je sors de la voiture et nous passons ensemble derrière la Mercedes. Là, Mouse fait un pas en avant et balance sans sourciller un coup de botte dans mon phare gauche. Après quoi, il lève les yeux vers moi en souriant, tel un troll maléfique.

À travers la vitre ouverte, j'entends Wayne se marrer comme un bossu.

DOUZE

1986

Avec la rentrée, les choses entre Sammy et Wayne passèrent en mode souterrain, ce qui me convenait tout à fait puisque cela me permettait de nier l'évidence encore plus facilement. Je continuais de traîner avec eux, mais ils évitaient scrupuleusement d'être vus ensemble hors de ma présence neutralisante. Au bout d'un moment, grâce à de rigoureux efforts d'inattention, je parvins à me convaincre qu'il ne se passait rien de plus entre eux après les cours, et que les événements de cet été n'avaient été qu'une folie passagère incapable de survivre à la lumière crue des couloirs du lycée. J'intégrai sans mal cette nouvelle version aseptisée car, à vrai dire, j'avais bien mieux à penser. Après trois ans de marasme languissant sur le plan social, je venais de décrocher ma première petite amie.

Au milieu du cortège incessant de nichons et de fesses qui paradait chaque jour dans les couloirs de Bush Falls High, le charme tranquille de Carly Diamond échappait le plus souvent aux radars. La subtilité est un concept qui échappe totalement à l'adolescent mâle, davantage aimanté par la vision de paires de jambes fines et de beaux petits culs bien ronds saillant sous des jupettes, de poitrines fougueuses mises en valeur par des chemisiers moulants, de longues chevelures luxuriantes et de jolis minois au teint de lis éclatant. Carly, elle, dissimulait son corps agile sous des hauts sans forme et des jeans ultralarges, et portait ses épais cheveux châtains coupés court, sans le moindre artifice. Ses pommettes saillantes, son teint d'ivoire parfait et ses yeux noisette si ronds, avec leurs iris aux reflets ambrés, s'offraient à la vue de tous ; cependant on sentait dans cette beauté quelque chose de retenu, un surplus de raffinement qui portait la marque d'une intelligence aiguisée.

Bien entendu, la plupart des types de ma classe ne la voyaient même pas. Moi, si ; et cela constitue sans doute le fait le plus glorieux de toute ma carrière de lycéen. Aucun don particulier ne me distinguait de la masse, et je manquais d'une passion extrascolaire quelconque pour briller sur mon futur dossier d'inscription à la fac. Mon seul vrai talent fut d'avoir la sagesse et l'originalité de remarquer la beauté plus mature de Carly et de deviner cette sensualité passionnée qui couvait derrière sa grâce paisible et son beau sourire.

Les choses commencèrent très simplement. Carly étant assise à côté de moi en salle d'appel, cette année-là, nous démarrions chaque journée ensemble et devînmes vite liés par une sorte de complicité matinale. Bientôt, je me mis à essayer de la repérer pendant le reste de la journée, vivant littéralement dans l'attente des petits sourires complices qu'elle m'adressait lorsque je la croisais dans un couloir, et je développai à son égard un étrange sentiment possessif. Je l'observais à la dérobée lorsqu'elle regardait ailleurs, fasciné par la perfection simple de ses traits et de sa peau si veloutée, si lisse qu'elle semblait dépourvue de pores. Plus d'une fois, elle me surprit ainsi en pleine contemplation, et j'interprétais alors son sourire entendu comme un signe d'encouragement. Je commençai à la raccompagner chez elle après les cours ; nos bras s'effleuraient pendant que nous marchions, et je finis par trouver le courage de lui prendre la main. Une chose en entraînant une autre, nous ne tardâmes pas à échanger de petits baisers feutrés, puis de vrais longs baisers intenses que nous interrompions seulement le temps de respirer, nos langues avides et inexpérimentées se délectant l'une de l'autre. À la mi-octobre, nous étions devenus inséparables, comme unis par la fusion parfaite de nos hormones galopantes et de la passion amoureuse – deux êtres en parfaite osmose le temps de cet âge unique situé entre l'enfance et l'âge adulte, avant de découvrir qu'ils n'ont rien pour s'entendre et de se déchirer sans pitié.

Mille neuf cent quatre-vingt-six était une bonne année pour être un adolescent amoureux. Le taux de chômage était bas, la Bourse était au top, partout l'optimisme régnait. Nous écoutions de la *synth pop* joyeuse importée d'Europe : Depeche Mode, Erasure, A-Ha. Les garçons rentraient le bas de leurs jeans délavés dans leur Nike montantes, se tartinaient les cheveux de gel pour se faire des picots et tentaient en vain d'incorporer le *moonwalk* à leur piètre répertoire de danse. Les filles se crêpaient des mèches avec de la mousse coiffante, arboraient des jupes iridescentes assorties à leur ombre à paupières, des justaucorps en résille asymétriques et à peu près tout ce qu'elles voyaient dans les clips de Madonna. C'était si paisible qu'il avait fallu renvoyer Rambo au Vietnam pour avoir un peu d'action. Nous n'avions ni Internet, ni groupes grunge pour diluer notre innocence dans l'ironie, pas plus que de tueurs en série starifiés ou de films indépendants pour donner de l'attrait aux ténèbres. La joie de vivre était encore considérée comme un truc acceptable en société.

Carly et moi faisions de longues balades ensemble après les cours. Nous nous arrêtions pour manger des glaces ou des pizzas sur Stratfield Road. Nous allions en soirée pour danser le vendredi, et le samedi au cinéma. Nous passions des heures au téléphone la nuit, étendu chacun sur notre lit, savourant l'univers intime qui se tissait autour de nous. Parfois nous restions allongés sur le dos dans son jardin pour guetter les étoiles filantes, nos doigts se touchaient. Nous nous pelotions dans la Pontiac de mon père au pied des Bush River Falls – les deux cascades jumelles qui avaient donné à la ville et son nom, et son baisodrome officiel –, où notre flirt passionné s'enhardissait à pas de fourmi, qui me mettait chaque fois au supplice, révélant toujours de nouveaux délices sensuels, et nous nous sentions alors si adultes, si proches. Enlacés, torses nus, sur la banquette arrière, les vitres couvertes de buée et le cuir des sièges collant comme de la cellophane à nos corps luisant de sueur, nos bas-ventres qui se pressaient l'un contre l'autre, nos lèvres et nos langues entremêlées avec une ardeur inlassable... c'était tentant de croire que nous n'aurions jamais besoin d'autre chose.

Tout n'était pas aussi rose du côté de Sammy, qui était aussitôt tombé dans le collimateur du duo prédateur formé par Sean Tallon et Dave « Mouse » Muser. Avec sa mâchoire patricienne, sa brosse blond platine et ses petits yeux sombres où ne brillait qu'une faible lueur de malveillance, Sean était une brute notoire qui passait toujours entre les mailles du filet grâce à son statut d'ailier des Couguars – à moins que ce ne fussent les rumeurs affirmant que son père bossait plus ou moins pour Frankie la Godasse, gangster local dont la réputation n'était plus à faire. Mouse étant lui-même le meneur de jeu au sein de l'équipe de basket et fils du shérif, autant dire qu'ils étaient tous les deux intouchables ; ils hantaient les couloirs du lycée avec une morgue hargneuse, tels les jeunes héritiers d'une noblesse de rang affranchie des règles auxquelles nous étions soumis, nous autres pauvres connards de la plèbe. Des deux, Sean était le leader incontesté. Mouse, sorte de nabot à face d'australopithèque dont l'humour était très porté sur les fonctions expulsives du corps humain, errait fébrilement dans son sillage, tel le rémora frétillant derrière le requin pour profiter des miettes du carnage. Sammy, avec sa garde-robe haute en couleur et sa manie de chanter à tue-tête en déambulant dans les couloirs, aurait aussi bien pu avoir une cible tatouée sur le front.

Sean était doté d'un sadisme aigu envers ses petits camarades, et il ne tarda pas à repérer Sammy. Moins d'une semaine après la rentrée, Sean et Mouse le surprirent en train de retoucher sa houppette dans les toilettes des garçons. « Comme c'est mignon, roucoula Mouse.
– Mignon à croquer, renchérit Sean. Pendons-le au mur. » Ils l'attrapèrent par l'arrière de son slip et arrachèrent l'élastique pour le lui passer au-dessus de la tête tandis que Sammy se débattait en vain. Ce type de bizutage était fréquent pour les petits nouveaux de troisième, et Sean mettait un point d'honneur à s'y consacrer quasi quotidiennement pendant le premier mois de l'année. Mais le subir en terminale était un affront des plus humiliants. Ils laissèrent Sammy accroché par sa ceinture à une patère de porte de toilettes où il resta ainsi suspendu, des larmes de douleur et de frustration lui roulant sur les joues, jusqu'à ce qu'il soit découvert et délivré par un groupe de troisièmes qui le prenaient pour un des leurs.

« À ton avis, me dit-il d'un ton lugubre lorsque je le croisai un peu plus tard dans la cafétéria, ce jour-là, comment se fait-il que, où que j'aille, les mecs comme ça s'en prennent à moi ? »

Je plissai les lèvres en signe de sympathie. Au fond de moi, je me sentais coupable, comme si mon incapacité à prévenir l'inévitable trahissait l'existence d'une collusion secrète entre Tallon et moi, ou du moins, une acceptation tacite de ma part du système qui avait exposé Sammy à ce genre de vexation.

« Tu viens de faire connaissance avec les trouducs maison, lui dis-je. Ils martyrisent toutes les nouvelles têtes. C'est un truc de territoire, comme les chiens qui pissent autour de leur niche. Maintenant qu'ils ont fait joujou avec toi, ils ne t'emmerderont plus. Mais je resterais hors de leur vue, à ta place. »

Derrière ses lunettes, Sammy leva vers moi un regard embué de larmes.

« J'ai passé ma vie à éviter tous les Sean Tallon de cette planète, déclara-t-il d'un ton amer. Mais eux finissent toujours par me retrouver. À croire que c'est mon destin.

— Arrête tes conneries », dis-je.

Sammy ne semblait guère convaincu.

« On verra bien », marmonna-t-il.

Quelques jours plus tard, dans les toilettes, devant tout le monde, Sean arracha Sammy à l'urinoir pendant qu'il était en train de soulager sa vessie, si bien qu'il s'aspergea les chaussures et le pantalon au passage.

« Si tu as tant envie de voir ma queue, il n'y a qu'à demander ! aurait-il alors hurlé à l'adresse de Sean, au dire des témoins. Ça t'évitera de devoir m'agresser, et moi de nettoyer mes fringues. »

Sean n'avait guère l'habitude d'entendre ce genre d'insulte proférée à l'encontre de son intouchable personne, et Sammy avait pris son poing en pleine figure avant de finir la tête enfoncée dans la cuvette des chiottes. En fait, la plupart des attaques de Sean contre Sammy semblaient consister à le dénuder d'une façon ou d'une autre, mais il me fallut des années avant de comprendre ce qui se cachait peut-être là-dessous.

Cet après-midi-là, Wayne et moi fîmes une entorse à la tradition en grimpant en douce sur le toit pour aller griller une cigarette. Nous allumâmes nos clopes sous la bruine légère qui nous léchait le visage.

« Tu es au courant, pour Sammy ? » lui demandai-je.

Il acquiesça et souffla deux rais de fumée par les narines, la mine sombre.

« Tu peux leur parler, dis-je. Ils t'écouteront.

— Ça ne fera qu'empirer les choses.

— Dis plutôt que tu te défiles. Si c'était moi, tu serais intervenu tout de suite.

— Ça n'a rien à voir », répondit Wayne, sur la défensive.

Il poussa un soupir désespéré, les yeux rivés sur la crête des nuages orageux qui s'amassaient à l'horizon.

« Il s'attire la poisse tout seul. Pourquoi faut-il qu'il fasse autant... pédé. »

Le mot resta en suspens devant nous, menaçant, tel un dragon montrant les crocs pour nous défier de braver ses flammes et de pénétrer dans son antre.

« Il est comme il est, dis-je. Ce n'est pas parce que tu défends un gay que tu...

— Que je quoi ? coupa Wayne, menaçant.

— Non, rien.

— Tu crois que je suis un homo, Joe ? insista-t-il, le regard noir. Tu crois que je suis gay ? »

J'étudiai la question avec soin.

« Je ne sais pas quoi penser.

— Eh bien, la réponse est non, lâcha-t-il avec vigueur.

— Très bien.

— Comment ça, très bien ?

— Très bien. Un point c'est tout. »

Il me fixa pendant une bonne minute, puis hocha la tête et tira une longue bouffée sur sa cigarette.

« Très bien », dit-il.

Pour ce que j'en sais, à compter de ce jour, Sammy et Wayne cessèrent purement et simplement de s'adresser la parole.

Quelques semaines plus tard, Sean et Mouse attrapèrent Sammy entre deux cours, l'attirèrent dans le bureau du rédacteur en chef de l'annuaire du lycée et lui arrachèrent son pantalon, histoire de photocopier son cul pour la postérité. Sammy se débattit comme un beau diable, et ils brisèrent la vitre du photocopieur en tentant de l'y asseoir de force. Ses blessures lui valurent seize points de suture, et il mit quinze jours avant de pouvoir se rasseoir normalement.

Le principal de Bush Falls High, Ed Lyncroft, était un petit homme trapu et méprisable qui marchait d'un pas branlant et cherchait désespérément à s'attirer l'approbation des élèves comme du corps enseignant. Chaque fois qu'il s'adressait à de grandes assemblées d'élèves, c'était avec effacement, d'une voix bégayante, comme s'il voulait par là montrer qu'il était conscient de son propre ridicule. Son usage excessif légendaire d'une marque d'après-rasage bon marché aux effluves écœurants, de même que son penchant pour les bonbons à la menthe, ne faisait rien pour dissiper les rumeurs selon lesquelles il était alcoolique au dernier degré et arrosait son café de généreuses rasades de whisky.

De par sa couardise et son manque de caractère, Lyncroft était passablement inefficace en matière de discipline et constituait une proie facile pour des manipulateurs comme Dugan. Ce fut donc après consultation rapide de ce dernier qu'il fit suspendre Sean et Mouse pour deux jours, en exigeant qu'ils rédigent chacun une lettre d'excuse à Sammy comme préalable à leur réintégration en cours. Dugan fit également pression pour que, malgré leur suspension, Sean et Mouse puissent bien sûr continuer d'assister à l'entraînement de basket après les cours. Après tout, la saison venait de démarrer... il n'y avait pas de raison que le reste de l'équipe soit pénalisé, non ?

Lorsque je frappai à la porte de chez Sammy, ce soir-là, ce fut Lucy qui vint m'ouvrir. Elle avait le visage particulièrement sombre, et l'on voyait à ses yeux rougis qu'elle avait pleuré. Mais cela ne l'empêcha pas de me faire un grand sourire en me voyant sur le palier, et j'en frissonnai secrètement de délice.

« Bonsoir, madame Haber. Je viens voir comment va Sammy », dis-je, ce qui n'était qu'à moitié vrai.

Il s'agissait surtout d'une excuse pour la voir, elle, car je ne l'avais pas revue depuis la rentrée de septembre.

« Joe, s'il te plaît, rétorqua-t-elle d'un ton las. Je t'ai déjà dit cent fois de m'appeler Lucy. »

C'est ce que je fis ; et cette intimité nouvelle avait pour moi la saveur de l'interdit.

« Tu es adorable d'être venu, dit-elle. Mais je ne pense pas qu'il soit en mesure de recevoir de la visite.

— Est-ce qu'il souffre beaucoup ? »

Elle me regarda, l'air meurtri.

« Il est humilié, observa-t-elle simplement. Ce que ces garçons lui ont fait... (À nouveau, ses yeux se remplirent de larmes, et elle détourna le visage.) J'ai besoin d'une cigarette. »

Je la suivis jusque dans la cuisine, où elle tira lentement une chaise et sortit une cigarette du paquet posé devant elle sur la table ronde en pin.

« Ce garçon n'a jamais fait de mal à personne, dit-elle, recourbant machinalement la lèvre inférieure pour souffler un jet de fumée vers le plafond. Pourtant, où qu'il aille, il ne fait qu'attiser la cruauté. »

Elle s'arrêta, le temps d'aspirer une nouvelle bouffée, et enfouit son visage dans sa main. J'étais à la fois effrayé et terriblement excité de la voir pleurer. Elle leva les yeux vers moi, resté planté bêtement devant la table, et me fit asseoir à côté d'elle.

« Il faut que tu l'aides, Joe, me dit-elle avec un regard implorant. Il faut que tu veilles sur lui. Il n'a personne d'autre. »

J'acquiesçai sans un mot, troublé par l'appel puissant qui montait dans le creux de mes reins. J'étais assis face à une femme sublime et plus âgée que moi, une femme que j'appelais par son prénom et qui sanglotait en me suppliant de l'aider. Quelles autres formes d'intimité nous attendaient ?

« Je vais essayer », promis-je en lui pressant la main.

Elle se pencha vers moi pour me serrer dans ses bras, et je posai maladroitement ma paume sur son épaule. Son odeur était un mélange de shampooing au lilas, de doux parfum citronné et de fumée de cigarette, celle qui se consumait entre ses doigts juste derrière mon oreille gauche. Elle reprit la parole et effleura incidemment mon oreille de sa bouche. J'essayai de respirer son être tout entier.

« Sois mon héros, Joe, me chuchota-t-elle. Prends soin de mon garçon. »

Elle se recula sur sa chaise en souriant, ses mains toujours posées sur mes épaules, et je crus percevoir une lueur amusée dans son regard, mon désir démasqué. J'eus soudain un flash, une intuition folle : et si ce geste aguicheur n'était pas un hasard, et s'il fallait y voir autre chose ? Mes jambes se mirent à trembler, mais alors Lucy ôta ses mains de mes épaules et porta de nouveau sa cigarette à ses lèvres.

« Je vais essayer », répétai-je machinalement.

Je ne pensais déjà plus du tout à Sammy. Je la précédai exprès pour regagner la porte d'entrée, m'efforçant de dissimuler le renflement honteux qui saillait sous mon jean.

TREIZE

Le Halftime Pub est tout en acajou foncé et vieux cuir patiné, presque luisant de testostérone à la lumière tamisée des lampes en albâtre. Les boiseries sont ornées d'une vaste collection de photos et autres souvenirs sportifs encadrés, et le bar fait l'effet d'un énorme monolithe en bois sombre courant sur toute la largeur de la salle. L'air est lourd de l'odeur de tout ce qui a brûlé là et de ce qui y brûle encore : cigarettes, cigares, poulet cuisant à la rôtissoire ou steaks en train de griller. En dépit des précieux ventilateurs installés au plafond, on distingue un voile de fumée permanent, coloré par les reflets bleu-vert des écrans de télévision ultralarges installés aux quatre coins de la salle. Les hommes assis par petits groupes sont pour la plupart tous issus du même moule, c'est-à-dire d'anciens Couguars venus comme chaque soir raviver le souvenir de leurs jours de gloire révolus et savourer ensemble la fraternité fossilisée qui constituait autrefois le cœur et la définition mêmes de leur existence. Tels les vétérans d'une grande guerre, ils reviennent là, soirée après soirée, répéter les récits ampoulés de leurs triomphes sur le champ de bataille.

A priori, il s'agirait d'un lieu fort peu attractif pour un homosexuel mourant et un écrivain devenu l'ennemi public numéro un ; et pourtant, nous y sommes, avançant présentement au milieu de ces miasmes de virilité boursouflée et vieillissante – et ce n'est pas faute d'avoir suggéré d'autres destinations à Wayne. J'en suis encore à tenter de retrouver mon aplomb largement ébranlé à la suite de mes démêlés avec Mouse et de mes brèves retrouvailles silencieuses avec Dugan. Chaque minute qui passe transforme davantage ces deux incidents en mauvais présage à mes yeux, et je commence à me dire ce dont j'aurais dû me douter dès le début, à savoir qu'apparaître en public à Bush Falls était peut-être une grossière erreur. Wayne, quant à lui, plane à mille lieues de tout cela et traverse la salle à grandes enjambées, avec toute la désinvolture crâne que lui permettent encore ses jambes maigres. Je n'avais pas encore bien saisi l'ampleur de ce désir absolu qui semble être le sien de foutre sa merde tant qu'il en est capable, mais à le voir ainsi déambuler à travers le pub, distribuant des bonsoirs tonitruants à ses vieilles connaissances en feignant de ne pas remarquer les regards qui se détournent à son passage ou la révulsion à peine dissimulée de certains, je commence à comprendre.

Malgré l'éclairage tamisé, je reconnais une poignée de visages familiers. Il y a là Peter Rothson, qui connaissait par cœur les paroles de *Stairway to Heaven* et ne se lassait jamais de nous en expliquer les différentes interprétations contradictoires ; Alan Mcintyre, qui m'avait appris comment obtenir un tas de trucs gratuits en appelant le numéro du service clientèle inscrit sur les paquets de bonbons pour inventer des réclamations. Je sens même sur mon épaule une tape amicale de Steve Packer, qui, selon la légende, s'était une fois cassé le poignet en se faisant une branlette et connaissait tous les synonymes possibles et imaginables du mot « vagin ».

« Joe Goffman ! s'exclame-t-il en me secouant la main

avec enthousiasme, avant de s'enquérir de la bonne santé de mes testicules. Toujours bien accrochés ?

— Steve Packer, dis-je. Ça fait plaisir. »

Apparemment, Steve n'a pas reçu le mémo qui circule en ville, stipulant qu'il faut me fuir comme la peste, mais Wayne s'empresse de réparer cette erreur.

« Et moi, Steve ? Tu ne me demandes pas si je les ai bien accrochés ? »

De toute évidence, ce n'était guère son intention. Steve fixe Wayne d'un regard noir sous-entendant que les couilles sont un privilège dont il n'a que trop abusé, et part rejoindre ses copains au fond de la salle.

« Ça aide, au moins ? demandé-je à Wayne tandis que nous nous approchons d'une table libre près du mur.

— Quoi donc ? (Il croise mon regard.) Ouais, admet-il. Un peu.

— O.K. Alors ça vaut le coup. »

Il s'assoit en me lançant un sourire plein de gratitude.

« J'étais très naïf quand je suis revenu aux Falls, m'explique-t-il. Je ne sais pas trop à quoi je m'attendais, mais j'étais l'un des leurs, tu vois ? (Il montre l'écusson ornant la poche de son vieux blouson de basket, avec son nom brodé en fines lettres d'or.) C'est toujours moi, pas vrai ?

— Bien sûr.

— Après mon retour j'ai fait l'erreur de me pointer ici une fois ou deux, au début, histoire de rigoler un coup avec les copains… (Il n'achève pas sa phrase, et pousse un profond soupir.) Être gay, c'est comme de suivre un cours accéléré sur la nature humaine, dit-il. Votre premier contact avec la face cachée et peu reluisante des conventions sociales. Un être plus faible de caractère, ajoute-t-il avec un rictus ironique, pourrait en devenir amer à vie.

— J'imagine. »

Il se renfonce dans son fauteuil.

« Bref, pour résumer, personne n'a sorti les drapeaux et la fanfare pour m'accueillir, et j'ai plus ou moins adopté un profil bas. Ce n'est que récemment que j'ai réalisé qu'il ne me restait plus tellement de temps à vivre, et qu'il n'était pas question de céder une seconde de plus à ces bâtards. Le virus peut m'abattre, lui, mais ces sales cons ? (Il lève la voix et désigne l'intérieur du pub d'un geste du bras.) Ce serait trop tragique.

— Bravo, dis-je en souriant.

— Je ne te raconte pas tout ça dans le but de recevoir l'accolade, précise-t-il d'un ton hautain. Si méritée soit-elle. J'essaie juste de t'expliquer que toi et moi sommes de loin les deux individus les moins populaires, ici, et que si tu attends qu'on te serve, la soirée risque d'être longue. Très, très longue.

— Pigé. (Je me lève en riant.) Qu'est-ce que tu bois ?

— Peu importe, dit Wayne. Je l'avalerai trop vite pour sentir le goût. »

Une heure plus tard, je suis passablement pompette. Wayne, qui lampe son verre à liqueur par gorgées minuscules, semble bien parti lui aussi, et je me dis qu'avec son gabarit actuel, il lui en faudra peu pour finir bourré dans les règles. À mesure que le temps passe et que je l'écoute me faire le récit très enjolivé de sa période de vaches maigres à Hollywood, ma paranoïa se dissipe, et je commence à me détendre. Wayne brandit son statut d'outsider comme une arme, attitude qui lui donne de la force autant qu'elle l'isole, et je me fais la promesse, à moitié ivre, de mettre moi-même cet exercice en pratique pour toute la durée de mon séjour aux Falls. Quelque part, dans un coin de ma tête, je réalise que de se savoir tout près de la porte du paradis doit donner à Wayne une forme de témérité que je ne possède pas, mais je n'en reste pas moins déterminé à tenter le coup moi aussi.

« Ici, fait Wayne, on se croirait dans un morceau de

Springsteen. (Il dodeline de la tête et se met à chanter.) *Just sitting back trying to recapture a little of the glory*[1]… »

Je finis le couplet à sa place.

« *Time slips away, and leaves you with nothing, mister but boring stories of glory days*[2]. »

Wayne sourit.

« Comme disait Sammy, il y a une chanson de Springsteen pour chaque instant de la vie.

— Je m'en souviens.

— Les gens ne nous quittent pas des yeux », observe Wayne avec un rictus amusé.

Je descends une autre rasade de vodka.

« Qu'ils aillent s'faire foutre, lancé-je, à moins que ce ne soit la vodka qui parle à ma place.

— Qu'ils aillent s'faire foutre », répète Wayne, levant son verre en un toast et prenant une nouvelle gorgée lilliputienne.

L'alcool m'amène toujours à prendre de grandes résolutions magistrales en termes de bonification personnelle, autant de promesses toujours simples et évidentes loin du joug pesant de la sobriété. En cet instant, je décide solennellement de me draper dans le grand manteau protecteur du détachement et de l'ironie, comme Wayne, prêt à mener la vie dure à tous les démons du passé susceptibles de m'attendre au tournant. Et d'ailleurs, je suis certain de gagner la partie. Ce qui ne fait qu'ajouter à ma surprise lorsque je sens soudain une puissante paire de mains m'attraper par les épaules et m'arracher violemment de mon siège. Je chancelle, et suis alors cueilli par un coup de poing qui m'atteint

1. « Assis là, à poursuivre le souvenir de la gloire d'antan… »

2. « Le temps passe et ne vous laisse rien, m'sieur, que les récits barbants des jours glorieux. »

Glory Days, Bruce Springsteen.

à l'oreille et m'envoie valser sur le derche. Levant les yeux, j'aperçois une version bouffie et plus âgée de Sean Tallon, debout face à moi, les traits crispés en une rage écarlate et les poings serrés.

« Hé, Sean, dis-je en me redressant tant bien que mal. Qu'est-ce que tu deviens ? »

Je me base sur le principe hasardeux qu'une fois la conversation engagée, il n'osera plus me frapper : ce serait trop incongru. De toute évidence, je n'y connais vraiment que dalle en baston puisque c'est la conversation elle-même qui est incongrue. Il me frappe à nouveau, cette fois en me balançant un crochet qui, en dépit de mes gesticulations de fillette pour bloquer le coup, me cingle douloureusement l'arcade sourcilière, faisant voler en éclats ma piètre théorie en même temps qu'il me projette contre la table.

« Hé, tête de nœud, lance Sean en s'avançant vers moi. J'attendais que tu reviennes pointer ton petit cul merdeux par ici. »

Les occasions de faire mouche en débitant de parfaites répliques assassines se font rares, sorti de l'univers de la fiction. Le plus souvent, la bonne formule ne vous vient qu'après coup, au moment, bien sûr, où il est déjà trop tard. C'est pourquoi j'éprouve toujours une sorte de terreur sacrée à l'instant de saisir l'une de ces occasions fortuites où le génie vous vient à point, sans même parler des conséquences, qui se révèlent presque toujours catastrophiques. C'est ainsi que je rétorque :

« Oui, tu as toujours eu un faible pour les petits culs », et Sean de me frapper à l'estomac.

En m'écrasant contre la table, je constate que mon acuité verbale est récompensée par un bref ricanement appréciateur de Wayne, et je me console en me disant que Sean avait commencé à me tabasser avant même que je ne mette en doute sa sexualité.

Nous sommes désormais le point de mire de tout le

pub, et j'en suis à ma deuxième correction publique de la journée. Sean soulève une chaise au-dessus de sa tête en un geste théâtral et, à ma vive horreur, je vois qu'il s'apprête vraiment à la fracasser sur moi, étendu de tout mon long sur la table. J'ai une pensée folle et me demande si ladite chaise explosera en morceaux à mon contact, comme au cinéma. Par réflexe, mon corps se recroqueville en position fœtale et je ferme les yeux de toutes mes forces, absolument pathétique. Il y a alors un fracas retentissant, que j'attribue à la désintégration de mes os contre le bois de la chaise avant de réaliser que je ne ressens aucune douleur et d'ouvrir les yeux. Sean est plié en deux sur le sol, les bras croisés sur le ventre et la chaise brisée gisant à environ un mètre de lui. Intercalé entre mon pauvre petit cul merdeux et lui, son doigt pointé sur Sean en un geste de commandement, se tient mon frère, Brad.

« Ça suffit, Sean, dit-il d'une voix sourde. Ce n'est pas le moment. »

Sean se redresse lentement en se frottant la partie gauche du torse, au-dessus de la cage thoracique, et fixe Brad avec un regard interloqué.

« Putain, tu m'as frappé, Goff !

— Calme-toi, Sean, ordonne Brad. Tu m'entends ? »

Derrière le comptoir, Louis, le minuscule barman à face de belette, nous interpelle d'un ton anxieux :

« Les gars, ça vous dirait de régler ça dehors ? »

Il se voit aussitôt bombardé par un joyeux déluge de « *Ta gueule !* » fusant de l'ensemble des spectateurs, qui n'ont aucune intention de se voir privés de l'attraction de la soirée.

« Tu défends ce salopard ? s'exclame Sean. Après tout ce qu'il a osé dire sur nous ?

— Je ne défends pas ce qu'il a fait, répond simplement Brad. Mais je ne vais pas rester les bras croisés à te laisser le tabasser. »

J'ai comme un nœud à l'estomac en entendant les mots prononcés par Brad. Je me roule à bas de la table avec précaution pour me remettre debout, encore tout flageolant. Sean est maintenant nez à nez avec Brad.

« Casse-toi de là, Goff, menace-t-il en s'essuyant un peu de bave au coin des lèvres. Et laisse-le se battre lui-même.

— Il n'en est pas question », rétorque Brad avec calme.

Je me sens tout bouleversé de l'intérieur, comme chaviré par une grande vague d'admiration et de gratitude à la vue de mon grand frère en train de prendre ma défense. Ma gorge se serre, à moins qu'il ne s'agisse du contrecoup de la volée que je viens d'essuyer. L'air semble se densifier à vue d'œil et former des tourbillons entre Brad et Sean, debout face à face, attendant chacun que l'autre cède le premier. Avec un pincement au cœur, je réalise que toute issue pacifique est à exclure. L'ego et la virilité se sont mêlés de la partie, et en public, qui plus est. Cela doit se régler par le sang – lequel sang cogne à présent à mes tempes, enflammant mon visage meurtri.

« C'est bon, Brad. Laisse-moi faire », dis-je, non pas parce que je me sens capable de gérer la situation, mais parce que je ne suis qu'un imbécile qui éprouve toujours le besoin de l'ouvrir.

Une salve d'approbations jaillit de la foule, ponctuée par des cris anonymes exhortant Brad à laisser son frère se défendre tout seul, et cetera – et dont, je l'espère, il ne tiendra aucun compte. Brad me toise d'un air sceptique, à la limite du méprisant, comme il l'aurait fait des années en arrière si je l'avais provoqué en duel. D'habitude, ce regard a le don de m'exaspérer au point de me pousser aux extrémités les plus stupides, mais je lui trouve à présent un côté incroyablement rassurant. Brad n'a pas l'intention de me laisser aller à la mort, ce soir.

« Tu ferais mieux de te bouger de là, Goff, répète Sean, la voix tremblante de rage. Je n'ai rien contre toi, mais si tu ne dégages pas de mon chemin, je vais devoir te dégager moi-même.

— Eh bien, allons-y, alors », répond Brad.

Sean fait un pas en avant et Brad se met en garde, la mine sombre et déterminée, le front plissé, mais avant même qu'ils aient eu le temps d'esquisser un autre geste, une voix tonitruante brise le silence fébrile qui s'est abattu sur la salle, laissant les deux pugilistes figés sur place :

« Qu'est-ce qui se passe, ici ? »

L'auditoire s'ouvre en deux et, sans se presser, d'un pas presque altier, entre le coach Dugan. C'est un homme grand, imposant, au front large et aux pupilles noires et luisantes. Sous son éternelle casquette estampillée « Couguars », ses cheveux ont viré du gris au blanc titane depuis la dernière fois que je l'ai vu, il y a des années de cela, et son visage est beaucoup plus ridé que dans mes souvenirs. Certains segments de son armature commencent à grincer et à ployer sous le poids du temps, mais il dégage toujours la même puissance racée à mesure qu'il fend la foule respectueuse, tel un général parcourant ses troupes.

« Tallon ! vocifère Dugan de sa voix rauque. Goffman ! Qu'est-ce que c'est que ce bordel ?

— Ça n'a rien à voir avec lui, dit Sean, toujours figé en position d'attaque. (Il me montre du doigt par-dessus l'épaule de Brad.) C'est le frère. »

Le coach se tourne pour me regarder, et ses yeux percent deux petits trous brûlants à travers mon crâne.

« Je refuse de voir deux de mes gars se battre à cause de *lui*, déclare-t-il, le regard braqué sur moi. Maintenant, vous allez me faire le plaisir d'abaisser vos mains et de vous reculer. »

Ils le regardent, puis recommencent à se toiser du regard, renfrognés et hésitants.

« Exécution ! » gronde Dugan.

De mauvaise grâce, Brad et Sean baissent les bras avant de faire un ou deux pas en arrière. Tout ce temps, le coach ne m'a pas lâché du regard, son expression teintée d'un mélange de mépris et d'amusement.

« Ce soir, Art Goffman, notre ami et coéquipier, est plongé dans le coma au Mercy Hospital, et s'il y a bien un putain de geste à faire pour lui prouver notre respect et notre amitié, ce serait de ne pas casser la gueule à son nigaud de fils. »

Il se tourne vers le bar, en direction de Louis, dont le soulagement est presque comique à observer.

« Maintenant, Louis, je m'adresse à toi, en tant que propriétaire de ces lieux, afin que tu veilles au calme dans ton établissement. Il y a ici un homme dont la simple présence est une offense pour tes meilleurs clients. Dans l'intérêt de tous, il serait peut-être préférable qu'ils n'aient pas à boire à ses côtés. Un incident malheureux est si vite arrivé.

— Comment, fait Louis, nerveux, tu me demandes de le foutre dehors, c'est ça ? »

Le coach lève la main en un geste d'apaisement.

« C'est toi le patron, Louis, pas moi. Tu diriges tes affaires comme tu l'entends, et personne n'a d'ordres à te donner. »

Louis observe Dugan pendant un long moment, puis se tourne vers moi.

« Je crois que tu ferais mieux de t'en aller, ânonne-t-il à toute vitesse. Dans l'intérêt de tous, tu comprends. »

Dugan lui adresse un hochement de tête approbateur, rayonnant de fierté comme un bon vieux grand-père.

« Sale con, crache Wayne, écœuré, à l'intention de Louis. T'as des couilles, ou quoi ?

— Pourquoi, tu voudrais les lécher ? lance une voix dans la foule, et la salle entière de partir d'un grand éclat de rire malveillant.

— Qui a dit ça ? tonne Dugan, et le silence se fait aussitôt. Lequel d'entre vous a dit ça, nom de Dieu ? »

Brad se tourne vers moi.

« Filons d'ici. »

J'acquiesce sans un mot et nous regagnons la sortie, Wayne fermant la marche en accablant tout le monde d'injures sur son passage.

« Il fallait que tu viennes te beurrer la gueule ici, hein ? (Brad me hurle quasiment dessus, une fois sur le parking.) Il fallait que tu viennes foutre la merde !

— Oh, c'est lui qui a commencé, protesté-je faiblement.

— Et il t'aurait achevé, à coup sûr, fulmine-t-il avant de pouffer de rire avec un mépris incrédule. Je crois que tu n'as rien compris. Tu ne peux pas te pavaner en ville comme si tu n'avais jamais écrit ton putain de bouquin. Tu as foutu les gens hors d'eux.

— Alors personne ne m'aime, dis-je en haussant les épaules. Et alors ? Ce n'est pas un scoop. Je ne vois pas pourquoi tu t'excites comme ça. »

Il explose.

« Je vis ici, espèce de petit con. Ça, dit-il en désignant le pub d'un geste du bras, c'est chez moi. Je sais que pour toi ce n'est que du fourrage à bouquins, mais moi, je me retrouve face à ces gens tous les jours.

— Personne ne t'a demandé de t'en mêler. Si j'ai envie de me faire botter le cul en public, ça me regarde. »

Il darde sur moi un regard noir, le visage tiraillé par une série d'émotions complexes qu'il ne formulera pas. Du moins je l'espère car, pour le moment, j'ignore si je pourrai supporter d'entendre ce qu'il pense vraiment de moi. Je prends soudain conscience de deux choses : mon frère aîné ne m'aime pas beaucoup, et je voudrais qu'il m'aime. Brad pousse un long soupir accablé, puis ferme les yeux et secoue la tête.

« Je rentre à la maison », dit-il d'un ton las.

Il tourne les talons et je le regarde s'éloigner en éprouvant une haine intense pour moi-même, et en me disant qu'après tout, un vrai connard finit peut-être toujours par réaliser qu'il est un connard. Impossible de lutter.

Je me tourne vers Wayne, appuyé contre la fenêtre du pub, l'air épuisé et d'une maigreur effrayante.

« Tu veux rentrer ? lui dis-je.

— Tu plaisantes, on commence seulement à se marrer », bafouille-t-il avec un grand sourire avant d'aller vomir dans le caniveau.

QUATORZE

Mieux vaut aborder le retour à la sobriété en douceur, tel le plongeur remontant des profondeurs sous-marines, par paliers de décompression. Quand on se fait casser la gueule, on est privé de ce luxe : c'est tête la première qu'on vous envoie vous fracasser contre le mur de ladite sobriété, et vous comprenez vite votre douleur lorsque plaies encore fraîches et hématomes divers manifestent brutalement leur présence. L'avantage, c'est que je me sens assez clair pour nous reconduire en voiture, Wayne et moi, tâche à laquelle je m'applique avec une prudence excessive, m'imaginant déjà le petit rictus qui illuminera la face de rat de Mouse lorsqu'il me collera un P.V. pour conduite en état d'ivresse tout en piaffant d'impatience de raconter la scène sur un ton faussement héroïque autour d'une bière, le lendemain soir.

Je sens comme un nœud dans ma gorge, une bouffée de chaleur suffocante à la jonction de l'œsophage et de la poitrine, et je réalise que je suis en train de retenir mes larmes. J'ignore s'il s'agit du choc lié à la violence de l'attaque-surprise de Sean, ou s'il y a quelque chose de plus profond.

Wayne s'enfonce confortablement dans son siège, un grand sourire satisfait illuminant son visage décharné.

« On a bien rigolé, non ?

— Ravi que le spectacle de mon lynchage public ait contribué à ton agrément.

— C'est ce qu'on appelle se payer une pinte de bon sang, dit Wayne.

— Pardon… tu as vu ma tête ? »

J'incline le rétroviseur pour observer mon reflet. J'ai une entaille à la tempe gauche, là où le poing de Sean a atterri, et ma peau est tuméfiée, virant au violacé. Quelque part au milieu de la mêlée, mon nez s'est mis à saigner et ma lèvre supérieure, couverte d'une croûte de sang séché, me fait l'effet d'être cimentée à mes narines. J'ai un autre hématome en train de se former au niveau de la mâchoire, à deux centimètres en dessous de mon oreille droite, et un inquiétant cliquetis se produit chaque fois que j'ouvre ou referme la bouche.

« Tu t'en es bien sorti, commente Wayne avec un geste nonchalant. Sans l'arrivée de Brad, on aurait dû repêcher tes organes vitaux sous la table.

— Seigneur. Je ne sais pas si tu aurais supporté tant de réjouissances en une seule soirée. »

Wayne rit et appuie son crâne contre la vitre, paupières closes.

« N'empêche, c'était quelque chose de le voir s'interposer comme ça pour te défendre.

— Tu m'étonnes, rétorqué-je à mi-voix, et la grosse boule au fond de ma gorge me paraît sur le point d'éclater. Bon, et Sean ? Sa vie, son œuvre ? »

Voici ce que donne sa bio résumée, version Wayne : l'été après la terminale, comme la plupart de ses sportifs de copains, Sean passa toutes ses journées à jouer au basket, et ses soirées à boire et à s'adonner à diverses formes de vandalisme gratuit. À l'époque, il sortait avec Suzie Carmichael, une groupie des Couguars dont les atouts corporels lui avaient valu une sorte de gloire clandestine et faisaient l'objet d'une documentation circonstanciée, à la fois écrite et illustrée, sur les murs des toilettes des garçons. Un soir, après avoir avalé plus d'une bière, Sean se rendit avec Suzie à la cascade pour s'offrir une partie de jambes en l'air sur sa banquette arrière lorsqu'il manqua un virage et partit s'écraser de plein fouet contre un large frêne en bordure de la route. Avec l'estomac plein d'alcool et l'appel du sexe qui lui poussait au train, nul doute qu'il devait conduire à toute vitesse. Assez, en tout cas, pour que Suzie Carmichael meure sur le coup et que son corps légendaire soit réduit en bouillie. Ce fut elle qui prit tout, d'ailleurs, Sean ayant eu l'ultime réflexe de braquer juste avant l'impact.

Il s'en sortit avec plusieurs contusions et blessures, quelques côtes fêlées et les deux jambes dans le plâtre, ce qui eut pour effet de mettre un terme définitif à sa carrière de basketteur universitaire avant même qu'elle ait commencé. Le shérif Muser joua de ses relations afin d'obtenir l'abandon des poursuites pour conduite en état d'ivresse, et le père de Sean fit intervenir ses propres contacts obscurs afin de faire taire les parents éplorés de Suzie, lorsque ceux-ci s'avisèrent de protester. Pendant un certain temps, ce fut le seul et unique sujet de conversation à Bush Falls, mais comme tous les scandales des petites villes, l'histoire finit par se tasser et basculer dans le folklore local. Sans le basket, Sean ne voyait aucune raison valable d'entrer à la fac et il choisit de rester aux Falls pour peaufiner sa réputation d'ivrogne belliqueux. Il intégra l'entreprise de démolition de son père, ce qui, dans une certaine mesure, sembla le satisfaire, eu égard à son goût pour la destruction sous toutes ses formes. Un soir, tandis qu'il étanchait sa soif au Halftime Pub, un ex-Couguar plus âgé, du nom de Bill Tuttle, eut le malheur d'accuser l'équipe de Sean d'avoir fait avorter l'épopée victorieuse des Couguars en championnat. Il fallut quatre gaillards pour forcer Sean à lâcher Tuttle, mais il avait déjà eu le temps de lui fracasser le crâne. Le shérif, ayant déjà usé toutes ses cartes, ne pouvait plus rien faire pour lui, et Sean écopa de trois ans fermes, dont il ne purgea que sept mois, pour agression et voie de fait.

« Il prétend avoir trouvé Jésus en tôle, ricane Wayne. Apparemment, Jésus devait prôner le culte du corps et le body-building, parce que Sean est ressorti encore plus baraqué et hargneux qu'avant. C'était il y a cinq ans environ. Depuis, il a eu bien d'autres démêlés avec la loi, mais comme c'est un Couguar...

— ... il s'en sort à tous les coups, c'est ça ?

— Ouais. Surtout les coups et blessures.

— Génial.

— Tu l'as dans l'os, ricane Wayne. Mais changeons de sujet, ça me gonfle. Tu as revu Carly ? »

Je lui jette un coup d'œil oblique, mais il a toujours les paupières fermées.

« Je peux savoir ce que ça vient faire là-dedans ?

— Nous venons de changer de sujet.

— Je vois.

— Tu devrais l'appeler, dit Wayne. Elle doit forcément savoir que tu es en ville.

— Les retrouvailles, ça ne me réussit pas trop, en ce moment.

— Je ne t'ai pas encore frappé. (Il ouvre les yeux.) Prends à droite, là, dans Overlook.

— Pourquoi ?

— Tu verras. »

Je tourne à droite et parcours quelques dizaines de mètres lorsque Wayne m'ordonne de stopper.

« C'est ici qu'elle vit, aujourd'hui, chuchote-t-il, désignant à travers sa vitre la petite résidence de style Tudor devant laquelle je viens de m'arrêter.

— Ça alors, dis-je d'un ton neutre.

— C'est la rédac chef du journal.

— Je sais.

— Elle a divorcé. »

Ça me fait un sacré choc.

« J'ignorais qu'elle s'était mariée. »

Wayne hoche lentement la tête.

« Un vrai salaud. Pas un gars d'ici. Il la battait.

— Non, tu plaisantes », dis-je, oubliant tous mes efforts pour jouer les indifférents.

Les mots de Wayne me font l'effet de coups de marteau répétés en pleine poitrine.

« Elle ne se serait jamais laissé faire.

— C'est ce qu'elle a fait, la première fois. La deuxième, elle a atterri à l'hosto.

— Oh, putain. »

Je sens des larmes me monter aux yeux.

« Et ainsi de suite », continue Wayne.

Quelque chose dans sa voix me met la puce à l'oreille.

« Vous êtes proches, tous les deux.

— Yep.

— Donc, elle savait que tu passais me voir ce soir.

— Elle devait nous rejoindre. Elle a dû changer d'avis. (Il se tourne vers moi.) J'imagine que c'est mieux ainsi, vu la façon dont s'est terminée la soirée.

— Qu'est-ce que… Qu'est-ce qu'elle pense de moi ? hésité-je.

— Elle devient totalement indéchiffrable dès qu'il s'agit de toi, dit-il en fermant les yeux à nouveau. Je crois que tu ferais mieux de me ramener chez moi, mec. Ça commence à tanguer. »

Je laisse mon regard s'attarder encore un peu sur la maison de Carly. La pensée qu'elle se trouve à l'intérieur, que seuls quelques mètres et un mur de brique recouvert de stuc nous séparent, me rend soudain nerveux et fébrile. Il fait noir dans la maison, mais on distingue une faible lueur derrière l'une des fenêtres du premier étage. La chambre de Carly. Elle est pelotonnée dans son lit, en train de lire un livre ou de regarder la télévision. Que peut-elle bien regarder ? *60 Minutes* ? Les nouvelles ? À moins qu'elle n'ait opté pour un programme n'exigeant aucune réflexion, type *Dawson* ou une rediffusion de *Seinfeld* ? Je me demande à quoi elle ressemble, aujourd'hui. Je redémarre doucement et fais demi-tour pour repartir par là où nous sommes arrivés.

À quelques rues de la maison de Wayne, j'entends un changement dans sa respiration et, me tournant vers lui, je m'aperçois qu'il est en train de pleurer tout doucement, le regard rivé à travers sa vitre. Je me focalise sur la route, l'impression d'être de trop. Il ouvre la bouche comme s'il voulait me parler mais il n'en sort qu'une série de sanglots perçants, angoissés, qui secouent son corps frêle, et il ne tente même pas d'essuyer les grosses larmes qui coulent au ralenti le long de ses joues.

« Je sais, dis-je, impuissant, en posant ma main sur son bras maigre et tremblant. Je sais, vieux. »

Un choix de mots pour le moins ironique de la part de quelqu'un qui n'en a pas la moindre idée. À la lueur intermittente des réverbères, je distingue son visage déchiré par le chagrin, ses yeux embrasés par la douleur derrière leur rideau de larmes. Nous continuons à rouler un moment à travers les artères sombres et désertes de Bush Falls, sans prêter la moindre attention aux rues qui se succèdent, jusqu'à ce que ses sanglots s'estompent peu à peu.

« Ça craint, vieux, prononce-t-il d'une voix rauque, sa respiration haletante et hachée ne laissant de place que pour une poignée de mots à la fois. Ça craint comme tu ne peux pas imaginer. »

J'acquiesce en silence, la main toujours posée sur son bras. Quelques minutes plus tard, ses paupières se ferment et il s'enfonce dans un sommeil agité. Je continue à conduire au hasard des rues, hypnotisé par le frottement cadencé de mes pneus sur l'asphalte. Au bout d'une heure, je détache mes yeux de la route et constate que je ne reconnais pas le paysage. Je réalise alors que j'ai franchi les limites de la ville et que nous ne sommes plus du tout à Bush Falls. À croire que, dans ma tête, comme c'était déjà le cas il y a dix-sept ans, la fuite était encore une option viable.

J'entre chez les parents de Wayne à l'aide du trousseau de clés que je trouve au fond de sa poche, et le porte sans bruit à l'étage jusque dans sa chambre. Son corps endormi est d'une légèreté affolante, presque creux entre mes bras, et j'ai une vision fugace du virus qui le détruit de l'intérieur, grosse boule rose hérissée de poils vrombissant et dégoulinant d'ectoplasme à mesure qu'elle poursuit son funeste dessein. J'allonge Wayne sur son lit, lui ôte son blouson et le recouvre de l'édredon en coton replié sur le matelas. Sur la table de bridge croulante faisant office de table de nuit, j'aperçois une vaste collection de flacons de pilules sur ordonnance et une carafe d'eau remplie de glaçons à moitié fondus. Sous elle se trouve un respirateur relié à un masque à oxygène et, de l'autre côté du lit, ronronne un gros purificateur d'air. Hormis la présence de ces tristes accessoires, la chambre de Wayne est restée presque comme dans mes souvenirs du lycée. Je remarque deux exemplaires de *Bush Falls* dans sa bibliothèque et m'apprête à en prendre un lorsque sa mère apparaît sur le pas de la porte en robe de chambre. Il est plus d'une heure du matin, mais elle ne donne pas l'impression de quelqu'un qui vient de se réveiller. Wayne, je m'en souviens, m'avait déjà expliqué que sa mère passait des nuits à lire la Bible jusqu'à potron-minet.

« Qui est là ? » chuchote-t-elle.

Ses cheveux gris sont attachés en un chignon sévère et ses lèvres fines, sans couleur, pincées en un pli désapprobateur. Elle écarquille les yeux dans le noir.

« Ce n'est que moi, madame Hargrove. Joe.

— Joseph Goffman ? dit-elle en entrant dans la chambre. Dieu du ciel, vous ici ?

— Je suis venu ramener Wayne. Il avait besoin d'un coup de main. »

Elle baisse les yeux vers Wayne, qui n'a pas bougé d'un pouce depuis que je l'ai déposé sur son lit, et paraît sur le point de s'avancer pour arranger son édredon lorsqu'elle s'arrête net, comme si elle venait de se raviser, et reste plantée là, bras croisés contre sa poitrine.

« Il n'a rien à faire dehors à traîner comme ça, dit-elle en fronçant les sourcils.

— Il voulait juste prendre un peu l'air.

— Prendre l'air, répète-t-elle avec mépris. (Elle remarque le livre que je tiens à la main.) Alors comme ça, vous êtes un écrivain célèbre, maintenant, ajoute-t-elle sur le même ton que si elle avait déclaré : Alors comme ça, vous êtes un pédophile notoire.

— Il faut croire.

— En tout cas, crache-t-elle avec dédain, vous ne me ferez jamais lire un torchon pareil.

— Comment pouvez-vous savoir que c'est un torchon si vous ne l'avez pas lu ?

— J'en ai entendu parler, répond-elle d'un ton solennel. Et croyez-moi, c'est déjà bien assez.

— Bien, conclus-je en reposant le livre à sa place et en me dirigeant vers la porte. Je ne vais pas vous déranger plus longtemps. »

Je descends l'escalier, notant au passage le crucifix et autres bondieuseries assorties qui recouvrent la moindre parcelle de mur. La mère de Wayne m'emboîte le pas en marmonnant dans sa barbe. Arrivé à la porte d'entrée, je l'entends qui appelle mon nom à voix basse.

« Oui ? dis-je.

— Je prie pour votre père, me glisse-t-elle.

— Et pour votre fils ? »

Son visage s'assombrit. elle lève les yeux vers le ciel.

« Je prie pour le salut de son âme.

— Il n'est pas encore mort, répliqué-je. Il aurait peut-être besoin d'un peu moins de prières et d'un peu plus de compassion.

— Il a offensé le Seigneur. Il en paie le prix.

— Et je suis sûr que la Bible applaudit à deux mains la femme qui prive son enfant mourant de l'amour d'une mère. »

Elle me foudroie du regard, avec cette lueur de défiance et de droiture des dévots à la piété dogmatique.

« Quand avez-vous lu la Bible pour la dernière fois, Joe ?

— Vous ne me ferez jamais lire un torchon pareil, dis-je. J'en ai entendu parler, et croyez-moi, c'est déjà bien assez. »

J'ai besoin d'un pansement. Il est un peu plus de deux heures et demie du matin lorsque je rentre enfin chez mon père, titubant et épuisé, après ce qui m'a paru la plus longue journée de ma vie. Je trouve un tube de Neosporin et de la gaze aseptique dans l'armoire à pharmacie de la salle de bains du rez-de-chaussée, mais aucun sparadrap en vue. La blessure à ma tempe gauche est à vif et elle me lance atrocement. Je crois alors me souvenir que les pansements étaient toujours entreposés dans l'autre armoire à pharmacie, au-dessus du panier à linge, dans la salle de bains de mes parents, et cette simple pensée déclenche en moi un flot d'images à demi floues de mon enfance, me laissant hagard, le souffle coupé. Je m'arrête quelques secondes, le temps que s'apaise le chaos au fond de mon ventre, et je monte à l'étage.

La chambre de mon père n'a guère changé, avec son mobilier en chêne et sa moquette colorée par la crasse, le fauteuil en velours râpé croulant sous les piles de journaux et de vieux magazines. La coiffeuse de ma mère est toujours à la même place, avec ses crèmes et ses flacons de parfum alignés le long de la tablette orientale devant le miroir et auxquels nul n'a touché depuis plus de vingt ans. S'il me prenait l'envie d'ouvrir les tiroirs de sa commode, je sais que j'y trouverais ses chemisiers, ses foulards et ses sous-vêtements soigneusement pliés, qui l'attendent encore. Je le sais car, les premières années après sa mort, je fréquentais beaucoup cette commode, allant parfois jusqu'à dérouler l'un de ses foulards pour y humer la trace de son parfum. Rien ne porte à croire que mon père ait vidé ces tiroirs, depuis. Sa maison est devenue une sorte de mausolée dans lequel ont été conservés intacts les restes solitaires de ce qui était autrefois une famille, épargnés, eux, par le temps et les événements qui nous ont anéantis.

Pour la pose de pansements, il est préférable d'avoir quelqu'un sous la main. J'ai toujours trouvé quelque chose de pathétique dans le fait de détacher ces petites languettes de plastique blanc tout seul ; cela me rappelle que je n'ai personne au monde pour le faire à ma place. Je soupire et me penche vers la glace afin de coller la bande adhésive sur mon crâne, lorsqu'un détail dans le reflet attire mon attention. Dans un coin du miroir apparaît la porte de la chambre de mon père, entrouverte derrière moi, et ornée d'une grande affiche encadrée. Je me retourne et, à ma vive surprise, constate qu'il s'agit bien de l'affiche de l'adaptation cinématographique de *Bush Falls*, réalisée l'an dernier. On y voit au loin une piscine enserrée entre les jambes d'une femme debout au premier plan, photographiée de dos et vêtue d'un bikini. Entre ces deux jambes, immergé dans l'eau jusqu'à la taille, se trouve Leonardo DiCaprio, le regard levé vers la femme, dont le haut du corps est coupé à l'image, avec une expression d'émerveillement ahuri. Sous la photo, en belles lettres blanches manuscrites, s'étend le titre : BUSH FALLS, suivi de la ridicule phrase d'accroche :

« L'ÉTÉ PROMET D'ÊTRE ENCORE PLUS CHAUD ». Owen s'était tenu les côtes pendant dix minutes lorsqu'il avait vu l'affiche pour la première fois.

« Doux Jésus ! s'était-il exclamé avec le faux accent sudiste qu'il ressort toujours dans ce genre d'occasion. J'adore, c'est délicieux !

— C'est ringard, avais-je rectifié, agacé par sa condescendance.

— Délicieusement ringard », avait-il insisté, avant de partir d'un nouvel éclat de rire hystérique.

Pour ma part, je trouvais la plaisanterie nettement moins drôle et me demandais ce que penserait Lucy Haber en découvrant cette affiche.

Et voilà qu'elle trône là, dans la chambre de mon père. Je l'observe avec attention, comme si cet examen attentif allait me révéler le mystère de sa présence en ces lieux. Pourquoi un père accrocherait-il l'affiche d'un film tiré du roman écrit par son fils ? La seule réponse qui me vienne à l'esprit, si confondante soit-elle, tient en deux mots : par fierté. Mon père était fier de moi. La publication de mon livre avait provoqué un tollé dans toute la ville. Les journaux avaient multiplié les éditoriaux incendiaires et publié les témoignages outrés de tous ceux et toutes celles cités dans le roman. À la sortie du film, deux ans plus tard, des dizaines de magazines et tabloïds *people* avaient remis le feu aux poudres en envoyant des hordes de reporters dans les rues, chargés de débusquer les vraies gens ayant inspiré les personnages névrosés du film. Sitôt qu'on interviewait quelqu'un, il en profitait pour me descendre en flammes. Le shérif Muser avait même tenté de monter un procès en diffamation contre moi. Et au milieu de ce déchaînement de fureur, mon père, avec lequel j'avais à peine échangé trois mots en plus de dix ans, avait fait encadrer l'affiche du film dans sa chambre, où il la voyait chaque soir en allant se coucher.

Le cœur battant, je redescends au rez-de-chaussée et entre dans le bureau de mon père. Là, derrière la vitrine à trophées et les diplômes de basket – les siens et ceux de Brad confondus – se trouve une bibliothèque vitrée Ikéa dans laquelle je découvre quinze exemplaires de la première édition grand format de *Bush Falls* et une vingtaine d'exemplaires de la version poche avec l'affiche du film en couverture. Au-dessus du meuble est posé un gros livre plat qui se révèle être un album, genre book, de ceux que l'on vend en papeterie. La reliure émet un craquement sonore lorsque j'ouvre l'objet d'une main tremblante. Sur chaque page, centrées et collées avec soin sous les feuilles de plastique protectrices, figurent un vaste assortiment de coupures de presse consacrées à *Bush Falls*, du *New York Times* à *Entertainment Weekly* en passant par *The Minuteman* et autres canards de la région. En haut à gauche de l'une des pages, je remarque le logo de « VMT Media Services ». Il a été jusqu'à engager une agence de presse pour recenser tous mes articles. Je sens mes jambes se dérober sous moi. Je m'affale brutalement sur le petit sofa poussé contre le mur, l'album toujours entre mes mains. Le revêtement sent l'after-shave et le tabac à pipe de mon père. « Qu'est-ce que c'est que ce bordel ? » m'exclamé-je, tandis qu'une larme me roule le long de la joue avant d'aller s'écraser sur la couverture en simili-cuir marron de l'album. Bientôt une deuxième, puis une troisième. J'observe ces trois taches humides sur la couverture, incapable de comprendre ce qu'elles signifient, mais avant que j'aie le temps d'esquisser le moindre début de réponse, le sommeil m'enveloppe tel un film de cellophane et le dernier son qui me parvient est celui de l'album qui me glisse des mains, puis heurte le sol moquetté avec un petit bruit sourd.

QUINZE

J'ai droit à mon premier jet de livre le lendemain matin, aux environs de huit heures. On n'identifie pas tout de suite le bruit que fait un livre en train de voler. Il y a le léger bruissement des pages soufflées par le vent, suivi de l'abrupt « boum ! » de l'objet percutant la vitre avant de retomber sur la pelouse. Je m'extirpe du petit sofa avec un léger haut-le-cœur, encore incapable de bien localiser mon centre de gravité tangible, et risque un coup d'œil groggy à travers la fenêtre, m'attendant déjà à trouver un nouvel oiseau assommé ou réduit en bouillie. Au lieu de quoi je me retrouve face à mon propre visage souriant d'un air prétentieux sur la jaquette d'un exemplaire grand format de *Bush Falls*, ouvert face contre terre, le haut de la reliure fraîchement cabossé par sa rencontre fracassante avec la fenêtre. Il n'y a personne dans la rue.

J'entends un bruit de respiration faible derrière moi et, après une brusque volte-face, découvre Jared endormi sur le canapé du salon, vêtu d'un jean et d'un T-shirt portant l'inscription « *Bowling for Soup* ». Je ne me souviens pas de l'avoir vu en entrant hier soir, mais ça ne prouve pas grand-chose.

« Hé, Jared », marmonné-je.

Quatre lits à l'étage, et nous avons tous les deux dormi sur des canapés.

« Hmm, grogne-t-il sans ouvrir les yeux.

— Tu vas être en retard en cours. »

Il entrouvre une paupière.

« Alors pourquoi s'emmerder, hein ? »

La paupière se referme.

Je n'ai nulle intention de lui faire la morale. Je pars me doucher à l'étage, ne m'arrêtant en route que le temps de me débarrasser de mon caleçon et de m'escrimer vainement à vomir, plié en deux sur le siège des toilettes. La lumière me perce les yeux comme des aiguilles. Je décide donc de me doucher dans le noir, adossé contre les carreaux de faïence froids pour tenter de me réveiller. L'eau brûlante me masse doucement le crâne, cascade en torrent le long de mon visage et de mes épaules, et mon esprit se met à vagabonder. Je pense à Wayne, puis à mon père et à l'album que j'ai trouvé la veille. J'ai du mal à croire que, jusqu'à hier encore, ils ne représentaient, à l'image du reste de Bush Falls, qu'une part marginale de mon existence – de vieux souvenirs lointains, tout au plus. Mais aujourd'hui, voilà qu'ils menacent de me consumer alors que s'évanouit tel un mirage le barrage protecteur de ces dernières dix-sept années.

Ruisselant, je retourne dans ma chambre ; j'ai encore la gueule de bois, je me sens vieux, et je trouve Jared sur mon lit en train de se couper les ongles des pieds.

« T'as vu ta tête ? dit-il avec un rictus intrigué à la vue de mon visage meurtri et de mon torse couvert d'hématomes.

— Non. Pas assez les yeux en face des trous.

— Tu sais, enchaîne-t-il sans m'écouter, dans une baston, statistiquement parlant, on a plus de chances de s'en sortir quand on bloque au moins quelques coups.

— Je prends note de ton conseil. »

Un nouveau choc fracassant retentit depuis le rez-de-chaussée, et nous nous précipitons à la fenêtre juste à temps pour voir un break vert disparaître au coin de la rue. Sur la pelouse, à côté du premier, gît à présent un deuxième exemplaire de *Bush Falls.*

« Ça veut dire quoi ? » demande Jared d'un ton vaguement intrigué, avant de se replonger dans ses ongles de pied.

Mon portable sonne et mon neveu tend le bras vers la table de nuit pour me passer l'appareil. C'est Owen, qui vient aux nouvelles. Je le briefe sur l'état de santé de mon père, et il manifeste sa compassion par tous les bruitages appropriés : soupirs et claquements de langue.

« Et sinon, comment ça se passe ? ajoute-t-il d'un ton faussement innocent. Tu sais, ton retour aux Falls, tout ça ?

— C'est le cirque total.

— J'en étais sûr ! s'écrie-t-il gaiement. Raconte, raconte ! »

Je dresse un rapide compte rendu des événements de la veille. Owen en hoquette de délice dans le combiné, et Jared, les yeux rivés sur moi, n'en perd pas une miette, esquissant même un sourire amusé lorsque j'en arrive à l'épisode de son *coïtus interruptus.*

« Récapitulons, dit Owen quand j'ai terminé. (Il n'essaie même pas de dissimuler sa jubilation.) Depuis les dernières vingt-quatre heures, tu es retourné dans ta ville natale où tout le monde te déteste, tu as retrouvé tous les membres de ta chère famille, tu as surpris un couple à moitié nu sur un canapé, tu as eu des démêlés avec les forces de l'ordre, tu t'es fait agresser deux fois et tu t'es soûlé avec un vieux copain en phase terminale. Je n'ai rien oublié ? »

J'envisage un instant de lui parler des jets de livres, mais je préfère attendre d'avoir moi-même pleinement assimilé la chose.

« Non, je crois que tout y est. »

Owen émet un sifflement admiratif.

« Je me demande quel est le programme, aujourd'hui.

— À t'entendre, on dirait que j'ai tout planifié.

— *Au contraire, mon frère*[1]. Pour la première fois depuis Dieu sait quand, tout semble plongé dans le plus merveilleux chaos.

— Que dois-je comprendre par là ? »

Mais Owen doit y aller.

« Écoute, je suis en retard, un rendez-vous. On en reparlera plus tard.

— Attends.

— Quoi ?

— Tu as fini le manuscrit ? demandé-je d'un ton hésitant.

— Je note que tu dis *le* manuscrit. Intéressant, dit Owen. La plupart des auteurs, mus par un rapport passionnel à leur travail, emploient toujours le possessif – comme dans *mon* manuscrit, par exemple.

— Où est-ce que tu veux en venir ?

— Il semblerait que tu cherches à te distancier de ton travail.

— Oh, ta gueule. Tu l'as lu, oui, ou non ? insisté-je.

— Oui.

— Et… ?

— Je suis…, dit-il en inspirant lentement, à la recherche du mot juste… perturbé.

— Ça, je le savais déjà, craché-je. Et maintenant, qu'est-ce qu'on fait ? »

Owen soupire.

« Eh bien, il suffirait de procéder à quelques changements, histoire que je puisse le vendre quand même, mais je ne suis pas sûr que ce soit vraiment dans ton intérêt. »

1. En français dans le texte.

Je prends le temps d'apprécier tout le poids des sous-entendus présents dans cette phrase.

« C'est vraiment nul, c'est ça ?

— Tu es un bon écrivain, Joe.

— Oh, nom de Dieu. Dis-moi que c'est une merde, qu'on en finisse.

— Si je pensais que c'était une merde, je te dirais que c'est une merde. (Owen prend une nouvelle grande inspiration.) Écoute, on en a déjà parlé. Tu sais que le deuxième est toujours traître. Beaucoup trop de pression. Ça vaudrait presque le coup de l'écrire rien que pour s'en débarrasser.

— Donc, on oublie tout et on passe au numéro trois ?

— Cette idée n'est pas sans présenter certains avantages.

— Et pourquoi le numéro trois ne serait-il pas aussi merdique ? Je ne comprends même pas ce qui a foiré avec celui-ci.

— Ah, mais moi, si, lâche Owen avec emphase. C'est la raison pour laquelle tu me paies aussi grassement.

— Dans ce cas, voudrais-tu m'éclairer un peu ?

— Je pourrais, bien sûr, mais tu dois le découvrir par toi-même. C'est ton voyage intérieur en tant qu'écrivain.

— Ce que tu peux raconter comme conneries, lâché-je d'un ton exaspéré.

— J'avoue.

— Alors à quoi tu me sers ?

— Ceci, mon ami, est l'objet d'une autre conversation, dit-il avec un petit gloussement. Je te rappelle. »

Je referme le téléphone et le balance sur le lit, écœuré.

« Un problème ? demande Jared.

— La routine. (Je remarque à nouveau son T-shirt. Je sais que je vais forcément le regretter, mais je lui pose quand même la question.) C'est quoi, "Bowling for Soup" ?

— Un groupe.

— Jamais entendu parler. (Mon neveu ne semble pas le moins du monde choqué par cette déclaration. C'est donc officiel aux yeux du monde entier : je suis un vieux plouc.) C'est quel style ? demandé-je, histoire de montrer que j'essaie quand même de me tenir au parfum.

— Genre mélange de pop et de SoCal punk.

— SoCal ?

— *Southern California.* La Californie du Sud, quoi, m'explique-t-il. Prends le punk rock de ta génération, les Ramones ou les Sex Pistols…

— Tout ça date d'avant ma génération, protesté-je d'une voix molle.

— Hmm, si tu veux, marmonne-t-il. Bref, prends ce genre de trucs, ajoute de meilleurs musicos, une meilleure production et de meilleures chansons, et ça donne du SoCal punk.

— Comme Blink 182, dis-je.

— Comme Blink avant qu'ils fassent de la soupe, corrige Jared, enveloppant ses rognures d'ongles dans un kleenex avant de jeter le tout derrière moi dans la poubelle, et l'espace d'un instant, je le hais.

— Fenix TV ? » tenté-je.

Il me dévisage d'un air surpris et je me sens un peu mieux.

« Tu écoutes Fenix ?

— Comme tout le monde, non ? »

Mon portable se remet à sonner pendant que j'attache mes lacets.

« Tu peux répondre ? » lui demandé-je.

Il ouvre le téléphone. De là où je me tiens, accroupi à l'autre bout de la pièce, j'entends les cris de Nat crépiter à travers le plastique.

« Oups », glisse-t-il d'un air goguenard en se penchant vers moi pour me passer le téléphone.

J'écoute encore quelques secondes, puis elle raccroche.

« Wow, s'exclame Jared. Personne ne t'aime, ou quoi ?

— Si, toi. Pas vrai ? »

Il esquisse un petit sourire triste.

« Moi, ça compte pas, mec. »

***

Mon grand retour en ville fait la une du *Minuteman* – et au-dessus de la pliure du milieu, s'il vous plaît. Jared, qui est allé chercher le journal dans la boîte aux lettres en plastique bleu au bout de l'allée du garage, le balance sur la table de la cuisine pendant que je suis en train de me verser du café instantané dans un mug.

« Te voilà de nouveau célèbre », dit-il avec son éternel rictus.

« *Le retour d'un auteur controversé* », annonce le titre en haut à gauche. En dessous apparaît une reproduction granuleuse de la photo figurant sur la jaquette de mon livre. Non sans une certaine appréhension, je m'assois pour lire l'article.

Après dix-sept ans d'absence, l'écrivain Joseph Goffman est revenu hier à Bush Falls. Son roman best-seller, *Bush Falls*, avait provoqué la colère de nombreux habitants à sa sortie, en 1999. Très librement basé sur un certain nombre d'événements censés s'être déroulés durant l'année de terminale de M. Goffman, alors lycéen à Bush Falls High, le roman avait été classé comme œuvre de fiction. Mais le fait même que l'intrigue de *Bush Falls* repose sur ces événements particuliers et sur une galerie de personnages clairement inspirés par certaines personnalités de la ville, avait entraîné une vive controverse dès sa publication. Pour de nombreux résidents, il s'agissait là d'une œuvre de diffamation pure et simple, rédigée avec une malveillance délibérée dans le but de salir des réputations. Le roman et son auteur avaient fait l'objet de violents éditoriaux dans les pages de ce journal, de même que sur plusieurs chaînes de télévision et stations de radio locales. La récente adaptation du roman à l'écran avec Leonardo DiCaprio et Kirsten Dunst dans les rôles principaux n'avait fait qu'attiser la vindicte populaire à l'encontre de M. Goffman.

Le coach Thomas Dugan était l'une des personnalités visées dans le roman. « Peu importe ce qu'il a écrit sur moi, avait-il commenté à l'époque. Mais la manière condescendante et désobligeante avec laquelle il s'attaque à notre équipe bien-aimée et à son histoire, qui tiennent depuis toujours une place si importante dans le cœur de tant de nos concitoyens, est impardonnable. Il a insulté tous les petits gars qui ont jamais défendu les couleurs des Couguars, et tous les honnêtes gens qui les soutiennent. »

« Voilà un type qui s'est enrichi en proférant des mensonges sur les habitants de cette ville », a pour sa part déclaré le shérif Dave Muser, un ancien camarade de classe de l'auteur, qui s'est senti particulièrement dégradé par le portrait négatif dressé de lui dans le roman de M. Goffman. « Le voir se pavaner dans nos rues comme si de rien n'était est une insulte pour nous tous. Il devrait savoir qu'il n'est plus le bienvenu ici. »

Alice Lippman, dont le club de lecture se réunit tous les mois à la librairie Paperbacks Plus, partage l'indignation de ses concitoyens. « Nous avions sélectionné *Bush Falls* à sa sortie, et je peux vous dire que chacun d'entre nous s'est senti moralement outré à la lecture de ce livre. J'espère bien avoir l'occasion de croiser M. Goffman, afin de pouvoir lui dire en personne à quel point c'est un homme abject et destructeur. »

Le père de l'auteur, Arthur Goffman, un homme d'affaires de la ville, a subi une attaque vendredi dernier lors d'un match de basket-ball organisé par le club des anciens Couguars. Bien qu'ils soient en froid depuis des années, c'est sans doute l'état de santé de son père qui a incité M. Goffman à revenir aux Falls cette semaine.

L'article n'est pas signé, et je me demande si c'est Carly qui l'a écrit. En tant que rédactrice en chef du journal, elle a au moins dû le revoir pour le valider avant qu'il ne parte à l'impression. Je le relis attentivement, à la recherche de sous-entendus éventuels ou du moindre choix de mots susceptibles de trahir son point de vue à mon égard, mais je fais chou blanc. Je replie le journal et, pour la première fois depuis mon retour, me laisse aller à penser à Carly, chose que j'avais délibérément évitée jusqu'à présent. J'aurais peine à me rappeler la tête des femmes avec lesquelles je suis sorti il y a quelques semaines, mais reconstituer le visage de Carly dans mon esprit ne me demande aucun effort.

Alors, assis là, dans la cuisine de mon père, je me remémore parfaitement le goût de ses baisers, l'expression de son visage lorsque je lui avais maladroitement déboutonné son chemisier, la première fois, délicieux mélange de pur désir et de tendresse amusée. Je lui avais dit que je l'aimais, le cœur palpitant parce que c'était la vérité absolue, et elle m'avait embrassé langoureusement avant de me confier qu'elle m'aimait aussi. Nous étions restés huit mois ensemble, à peine une éraflure à l'échelle d'une vie, mais lorsqu'on a dix-huit ans, le temps n'est pas aussi revêche et intransigeant qu'il le devient très vite par la suite et huit mois ne vous paraissent rien de moins qu'une existence tout entière.

Je m'extirpe de mon siège et sors dans le jardin, enjambant au passage l'exemplaire de *Bush Falls* cabossé qui gît dans l'allée ; j'ai bien l'intention de laisser ces livres là où ils sont. Au moment d'ouvrir la portière de ma voiture, je m'aperçois que quelqu'un est venu rayer ma

Mercedes pendant la nuit : plusieurs vilaines striures irrégulières lacèrent grossièrement la peinture de la carrosserie sur tout le flanc avant. J'étudie le métal balafré pendant un moment, hiéroglyphes indéchiffrables du vandalisme, avant de m'installer au volant en prenant soin de ne pas solliciter mes côtes meurtries plus que nécessaire. Puis je démarre, ressassant encore à quel point je me suis éloigné, sans m'en rendre compte, du garçon que j'étais autrefois, et je m'étonne du peu de profit que j'en ai tiré.

SEIZE

1986

Les choses se tassèrent un peu après l'incident de la photocopieuse, mais Sammy demeura inconsolable. J'ignore s'il était abattu à cause de Wayne, ou s'il souffrait encore de son postérieur incrusté de verre ; toujours est-il qu'il se mit à arpenter les couloirs du lycée avec une mine résolument maussade, son habituel sourire effacé de son visage. On ne le voyait plus jamais improviser des pas de danse ou déclamer du Springsteen. Et bien que Sean et Mouse aient arrêté de l'agresser, ils n'en continuaient pas moins à le harceler. *Hé, mon chou, comment va ton petit cul ? T'inquiète – tu pourras bientôt te faire tringler comme au bon vieux temps !*

Sammy, de son côté, semblait totalement investi dans son statut de victime et se soumettait à chaque nouvelle raillerie avec une sorte de résignation tragique, esclave de ce qu'il percevait comme sa destinée immuable. Sa passivité stoïque eut tôt fait de constituer un challenge aux yeux de Sean, qui n'avait de cesse de le provoquer pour le pousser à la bagarre. Ils se retrouvèrent tous les deux embringués dans un cycle impitoyable dans lequel la soumission de l'un ne faisait qu'enrager l'autre et stimuler sa cruauté, ce qui en retour incitait Sammy à se recroqueviller toujours davantage dans sa coquille.

J'avais beau faire de mon mieux pour le soutenir, je ne tardai pas à me sentir étouffé. Je lui en voulais de se complaire dans le rôle du loser malgré tous mes efforts pour lui venir en aide. Et puis j'avais Carly, désormais, et les journées n'étaient pas extensibles, ni ma disponibilité d'esprit. Plus tard, je me dirai que je n'aurais de toute façon rien pu faire pour lui ; et il y avait sans doute une grande part de vérité, là-dedans. Sammy semblait fataliste, déterminé à suivre le chemin qui lui était tracé. Mais reste qu'avec le temps je le fréquentai de moins en moins, et volontairement, pour la bonne raison que son effroyable détresse me procurait un sentiment de culpabilité inexplicable, comme si je me sentais responsable de ce qui lui arrivait et voulais fuir toute implication. Les choses commençaient enfin à marcher pour moi, et j'avais bien mérité le droit d'en profiter.

J'avais une petite amie et un meilleur pote. Ça n'avait peut-être l'air de rien, sur le papier, mais c'était tout ce dont j'avais toujours rêvé. Le seul fait de traverser le campus du lycée main dans la main avec Carly devant tout le monde, à l'heure du déjeuner, me remplissait d'un bien-être que je n'avais jamais connu de toute ma vie. On s'asseyait ensemble à la cafétéria, on échangeait de petits baisers en douce ou on se faufilait dans les coulisses désertes de l'auditorium lorsque s'embrasser ne suffisait plus.

Wayne était le meneur de jeu et la star des Couguars, cette année-là, et nous nous rendions à chacun de ses matchs, à domicile ou en déplacement, pour l'encourager tels deux fans hystériques. C'était si bon d'être assis dans les tribunes à côté d'elle, de rire et de hurler ensemble, de se serrer dans les bras l'un de l'autre et de se taper dans la main lorsque Wayne marquait un point, que j'en oubliai ma haine de toujours envers les Couguars. Ils ne m'apparaissaient plus comme le symbole écrasant de mon échec en tant que sportif, mais juste comme une distraction de plus me permettant de savourer mon statut de petit ami. Après, nous allions dîner tous les trois et restions jusqu'à la fermeture, étourdis par la joie de la victoire, la voix cassée d'avoir trop crié et trop ri. Ensuite, nous déposions Wayne chez lui en route avant de partir pour la cascade, et Carly m'agrippait la cuisse et se frottait contre moi pendant que je conduisais, me léchant l'oreille en me suppliant de me dépêcher.

J'étais toujours parti du principe qu'il y avait les gentilles filles d'un côté, et les filles sexy de l'autre. Carly était une élève exemplaire, rédactrice en chef du journal du lycée et adorée par tous les profs. Mais elle était aussi capable de saisir ma main pour la glisser à l'intérieur de son jean, et de presser son sexe contre mes doigts en poussant des gémissements farouches et en me mordant la bouche jusqu'au sang.

Carly passait la première demi-heure d'assemblée générale tous les matins à noircir les pages d'un vieux journal intime à la couverture en cuir élimé. Elle était très angoissée par l'aspect éphémère des choses en général, de même que par le caractère imparfait, sélectif, de la mémoire. C'était là sa seule obsession, étant par ailleurs d'un naturel serein et décontracté ; cette idée que les sentiments et les pensées pouvaient être perdus à jamais par les caprices du temps et de la distance.

« En ce moment, m'expliqua-t-elle un jour que nous rentrions du lycée, nous en sommes à la phase de notre vie où nous touchons à la version la plus pure de nous-mêmes. Nous n'avons pas encore été altérés par quoi que ce soit. Je veux garder une trace précise de celle que je suis, afin de pouvoir me retrouver plus tard. Peut-être qu'ainsi, j'éviterai de me perdre complètement. »

Bien qu'admiratif de sa façon de voir les choses, j'y décelais tout de même quelque chose d'un peu troublant, comme si elle était un oracle capable de discerner des signes menaçants auxquels je demeurais aveugle.

« Mais tu resteras toujours telle que tu es, non ? »

Elle soupira, se mordilla la lèvre d'un air pensif.

« Il peut se passer un tas de choses, dit-elle. Des choses insignifiantes, des choses importantes, qui vous changent petit à petit, jusqu'à effacer la moindre trace de la personne que vous étiez. Si je m'égare en route, ce journal sera mon guide, comme une traînée de petits cailloux qui m'aidera à retrouver mon chemin.

— Dans ce cas, peux-tu y garder une trace de moi, aussi ? demandai-je. Ce serait chouette de savoir que quelqu'un partira à ma recherche, si je me perds.

— Et si on n'est plus ensemble ? objecta-t-elle, avec son sens pratique bien connu.

— Alors ça voudra dire qu'au moins l'un de nous s'est égaré, répondis-je. Il suffit que tu me donnes une copie de ce journal, et il me conduira jusqu'à toi. »

Elle s'arrêta et me serra dans ses bras en pressant son front contre le mien, paupières closes.

« J'aimerais que ça puisse marcher comme ça, murmura-t-elle.

— Rien n'est impossible, répondis-je.

— N'empêche, dit-elle. Je crois que ce serait plus simple si on restait ensemble. »

Je lui déposai un petit baiser sur le nez.

« Marché conclu. »

DIX-SEPT

Brad et moi reprenons tant bien que mal notre poste au chevet paternel, comme si les événements de la veille au soir ne s'étaient jamais produits. Il étudie mon visage meurtri, mes yeux injectés de sang, et je vois une phrase se former derrière ses yeux, mais une sorte de censeur intérieur, chose dont je n'ai hélas jamais disposé, bloque heureusement les mots avant qu'ils ne sortent de sa bouche. Il se contente de hocher la tête en silence. Nous prenons un café au distributeur automatique, feuilletons quelques magazines achetés à la boutique du rez-de-chaussée, et lançons tour à tour de maigres sujets de conversation qui s'effilochent invariablement en un silence gêné, couvert par le sifflement mécanique du respirateur automatique. Les visites périodiques de l'infirmière, pour changer le sac plein du cathéter en plastique ou relever les indications des machines, brisent agréablement la monotonie et sont autant d'occasions, si brèves soient-elles, de se renseigner un peu ou d'échanger des banalités. Brad est venu seul aujourd'hui, sans m'offrir la moindre explication quant à l'absence de Cindy, et je me garde bien de le questionner à ce sujet. S'il y a une leçon que j'ai retenue au cours de ces dernières vingt-quatre heures, c'est que tout est un piège.

Vers treize heures, Brad pousse un bâillement et annonce qu'il doit passer vérifier un truc à l'usine. Il me griffonne son numéro de portable au dos d'un magazine, au cas où, puis il sort de la chambre sourcils froncés, perdu dans ses ruminations nébuleuses. Je me sens à la fois désolé et incroyablement soulagé de le voir partir.

Dix minutes viennent à peine de s'écouler depuis le départ de Brad lorsque la porte s'ouvre et qu'apparaît le coach Dugan. Tous les organes de mon corps se contractent à sa vue. Après l'épisode d'hier soir, sa présence en ces lieux est un élément impossible à gérer et je reste immobile sur ma chaise, à le regarder.

« Joseph, dit-il en ôtant sa casquette et en pénétrant dans la pièce.

— Bonjour, coach. »

J'espère que ma voix ne tremble pas autant à l'extérieur que je l'entends de l'intérieur. Dugan fait partie de ces êtres dont la simple présence monopolise toute votre attention, même dans un gymnase noir de monde. Debout au milieu de la chambre d'hôpital, il me fait l'effet d'un géant, bien trop grand et trop puissant pour un endroit si exigu.

Il se dirige vers le lit et baisse les yeux vers mon père.

« Il a vraiment l'air mal en point, dit-il. Qu'en pensent les médecins ?

— Son état est très critique. »

Dugan émet un grognement.

« C'est un type bien. S'il est conscient qu'il est dans le coma, je suis sûr que ça doit le foutre en rogne. Il mérite mieux que ça. »

Je crois déceler l'ombre d'un reproche derrière ces mots, sans pour autant mettre exactement le doigt dessus. C'est déjà assez bizarre pour moi d'être là à discuter avec lui. La voix rauque et puissante de Dugan est taillée pour s'adresser à des groupes, à des équipes, et il y a quelque chose d'écrasant à l'entendre vous parlez en tête en tête.

« Où est Brad ?

— Parti faire un saut au bureau.

— Dis-lui que je suis passé.

— Bien sûr. »

À ma grande surprise, Dugan se penche vers mon père et l'embrasse sur la tempe gauche. Puis il se redresse et repart en direction de la porte, pose sa main sur la poignée, avant de se retourner vers moi.

« Sean Tallon peut être un homme dangereux, déclare-t-il. Il est assez imprévisible. Si j'étais toi, je garderais mes distances.

— C'est un peu tard pour les mises en garde, non ? » fais-je en indiquant mon visage contusionné.

Le coach secoue la tête et me regarde par en dessous, comme si j'étais un parfait abruti.

« Il est capable de bien pire.

— Dans ce cas, j'imagine que je vous suis redevable d'être intervenu hier soir.

— Je l'ai fait pour Brad, lâche-t-il. Il a assez de problèmes comme ça, sans que Tallon l'expédie en plus aux urgences.

— Il m'avait l'air capable de se défendre, pourtant. »

Dugan me fusille du regard.

« J'avais oublié à qui je m'adressais.

— Et à qui donc ?

— À un crétin qui ne comprend rien à rien. »

Il sort de la chambre, referme la porte derrière lui. Sans trop de surprise, je m'aperçois que je transpire à grosses gouttes malgré l'air conditionné.

« Nous voilà seuls tous les deux, p'pa », annoncé-je, non sans un léger embarras, avant de me plonger dans la lecture du dernier *Esquire*. Après quoi je passe à *Newsweek*, puis finis par m'assoupir au beau milieu de *US Weekly*. Je rêve de Carly, comme cela m'arrive souvent, un rêve doux et tendre, quoique triste à la fin, et lorsque je me réveille, mon père a les yeux rivés sur moi. Je sursaute. Mon coude heurte le gobelet en polystyrène posé sur le rebord de la fenêtre qui tombe à terre, aspergeant mes Rockport et l'ourlet de mon pantalon Dockers de café tiède.

« Papa, balbutié-je, encore enroué par le sommeil. C'est moi, Joe. Tu m'entends ? »

Il n'y a aucune réponse, mais son regard fixe, bien que sans éclat, semble trahir un fragile semblant de lucidité. Je prends sa main, tellement plus large et rêche que la mienne, et la serre doucement. Aucun mouvement, mais je vois que mon père vient d'écarquiller les yeux encore un peu plus, ses sourcils bruns levés en deux arcs interrogateurs. Avec une lenteur infinie, de peur de rompre le charme, je me lève pour me pencher vers lui et presse le bouton d'appel de l'infirmière. Son regard ne se détache pas un seul instant du mien, même pendant que je me déplace, et lorsque je me rassois sur le bout de ma chaise, il y a une larme, comme une grosse goutte tremblante, qui vient de poindre au coin de son œil gauche. La larme enfle sur la membrane rouge intérieure de l'œil, avant de tracer une diagonale paresseuse en travers de sa joue, absorbée au fur et à mesure par sa peau terreuse, et s'estompe finalement à quelques centimètres de ses favoris.

« Ça va aller, p'pa, dis-je bêtement. Ça va aller. »

Je tends la main vers le bouton d'appel et le presse avec insistance.

« Reste avec moi, surtout. Quelqu'un va venir. »

Mais alors même que je prononce ces mots, je vois que ses yeux se révulsent, et ses paupières commencent à se refermer.

« Papa ! » m'écrié-je, mais ses yeux restent clos, et c'est exactement dans cette position que les infirmières le découvrent quelques instants plus tard lorsqu'elles entrent à pas précipités dans la chambre.

Le Dr Krantzler, le jeune interne aux traits tirés qui fait son entrée peu après, étudie le diagramme imprimé sur le long rouleau de papier sortant du capteur cardiaque et affecte un air totalement blasé. Il m'interroge pendant un moment, les sourcils levés avec scepticisme.

« Je ne dis pas que vous n'avez pas vu ce que vous avez vu, se défend-il, bien que cela soit clairement ce que sous-entend sa phrase. Mais aucun de ses organes n'a eu la moindre réaction. Et vous reconnaissez vous-même vous être assoupi.

— Qu'est-ce que ça vient faire là-dedans ? »

Il me sourit d'un air condescendant et se frotte les yeux.

« Il n'est pas déraisonnable de penser que compte tenu de la monotonie de l'attente et du stress émotionnel que vous subissez, vous avez rêvé qu'il avait ouvert les yeux, ou été le jouet d'une brève illusion d'optique. C'est très courant, d'ailleurs.

— Je sais ce que j'ai vu, répliqué-je vivement.

— Eh bien, répond-il d'un air pincé en se dirigeant vers la porte, si ça se reproduit, prévenez-moi. »

J'appelle Brad sur son portable. Il déboule vingt minutes plus tard, un peu essoufflé, malgré l'insistance avec laquelle je lui ai pourtant expliqué que ma version des faits était officiellement désavouée par le corps médical. Je lui décris à nouveau toute la scène et il me dévisage d'un air incrédule, secouant la tête en signe de frustration.

« Pourquoi est-ce que tu n'as pas tout de suite appelé les médecins ? me demande-t-il.

— J'ai appelé une infirmière, répété-je, sur la défensive, pour ce qui me semble être la vingtième fois. J'avais trop peur de le laisser tout seul.

— Tu lui as parlé ?

— Oui.

— A-t-il donné le moindre signe indiquant qu'il était conscient de ce qui se passait ?

— Il avait l'air conscient, oui. »

Je ne lui parle pas de cette fameuse larme. Un coin de mon cerveau continue de se repasser la scène en boucle, et j'ai le sentiment qu'il s'agit d'un truc personnel entre mon père et moi. Brad semble intimement convaincu que les choses auraient été très différentes s'il avait été là, comme si le fait que notre père nous ait filé une deuxième fois entre les doigts était une conséquence directe de mon flagrant échec en tant que fils.

« Écoute. Il a ouvert les yeux, et puis il les a refermés. C'est tout. Je n'ai pas eu le temps de faire quoi que ce soit.

— J'aurais dû être là », dit Brad avant de se détourner d'un air dégoûté.

Ma nouvelle ambivalence à son égard s'estompe déjà à vitesse grand V pour céder la place au bon vieux ressentiment habituel, comme je me retrouve soudain face au frère aîné que j'ai toujours connu : égocentrique, supérieur et arrogant.

« Je suis sûr que la vue de ton visage aurait tout changé, raillé-je.

— Au moins, ç'aurait été un visage familier », répond Brad d'un ton amer.

Enfin, ça y est. Avec un jour de retard, certes, mais juste à point quand même.

« Sympa », marmonné-je en me dirigeant vers la porte.

Ma voix est étonnamment sourde, comme voilée par une émotion encore mal définie. Brad lâche un soupir, mais il ne tente même pas de me rattraper.

Je traverse le couloir d'un pas vif en m'efforçant de garder une contenance, malgré les larmes improbables que je sens déjà en train de me monter aux yeux. Je tombe sur une cage d'escalier déserte et m'assois la tête entre les mains, incapable de comprendre ce qui m'arrive. Tout se désagrège à l'intérieur de moi ; mes certitudes croulent sur leurs fondations et dégringolent, m'écorchant les tripes au passage. J'ai besoin d'un plan, d'un objectif, mais mes pensées ne parviennent pas à aller au-delà du parking, vers lequel je suis d'ailleurs en train de me diriger lorsque, dans le hall, j'aperçois Carly.

Une ancienne petite amie, c'est un flingue planté dans votre estomac. Mais un flingue qui n'est plus chargé. Aussi ne ressent-on qu'un déclic vide et mécanique au fond du ventre, en la revoyant – éventuellement le spectre d'un écho, un reste de mémoire sensitive du temps où l'arme contenait de vraies munitions. Néanmoins, il arrive qu'on oublie une balle dans un barillet mal vérifié. Alors, quand le coup de feu retentit, le choc est assourdissant et cette balle inattendue vous déchire les tripes avant de jaillir à la lumière du jour. C'est ce qui m'arrive à la vue de Carly. Bien qu'on ne se soit pas adressé la parole depuis plus de dix ans, c'est une explosion ; et à cet instant, chaque souvenir, chaque sentiment remonte à la surface et me submerge comme si c'était hier.

Elle tient un élégant petit bouquet de tulipes et de gypsophiles à la main. En la voyant, je sais qu'elle est venue pour moi. Elle ne m'a pas encore aperçu, et je lutte contre l'impulsion subite d'aller me planquer dans la cage d'escalier jusqu'à ce que mon estomac ait cessé ses extravagantes galipettes. Elle porte un corsage blanc rentré dans une jupe grise, courte, mettant en valeur la finesse de sa taille, et elle m'apparaît tout à fait comme dans mes souvenirs, à l'exception de ses cheveux. Elle les avait courts, autrefois, dégagés autour du visage. Aujourd'hui, elle arbore une chevelure luxuriante lui cascadant jusqu'à mi-épaules et encadrant joliment ses traits simples et gracieux. Lorsqu'elle croise enfin mon regard, elle paraît se figer à la vue de mes ecchymoses et de mes yeux rougis, encore irrités après mon absurde crise de larmes dans les escaliers. L'espace d'un instant, elle semble sur le point de tourner les talons et de s'enfuir en courant, mais elle agite son bouquet pour me faire signe et m'adresse un sourire malicieux en venant à ma rencontre. Son sourire paraît sincère, et comme j'observe à présent son visage de plus près, redécouvrant avec bonheur ses pupilles teintées d'ambre, je sens un tressaillement familier dans ma poitrine, un accès d'euphorie irrationnel. Avant que je comprenne ce qui m'arrive, je suis en train de m'avancer vers elle et de la prendre dans mes bras.

Je voudrais que ça ne s'arrête jamais. Je voudrais que ce soit comme ces étreintes de cinéma, lentes et intenses, un peu gauches et timides au début mais qui prennent peu à peu tout leur sens à mesure que rejaillissent les vrais sentiments qu'elles révèlent, et que nous nous fondions l'un dans l'autre, la distance et les rancœurs du passé incapables d'altérer la nature épique de notre connexion universelle. Un truc à la « il n'y a que toi et moi ». Néanmoins, au bout de quelques secondes, il apparaît évident que nous ne dépasserons pas la barre de ces étreintes gauches et timides.

Carly a un petit hoquet de surprise, manifestement déconcertée, mais elle se reprend vite et m'étreint à son tour.

« Tu es splendide, dis-je en me reculant d'un pas.

— Pas toi », répond-elle en me tendant son bouquet de fleurs, sans se départir de son regard espiègle.

Nous nous regardons en souriant et l'espace de quelques secondes tout va bien, c'est comme au bon vieux temps ; puis le malaise s'installe, et je détourne les yeux avant de la remercier pour le bouquet.

« C'est pour ton père.

— Oui. Bien sûr.

— Bien sûr, répète-t-elle d'un ton embarrassé, et

je sens là peser chaque jour de chaque année où nous sommes restés sans nous parler. Comment va-t-il ?

— Pas terrible. »

Même sous l'égide d'un cas de force majeure médical, cet échange de platitudes a quelque chose de sacrilège à mes yeux – un mètre étalon de la distance qui s'est installée entre nous, de petits cailloux que l'on jette dans un puits insondable tout en tendant l'oreille pour guetter le plouf en contrebas.

« Je pense à toi, dis-je et ma voix, décidément peu fiable ces derniers temps, trébuche au seuil du dernier mot. Beaucoup.

— Je fais souvent cet effet-là aux hommes », réplique-t-elle, et nous sourions à son trait d'humour.

« Alors, quoi de neuf ?

— Ma foi… ça peut aller », hésite-t-elle, comme prise au dépourvu par l'ineptie de cette question.

Comme si dix ans pouvaient être résumés en de courtes réponses toutes faites. Comme si elle avait ne serait-ce qu'envie de faire semblant.

« Je voulais dire, comment vas-tu. Vraiment ?

— Je vais bien, dit-elle. Malgré quelques mauvais moments ici et là. Quatre-vingt-dix-huit a été une année particulièrement sinistre, mais ces jours-ci, ça va. Et toi ?

— Il semblerait que je sois devenu un écrivain controversé. »

Elle rit.

« Toi le premier, tu devrais savoir qu'il ne faut jamais croire tout ce qu'on lit.

— C'est toi qui as écrit l'article ?

— Qui l'ai corrigé. La première version était… très musclée.

— Je te crois, dis-je. On vient balancer des bouquins dans mon jardin. »

Carly éclate de rire.

« Ça doit être un coup du club de lecture. Ils se sont réunis hier soir et ils ont décidé de procéder à une rétrocession en masse. Combien, pour l'instant ?

— Trois ou quatre.

— Ce n'est que le début.

— Au fait… tu as reçu celui que je t'avais envoyé ? »

J'avais expédié à Carly l'un des tout premiers exemplaires de *Bush Falls* fraîchement sortis de chez l'imprimeur.

« Oui. Je l'avais lu d'une traite pendant le week-end.

— Oh, dis-je. Bravo.

— Je comptais t'appeler, après… », commence-t-elle, mais sa voix vacille sur la fin de sa phrase.

Je fais un geste indifférent de la main.

« Ce n'était pas pour ça, dis-je, mentant copieusement. Je tenais juste à ce que tu aies un exemplaire de ma part.

— Non, je t'assure. Je voulais vraiment le faire. Je traversais une phase difficile… Disons que rien ne me semblait très réel à ce moment-là. »

J'acquiesce d'un hochement de tête, comme si je comprenais.

« On devrait se revoir, boire un verre, suggéré-je. Histoire de papoter un peu.

— Ça me va.

— Bien. Je t'appelle ce soir.

— Seulement si tu en as envie, insiste-t-elle. Ne te sens pas obligé.

— J'en ai envie. »

Elle me regarde un instant puis secoue doucement la tête, comme si elle venait d'être le jouet d'un simple effet de lumière.

« Wayne a mon numéro », dit-elle.

Je l'observe à mon tour en opinant bêtement. J'ai encore du mal à croire qu'après toutes ces années de canonisation virtuelle, Carly est vraiment là, devant moi – un peu plus vieille, certes, mais toujours la même qu'avant.

« Bon, dit-elle. Il faut que je retourne travailler.

— Bien sûr. »

Je prononce son prénom alors qu'elle commence à peine à s'éloigner.

« Oui ? » interroge-t-elle en se retournant.

J'hésite, doutant de ce que je veux lui dire jusqu'à ce que les mots sortent de ma bouche.

« Je sais encore qui tu es. »

Elle me sourit, et son sourire m'est si familier que j'en ai le souffle coupé.

« Non, Joe, dit-elle à mi-voix. Tu ne sais rien. »

Elle s'éloigne et j'observe la courbe de ses mollets, de ses muscles souples qui se contractent et se relâchent à chacun de ses pas. J'ai toujours adoré ses jambes. Ça lui a fait plaisir de me voir ; j'en suis quasi certain. Bien sûr, ça ne veut pas dire grand-chose, mais peut-être que si. Depuis mon retour, mon passé a retrouvé une sorte de vigueur nouvelle, insolente, et plus rien ne paraît tout à fait impossible. Je m'assois sur l'une des chaises en plastique ergonomiques du hall de l'hôpital, soudain incapable de rester debout. Tout se résume à la conclusion suivante : je l'aime encore.

Peut-être.

DIX-HUIT

J'ignore où j'avais l'intention d'aller lorsque je me suis précipité vers la sortie de l'hôpital après m'être engueulé avec Brad. J'aurais probablement été me calmer les nerfs à la cafétéria pendant une demi-heure avant de remonter. Mais maintenant que j'ai vu Carly, plus question d'aller m'asseoir gentiment pour mâchonner un sandwich au thon préemballé et spongieux ou de me replonger dans le silence de la chambre de mon père pour me tortiller d'embarras sous l'œil glacial et accusateur de Brad. Ma rencontre avec elle a réveillé quelque chose qui sommeillait en moi ; je me fais l'effet d'un bloc d'adrénaline pure, nerveux et incapable de rester en place. J'ai un soudain accès de claustrophobie au milieu des blancs couloirs stériles de l'hôpital, et je sens que je ne vais pas tarder à me cogner contre les murs si je ne sors pas d'ici tout de suite. Je laisse mon numéro de portable au poste des infirmières et franchis la porte, étrangement crispé. Tout à l'heure, je récupérerai le numéro de Carly auprès de Wayne et je lui passerai un coup de fil. Nous sortirons ensemble quelque part pour discuter, l'impression de malaise commencera à se dissiper, et alors… Certes, j'ai du mal à voir plus loin, mais j'éprouve une sorte de vieille excitation familière. En attendant, décidé-je en m'installant au volant de ma voiture, je vais faire un tour chez Wayne.

Une odeur moite de curry et de légumes à la vapeur me saute à la gorge quand la mère de Wayne me laisse entrer, grommelant une vague phrase de bienvenue avant de disparaître derrière les portes battantes de sa cuisine. Sa moue désapprobatrice laisse clairement entendre qu'elle n'est pas près de me pardonner mon quasi-blasphème de la nuit dernière ; mon sourire forcé, qu'accompagne un bonjour tonitruant, suggère quant à lui que je m'en tape complètement.

Wayne est dans son lit, adossé contre ses oreillers et appliqué à la consommation d'un joint ridiculement énorme lorsque je pénètre dans sa chambre. Il a le visage hâve, émacié à l'extrême, les yeux enfoncés au fond de leurs orbites et les lèvres couvertes de gerçures. Il me sourit, et ses dents ressemblent à de grosses stalactites déchiquetées jaillissant de ses gencives blêmes et décharnées. Je me demande s'il n'a pas encore perdu du poids depuis que je l'ai quitté hier soir.

« Je n'aurais vraiment pas dû te laisser boire autant, dis-je, alarmé par sa pâleur cadavérique.

— Tu n'es pas mon chaperon, rétorque-t-il. Et d'ailleurs, tu fais assez peur à voir, toi aussi. »

Je pose un regard interrogateur sur le gros joint qu'il tient entre ses doigts.

« À des fins thérapeutiques, dit-il. Sans déconner. »

Je vais chercher sa chaise de bureau en cuir et m'installe à son chevet.

« Dis, au risque de passer pour un rabat-joie… tu ne devrais pas être à l'hosto ? »

Il fait la grimace et ferme les yeux.

« On m'a recommandé d'aller dans un truc de soins palliatifs, dit-il. Mais je refuse de rester couché dans une chambre blafarde, bourré d'analgésiques et d'antidépresseurs en attendant la fin. Comment je saurais si je suis vraiment mort ? »

J'acquiesce tristement. Je viens de réaliser pour la première fois à quel stade avancé il en était. Ce n'est plus une question d'années, ni de mois. Plutôt de semaines. Voire de jours. S'habiller et venir jusque chez moi comme il l'a fait hier soir lui a sans doute demandé un effort herculéen, et je m'en veux de ne pas avoir mesuré la gravité de son état. J'aurais dû le conduire chez lui illico et le remettre au lit. Au lieu de ça, je l'ai emmené se soûler.

« Alors, tu as revu Carly ? demande-t-il.

— Pourquoi faut-il toujours que tu la ramènes avec ça ? dis-je, même si j'espérais qu'il me poserait la question.

— Parce que c'est ce qui est vraiment important.

— Il y a un tas d'autres choses tout aussi importantes. »

Wayne rouvre les yeux, tire une longue bouffée de son joint et recrache un mince panache de fumée grise en se redressant contre ses oreillers.

« Ici, aux portes de l'au-delà, déclare-t-il d'un ton faussement solennel, j'ai acquis une certaine sagesse... à défaut d'un terme plus approprié. Disons, la capacité de voir les choses avec une clarté nouvelle. Cadeau d'adieu, j'imagine. Vous ne revenez pas en deuxième semaine, mais voici notre lot de consolation, et merci d'avoir participé. Un truc dans ce goût-là. (Il s'arrête et ricane de sa propre comparaison avant de reprendre.) J'imagine que, libéré des préoccupations ordinaires et autarciques liées à la santé, aux finances ou à l'avenir, mon cerveau peut enfin accéder à la vérité suprême de chaque chose. Autrement dit... – nouvelle pause, le temps de me jeter un regard perçant – ce qui est vraiment important.

— Et qu'est-ce qui est vraiment important ? » demandé-je, inhalant au passage une bouffée de ganja par procuration, si forte que j'en ai la gorge tout irritée.

Il sourit, ne répond pas et regarde par la fenêtre. Le soleil rase les toits des maisons d'en face dans le ciel grenat tandis que la lumière déclinante de la fin d'après-midi se fond dans les douces teintes rosées annonçant le soir.

« Tu te souviens du jour où on a séché les cours pour prendre le train jusqu'à New York – toi, Carly et moi ? demande-t-il.

— Bien sûr. On était allés au zoo de Central Park et au ciné.

— *Retour vers le futur*, dit Wayne, fermant les yeux à l'évocation de ce souvenir. Il n'y avait que nous dans la salle. »

Soudain, j'ai un flash-back. Je revois nettement Carly en train de faire la roue dans l'allée de la salle déserte, en plein milieu du film, avant de revenir se glisser dans son fauteuil, rouge d'excitation, sous nos applaudissements admiratifs. J'avais oublié ce détail et je sens ma gorge se serrer.

« On avait fait un saut au Kentucky Fried Chicken, après, me remémoré-je. On s'était acheté une barquette énorme et on s'était goinfrés dans le train au retour. »

Wayne hoche la tête en souriant.

« Quand je pense à toutes les emmerdes qu'avait Sammy, à l'époque, observe-t-il. Dire que je refusais d'admettre que j'étais gay. Ç'a été une rude année, pour moi. J'avais la trouille, j'étais paumé, et j'avais ce gros secret que je gardais pour moi parce que je ne faisais confiance à personne. Mais ce jour-là, on a passé un moment génial ensemble, plus que si on l'avait fait un samedi. (Il détache ses yeux de la fenêtre et se tourne vers moi.) On s'était bien marrés, tous les trois. C'est surtout de ça dont je me souviens. Le temps d'une journée, pour la première fois depuis bien longtemps, j'avais oublié mon secret et je m'étais éclaté comme un petit fou. »

J'acquiesce, sans un mot. Je sens mes yeux s'embuer.

Je me rappelle les sensations précises de cette journée, de ce que ça faisait d'être dans ma peau à l'époque. L'air vif de l'automne, les bruits de Manhattan, ce délicieux sentiment frondeur de nous trouver à un endroit où nous n'aurions pas dû être, les joues rouges de Carly dans le vent froid tandis que nous nous baladions à travers le zoo.

« Cette journée a été précieuse, déclare Wayne avec emphase. Beaucoup d'autres l'ont été aussi, plus tard, mais pas autant que je l'aurais voulu. J'y ai souvent réfléchi. Qu'est-ce qui fait qu'un jour comme celui-là compte plus qu'un autre, et pourquoi y en a-t-il de moins en moins, à mesure qu'on vieillit ?

— Et quelle est la réponse ?

— C'est très simple, en vérité. On faisait ce qu'on avait envie de faire, plutôt que ce qu'on était censés faire. (Il se renfonce contre ses oreillers et tire une longue bouffée avide de son joint avant de tapoter les cendres dans un bol posé à côté de lui.) Je suis ici pour te dire, poursuit-il d'une voix traînante et étranglée sous l'effet de l'herbe, qu'au bout de la route, c'est-à-dire là où je me tiens en ce moment, rien n'a d'importance que les choses vraiment importantes. Je ne t'apprends rien, sans doute, mais même si tu le sais déjà, ça ne veut pas dire que tu en es conscient au fond de toi. Parce que si tu l'étais vraiment, tu bougerais ton cul, mon pote. Merde, si je pouvais revenir en arrière… »

Sa voix s'éteint, et il reste silencieux si longtemps que j'en viendrais presque à croire qu'il s'est endormi, lorsque soudain il se penche vers moi et inspire profondément.

« Je vais maintenant invoquer un personnage de cartoon », annonce-t-il d'un ton solennel.

Je montre le joint.

« Y a quoi, dans ce truc ?

— Ne te fous pas de ma gueule quand je philosophe, Joe.

— Pardon. »

Wayne se met sur le flanc pour être face à moi. Quelques flocons de cendre grisâtre tombent du bout de son joint pour se perdre dans les plis de son édredon.

« Tu te souviens des vieux dessins animés du Coyote, dit-il, quand le Coyote se précipitait d'une falaise et qu'il continuait à courir jusqu'au moment où il baissait les yeux et réalisait qu'il cavalait dans le vide ?

— Ouais.

— Eh bien, je me suis toujours demandé ce qui lui serait arrivé s'il n'avait pas regardé en bas. Est-ce que l'air serait resté solide sous ses pieds jusqu'à ce qu'il ait atteint l'autre bord du précipice ? Je pense que oui, et je pense qu'on est tous comme ça. On s'élance pour traverser le canyon, le regard fixé droit devant soi vers les choses vraiment importantes, mais quelque chose, la peur ou un sentiment d'insécurité, nous fait regarder en bas. Alors on s'aperçoit qu'on marche sur du vide, on panique, on fait demi-tour et on pédale à toute vitesse pour retrouver la terre ferme. Mais si on ne baissait pas les yeux, on arriverait sans problème de l'autre côté. Là où sont les choses vraiment importantes.

— Je comprends ce que tu veux dire. Mais Carly et moi, ça remonte à trop longtemps. Les gens changent.

— Les choses vraiment importantes ne changent pas, dit Wayne en prenant son joint par l'autre bout et plaçant l'extrémité rougeoyante à l'intérieur de sa bouche en un geste expert, selon la technique dite du ver luisant, comme on l'appelait autrefois. C'est juste que la distance qui t'en sépare s'accroît de plus en plus. De toute évidence, il y a encore quelque chose entre vous deux.

— C'est ce qu'elle t'a dit ?

— Je lis peut-être un peu trop entre les lignes, admet-il, jetant son joint dans son cendrier. Mais bon sang, Joe… qu'est-ce que t'as à perdre ? »

Nous nous regardons en silence et je sens une nouvelle montée de larmes me picoter les yeux, bien que cela soit peut-être dû à la fumée qui a désormais investi le moindre recoin de la chambre, tel un encens doucereux.

« Je l'ai croisée, aujourd'hui. À l'hôpital. »

Wayne écarquille les yeux comme des soucoupes.

« Enfoiré. Tu comptais me laisser déblatérer mes conneries combien de temps, avant de cracher le morceau ?

— Tu étais sur ta lancée.

— La ferme, dit-il avec un grand sourire. Alors, comment ça s'est passé ?

— Je ne sais pas trop. On a dit qu'on se reverrait. »

Il se renfonce dans ses oreillers, l'air satisfait.

« Excellent.

— Ça ne veut rien dire, insisté-je.

— Bien sûr.

— Je t'assure.

— Je sais. »

Nous échangeons un regard complice.

« Ç'avait été une sacrée journée, hein ?

— La meilleure de tous les temps, dit-il. (Il se rallonge sur le dos, remonte ses draps.) J'ai besoin de me reposer. Viens me voir demain, si tu peux.

— Je veux, oui », dis-je en me levant de mon fauteuil et en repensant à son laïus.

Peut-être y a-t-il une part de vérité dans ce qu'il vient de me dire. Ou peut-être était-il juste complètement défoncé.

« Joe, lance-t-il. Rappelle-toi ce qui arrive au coyote quand il reste au bord de la falaise.

— Quoi donc ? »

Wayne étire ses lèvres en un sourire retors, voire légèrement sadique.

« Il se prend un putain de piano sur la gueule. »

Au rez-de-chaussée, je tombe sur Mme Hargrove, qui m'attendait dans la salle de séjour.

« Je voudrais vous montrer quelque chose », dit-elle.

Elle pousse une porte vitrée et j'entre à sa suite dans une petite pièce contenant un amoncellement de boîtes en carton de toutes tailles, encore scellées et empilées les unes sur les autres. Il y a là tout un assortiment d'enseignes de vente en ligne : The Sharper Image, Nordstrom, Amazon.com, Circuit City, Brook Brothers, Sears, L.L. Bean, Gap, et j'en passe. Je me tourne vers Mme Hargrove qui inspecte les paquets d'un air suspicieux, le front creusé de profonds sillons de perplexité.

« Qu'est-ce que c'est que tout ça ? lui demandé-je.

— Il achète des choses, chuchote-t-elle, comme si elle me révélait un terrible secret de famille. De jour comme de nuit. Il commande des choses sur ce maudit ordinateur.

— Pour quoi faire ?

— Qu'est-ce que j'en sais ? rétorque-t-elle d'un ton sec, frisant l'hystérie. Tous les jours, je reçois des paquets. Et lorsqu'ils sont là, il refuse de les ouvrir. Il me dit juste de les poser là. »

Médusé, je contemple la marée de cartons. Il doit bien y en avoir une quarantaine ou une cinquantaine, empilés au petit bonheur à travers la pièce.

« Vous lui avez déjà demandé pourquoi ?

— Bien sûr que je lui ai demandé pourquoi, s'étrangle-t-elle presque. Il n'a aucune réponse à cela. Je suis sûre qu'il ne se souvient même pas de ce qu'il commande.

— À mon avis, il doit s'agir d'un symptôme. D'une forme de démence liée à la maladie. »

Elle me regarde. Elle semble à bout de nerfs.

« Qu'est-ce que je vais faire de tout ça ? (Ses yeux parcourent à nouveau la pièce, comme si elle était hantée par la vision de ces boîtes.) Qu'est-ce que je vais faire de tout ça, Seigneur ? »

Lorsque je m'éclipse, quelques instants plus tard, elle se tient toujours au même endroit, immobile, contemplant d'un air désolé la petite pièce remplie de paquets non ouverts.

DIX-NEUF

1987

Bush Falls tire son nom de deux cascades de dimensions moyennes situées au cœur des bois longeant Porter's Boulevard, et qui se jettent ensemble dans la Bush River. Une légende urbaine célèbre courait à leur sujet. Un couple de lycéens s'était garé au bord de la falaise pour se peloter en toute tranquillité. Dans le feu de l'action, la fille, inspirée par un soudain accès de passion, défia son petit ami de lui prouver son amour en sautant du haut des chutes, lui promettant sa virginité en récompense. Naturellement, celui-ci ne fit ni une, ni deux et se précipita dans les flots glacés et tourbillonnants. À partir de là, les versions diffèrent : certaines prétendent qu'il accomplit son exploit *in naturalibus*, d'autres qu'il était tout habillé. D'aucuns affirment qu'il s'est cassé le bras sur l'un des gros rochers au pied de la cascade, et d'autres qu'il est sorti de l'eau sans une égratignure. Ces détails, parmi tant d'autres, ont été débattus avec une ferveur toute talmudique au fil des générations mais l'épilogue, lui, a toujours fait l'unanimité. Trempé et frissonnant, le garçon retourna d'un pas triomphant à sa voiture où l'attendait sa petite amie, étendue sur la banquette arrière dans sa glorieuse nudité, prête à remplir sa part du contrat et à le réchauffer à la délicieuse moiteur de sa virginité offerte.

Bien entendu, le bois qui entourait les chutes était resté le lieu de rencard le plus coté de la ville. Si vous étiez de sexe féminin et soucieuse de préserver votre réputation, mieux valait éviter l'endroit car, en acceptant de vous y rendre, vous vous engagiez d'avance à vous montrer prodigue de vos faveurs. Si vous étiez de sexe masculin et que vous n'aviez pas nécessairement l'intention d'aller jusqu'au bout avec une fille, le plus probable était en fait que vous n'existiez pas du tout. De temps à autre, un type parmi les plus téméraires, en proie à une soudaine frénésie hormonale, repartait défier les chutes, généralement après avoir reçu semblable serment de sa dulcinée. L'inévitable accident tragique qui se produisait de temps à autre ne faisait qu'ajouter à la légende, et une règle s'instaura avec le temps – si vous aviez rencard aux cascades, un soir, et que quelqu'un se jetait du sommet, vous aviez le devoir moral et historique, sinon de coucher avec votre partenaire, du moins de pimenter votre routine habituelle de façon significative.

Cette coutume et ses multiples conventions annexes étaient respectées à la lettre par les jeunes des deux sexes, mus par une sorte de conscience collective implicite, de contrat social les liant de façon bien plus forte que n'importe quel règlement instauré par une autorité adulte. De même que quand on joue à « action ou vérité » au CM2, le rituel permettait une forme d'affranchissement et facilitait la communication autour de cet embarrassant exercice, l'exploration progressive de la sexualité. On peut parfois regretter, après coup, de s'être envoyé en l'air sur une banquette arrière, tant la chose peut sembler vulgaire et constituer un cadre peu approprié à la perte de l'innocence. Les filles s'en souciaient davantage que les garçons, qui se seraient adonnés avec le même entrain à n'importe quel type de fornication dans une benne à ordures fétide.

Mais si l'événement se produisait aux cascades, vous participiez d'une tradition sacrée, la nouvelle génération d'une épopée merveilleuse et vénérée. Comme si le destin était en marche et que l'endroit faisait partie intégrante d'un héritage romantique, d'un patrimoine sexuel partagé par tous les adolescents de Bush Falls.

Carly et moi perdîmes notre virginité sur la banquette arrière de la Pontiac de mon père par une froide nuit de janvier, tandis que la neige tombait tel un rideau derrière les vitres embuées et que George Michael chantait « *Careless Whispers* » dans l'autoradio. Aujourd'hui encore, les premières notes du solo de saxo suffisent à me replonger dans l'ambiance de cette nuit. On dira ce qu'on voudra au sujet de la baise en bagnole, c'est une pratique testée et approuvée par trente millions d'adolescents en rut. *Attends, tu pourrais lever cette jambe ? Mets ton bras ici. Ça y est, là ? Non, une seconde, ça ne va pas. Relève-toi un peu. Oups, désolé. Ah, cette fois, c'est bon.* Il y eut une bonne dose de tâtonnements maladroits avant de parvenir à la pénétration proprement dite, et alors que je venais juste de trouver le bon rythme, l'image de Lucy apparut d'un coup devant moi, cambrée dans toute la magnificence de son bikini, et je jouis aussitôt en Carly tel un volcan en éruption.

« Désolé, bafouillai-je, rougissant. Ça n'a pas dû être terrible. »

Carly balaya mes excuses penaudes d'un grand sourire radieux et m'embrassa tendrement.

« On l'a fait ! s'exclama-t-elle d'un ton triomphant.

— Ça t'a fait mal ? lui demandai-je.

— Pas autant que ce qu'on dit. J'ai toujours pensé que c'était de la propagande pour qu'on reste vierges plus longtemps. »

J'éclatai de rire et lui dis que je l'aimais. Elle me retourna le compliment, et en moins de temps qu'il n'en faut pour le dire, nous étions déjà en train de remettre ça. Cette fois, je réussis à me retenir et à l'amener à un orgasme sonore et échevelé.

« Mmm, ronronna-t-elle sur mon torse, après. Mieux, beaucoup mieux.

— La cliente est reine, rétorquai-je, tel un grand étalon, à l'instant même où je me sentais me ratatiner comme une prune à l'intérieur d'elle.

— Tu sais, dit Carly en se lovant au creux de mes bras, il va falloir qu'on recommence tout le temps, maintenant. »

*
* *

Les jeunes qui découvrent le sexe sont comme Christophe Colomb abordant les rivages du Nouveau Monde ; malgré les millions de natifs qui se baladent sous leur nez, ils restent persuadés d'avoir tout inventé les premiers. Nous faisions l'amour partout : dans la voiture de mon père, dans le jacuzzi de ses parents, dans mon lit pendant que mon père était encore au boulot, et une fois dans les toilettes pour dames du Megaplex, ce que je ne recommande pas forcément. Nous étions insatiables. Pendant un temps, nous étions constamment soit en phase préliminaire, soit en pleine euphorie postcoïtale, et la vie était merveilleuse. Puis Wayne et Sammy se remirent ensemble, et tout commença à déconner.

Apparemment, Carly et moi n'avions pas le monopole de la libido adolescente débridée. À notre insu, Sammy et Wayne s'étaient investis à fond dans leur propre édification sexuelle, mais dans la clandestinité la plus totale, naturellement. Ils ne m'avaient même pas dit qu'ils se reparlaient. Je l'appris, comme tout le monde, lorsque Wayne fut surpris un soir au lit avec Sammy, nus et dans le feu de la passion, par son intégriste de mère, qui n'avait rien vu venir. Je n'ai jamais eu les détails de cet épisode scabreux, mais toujours est-il que Wayne fut jeté hors de chez lui.

Il trouva refuge chez Sammy pendant quelques jours ; lorsque cela parvint aux oreilles de Mme Hargrove, elle débarqua chez les Haber en exigeant que son fils reparte avec elle pour aller rencontrer un prêtre. Wayne refusa de voir sa mère et Lucy se vit contrainte de lui claquer la porte au nez, allant même jusqu'à mettre le verrou quand, dans sa rage, Mme Hargrove menaça de s'en prendre à elle physiquement.

Elaine Hargrove resta plantée près d'une heure dans le froid de cette soirée d'hiver glacée, hurlant après son fils telle une démente et maudissant les noms de Sammy et de Lucy, jusqu'à ce qu'un voisin finisse par appeler le shérif Muser. Celui-ci arriva dix minutes plus tard et, au terme d'âpres négociations, parvint à amadouer l'hystérique pour la faire asseoir à l'arrière de son véhicule. Puis il alla frapper chez Lucy et demanda à parler à Wayne, ce qui lui permit de constater que, contrairement aux dires de sa mère, le garçon n'était pas retenu dans la maison contre son gré. Muser reconduisit la mère de Wayne à son domicile, prêtant sans doute une oreille plus qu'attentive aux propos de la pauvre femme tout au long du trajet, et conseilla à M. Hargrove d'appeler leur médecin de famille afin de lui prescrire un calmant. Ce soir-là, le bon shérif interdit formellement à son fils, Mouse, de se doucher après les matchs et l'entraînement aux côtés d'un homo. Mouse avait probablement le téléphone en main avant même que son père eût quitté la pièce, et le lendemain matin, avant même d'arriver en cours, tous les gamins de Bush Falls High étaient déjà au courant pour Wayne et Sammy.

Quand Carly m'appela, ce soir-là, pour me dire qu'elle venait d'apprendre la nouvelle par l'une de ses copines, je tombai des nues – et je savais déjà qu'ils étaient gay, ce qui montre bien à quel point j'étais devenu un adepte de la dénégation. Mon père était encore au boulot avec sa voiture. J'enfourchai donc mon vélo et grimpai la côte à toute vitesse jusque chez Sammy, en proie à un sentiment de panique qui cognait dans mon ventre, telles les notes graves d'un piano. Sammy et Wayne étaient affalés dans le salon en train de regarder *Cheers* lorsque Lucy m'ouvrit la porte. À la seule vue de mon visage affolé, ruisselant de sueur, elle perdit aussitôt son sourire.

« Oh, non », soupira-t-elle en fermant les yeux.

L'espace d'un instant, je crus qu'elle allait s'évanouir et je tendis les bras vers elle.

« Il ne peut pas subir ça encore une fois », dit-elle en refoulant ses larmes – *encore une fois* ?

Ni Sammy, ni Wayne n'ayant jugé utile de m'informer de leurs liens d'amitié fraîchement renoués, ils comprirent tout de suite que quelque chose clochait en ne me voyant pas manifester le moindre étonnement à les trouver ensemble.

« Qu'est-ce qui se passe, Joe ? m'interrogea Wayne d'un ton embarrassé, tandis que Sammy fixait sur moi un regard plein d'appréhension.

— Ils sont au courant, dis-je, le cœur encore battant après ma folle course à vélo. Tout le monde est au courant.

— Au courant de quoi ? » demanda Wayne, mais il était évident qu'il avait déjà compris.

Tout le monde se tut pendant une minute, puis Sammy lâcha : « Enculé de Muser », avant de se rejeter en arrière sur le canapé, l'air totalement effondré. À la télé, Diane embrassait Sam avant de lui flanquer une gifle magistrale, déclenchant une salve de rires préenregistrés.

« Je voulais juste vous prévenir, dis-je. Avant que vous remettiez les pieds au bahut demain.

— Merde, merde, merde, merde, merde ! lâcha Wayne d'une voix sourde, le visage dépourvu de toute expression.

— Wayne, dit Sammy.

— Merde ! hurla Wayne en se relevant. Il faut que je me casse d'ici.

— Je viens avec toi, fit Sammy en commençant à se relever lui aussi.

— Non, dit Wayne. Je veux être seul. »

Il attrapa sa veste, posée sur l'une des chaises de la cuisine, et disparut en coup de vent.

Les yeux de Sammy se remplirent de larmes.

« Tu ferais mieux de le rattraper, me dit-il. Cette histoire va le tuer.

— Et toi ? »

Sammy se tourna vers moi, les joues ruisselantes, et m'adressa le regard le plus pathétique que j'aie jamais vu.

« De toute façon, tout le monde savait que j'étais une pédale », dit-il à voix basse, et pendant une fraction de seconde, j'eus comme une envie irrépressible de m'avancer vers lui et de l'étrangler.

Au lieu de quoi je tournai les talons et me précipitai vers la porte, marmonnant au passage un « au revoir » confus à l'intention de Lucy, qui n'avait pas bougé depuis tout à l'heure et regardait le mur, les traits figés en un masque accablé.

Lorsque je sortis sur le perron, Wayne s'était déjà envolé. Ainsi que mon vélo.

Il me fallut une bonne demi-heure pour rentrer à pied. Arrivé chez moi, j'eus la surprise de tomber sur mon père, l'air grave, qui m'attendait dans la cuisine. Ce n'était pas tant sa mine soucieuse qui m'étonnait ; c'était surtout le fait qu'il soit en train de m'attendre.

« Je viens de raccrocher d'avec le coach Dugan, dit-il lentement, en tordant machinalement ses gros doigts pour faire craquer ses articulations.

— Ah ouais ?

— Il m'a dit que Wayne Hargrove était homosexuel. Lui et ce môme qui a travaillé à l'usine, l'été dernier.

— Pourquoi diable te téléphoner pour te raconter un truc pareil ?

— Il voulait vérifier l'information.

— Le coach cherche un petit ami ?

— Attention à ce que tu dis, Joe, me morigéna mon père d'un ton sec. Le coach a toute une équipe de garçons sous sa responsabilité. C'est une affaire sérieuse.

— Ce n'est l'affaire de personne, bordel », rétorquai-je.

Il me jeta un regard glacial, puis pencha la tête légèrement sur le côté, comme si une idée subite venait de lui traverser l'esprit.

« Es-tu homosexuel ? me demanda-t-il en me regardant du coin de l'œil.

— D'où te vient ce soudain intérêt pour ma vie sexuelle, p'pa ?

— Contente-toi de répondre, nom de Dieu ! » hurla-t-il en tapant du poing sur la table.

Je m'appuyai contre l'encadrement de la porte en soupirant.

« P'pa, fis-je d'une voix atone. J'ai une petite amie. »

De surprise, il en fronça les sourcils.

« Vraiment ? s'étonna-t-il d'un ton un peu trop sceptique à mon goût.

— Merci de ta confiance.

— Je ne savais pas, c'est tout, répliqua-t-il, visiblement soulagé.

— Dire que nous n'avons jamais abordé le sujet pendant toutes ces grandes conversations d'homme à homme.

— Comment elle s'appelle ?

— Oh, épargne-moi ça, je t'en prie, dis-je en me dirigeant vers l'escalier.

— Où vas-tu, comme ça ?

— Fumer du crack. Tu vois ? Il y a encore autre chose que tu ignorais de moi. »

J'aperçus son reflet dans le miroir du couloir, qui fixait ma nuque d'un air ahuri, et je me dis que c'était sans doute la dernière fois avant des années qu'il se piquait d'engager la conversation avec moi.

Wayne refit surface vers une heure du matin en lançant des cailloux à ma fenêtre. Je descendis au rez-de-chaussée pour lui ouvrir, et nous remontâmes jusqu'à ma chambre sur la pointe des pieds. Il s'écroula sur mon lit, encore tremblant, le visage crispé et bleu à cause du froid.

« Je n'arrive plus à gérer, dit-il, rebondissant nerveusement sur le matelas tout en soufflant sur ses mains. Ça change sans arrêt. Un coup, je me dis que c'est le genre de truc qui va se dégonfler tout seul au bout de quelques jours, et la seconde d'après, je me dis que rien ne sera plus jamais pareil. »

Malheureusement, je penchais plutôt pour la seconde option, mais il n'avait sans doute pas besoin de l'entendre de ma bouche pour l'instant.

« Tu devrais peut-être éviter le lycée un moment, suggérai-je. En attendant que ça se tasse.

— Tout le monde ne parlera que de ça. On chuchotera dans mon dos.

— Et Sammy, là-dedans ?

— Qu'il aille se faire foutre, s'emporta Wayne. De toute façon, c'est de sa faute. Je lui avais dit que ma chambre n'était pas un endroit sûr, mais il fallait qu'il remette ça tout le temps. »

Pour l'heure, voilà un détail dont je me serais volontiers passé.

« Écoute, lui dis-je. C'est toi la star de l'équipe. Si ce trou du cul de Mouse se fait accepter parce qu'il en fait partie, il n'y a aucune raison pour qu'un type comme toi...

— Mouse ne baise pas les garçons, coupa Wayne avec sarcasme.

— Mouse ne baise pas les femmes non plus, pour autant que tout le monde le sache, objectai-je, en une vaine tentative pour lui arracher ne serait-ce qu'un sourire.

— C'est la merde, Joe, dit Wayne en s'allongeant sur mon lit. C'est un putain de cauchemar.

— Qu'est-ce que tu comptes faire ? »

Wayne étendit un bras en travers de son visage et poussa un long soupir.

« Je voudrais juste me réveiller, bordel, répondit-il en secouant tristement la tête. Juste pouvoir me réveiller. »

Je me sentis une vraie bête curieuse, le lendemain matin, en traversant le couloir du lycée au milieu d'un silence de mort jusqu'à mon casier. Partout, des petits groupes d'élèves tenaient des messes basses animées qui cessaient aussitôt à mon approche, et affichaient des expressions allant de la curiosité malsaine à la franche hostilité. Wayne avait préféré rester retranché dans ma chambre pour la journée, et avant même d'avoir atteint mon casier, je sus qu'il avait bien fait. Je n'étais pas arrivé depuis deux minutes que, déjà, les regards perçants et les chuchotements menaçaient de me rendre dingue, et je commençais à réaliser ce qu'aurait vécu Wayne en un jour comme celui-ci. Carly m'attendait devant mon casier et lorsqu'elle m'embrassa, je faillis éclater en sanglots.

« Tu te sens bien ? me demanda-t-elle.

— Pas vraiment.

— Tu veux qu'on sèche et qu'on se tire quelque part ? »

J'en mourais d'envie, mais je fis non de la tête. Avec Wayne et Sammy tapis chacun dans leur coin, je me sentais le devoir de tâter le terrain pour eux. Sans parler de mon besoin égoïste de paraître vaquer à mes occupations au beau milieu du scandale, comme quelqu'un qui n'a rien à cacher, de crainte de me voir qualifié d'homosexuel par association. Carly me prit la main et se pressa contre moi. « Je crois que je vais devoir rester tout près de toi, aujourd'hui », dit-elle, et je sentis des larmes brûlantes me monter aux yeux. Je déposai un baiser sur ses cheveux, serrai sa main fort dans ma paume tandis que nous nous dirigions vers la salle d'appel, et je ressentis soudain un accès de colère à l'encontre de Wayne et de Sammy. Tout allait si bien ; pourquoi avait-il fallu qu'ils viennent tout foutre en l'air ?

Dugan me fit appeler dans son bureau pendant la deuxième heure de cours. En arrivant, je tombai sur Sean et Mouse qui traînaient dans le couloir devant son bureau.

« C'est vrai, pour Hargrove ? me demanda Sean en me barrant le passage.

— Qu'est-ce qui est vrai ?

— Paraît qu'il aime se faire ramoner le conduit, dit Sean.

— Je ne vois pas ce que tu veux dire.

— Tu sais, qu'il aime prendre dans son cul, m'expliqua Mouse, trop heureux d'en rajouter. Que c'est une pédale, quoi.

— Wayne n'est pas une pédale, répliquai-je vivement.

— Nous savons de source sûre que ton pote est un suceur de gland », dit Mouse, la bouche tordue en un rictus mauvais.

Ce type était incapable d'aligner trois mots en cours, mais dès qu'il s'agissait de casser de l'homo, c'était un vrai thésaurus à lui tout seul.

« Qu'est-ce qui t'excite autant, Mouse ? rétorquai-je. Tu prends un tel pied à déblatérer sur les pédés sans arrêt qu'on se demande vraiment où tu te situes, question suçage de gland. »

Le sourire de Mouse s'évanouit aussitôt et, s'avançant vers moi d'un air menaçant, il me saisit par la chemise.

« Qu'est-ce que t'entends par là ? siffla-t-il entre ses mâchoires serrées.

— Quel est le mot que tu n'as pas compris ? »

Il me jeta contre la rangée de casiers, suffisamment fort pour que mes dents s'entrechoquent.

« Va te faire enculer, connard.

— Et le voilà qui remet ça, lançai-je en direction de Sean. C'est une obsession, non ? »

Mouse me frappa en plein dans l'estomac. Sean et lui étaient en train de me redresser pour mieux me frapper à nouveau lorsque Dugan sortit de son bureau.

« Qu'est-ce que c'est que ce bordel ? hurla-t-il. (Sa grosse voix bourrue et autoritaire nous figea tous sur place.) Vous n'allez pas vous attirer des ennuis un jour de match, non ? demanda-t-il à Sean et à Mouse. Ou dois-je vous rappeler que nous jouons ce soir contre New Haven ?

— Non, m'sieur », marmonna Sean.

Il me lâcha et recula, entraînant Mouse avec lui.

« Alors retournez en classe immédiatement », ordonna Dugan, et je ne pus m'empêcher de penser que cette démonstration de conscience pédagogique était faite exclusivement à mon intention. « Crétins », ajouta-t-il en me laissant entrer dans son bureau, un sourire gêné aux lèvres, tandis que je m'efforçais de reprendre mon souffle.

Les murs du bureau de Dugan étaient tapissés de photos de ses anciennes équipes. Dans une vitrine derrière son fauteuil était exhibée toute une ribambelle de trophées. Sur le bureau, comme posée là dans un geste de remords, trônait une photo de lui et de sa femme enlaçant deux garçons à la mine consternée, coiffés en brosse et dotés des yeux sombres de leur père. Dugan s'arrêta à mi-chemin pendant qu'il contournait son bureau et désigna l'une des photos encadrées au mur.

« Voilà ton père, dit-il. En cinquante-huit. Sacrée saison, crois-moi. Ma troisième année en tant qu'entraîneur, notre première victoire en championnat, grâce au lancer éclair de ton père. (Il s'assit dans son vieux fauteuil en cuir.) Il t'a déjà parlé de ce match ?

— Possible. »

Dugan m'observa tel un taxonomiste cherchant à identifier

la source primitive d'une nouvelle espèce. Au bout d'un moment, il hocha la tête avec lenteur, ayant visiblement trouvé le bon angle d'attaque.

« J'imagine que tu sais pourquoi je t'ai fait venir ici », reprit-il d'un ton grave.

J'eus un haussement d'épaules.

« Pas vraiment.

— Je m'inquiète au sujet de Wayne Hargrove.

— Dans ce cas, c'est lui qu'il fallait appeler.

— Il est absent aujourd'hui, rétorqua Dugan. Je ne peux guère lui en vouloir, compte tenu des circonstances.

— Qu'est-ce que vous voulez ? demandai-je du ton le plus agacé auquel j'osai me risquer.

— Je veux apporter mon aide. Wayne est l'un de mes gars. Quel que soit le genre d'expérimentation stupide et puérile auquel il a pu se livrer, cela ne me regarde absolument pas.

— Qu'est-ce que vous pouvez changer à la situation ? »

Malgré moi, je commençais à entrevoir peut-être une lueur d'espoir.

« Je peux mettre un terme aux rumeurs, dit-il en me regardant droit dans les yeux. J'ai déjà parlé à l'équipe pour leur rappeler que Wayne était leur coéquipier et qu'ils ne devaient laisser personne l'humilier ou salir sa réputation. »

Je le dévisageai, incrédule.

« Mais c'est dans votre équipe que tout a commencé, objectai-je. C'est Mouse qui a lancé la rumeur.

— Le shérif a... manqué de discrétion, concéda Dugan. Mais Mouse présentera ses excuses pour avoir colporté de tels ragots, et au besoin, le shérif corroborera ses propos. Toi et moi serons les deux seuls à connaître la vérité, et la vérité ne sortira jamais de cette pièce. »

Je pris le temps de réfléchir une minute. Si le coach poussait Mouse à s'excuser d'avoir lancé une rumeur bidon, Wayne avait peut-être une chance réelle de s'en sortir. Cette histoire était si incroyable, de toute façon, que personne n'aurait de mal à se convaincre qu'il s'agissait d'une sale blague idiote.

« Pourquoi m'en parler à moi ? demandai-je. Si vous pouvez vraiment arrêter ça, pourquoi ne le faites-vous pas, tout simplement ? »

Dugan plongea ses yeux sombres dans les miens.

« Je veux que Wayne joue le match de ce soir.

— Le match. (J'opinai lentement. Je commençais à comprendre.) Bien sûr. Vous ne pouvez pas gagner sans Wayne.

— Il ne s'agit pas d'un simple match, dit Dugan.

— Exact. Il s'agit surtout du championnat.

— Je ne veux que le bien de Wayne, grogna-t-il. Ça ne va pas être facile. Mouse freinera des quatre fers, et le shérif sera furieux que j'utilise son fils comme bouc émissaire. Je crois que je peux les convaincre de l'intérêt de mon plan, mais personne n'y croira si Wayne continue à se cacher.

— Menteur, crachai-je. Vous ne voulez pas perdre votre meilleur attaquant juste avant la fin du championnat. »

Dugan se releva brutalement et je crus un moment qu'il allait se jeter sur moi par-dessus son bureau.

« Wayne est l'un de mes gars, répéta-t-il lentement, sa silhouette inquiétante plantée devant moi. Je prends soin de mes gars. C'est tout.

— Vraiment, dis-je en me levant. Alors laissez-moi vous poser une question. Si Wayne ne joue pas ce soir, est-ce que vous le soutiendrez quand même ? Est-ce que vous l'aiderez à s'en sortir ? »

Son regard était si brûlant qu'il menaçait de me cramer les sourcils, mais je ne baissai pas les yeux.

« Si l'un de mes gars sèche un match, déclara-t-il d'une voix sourde, ce n'est plus l'un de mes gars.

— C'est bien ce que je pensais, dis-je, avant de tourner les talons vers la sortie.

— Écoute-moi, petit con, rugit-il. Si tu t'imagines que ce lycée va accueillir un pédé les bras ouverts, tu n'es qu'un imbécile. Il sera rejeté de tous. Je lui offre la seule chance qui lui reste de pouvoir continuer à se montrer ici. Ce n'est pas à toi d'en décider. »

Je me retournai face à lui.

« Vous avez raison. Je lui ferai part de votre offre, et j'espère qu'il l'acceptera.

— C'est bien la première chose intelligente qui sort de ta bouche depuis que tu as mis les pieds dans ce bureau », dit-il en se rasseyant tranquillement.

Je le toisai avec mépris.

« Personne ne vous a jamais dit que ce n'était qu'un putain de sport ?

— Bien sûr que si, dit-il, s'accoudant sur son bureau avec un rictus fielleux. C'est le slogan universel des losers. Je m'étonne qu'on ne t'ait pas encore donné le T-shirt. »

Les matchs des Couguars attiraient toujours du monde, d'habitude, mais ce soir-là, on ne pouvait même plus tenir assis sur les gradins du gymnase de Bush Falls High. Le lycée tout entier semblait s'être donné rendez-vous pour guetter l'apparition de Wayne. L'excitation était palpable et la foule se mit à scander le nom de son équipe pour la faire sortir des vestiaires. Lorsque les Couguars firent leur entrée en file indienne sur le terrain, Wayne était à l'avant-dernière place. Il eut comme un moment d'hésitation en apercevant la foule, mais il baissa la tête, continua à trotter résolument jusqu'à la ligne de milieu de terrain, et on lui lança le ballon. Il marqua un premier panier pour s'échauffer, un tir parfait depuis l'extrémité de la raquette, et quelques acclamations jaillirent du public. J'essayai de croiser son regard, de là où je me tenais avec Carly, mais il évitait délibérément de lever les yeux vers les spectateurs, et son visage arborait un masque sinistre et impassible.

Ce soir-là, Wayne marqua cinquante-deux points, établissant un nouveau record et réalisant une performance que nul dans le gymnase n'était près d'oublier. Il cavalait tel un démon, franchissait la ligne de défense adverse comme si les joueurs se mouvaient au ralenti. Telle une bête sauvage brusquement libérée de sa cage, il balayait le terrain en tous sens avec une passion et une fureur qui laissaient ses propres coéquipiers pantois, sur le carreau. Carly et moi poussions des hurlements jusqu'à nous casser la voix, riant aux éclats et nous étreignant chaque fois que Wayne réalisait une nouvelle action incroyable pour se rapprocher du panier. Les acclamations du public enflaient à chaque nouveau point marqué, mais si Wayne les entendait, il n'en laissait rien paraître.

À moins d'une minute de la fin du match, alors que l'équipe bénéficiait d'une avance confortable, Wayne indiqua à Dugan qu'il avait besoin de quitter le terrain. Il se dirigea vers le banc de touche sous une salve d'applaudissements et attrapa une serviette pour s'éponger le visage. Puis il se retourna, leva enfin les yeux vers les gradins et, après s'être cherchés quelques secondes, nos regards finirent par se croiser. Nous échangeâmes un long sourire, puis il me fit un petit signe de la tête et agita brièvement la main avant de s'engouffrer à l'intérieur des vestiaires. Quelques secondes plus tard, la sonnerie annonçant la fin du match retentit, et le gymnase tout entier explosa en une cacophonie d'applaudissements et de cris de joie. Je ne le savais pas encore, mais Wayne venait de me dire au revoir. Il ne reviendrait pas à Bush Falls avant des années.

Plus tard dans la soirée, Sean Tallon se fit agresser sur le parking du Duchess Diner, où l'équipe était partie fêter la victoire. Sean revint au lycée quelques jours plus tard avec un bras en écharpe et la moitié droite du visage encore enflée et contusionnée. Il ne prononça jamais le moindre mot au sujet de cet incident, mais rien qu'à voir sa tête, je compris que Wayne avait dû faire un petit crochet en quittant la ville, histoire de laisser un cadeau d'adieu à Sammy.

Quatre semaines plus tard, ce dernier se jetait du haut des chutes.

VINGT

Depuis deux jours, des fragments de mon passé surgissent d'un peu partout telles des franchises Starbucks ; je ne devrais donc guère m'étonner de trouver Lucy Haber en train de m'attendre, sur le pas de la porte, devant chez mon père. Pourtant, je suis quand même scié. Lucy porte des sandales à semelles compensées, une longue jupe moulante fendue à une hauteur insolente et un corsage en soie au décolleté arrondi. Vu du trottoir, où je viens de sortir de ma voiture, elle semble ne pas avoir vieilli d'un pouce, et c'est seulement en m'approchant que je remarque les légères rides de contrariété sous ses yeux et à la commissure des lèvres, tendues en un sourire nerveux. La pelouse s'est enrichie d'une nouvelle série d'exemplaires de *Bush Falls*, depuis la matinée, et je manque trébucher sur l'un d'eux en remontant l'allée, incapable de détacher mes yeux de Lucy.

« Bonjour, Joe, dit-elle d'une voix plus grave que dans mes souvenirs.

— Bonjour, Lucy. »

Je gravis les marches du perron et nous passons maladroitement d'une poignée de main avortée à une accolade confuse et mal accordée. Son corps paraît tonique et souple entre mes bras, loin de la sensation que devrait dégager le corps d'une femme de cinquante ans, et je redécouvre dans ses cheveux cet enivrant parfum de shampooing au lilas qui me retournait les sens quand j'étais adolescent.

« J'ai entendu dire que tu étais là, explique-t-elle, reculant d'un pas pour mieux m'observer. J'ai eu envie de passer.

— Tu as bien fait », je lui réponds, quoique je n'en sois pas tout à fait certain.

Je l'invite à entrer, en faisant ostensiblement tinter mon trousseau de clés au cas où Jared et sa petite amie auraient décidé de remettre ça, mais la maison est vide. Je me demande de quoi je vais bien pouvoir lui parler.

« Tu veux boire quelque chose ?

— Ça va, je te remercie, dit-elle en regardant autour d'elle, un peu curieuse.

— Tu en es sûre ?

— Oui. »

Elle entre dans le salon et observe avec attention les photos de famille posées sur la table basse. Lucy Haber dans la maison de mon enfance, c'est un peu comme un phénomène astrologique rare, une convergence de planètes aux effets secondaires imprévisibles.

« Comment va ton père ?

— Pas très bien », dis-je en m'asseyant sur le canapé.

Elle finit par m'y rejoindre au bout d'un moment, et je sens le coussin s'affaisser sous le poids de son corps. La causeuse perpendiculaire au canapé eût pourtant été une destination plus logique et mieux appropriée, songé-je ; je me sens troublé, voire un peu alarmé et, disons-le franchement, émoustillé par son choix.

« Navrée de l'apprendre, dit Lucy. Tu as eu un accident ?

— Pardon ? »

Elle m'effleure le visage des doigts et suit le contour de l'entaille près de ma tempe. Geste maternel ? sexuel ?

œdipien ? Les réponses fusent à travers mon cerveau comme pour un quiz télévisé. *J'aimerais interroger le public, Regis.* Le contact de la peau de Lucy active aussitôt le doux vrombissement de la machinerie interne de mon bas-ventre, générant des ondes de chaleur qui se répandent bientôt un peu plus bas. J'espère de toutes mes forces que le tremblement de mes cuisses passe relativement inaperçu.

« Je me suis battu, dis-je. Un lecteur particulièrement critique et virulent. »

Elle opine, et laisse ses doigts s'attarder un instant sur mon visage avant de les en ôter.

« J'imagine qu'ils sont légion, par ici.

— Et toi ? » lui demandé-je, nerveux.

C'est cet instant que je redoutais lorsque j'avais tâché de convaincre Owen de supprimer les pages les plus torrides concernant Lucy. Nous voici à présent transportés dans mon cauchemar/fantasme, et je me retrouve complètement à nu, mon obsession pour elle révélée au grand jour. En soi, cette découverte n'a rien de si terrible, mais elle sait que je sais, je sais qu'elle sait que je sais, et cette prise de conscience réciproque me vrille les entrailles de terreur.

« Ton roman m'a beaucoup émue, dit-elle, et je vois que sa lèvre inférieure tremble. Tu m'as montré une facette de mon fils que je n'avais jamais vue, étant sa mère. (Elle se penche vers moi pour me prendre la main.) Tu ne peux pas savoir à quel point cela m'a été précieux. »

Je suis estomaqué. S'il est bien une preuve de mon prodigieux égoïsme, c'est que je n'ai jamais pensé une minute à ce que pourrait ressentir Lucy en lisant mon portrait de Sammy. J'étais bien trop préoccupé par mes petites confessions salaces.

« Tant mieux », bafouillé-je.

Elle laisse échapper un petit rire en estompant ses

larmes du bout des doigts. Ses ongles polis sont couverts d'une couche de laque ivoire.

« Parfois, quand je me sens seule, je relis certains passages de ton livre et cela me réconforte. »

Lesquels ? me demandé-je. J'observe son visage, décidément sans défaut et toujours aussi placide, ses lèvres voluptueuses, pleines de promesses sensuelles et arrondies en une moue imperceptible, comme une anticipation des délices moites qu'elles pourraient imprimer sur les diverses parties de votre corps. Elle se renfonce dans le canapé, me sourit avec douceur, et j'aperçois ses dents blanches, étincelantes, lustrées par le débordement charnu de ces lèvres phénoménales. Je cherche désespérément quelque chose à dire mais j'ai l'esprit vide, le sang irriguant mon cerveau, dans toute sa logique liquide, ayant fui vers le point le plus bas possible.

« Je suis très heureux de te revoir, Lucy », dis-je enfin.

Elle se lève, toujours souriante.

« Moi aussi. Tant de souvenirs me reviennent en mémoire. »

Je la suis jusque dans l'entrée, m'efforçant en vain de ne pas braquer les yeux sur ses fesses. Arrivée devant la porte, elle se retourne et prend ma main entre les siennes.

« Tu étais un réel ami pour Sammy, Joe. Ça comptait beaucoup pour lui. Et pour moi.

— J'ai fait de mon mieux », dis-je platement, me faisant aussitôt l'effet d'un vil hypocrite en rut.

Lucy me serre à nouveau dans ses bras, plus fort cette fois, son corps tout entier pressé contre le mien. C'est une étreinte radicalement différente de la précédente, plus insidieuse. Le geste de Lucy est si rapide qu'il me prend par surprise et ne me laisse guère le temps de me contorsionner pour dissimuler mon flagrant désir, comprimé contre sa cuisse. Elle sait, je sais qu'elle sait, et elle sait que je sais qu'elle sait. Une fois de plus, cette prise de conscience réciproque s'enroule tel un cercle autour de mon intumescence éhontée. Lucy penche la tête pour poser sa bouche humide et luisante contre mon oreille, et je regrette de ne pas être pourvu de pupilles gustatives à cet endroit précis de mon anatomie afin de pouvoir goûter le parfum de son brillant à lèvres. Peut-être pêche.

« Passe me voir à la maison, murmure-t-elle. J'aimerais encore te parler de ton livre.

— D'accord », dis-je, tremblant sous la pression de ses lèvres contre ma peau tandis que je sens une bouffée de chaleur m'envahir depuis la base de mon cou.

Voilà à quoi vous réduisent six mois de célibat.

Elle recule d'un pas et ses doigts effleurent mes bras au passage.

« C'est promis ? »

Oui.

Du temps où je relisais les épreuves de *Bush Falls*, je m'étais heurté au dilemme de savoir s'il fallait, oui ou non, conserver les passages relatifs à mon obsession pour Lucy, inquiet à l'idée qu'elle lirait un jour le roman.

« Dès l'instant où tu commences à censurer ton travail en fonction de l'opinion éventuelle des autres, tu compromets gravement l'intégrité de l'œuvre, m'avait sermonné Owen d'un ton sombre.

— C'est de la fiction, avais-je protesté mollement.

— Un romancier est tout autant responsable de la vérité qu'un essayiste, m'avait rétorqué Owen avec suffisance. Plus encore, même, compte tenu de la liberté totale dont il dispose par rapport aux faits.

— N'y a-t-il pas là une contradiction dans les termes ?

— Seulement pour les accros du premier degré. Mais de toute façon, là n'est pas le fond du problème.

— Où est-il, alors ? »

Owen s'illumina.

« Le sexe fait vendre. »

Peu après la visite de Lucy, dans la salle de bains, je m'effraie moi-même alors qu'un cri d'angoisse perçant, déchirant, jaillit violemment hors de moi, me ratissant l'intérieur de la gorge avant d'aller se répercuter contre les murs carrelés et les vitres de la cabine de douche. Ce hurlement solitaire ne fait qu'ouvrir les vannes et, pendant les cinq minutes qui suivent, je reste planté sous le jet brûlant, secoué par de violents sanglots qui remontent du plus profond de mon ventre et s'agrippent désespérément le long de mon œsophage avant de s'échapper à l'air libre.

La crise terminée je sors de la douche, comme pris de vertiges. J'enroule une serviette autour de mes hanches, en place une autre sur ma tête et mes épaules, ce qui me donne toujours l'impression que je m'apprête à entrer sur un ring. Le mouchoir en papier se désintègre entre mes doigts mouillés tandis que je me mouche, et de petits flocons de kleenex détrempés se mélangent à ma morve comme autant de guppys. J'étudie mon reflet dans la glace, sans trop savoir ce que j'y cherche, puis, une fois mon visage effacé par la buée du miroir, je vais m'habiller et envoie un message à Owen sur son biper.

« Je fais des choses bizarres », lui expliqué-je lorsqu'il me rappelle.

Dans le combiné, je l'entends presque se faire violence pour ne pas ouvrir la bouche et me rétorquer ce qu'il a sur le bout de la langue.

« Qu'est-ce qui te fait croire que tu fais des choses bizarres ? »

Je lui raconte mes diverses crises de sanglots sous la douche, dans l'escalier de l'hôpital et dans le bureau de mon père la veille au soir

« Pleurer, commente-t-il, n'est pas ce que je qualifierais de comportement bizarre.

— Pour moi, si.

— Écoute, Joe. Tu n'as manifestement pas résolu tous les problèmes liés à ta famille et à ton histoire.

— Sans blague, dis-je, m'efforçant de ne pas laisser transparaître mon agacement. Mais ça ne m'a jamais réduit aux larmes. Comment expliquerais-tu ce phénomène ?

— Si j'étais psychologue, tu veux dire.

— Absolument.

— Ce qui n'est pas le cas.

— Peu importe.

— Je n'en ai aucune idée, bon sang ! La psychothérapie est une démarche d'exploration et d'analyse complexe. Toute tentative de diagnostic sur le pouce serait une perversion du processus.

— Mais tu as déjà ton propre diagnostic.

— Bien sûr que oui. Je dis juste ça pour me dédouaner à l'avance.

— Noté. Maintenant, accouche. Tu crois que je suis en train de faire une dépression ? »

Owen soupire.

« Tu n'es pas en train de faire une dépression. Je doute que tu en sois seulement capable. »

Il n'y a qu'Owen pour faire sonner ça comme un défaut.

« Comme ça, au débotté, je dirais que tu te languis de l'amour de ta famille depuis des années et que ce manque constitue sans doute un facteur significatif dans l'échec de toutes tes relations. Tu n'es jamais satisfait parce qu'aucune femme ne peut combler le vide affectif dont tu souffres. Maintenant que tu es revenu dans ta ville natale, confronté à la famille dont tu recherches désespérément l'amour, tu ne parviens plus à contenir les sentiments de culpabilité, de solitude et d'abandon enfouis au plus profond de toi. »

Pendant un long moment, seul le bruit de nos respirations résonne dans l'appareil tandis que je médite les paroles que je viens d'entendre.

« Ça me paraît plutôt bien vu, finis-je par avouer.

— J'aimerais autant que tu ne prennes pas ce ton surpris, se vexe Owen. Je te ferais dire que je suis sans doute l'être le plus intelligent et le plus clairvoyant que tu connaisses.

— Merci. Que pourrais-je demander de plus ?

— De la dope, fait Owen d'un ton rêveur. Si je pouvais prescrire, là, ce serait vraiment quelque chose. »

VINGT ET UN

La nuit tombe vite, à Bush Falls, le nombre de lampadaires étant réduit au strict minimum afin d'éclairer les seules intersections majeures. Le temps que je raccroche d'avec Owen et que je sorte sur le perron, il fait déjà noir, et les faibles lueurs émanant des porches des maisons et des lanternes de jardins peinent à percer le voile épais de la nuit. Quelque part dans le quartier, un chien hurle à la lune, cachée derrière des nuages gris, comme pour l'interpeller, et l'on perçoit dans le lointain le vrombissement assourdi d'une voiture accélérant sur Stratfield Road. Une dizaine de livres sont disséminés sur la pelouse devant la maison ; on s'est manifestement passé le mot en ville sur le moyen de se débarrasser de son exemplaire usagé de *Bush Falls*.

Jared est assis sur les marches en train de lire une vieille édition de poche racornie des *Sirènes de Titan* à la pâle lumière du perron. En m'entendant, il lève les yeux et sourit. « Hé, oncle Joe. » Cette histoire d'oncle continue de sonner d'une façon bizarre à mon oreille, comme un mot vidé de son sens à force d'être trop répété.

« Tu ne rentres jamais chez toi ? dis-je.

— Pas ces jours-ci, non. »

Sa bouche se plie en une moue dégoûtée.

« Ça te plaît, Vonnegut ? »

Je viens m'assoir à côté de lui et mon arrivée disperse momentanément la congrégation de papillons de nuit et de moustiques voletant en une adoration frénétique autour de la lumière. Nous battons des bras à toute vitesse pour les chasser ; les survivants finissent par se regrouper en un congrès fébrile sous l'ampoule nue, revoyant leur plan de bataille, discutant des stratégies possibles.

« Il est vraiment bon, dit Jared. Je l'ai découvert en lisant *Abattoir Cinq* pour le bahut, et ça m'a vachement plu. »

Je prends le livre et feuillette quelques pages avant de m'attarder sur le mot de l'auteur en exergue. *Tous les lieux, personnages et événements décrits dans ce livre sont réels*, lit-on. *Aucun nom n'a été changé puisque protéger les innocents fait partie du train-train céleste du Tout-Puissant.* À mon avis, Vonnegut a tort. Seuls les noms des coupables devraient être changés.

Je rends le roman à Jared, qui le glisse nonchalamment dans la poche arrière de son pantalon. Il porte un jean noir ultralarge et un pull lâche en jersey gris qui pendouille sur sa silhouette longiligne.

« Où est-ce que tu vas ?

— Nulle part en particulier. »

Je compte bientôt appeler Carly, mais je me sens encore quelque peu à côté de mes pompes après ma mini-dépression nerveuse et ma séance de psychothérapie longue distance avec Owen –, j'ai besoin d'un moment pour retrouver mes esprits avant de lui faire face.

« Toi, tu as besoin de t'éclater un peu, déclare Jared en se mettant debout. Ça te dirait de faire un tour ?

— Où ça ?

— Surprise. »

J'observe mon neveu, écoute la mélodie à trois temps

des criquets et inspire une grande bouffée de l'air frais de la nuit.

« Pourquoi pas. »

Je me lève à mon tour. Les événements semblent venir à moi et se mettre en place petit à petit. Renoncer à toute volonté en adoptant l'attitude d'un passager insoucieux me semble être la meilleure chose à faire, presque un soulagement en fait.

« Cool, dit Jared. On devrait peut-être prendre ta caisse.

— Tu as une voiture ?

— Nan. C'est pour ça qu'on devrait prendre la tienne. »

Il me décoche son fameux rictus maison et se met en branle d'un pas traînant, écartant au passage les mèches de cheveux de son visage pour les rejeter derrière ses oreilles. Je décide de passer outre au fait que je dois avant tout cette invitation à mes clés de voiture. Une fois devant la Mercedes, Jared prend le temps d'examiner la portière défigurée, le phare cassé, et émet un sifflement plein de compassion où s'exprime tout le poids de la sensibilité masculine universelle face à la vision de la beauté détruite, habituellement réservée aux circoncisions et aux voitures étrangères abîmées. Il se retourne, sourcils froncés, et tend sa paume ouverte vers moi.

« Je devrais peut-être prendre le volant », dit-il.

« Il paraît que c'est Sean Tallon qui t'es rentré dans le lard, hier », déclare-t-il sur le ton de la conversation, tandis qu'il pilote la Mercedes à une vitesse plus que hardie dans les rues commerçantes de Bush Falls.

J'attache ma ceinture.

« Où est-ce que tu as entendu ça ? »

Il ignore la question.

« C'est un putain de taré, tu sais.

— On me l'a déjà dit. Mais ça signifie quoi, au juste ? »

Il hausse les épaules et prend un virage brutal à droite.

« Que t'aurais peut-être pas dû jouer au con avec lui ?

— Ton père ne semblait pas avoir peur de lui.

— Hourra, superpapa », lance Jared d'un ton amer.

J'observe mon neveu, pensif.

« Qu'est-ce qui ne va pas, entre vous deux ?

— Cette semaine, c'est les piercings. »

Je m'apprête à répondre, puis me ravise sous prétexte que ce n'est pas mes oignons et, bien sûr, finis par l'ouvrir quand même.

« Tu es conscient que tu traverses juste une phase, pas vrai ? Que dans quelques années, tu auras dépassé cette pseudo-rébellion de merde et que rien de tout ça n'aura plus aucune importance ?

— Ouais, peut-être, concède Jared en regardant la route droit devant lui. Mais je dois mener le bon combat tant que j'ai encore la foi. (Il sourit.) C'est la mission que m'a confiée le Seigneur, si on veut.

— Eh bien, on peut dire que tu te donnes à fond.

— Mouais, fait Jared. Et vous deux, c'est quoi le problème ?

— Rien dont quelques années de thérapie familiale intensive ne sauraient venir à bout.

— Il va y avoir du boulot, alors. Déjà, la mort de mamie, maintenant Paps… »

C'est la première fois que j'entends ma mère appelée « mamie ». Je n'avais jamais réalisé qu'on pouvait acquérir cette appellation à titre posthume, et l'entendre dans la bouche de Jared me perturbe un instant. Je sens un tiraillement au fond de mon ventre, une sensation de deuil si intense que je me trouve incapable de parler. Nous poursuivons notre trajet en silence jusqu'à ce que je réalise que nous roulons sur Porter's Boulevard, hors de la ville.

« Où est-ce qu'on va ? demandé-je. Il n'y a que le site Porter's, par ici.

— Bingo.

— Qu'est-ce qu'on va foutre chez Porter's ?

— Tu verras. »

Le siège social de P.J. Porter's est une imposante construction tentaculaire de quatre étages à la façade recouverte de sinistres panneaux de verre teinté et de pierre de taille polie – un monument à la gloire du capitalisme. Le bâtiment est entouré de plusieurs hectares de pelouses ondoyantes et immaculées ainsi que d'un assortiment de fontaines et de bassins agencés avec art, comme s'il avait été posé au beau milieu d'un terrain de golf de luxe. Pour renforcer l'impression générale d'isolement, entretenue à dessein, un périmètre de sylviculture large d'un demi-hectare environ a été délibérément préservé tout autour du site. Ce paysage coûteux et idyllique est soit un témoignage grandiose de l'œuvre des ergonomes modernes, soit la manifestation de l'ego boursouflé de la famille Porter du temps de leur splendeur.

Nous passons devant le portail principal, bien sûr fermé, et poursuivons notre route pendant quelques minutes sur une route étroite qui serpente entre les arbres. Tout à coup, sans prévenir, Jared déboîte sur un chemin de terre s'enfonçant encore plus avant dans les bois et débouchant sur une autre section de la clôture métallique haute de deux mètres cinquante qui ceint l'ensemble du site. Un groupe d'adolescents se matérialisent soudain tels des fantômes dans le faisceau lumineux de la Mercedes, cigarette à la main, adossés aux troncs d'arbres et jetant des cailloux dans le vide – on croirait les Garçons Perdus attendant le retour de Peter Pan. Leur image s'évanouit lorsque Jared coupe les phares et arrête la voiture sur le bas-côté, entre une Jeep et une Honda Accord. Nous sortons rejoindre les mômes, qui semblent tous du même âge que Jared.

« Hé, les gars, ça roule ? » lance ce dernier, échangeant de savantes poignées de main avec quelques-uns d'entre eux tandis qu'ils me scrutent des pieds à la tête, moi, l'intrus vieillissant, avec une suspicion non dissimulée. Ils sont six en tout, plus Jared et moi.

« C'est qui, lui ? demande un grand garçon bovin aux cheveux noir corbeau et au bouc blond.

— Les mecs, voici mon oncle à scandale, Joe, explique Jared en me désignant. Il prendra la place de Gordy, ce soir.

— L'écrivain, là ? C'est vous ? fait un autre à la voix haut perchée.

— Oui », admets-je, et je me sens tout de suite vieux et hors du coup avec mon sweat-shirt en mérinos et mes chinos Brooks Brothers.

Eux sont tous plus ou moins habillés pareil, T-shirt ou sweat-shirt noir, pantalon *baggy* de couleur sombre et baskets. Ils ont le visage grêlé par les shrapnells de la rébellion, comme si une grenade d'anticonformisme leur avait explosé en pleine figure et percé la moindre parcelle de chair tendre – lobes, narines, mais aussi arcades sourcilières, lèvres et langue – d'anneaux et de morceaux de métal divers.

« Écrivain de quoi ? » cherche à savoir un autre, déclenchant alors un bref débat biographique autour de ma personne.

« C'est lui qui a écrit ce film sur les Falls, mec. Celui où le type baise avec sa mère.

— Il a écrit le bouquin d'abord, ducon. Pas le film.

— Ouais, si tu veux.

— Il baise avec sa mère ?

— Non, avec la mère de son pote, abruti. Et ils baisent pas ensemble. Il la trouve bandante, c'est tout.

— Oh, ça va, alors. Moi, c'est la mère de Jared que je trouve bandante.

— Ta gueule, Mikey !

— Quoi, tu trouves pas que ta mère est canon ? Sérieux.

— Va te faire foutre. »

Une fois ces diverses questions résolues, le garçon au bouc blond, dont je connais désormais le prénom, Mikey, s'adresse à Jared :

« Hé, mec, qu'est-ce qui t'a pris de ramener un adulte ici ?

— Il est cool, répond Jared d'un ton placide. Il ne dira rien à personne. Et c'est juste pour cette fois, puisqu'on a besoin de quelqu'un pour remplacer Gordy. »

Tous m'observent en silence d'un air dubitatif, et je me sens comme le gringalet de la classe attendant d'être choisi par l'une des deux équipes pour une partie de dodge-ball. Puis Mikey finit par s'avancer vers moi et me serrer la main.

« O.K., mec. Tant que t'as pas, genre, des problèmes cardiaques ou quoi…

— Je vais bien, rétorqué-je avec sarcasme.

— Parfait, conclut Jared en m'adressant un sourire d'approbation. Alors c'est parti. »

L'objectif de ce rassemblement nocturne se révèle être une partie de paint-ball. Mikey ouvre le coffre de sa Jeep et, sous les vivats du groupe, brandit une poignée de fusils à air comprimé conçus exprès pour ressembler à des armes de terroristes dernier cri. Les garçons s'affairent consciencieusement à monter leurs fusils en échangeant des termes de jargon technique où il est question de réservoirs à bille, de bouchons de canons, de flexibles d'alimentation, de crosses et de bouteilles de CO_2. Il y a quelque chose de quasi professionnel dans la décontraction blasée avec laquelle ils manient ce jargon barbare. Jared me présente mon arme, un Autococker 2000, et m'explique rapidement le chargement de ma bouteille de

CO_2 et le fonctionnement du magasin cylindrique contenant les balles de peinture. Il me tend ensuite un sac à dos noir contenant une paire de lunettes protectrices, des munitions supplémentaires et des bouteilles de CO_2.

Une fois chacun muni d'une arme et sanglé dans son équipement retenu par des bandes Velcro et des lanières, ces jeunes gens commencent à escalader un par un la clôture métallique, franchissant le sommet sans le moindre effort avant de retomber avec souplesse de l'autre côté, en terrain Porter's. Je ne saurais dire à quand remonte la dernière fois où j'ai escaladé une clôture ; aussi, lorsque vient mon tour, me lancé-je à l'assaut de la grille avec un sursaut d'intensité physique, bien décidé à ne pas me ridiculiser en coinçant mes vêtements ou en me broyant les couilles au moment d'enjamber le sommet. Une fois tous rassemblés de l'autre côté, nous nous élançons sans un bruit au petit trot à travers les sous-bois qui, dans l'obscurité impénétrable, semblent s'étirer à l'infini. Nous nous déployons en éventail à l'approche de la grande pelouse, et les coques en titane des fusils entre nos mains luisent sous l'éclat bleuté de la lune. On serait facilement tenté de se prendre pour un commando chargé d'infiltrer une base ennemie, et je sens monter en moi une bouffée d'adrénaline juvénile lorsque, parvenu en haut d'un tertre, je distingue la silhouette sombre et massive du bâtiment principal qui se détache au loin.

Je ralentis comme nous passons devant l'étang où Sammy, Wayne et moi-même étions venus traîner si souvent ensemble, cet été-là. Je me souviens de la tête de Wayne, propulsé en l'air par le geyser de la fontaine. Le jet d'eau est éteint, à présent, et la surface du bassin est noire et lisse comme un miroir. De faibles échos du « *Spirit in the Night* » de Springsteen résonnent dans ma tête et je sens une brève bouffée de chaleur à l'intérieur de ma poitrine, mais je ne m'arrête pas de courir.

L'endroit est assez sinistre comme ça ; inutile d'y ajouter mes propres fantômes.

Il est clair que ces gamins n'en sont pas à leur première expédition clandestine sur les lieux. Ils se déplacent comme un seul homme vers le hangar de livraison situé à l'extrémité gauche de l'édifice. Deux d'entre eux disparaissent derrière un buisson pour en ressortir munis de pinces à levier, qu'ils installent sous la jante en caoutchouc de l'une des portes pour en forcer l'ouverture. La porte s'ouvre comme par enchantement et nous pénétrons à l'intérieur du hangar. Les derniers entrés sont chargés de refermer derrière eux. Jared a pris la tête du groupe, et nous le suivons en file indienne jusqu'à une cage d'escalier. De là, nous grimpons quatre étages avant d'accéder à un immense atrium, garni de bureaux et de box s'étendant à perte de vue.

« Ils ont fermé le site après le dépôt de bilan », m'explique Jared, tandis que les autres membres du groupe posent leur matériel sur les bureaux pour commencer à charger les armes et procéder aux derniers ajustements. Apparemment, le silence n'est plus de mise.

« Les lieux sont sous scellés tant que le procès n'est pas fini. Tout est resté tel quel. »

Je traverse d'un pas lent les rangées interminables de box intacts équipés de bureaux, de fauteuils, d'ordinateurs, de téléphones et de fax. Certains sont encore ornés de photos et d'affiches, l'apanage du petit employé s'efforçant d'oublier qu'il n'occupe qu'une alvéole minuscule perdue dans l'immensité de la ruche. Il règne une atmosphère de désolation apocalyptique dans ce lieu jadis prospère et bouillonnant, aujourd'hui métamorphosé en no man's land corporatif hanté. Question paint-ball, on n'aurait pu trouver cadre plus idéal.

Nous nous séparons en deux équipes de quatre. Jared et moi nous retrouvons avec deux autres garçons, le premier dénommé Grossman, joufflu et couvert d'acné, et le second répondant simplement au nom de Tree – une abréviation, peut-être, à moins que ce ne soit parce qu'il est le plus grand du groupe. Chaque équipe se replie dans un coin du gigantesque atrium pour y planter son drapeau, puis un coup de sifflet retentit et la partie commence. Au cours des deux heures suivantes, le labyrinthe de box est le théâtre d'une bataille démente où l'on se planque, où l'on esquive les tirs et où l'on canarde l'ennemi en poussant des hurlements. Chaque partie dure une vingtaine de minutes environ et prend fin lorsque tous les membres d'une équipe sont « morts », ou que l'un des joueurs réussit le pari encore plus improbable de s'emparer du drapeau de l'équipe adverse sans se faire toucher. Au début, j'hésite ; je me sens idiot et puéril. Mais après avoir « tué » ma première victime, je me laisse gagner par l'excitation primaire du jeu et par les vapeurs d'adrénaline de la guerre simulée. Les balles de peinture, composées de capsules de gélatine condensées, infligent une morsure douloureuse à l'impact, mais la douleur aussi fait partie du jeu. Sans parler du frisson illicite, du sentiment de danger réel, puisque nous sommes tous des vandales en flagrant délit de violation de propriété. Les signes extérieurs de la civilisation d'entreprise en ruine qui constituent notre champ de bataille rajoutent un sous-texte surréaliste à la partie, créant une atmosphère loin de ce monde qui, combinée aux cris de guerre juvéniles qui résonnent contre le haut plafond en verre, n'est pas sans évoquer *Sa Majesté des Mouches*. C'est seulement lorsqu'un temps mort est demandé, à la fin de la quatrième partie, et que nous nous rassemblons tous ensemble au centre de la pièce, que je parviens à identifier les étranges sensations que j'éprouve : en un mot, je m'éclate.

Jared et moi nous affalons chacun sur une chaise de bureau à roulettes et ôtons nos lunettes, nos Autocockers posés sur nos genoux. Nous transpirons à grosses gouttes, hors d'haleine, et nos vêtements sont constellés de taches bleues tout à fait impressionnistes. Les cartouches de munitions de notre équipe portent le logo « Red Virus », et à la faible lueur du panneau « sortie » allumé juste au-dessus de nos têtes, je m'aperçois à présent que nos ennemis sont maculés de rouge. Nous savourons tous les huit un bref repos du guerrier, animés par la camaraderie simple d'un peloton d'assaut reprenant son souffle avant la prochaine colline.

« Hé, monsieur Goffman ! lance Mikey.

— Appelle-moi Joe.

— Joe. Vous avez assuré grave, en fait. Vous avez trop la pêche.

— Merci.

— Pour un vieux, ajoute-t-il, sourire jusqu'aux oreilles.

— Mikey, rétorqué-je.

— Ouais.

— Suce mon réservoir à bille. »

Tout le monde éclate de rire. Gonflé d'un accès de fierté adolescente, je me félicite intérieurement pour mon sens de la repartie.

« Et la sécurité, au fait ? demandé-je. Ne me dites pas qu'ils laissent un tel endroit sans surveillance.

— Il n'y a que deux gardiens dans la guérite à l'entrée, dit Jared. Ils font parfois le tour du site en voiturette, mais ils ne se pointent jamais à l'intérieur.

— Trop occupés à mater la télé, ajoute Mikey.

— En général, on choisit des bons soirs de matchs, renchérit quelqu'un, Grossman me semble-t-il.

— Comment savez-vous qu'ils n'inspectent jamais les bâtiments ?

— Ça n'est jamais arrivé, c'est tout », réplique Jared.

Naturellement, c'est à cet instant précis que la porte de la cage d'escalier s'ouvre brutalement et que deux hommes vêtus d'uniformes de la sécurité se précipitent vers nous en hurlant et en agitant leurs lampes torches.

« Et merde ! s'exclame Jared.

— Pas un geste, ordonne l'un des gardiens.

— Personne ne bouge ! » vocifère le second.

Je suis le seul à obéir. Les sept gamins qui m'entourent bondissent sur leurs pieds en un clin d'œil et braquent leurs fusils de paint-ball en direction des deux hommes qui se figent aussitôt sur place, médusés. « *Vous*, pas un geste, bande d'enculés ! » braille Mikey d'un ton goguenard. Les gardiens fixent les barillets en titane de nos Autocockers d'un œil terrifié, et le temps reste suspendu quelques secondes – un parfait instant à la Tarentino. Puis le visage de l'un des gardiens s'éclaire. « Une minute. Ce sont des fusils à air comprimé », proteste-t-il, comme si nous avions enfreint les règles du jeu.

Mikey pousse un cri à glacer le sang et je reste planté là, incrédule, tandis que les garçons ouvrent le feu en faisant pleuvoir un jet de billes rouges et bleues sur les gardiens, leurs armes sifflant et claquant telles des percussions new-wave. Les billes de peinture explosent en une symphonie de petits « pops » multicolores sur les deux hommes, qui plongent à terre en poussant des cris de surprise affolés, recroquevillés en position fœtale, les bras enroulés au-dessus de la tête en un geste protecteur. « Barrons-nous ! » s'écrie l'un des garçons, et nous commençons à nous replier vers la cage d'escalier, tout en maintenant un feu continu pour forcer les gardiens à rester au sol jusqu'à ce que nous ayons atteint la sortie. Nous dévalons les marches, braillant des hurlements de joie féroces, et je reconnais ma propre voix au milieu du lot. Quelques secondes plus tard, nous franchissons la dernière marche et nous précipitons vers la porte pour bondir au-dehors, dans les ténèbres du parc Porter's. L'air à l'extérieur est froid et vivifiant au contact de mon visage bouillant, couvert de sueur, et je ressens presque une bouffée d'euphorie lorsque nous regagnons, non sans soulagement, le refuge des sous-bois.

Si vous pensez qu'escalader un portail métallique de deux mètres cinquante à toute vitesse muni d'un fusil à air comprimé et d'un sac contenant près de deux kilos et demi de matériel est un exercice aisé, vous vous trompez. Ou bien vous avez dix-sept ans. Je m'élance sans réfléchir contre la grille, persuadé de la survoler dans le sillage de mes compagnons d'évasion qui en sont tous venus à bout les doigts dans le nez. J'atteins le sommet et le franchis sans encombre mais, au moment où je redescends de l'autre côté, la bandoulière de mon fusil se coince dans l'un des piquets du portail et je me vois projeté violemment contre la grille, étranglé par la lanière qui s'est arrachée de mon épaule. Je pendouille ainsi dans le vide pendant quelques secondes périlleuses, humilié et à deux doigts de la mort par pendaison. Ce n'est pas ma vie qui défile devant mes yeux à cet instant précis – tant est grande ma détermination à éviter les clichés à tout prix, même dans un moment comme celui-ci –, mais plutôt un aperçu prémonitoire des demi-sourires amusés et des yeux écarquillés de stupeur des membres de ma famille ou de mes connaissances professionnelles, à la lecture du récit de mon ridicule trépas. Jared et Mikey finissent par constater ma détresse et bondissent à mon secours pour me faire la courte échelle et décoincer ma lanière prise au piège. Pendant qu'ils s'activent à ma libération, l'une de mes jambes se prend dans un crochet qui dépasse de la grille. S'ensuit alors un craquement retentissant : mon pantalon vient de se déchirer depuis la moitié du mollet jusqu'en bas, et je sens la griffe du métal froid qui me laboure la cheville. Je constate avec fierté que je ne hurle même pas, bien qu'avec ma gorge tout juste débarrassée de la suffocante étreinte de la bandoulière de mon fusil, je n'aurais sans doute pu émettre davantage qu'un coassement enroué.

Je claudique avec précaution jusqu'à la Mercedes. Jared a déjà allumé le moteur et Mikey m'aide à m'installer, non sans me donner une bonne grosse tape amicale sur l'épaule lorsque je m'écroule sur le siège.

« Suce mon réservoir à bille, ricane-t-il. Excellent, man. »

Après quoi il disparaît dans la nuit.

Jared démarre la voiture et nous reprenons le petit chemin de terre par lequel nous sommes venus. Devant nous, les pneus voraces de la Jeep de Mikey projettent un caillou contre mon pare-brise avec la force d'une balle tirée par une arme à feu. Un bruit de verre cassé se fait entendre, et une petite fissure arachnéenne apparaît au point d'impact, juste en dessous du rétroviseur, tandis que trois ou quatre tentacules téméraires commencent à fendiller la vitre de facture germanique.

« Oups ! s'exclame Jared.

— Ne t'arrête pas », dis-je.

Et tandis que mon malfrat de neveu nous conduit à tombeau ouvert dans la nuit, je tâte ma cheville blessée et me retrouve la main engluée de sang, ce qui, par une obscure association d'idées, me rappelle que j'ai oublié d'appeler Carly, comme je le lui avais promis.

VINGT-DEUX

Je suis presque déçu de constater qu'il n'y a pas de poursuite de voitures. Il est possible que les gardiens n'aient pas pris la peine de signaler l'incident par téléphone, préférant garder le secret plutôt que d'avoir à expliquer comment une bande de lycéens munis de fusils de paint-ball avaient pu leur faire mordre la poussière. Quoi qu'il en soit, notre évasion est un franc succès et nous nous retrouvons bientôt au milieu des bois surplombant les chutes.

J'observe mon neveu, le regard plongé vers la cascade d'un air pensif.

« Jared, murmuré-je. Je préférerais qu'on reste juste amis. »

Il éclate de rire.

« C'était déjà le baisodrome, de ton temps ?

— Même mes parents devaient venir se peloter ici. »

Jared fouille dans les nombreuses poches de son treillis et finit par exhiber triomphalement un joint quelque peu tordu, mais intact.

« Tu m'accompagnes ? dit-il en enfonçant l'allume-cigare du tableau de bord.

— Croie-le ou non, c'est la deuxième fois qu'on m'en propose, ce soir.

— Parfait, commente Jared en allumant le joint. Alors tu es déjà baptisé. »

Il aspire deux petites bouffées pour bien attiser le pétard, puis une longue, plus intense, avant de me le passer tout en retenant son souffle. Je m'apprête à refuser, mais la douleur qui me lancine à la cheville se fait de plus en plus aiguë et je repense à ce que m'a dit Wayne ce matin.

« O.K., dis-je en saisissant la chose. Mais uniquement à des fins thérapeutiques, alors.

— Si ça peut te faire plaisir. »

Jared se renfonce dans son siège et ferme les yeux.

Je prends une première bouffée et manque m'étouffer, la gorge irritée par l'âcreté de l'herbe, puis une seconde, aspirant cette fois-ci la fumée plus profondément dans mes poumons. Je rends le joint à Jared en recrachant un nuage de fumée parfaitement invisible dans la pénombre de l'habitacle. Le gros pétard fait plusieurs allers et retours entre nos mains avant que nous nous renfoncions dans nos sièges inclinables, capote abaissée pour mieux voir les étoiles.

« C'est ici que j'ai perdu ma virginité, lancé-je comme ça, à brûle-pourpoint.

— Sans dec. Moi aussi. »

Nous savourons un instant de virilité primaire et nous tapons dans la main pour célébrer cette gloire sexuelle commune. J'ai une vision comme un flash, les cuisses laiteuses de Carly lorsqu'elle avait descendu sa jupe, son sourire tendre et amusé face à ma maladroite excitation de débutant.

« Tu es sûre ? lui avais-je demandé comme elle tirait, impatiente, sur l'élastique de mon caleçon.

— J'en ai envie, avait-elle répondu. J'en ai envie, avec toi. »

« Je l'aimais tant », annoncé-je à la face de l'univers qui tournoie, vaste et intime, au-dessus de nos têtes, tel un décor de studio, la tristesse déchirante qui m'envahit d'un coup décuplée par l'effet du hasch.

« C'est mignon, dit Jared. Moi, je voulais juste enfin tirer mon coup. »

Lorsque je rouvre les yeux, à peine quelques instants plus tard, je découvre que nous avons changé de décor le temps de ma courte sieste. Nous sommes à présent garés devant une imposante bâtisse en brique bordée par une vaste pelouse.

« Où sommes-nous ?

— Je voulais te montrer un truc », répond Jared, lorgnant ostensiblement à travers sa vitre.

Je me penche de son côté et regarde par-dessus son épaule.

« Qu'est-ce qu'on est censés voir ?

— Elle. »

Jared désigne une fenêtre allumée au premier étage. Une fille passe à intervalles réguliers dans l'encadrement de la vitre à mesure qu'elle se déplace dans sa chambre, s'apprêtant visiblement à aller se coucher.

« Qui est-ce ?

— Kate Portnoy.

— Et Kate Portnoy est... ?

— Parfaite, répond Jared avec vénération.

— Mais cette fille que j'ai vue à la maison... Candi ?

— Sheri. C'est juste une copine.

— Tu parles d'une copine, rétorqué-je avec malice. J'en veux des comme ça, moi aussi. »

Jared sourit, sans quitter la fenêtre du premier étage des yeux.

« On a conclu un marché.

— Ah ! Et Kate n'est pas au courant, pour Sheri ? »

Jared se renfonce dans son siège et tourne la tête vers moi, l'air totalement anéanti.

« Kate n'est même pas au courant pour moi. »

J'opine avec compassion, et songe que je donnerais n'importe quoi pour avoir le cœur brisé d'un ado de dix-huit ans.

« J'ai faim », dis-je.

Nous mettons le cap sur le 7-Eleven et parcourons les allées du magasin en sirotant des cannettes de Big Gulps pour trouver de quoi nous mettre sous la dent.

« Je n'avais jamais réalisé qu'il y avait autant de variétés de chips différentes..., déclaré-je, bêtement indécis. Comment choisir ?

— Toi, me dit Jared avec un sourire jusqu'aux oreilles, t'es raide défoncé.

— Peut-être bien. Quelle heure est-il ?

— Vingt-trois heures quarante-deux.

— Ouh là. »

J'aurais juré qu'il était beaucoup plus tard. J'attrape une boîte de Pringles, et Jared opte pour des Funyons. La caissière, une gothique au teint pâle ayant un peu trop forcé sur le rouge à lèvres noir, enregistre nos achats avec une indifférence absolue. « Merci, Delia », dis-je en lisant le prénom indiqué sur son badge. Nous sommes déjà à la sortie lorsqu'elle nous rappelle pour nous rendre notre monnaie.

« Désolé, expliqué-je. On est un peu défoncés.

— Quelle bonne idée », souffle-t-elle d'un ton las en mâchonnant un Kit-Kat.

Elle me semble si pleine de sagesse et d'amertume, à cet instant, que j'ai envie de m'asseoir à côté d'elle et de lui poser plein de questions, de tout connaître de son histoire.

Nous restons sur le parking, affalés sur le capot de la Mercedes, dos contre le pare-brise, et avalons de longues gorgées de Big Gulps pour mieux faire descendre nos chips. Une fois le pique-nique terminé, je saute à bas de la voiture et pousse un gémissement de douleur lorsque mon pied droit entre en contact avec le sol. Je remonte le revers de mon pantalon déchiré puis, avec précaution, tire sur ce qui me reste de chaussette ensanglantée. Ma cheville est enflée et maculée de sang séché, au point que je ne peux même pas observer l'état de la blessure. Jared laisse échapper un sifflement de compassion.

« Tu crois qu'on devrait aller aux urgences ?

— Bah, on risquerait de poireauter toute la nuit. Ça ne saigne déjà plus, on dirait. Je vais rentrer à la maison et nettoyer tout ça. »

Toutefois, en chemin, je change d'avis et demande à Jared de me conduire à Overlook Drive.

« Pour quoi faire ?

— Tu m'as montré la tienne ; à mon tour. »

Il n'y a pas la moindre lumière chez Carly. Dans mon esprit embrumé par la drogue, cette vision semble m'incriminer.

« Je devais l'appeler, ce soir.

— Il est plus de minuit, souligne Jared. Appelle-la demain. »

Une partie de moi sait que ce serait plus sage, mais une autre – la défoncée, certes – considère que débarquer chez Carly au milieu de la nuit est assurément plus romanesque. Et ce soir, j'ai à nouveau dix-huit ans. Ce soir, c'est Jared et moi, deux cœurs jeunes battant à cent à l'heure ; défoncés, esseulés et romantiques jusqu'au bout des doigts. Notre désir ne connaît pas de limite, notre foi est éternelle, la testostérone nous dégouline par les oreilles. Donnez-nous notre chance, et nous vous aimerons passionnément avec chaque cellule de notre corps ; donnez-nous le signal, et nous vous baiserons des nuits entières. Brisez-nous le cœur, nous pleurerons un torrent de larmes, porterons le deuil et tomberons de nouveau amoureux le mois prochain.

Je sors de la voiture et me traîne jusqu'à la porte d'entrée.

« Mauvais plan, me lance Jared depuis son siège.

— Je sais ce que je fais.

— On ne dirait pas. »

Je l'ignore et presse la sonnette. Au bout de quelques secondes, je recommence. Juste au moment où je viens de réaliser la terrible bêtise de mon geste, un bruit de pas feutrés se fait entendre derrière la porte, comme quelqu'un descendant un escalier moquetté, et Carly apparaît sur le seuil. Elle est vêtue d'un caleçon bleu et d'un T-shirt gris de la UConn ; ses cheveux sont attachés en une queue-de-cheval désordonnée, et elle cligne maladroitement des yeux comme l'éveil et le sommeil livrent en elle une lutte au coude à coude. Je la trouve très belle, vraiment.

« Joe », dit-elle, moins sur un ton de bienvenue que sur celui du doute confirmé, un peu comme lorsque le méchant d'un film de James Bond assiste à l'explosion de sa base nucléaire souterraine et s'exclame, avec un accent européen soigneusement contenu : « Bond ». Car franchement, qui d'autre, nom de Dieu ?

« Salut, toi.

— Qu'est-ce qui se passe ? demande-t-elle en se frottant les yeux.

— Je devais t'appeler. Je ne voulais pas que tu t'imagines que je n'ai pas tenu ma promesse.

— Mais tu ne l'as pas tenue, objecte-t-elle, semant momentanément le doute dans mon esprit.

— Certes. »

Suit un lourd silence. Cette conversation vient de m'échapper et flotte en un mouvement hypnotique au-dessus de moi, hors de ma portée.

« Je crois que ça s'annonce mal, non ?

— J'ignore ce que “ça” est censé être, mais tu as raison, en effet. »

Je me sens épuisé, tout à coup. Je me retourne et m'assois sur les marches devant sa maison. Dans mon dos, je l'entends qui hésite avant de sortir sur le porche et de refermer la porte-écran avec un sifflement hydraulique derrière elle. Un point pour l'équipe à domicile. Rien n'est joué. Elle prend place à côté de moi, les genoux repliés contre sa poitrine.

« Qu'est-ce que tu veux, Joe ? demande-t-elle à mi-voix.

— Je voudrais juste… Je ne sais pas. Me rapprocher de toi.

— Et tu t'es dit qu'il te suffirait de te pointer ici après les douze coups de minuit ?

— Ça me semblait la chose à faire, sur le moment. (Je ne peux m'empêcher d'admirer ses orteils fins et menus, terminés par de petits bulbes ronds, comme des raisins, aux ongles vernis d'un rouge écarlate.) Tu as de très jolis orteils.

— Tu es soûl ?

— Non, assuré-je. Juste un peu défoncé, peut-être. »

Carly hoche la tête.

« Génial. »

Au-dessus de nous, la lune, telle un grosse cloque accrochée au talon du ciel, semble prête à éclater en une éruption de pus blanc et visqueux. Je tourne les yeux vers Carly et me dis que je vais me mettre à pleurer.

« J'aimerais juste pouvoir oublier le reste et te parler, tout simplement, lui dis-je. Tu es la seule personne à qui j'ai vraiment envie de parler, mais pour une raison que j'ignore, je n'y arrive pas. »

Elle hoche à nouveau la tête, puis se penche vers moi et, pendant une seconde d'exaltation absolue, j'ai l'impression qu'elle s'apprête à me prendre dans ses bras, mais elle s'arrête à mi-chemin et déclare, le regard tourné vers le sol : « C'est du sang, là, sur ta jambe ? »

La salle de bains de Carly est dans les tons pastel, roses et bleus, avec un papier peint orné d'orchidées à l'aquarelle. Au-dessus du lavabo trône une petite étagère en verre dépoli recouverte de savonnettes parfumées en forme de coquillages et d'étoiles de mer. Je sais d'instinct que ce n'est pas elle qui a choisi la décoration, et que tout était déjà comme ça quand elle a acheté la maison. C'est une pièce bien trop délicate et raffinée pour l'usage basique auquel elle est destinée ; déféquer dans un tel endroit doit sans doute faire le même effet que de jurer dans un temple. Je m'assois sur le rebord du lavabo en marbre pêche, et Carly prend place sur le couvercle des toilettes recouvert d'une housse en peluche, ma jambe estropiée calée entre ses cuisses veloutées tandis qu'elle me tamponne délicatement la peau avec une lingette imprégnée d'alcool. Je réalise que c'était là ma principale motivation pour venir la réveiller. L'idée de me soigner moi-même deux nuits d'affilée m'était proprement insupportable.

« C'est assez profond, commente-t-elle entre deux marmonnements, tout en nettoyant la peau autour de l'entaille. Comment tu t'es fait ça ?

— En escaladant une grille.

— Et ces taches, sur tes vêtements ?

— De la peinture. »

Elle m'observe d'un air interloqué.

« Je faisais une partie de paint-ball, expliqué-je.

— Ah ! »

Au milieu des dernières brumes éparses de la marijuana, son visage m'apparaît comme auréolé d'une douce lueur dorée.

« Reprenons. Ce soir, tu as joué au paint-ball, fumé de l'herbe et bousillé ta cheville en escaladant une grille.

— Ça paraît idiot résumé comme ça, hors contexte, protesté-je.

— Tu formulerais ça comment, alors ? »

Je réfléchis un moment avant de hausser les épaules.

« Le contexte m'échappe un peu pour l'instant. Je crois que j'essayais de retrouver un peu de ma jeunesse.

— Comme si tu avais été un tel fumeur de joints.

— Eh bien, j'aurais dû, peut-être. »

Ce qui est bien sûr exactement le contraire de la chose à dire, car je passe désormais pour un ingrat et un sale con. La bonne réponse aurait été : « Je n'avais pas besoin de fumer du shit puisque je t'avais, toi », ou quelque chose dans ce goût-là. Un truc insipide et racoleur à souhait qui m'aurait au mieux valu un froncement de sourcils sarcastique, mais aurait peut-être eu le mérite de lui rappeler qu'elle m'avait aimé, autrefois.

Carly déchire un nouveau sachet de lingette désinfectante avec ses dents et poursuit le nettoyage de ma plaie.

« Je peux te parler franchement ? dit-elle.

— Tant que c'est pour me dire des choses gentilles.

— Depuis ton retour aux Falls, tu sembles déterminé à te comporter comme un parfait connard et à te faire amocher le plus possible.

— C'était censé être gentil, ça ?

— On serait presque tenté d'en conclure, poursuit-elle, indifférente à mon intervention, que tu le fais exprès.

— Et pourquoi ferais-je une chose pareille ?

— Je l'ignore, dit-elle en se concentrant à nouveau sur ma blessure. (Elle sort de la gaze et du sparadrap d'un tiroir sous le lavabo et commence à me panser soigneusement la cheville.) Une forme de pénitence un peu tordue, peut-être.

— Belle théorie, commenté-je. Mais pénitence pour quoi ?

— Tout le monde a quelque chose sur la conscience.

— Et toi ? »

Elle étudie la question.

« Je n'en sais rien, avoue-t-elle en se mordant la lèvre d'un air pensif. Mais j'ai déjà accompli ma part de pénitence, en tout cas.

— Je suis au courant… pour ton mariage, je veux dire. Je suis navré. Je voulais juste… Je ne sais pas quoi dire.

— Ça tombe bien, rétorque Carly en se relevant brusquement et en posant mon pied bandé à terre. Parce que c'est carrément hors sujet.

— Je suis désolé, insisté-je.

— Il n'y a pas de quoi.

— Qu'est-ce que je peux faire, alors ? »

Carly m'observe fixement, avec un regard dans lequel se côtoient étrangement amertume et bienveillance résignée, tels des invités arrivés trop tôt à un cocktail.

« Tu peux t'en aller », dit-elle.

Jared et moi achevons le court trajet qui nous sépare de la maison dans un silence morose ; les derniers restes de hasch s'évaporent lentement de notre système sanguin telles des bulles de champagne mourantes. Je me repasse le film de ma conversation avec Carly, tente d'en retrouver le ton exact, mais tout semble déjà se fondre dans une brume irréelle. Je n'ai toujours aucune idée de ce qu'elle ressent pour moi mais, plus ça va, plus je me dis que son ambivalence affichée n'est sans doute pas de bon augure. Nous nous arrêtons devant la maison et Jared coupe le moteur avant de me tendre les clés.

« Alors, comment ça s'est passé, là-bas ? demande-t-il.

— O.K., admets-je. C'était pas terrible. J'en sais rien. Le bide total.

— Heureusement que tu sais ce que tu fais.

— Et la fille de la fenêtre ?

— Kate.

— Kate. Tu vas aller lui parler, bientôt ?

— Je sais pas, dit Jared. C'est frustrant et tout, mais cette phase a un certain charme, je trouve.

— Elle n'est même pas au courant de ton existence. On peut difficilement parler d'une phase.

— Je sais. Mais je n'ai pas encore tout foutu en l'air.

— Pas con. »

Nous sortons de la voiture et traversons la pelouse d'un

pas lourd, deux soldats épuisés de retour des tranchées, lorsque Jared se raidit d'un coup. « On est gaulés », marmonne-t-il entre ses dents. Je lève les yeux en suivant la direction de son regard et aperçois Cindy debout devant la porte, l'air las et plutôt en rogne. Elle observe notre équipée claudicante, peinturlurée et en loques d'un œil furieux, brûlant d'une hostilité non dissimulée lorsqu'il se pose sur moi. Son visage se contracte comme elle renifle l'air à notre approche, et je comprends qu'elle a repéré l'odeur de shit. D'avance, je me prépare à la tirade incendiaire de rigueur, mais je ne suis pas au bout de mes surprises pour ce soir. Cindy descend les marches du perron et hoche la tête d'un air entendu, comme si nous ne faisions qu'entériner ses pires suppositions.

« Salut, Cindy, lancé-je, histoire de rompre le silence. Ça va ? »

En un flash d'intuition, je comprends la raison de sa présence avant même qu'elle ait eu besoin d'ouvrir la bouche. Mon père est sorti du coma. C'est un vrai miracle ; les médecins ne s'y attendaient pas du tout. L'infirmière est passée devant sa chambre et l'a trouvé assis dans son lit, l'air un tantinet perplexe mais plutôt en forme. Et lorsqu'on lui a ôté l'embout du respirateur, il a demandé d'une voix rauque à voir ses fils, au pluriel, traduisez : tous les deux. Il y aura bien sûr la convalescence, les premières maladresses, l'ergothérapie, et puis les conversations à bâtons rompus revenant sur les souffrances passées, ponctuées ici et là par les récriminations et les excuses voilées, mais au-delà de tout ça, un sentiment de renouveau, une seconde chance. Je ne me défilerai pas ; je laisserai tomber ma rancœur, mon goût du sarcasme, et je saisirai cette occasion de repartir de zéro.

Cindy soutient mon regard un instant, avant de fixer un point par-dessus mon épaule.

« Ton père est mort », dit-elle.

Les souvenirs affleurent en une succession d'images : mon père m'apprenant à faire de la bicyclette sur mon premier vélo à deux roues, puis s'élançant, affolé, à ma poursuite lorsque je maîtrise assez l'engin pour me précipiter seul dans la rue sous les yeux de ma mère et de Brad, écroulés de rire sur la pelouse. Mon père veillant toute la nuit pour mon diorama sur le mont Sainte Helens en CM1 et m'aidant à concocter le juste mélange de levure et de vinaigre qui simulera l'éruption de mon volcan en papier mâché. Mon père m'aidant à remonter un bar rayé de près de huit kilos sur un bateau de pêche affrété spécialement dans le Long Island Sound[1], jurant et m'encourageant à pleins poumons, avant de me donner une tape triomphale dans le dos lorsque nous parvenons enfin à le sortir de l'eau. Mon père lavant sa voiture dans l'allée du garage et braquant le jet d'eau sur Brad et moi, nous poursuivant à travers tout le jardin avant de nous plaquer au sol si bien que nous finissons tous les trois enchevêtrés dans la boue…

Pourtant, il y a un hic. Rien de tout cela n'est jamais arrivé. Ou peut-être que si. Je ne m'en souviens plus. J'ai passé tant de temps à reconstituer et à réécrire ces années que je ne parviens plus à discerner le vrai du faux. Aveuglé par ma colère, bille en tête, j'ai réussi à bousiller une zone vitale de ma mémoire, à tel point que je ne pourrai plus jamais isoler la réalité du reste et que, quels que soient les vrais bons souvenirs du passé, ils sont à jamais perdus dans les méandres de la fiction.

Et le pire, dans tout ça, c'est que je crois bien l'avoir fait exprès.

1. Vaste plan d'eau séparant l'île de Long Island de la côte du Connecticut.

LIVRE DEUXIÈME

One soft infested summer me and Terry became friends
trying in vain to breathe the fire we was born in
Catching rides to the outskirts, tying faith between our teeth
sleeping in that old abandoned beach house
getting wasted in the heat
and hiding on the backstreets…
With a love so hard and filled with defeat
Running for our lives at night on them backstreets[1].

— « Backstreets », Bruce Springsteen

1. Par une douce soirée d'été infestée Terry et moi sommes devenus amis/nous efforçant en vain de respirer le feu qui nous avait vus naître/Les virées en banlieue, la foi comme un mors aux dents/Dormant dans cette vieille maison abandonnée sur la plage/à nous défoncer en pleine chaleur/et à nous planquer dans les rues de traverse… /Avec un amour si intense et nourri par la défaite/courant pour sauver notre peau la nuit dans les rues de traverse.

VINGT-TROIS

Les cercueils portent tous des noms genre Wilton, Exeter, Balmoral et Buckingham, comme pour suggérer l'idée que le défunt entrera dans l'au-delà en tant que membre de la gentry britannique. Parmi les options au choix, finition cuivre, poignées en bronze ciselées à la main et capitonnage en crêpe couleur champagne avec oreiller et coussinets assortis. Les modèles haut de gamme sont équipés du système breveté de matelas ajustable Eterna-rest, et certains ont un couvercle intérieur décoré – grottes illuminées avec incrustation de la Madone ou reproduction de la Cène. Seule l'envahissante omniprésence de la mort empêche ce business de sombrer totalement dans la farce.

Brad est à la maison, pendu d'une voix morne au téléphone à se dépatouiller avec la pléthore de détails inhérents aux préparatifs funèbres, et je me suis donc porté volontaire pour aller choisir le cercueil – tâche qui se révèle bien plus ardue que je ne l'aurais cru au premier abord. Me voici à présent censé me décider parmi un choix de finitions boisées et de fioritures, pour quelque chose qui finira presque aussitôt enterré six pieds sous terre. Et d'ailleurs, lesquelles de ces options sont-elles les plus vitales pour un cadavre ?

La salle d'exposition, située au sous-sol, a l'aspect irréel d'un plateau de tournage de sitcom avec ses rangées de cercueils brillants et laqués, montés sur de discrets piédestaux noirs et lustrés comme pour un concours de beauté ; un concessionnaire automobile pour les chers disparus. Il flotte dans la pièce une infime odeur de vernis et de dépoussiérant senteur citron. J'avance, déconcerté, parmi les cercueils, en me disant que je n'ai qu'à prendre n'importe lequel, mais néanmoins terrifié à l'idée de faire le mauvais choix. Lorsque, comme moi, on évolue dans la vie en cumulant les erreurs de jugement, on finit par prendre ses décisions avec une sorte de hardiesse inconsciente. Mais c'est de l'éternité dont il s'agit, là ; autant dire que ça me fout un peu les jetons.

Le vendeur qui s'occupe de moi, Richard, est obèse, hypersensible et a le front constamment plissé en signe de profonde sympathie. Je me souviens de l'avoir vu dans le quartier, autrefois, un gamin triste et joufflu qui ne parvenait à garder qu'un seul pan de chemise enfoncé dans son pantalon à la fois. Il me poursuit d'un pas nerveux à travers la salle d'exposition, suintant, l'haleine courte, à me vanter les mérites des modèles haut de gamme, et l'air légèrement peiné lorsque j'aborde crûment la question du prix, comme si parler argent lui semblait vulgaire et déplacé. Il est rémunéré à la commission, à coup sûr, ce qui me paraît d'un goût douteux compte tenu de son secteur d'activité. Le chagrin collectif de Bush Falls enverra ses gamins à l'université.

Je finis par opter pour l'Exeter avec finition acajou, ce qui me revient à six cents dollars, sans les taxes. J'hésite un instant à tenter de négocier le prix, mais ce serait un grave manquement au protocole, j'imagine ; en outre, je n'ai qu'une hâte, me tirer d'ici au plus vite. Richard opine d'un air obséquieux à l'annonce de mon choix et plante son opulente circonférence derrière le bureau noir aux dimensions ridicules coincé au fond de la pièce pour rédiger la commande.

« Il y a également un forfait de soixante dollars pour la réfrigération, m'annonce-t-il.

— Je vous demande pardon ? »

Il lève les yeux de ses papiers.

« Le corps. Nous le réfrigérons jusqu'à l'inhumation. C'est trente dollars la journée.

— Ah, bien. » Je regrette déjà d'avoir posé la question.

« Et il y a la remise spéciale Couguar de sept pour cent.

— Hein ? »

Richard s'arrête.

« Votre père était un Couguar, n'est-ce pas ?

— En effet.

— Alors il a droit à sept pour cent.

— Quelle chance il a. »

Richard se lève de derrière son bureau, arrachant un soupir de soulagement à sa chaise, et me tend un reçu.

« Une fois de plus, veuillez accepter mes sincères condoléances.

— Merci », dis-je en calculant mentalement qu'avec une commission de dix pour cent, il vient d'empocher six cents dollars pour un quart d'heure de boulot – sincérité, mon œil.

Cela dit, après dix-sept années de silence radio avec mon père, je viens de choisir sa dernière demeure pour l'éternité ; aussi me contenté-je de serrer la grosse main moite de Richard et de foutre le camp sans demander mon reste.

Aux obsèques se pressent une bonne partie des citoyens de Bush Falls, que le décès de mon père n'empêche en rien de me dévisager avec insistance tandis qu'ils poireautent dans le vestibule avant le début du service, leurs regards allant de la curiosité glaciale à la plus pure hostilité. C'est une chose de savoir qu'on est l'objet du mépris de la majorité de la population, mais c'en est une autre d'en voir autant rassemblés sous le même toit. Je me sens comme dans ces rêves d'enfant où l'on se pointe à l'école et où l'on réalise, trop tard, qu'on a oublié de mettre son pantalon. La nudité a beau être métaphorique, le froid arctique qui paralyse mes intestins est une réalité incontestable.

En observant la foule, je constate qu'une portion non négligeable des hommes présents arborent leur vieille veste aux couleurs des Couguars en signe de solidarité avec leur défunt coéquipier. Comme les flics ou les pompiers, ils sont venus enterrer l'un des leurs, tombé dans l'exercice du devoir par-dessus le marché. Il y a quelque chose d'étrangement noble dans ce geste, bien que la vision de ces vestes défraîchies portées par tous ces hommes dégarnis, bouffis et ventripotents, par-dessus leurs chemises et leurs cravates, ait quelque chose de ridicule. Je sais que c'est idiot, mais je ne peux m'empêcher de repenser une dernière fois avec amertume à mon exclusion du petit cercle privilégié dont Brad et mon père ont toujours fait partie en tant que membres des Couguars.

Dieu merci, Owen fait son apparition, venu tout droit de Manhattan dans une longue limousine blanche tape-à-l'œil louée spécialement pour l'occasion. Il traverse le vestibule d'un pas magistral en arborant une mise des plus fantasques et saugrenues, costume de popeline sombre, chemise vert menthe et nœud papillon à pois. Des années durant, Owen s'est vu contrarié par un dilemme de garde-robe : mettre l'accent sur les lignes pures du professionnalisme et de la confidentialité, ou insister sur la dimension feutrée, plus raffinée, de la perspicacité littéraire et intellectuelle ? Avec le temps, ses redoutables tentatives pour refléter cette dichotomie ont abouti à un atroce style chamarré auquel il s'est tenu depuis, par pure affèterie.

« Je me suis dit que tu aurais besoin de soutien moral, annonce-t-il d'un ton grandiloquent, jouissant des regards posés sur lui. Mais étant moi-même incapable de quoi que ce soit touchant de près ou de loin à la morale, tu devras te contenter de mon soutien tout court.

— Merci d'être venu », dis-je tandis qu'il m'offre une brève accolade.

C'est la première fois qu'il a ce geste avec moi. Il sent l'after-shave et le talc pour bébé.

« Non, je t'en prie, rétorque Owen en reculant d'un pas pour observer tout ce petit monde avec une curiosité non dissimulée. Comment aurais-je pu rater un tel événement ? »

Débarque ensuite Wayne, qui affiche une santé scandaleusement rayonnante dans sa veste Couguar et son pantalon chic – emprunté, de toute évidence – qui parviennent je ne sais comment à dissimuler sa frêle constitution. Il m'embrasse et nous échangeons un sourire goguenard en contemplant mon costume, emprunté lui aussi, comme s'il fallait une preuve supplémentaire de notre statut d'extraterrestres en ces lieux.

« Toi aussi ? dis-je, désignant sa veste.

— C'est mon côté fleur bleue, répond Wayne d'un ton caustique. J'ai toujours adoré les traditions. Sauf quand ça devient un style de vie, bien entendu. »

Je lui présente Owen, qui opine en le reconnaissant et le serre soudain dans ses bras en une accolade théâtrale, ne laissant pas d'autre choix à Wayne que de lui tapoter le dos, quelque peu interdit.

Carly apparaît à son tour tandis que les derniers invités pénètrent dans la chapelle en file indienne pour le début du service, et je m'aperçois que je guettais son arrivée. Elle vient jusqu'à moi et me dépose un petit baiser sur la joue. J'espérais quelque chose d'un peu plus dramatique : une longue étreinte, des larmes, peut-être.

« Toutes mes condoléances, Joe. »

Elle porte un tailleur-pantalon noir très chic et un chemisier blanc déboutonné en haut, révélant un petit triangle de peau pâle et la délicate saillie de ses clavicules.

« Merci d'être venue. »

J'aimerais lui dire encore autre chose, mais j'ai soudain la gorge si serrée que je ne peux prononcer le moindre mot. Carly prend ma main dans la sienne en ouvrant de grands yeux compréhensifs.

« Je m'assiérai à un endroit d'où tu pourras me voir », dit-elle.

J'acquiesce sans un mot, et elle s'engouffre à travers les portes de la chapelle.

Après quoi tout se perd dans un nuage confus. Un rabbin lit des psaumes en hébreu, puis toute une série de types d'un certain âge, vêtus de leurs vestes Couguars délavées, se succèdent derrière le pupitre pour rendre hommage à Arthur Goffman, menaçant de nous étouffer sous une avalanche de métaphores liées au basket. Brad prend la parole le dernier ; il divise la vie de mon père en quatre quarts temps, expliquant quelle fut sa contribution au cours de chacun d'entre eux, et je me retiens de me lever pour crier qu'il ne s'agit que d'un putain de sport. Mais lorsqu'il s'éloigne du pupitre pour regagner sa place, il paraît meurtri, les yeux pleins de larmes. Je sais qu'il aimait notre père et l'espace d'un instant, j'éprouve une peine sincère pour lui. Après quoi, je retourne à mon autoapitoiement.

Seules quelques voitures se joignent à nous derrière le corbillard pour la procession jusqu'au cimetière, à l'autre bout de la ville. Une fois sur place, trois hommes plus âgés en veste Couguar, des copains de mon père, viennent nous prêter main-forte à Brad, Jared et moi pour porter le cercueil jusqu'à la tombe, à côté de laquelle on peut voir un monticule de terre et les traces de la tractopelle venue préparer l'emplacement la veille. Nous déposons le cercueil sur les deux planches placées en croix au-dessus de la fosse ouverte, et lorsque les fossoyeurs commencent à descendre la bière, je réalise, sous le choc, que je me tiens sur la tombe de ma mère. Je me retourne pour lire l'inscription gravée sur la plaque de marbre gris – ELLEN GOFFMAN, 1945-1983 – ÉPOUSE, MÈRE ET FILLE BIEN-AIMÉE – et me retrouve soudain agenouillé, les doigts enfoncés dans les rainures des lettres formant son nom, à sangloter sans plus pouvoir m'arrêter tandis que, derrière moi, on lance des mottes de terre sur le cercueil de mon père, et quelque chose me heurte le front, quelque chose de froid, lisse et dur, le marbre vitrifié de la pierre tombale. Peut-être tombé-je dans les pommes, je n'en suis pas sûr, mais je sens distinctement que l'on me soulève au-dessus du sol, un vivant porté au milieu des tombes, pour une fois, et la dernière image qui me traverse l'esprit est que je n'avais jamais pensé à elle comme à l'épouse de mon père, et que cela était très injuste de ma part car il avait perdu quelque chose, lui aussi, et cette perte-là était peut-être encore plus immense que la mienne.

VINGT-QUATRE

1987

Il m'a fallu un certain temps avant de comprendre que Wayne ne reviendrait pas. Chaque jour, je m'attendais à décrocher le téléphone pour entendre le son de sa voix, ou à entrer dans les couloirs du lycée et le voir appuyé contre son casier, son éternel sourire désabusé au coin des lèvres. Chaque jour je passais devant chez lui en ralentissant pour épier derrière les rideaux des fenêtres, comme si cela pouvait m'apporter un quelconque indice quant à l'endroit où il se trouvait. Mme Hargrove s'était fait installer un répondeur pour filtrer ses appels, et mes messages réguliers ne passaient jamais le barrage.

« Je ne pense pas qu'il reviendra », me glissa Carly d'une voix douce, un après-midi.

C'était une des premières belles journées de printemps, et nous étions partis nous installer dans les gradins surplombant le terrain de football pendant une heure de creux pour profiter de la brise. Voilà plus d'un mois que Wayne était parti.

« Bien sûr que si, répondis-je. Pourquoi dis-tu une chose pareille ? »

Elle entrecroisa ses doigts entre les miens et détourna le regard vers le terrain.

« Tu ne crois pas ? »

Je fis non de la tête.

« Mais où est-il ? Enfin quoi, il pourrait me passer un coup de fil, quand même. Juste histoire de me dire où il est. Je suis censé être son meilleur ami, bon sang. »

Carly se pencha contre moi et embrassa le bas de ma joue.

« Il le fera en temps voulu, quand il sera prêt. »

J'appuyai ma tête contre la sienne et déposai un baiser sur la raie de ses cheveux.

« Je me demande s'il a appelé Sammy », dis-je.

Depuis la disparition de Wayne, Sammy s'était astreint à une stricte politique d'invisibilité. Sa présence au lycée devint plus que sporadique, et lorsqu'il lui arrivait de venir en cours, il se déplaçait dans les couloirs tel un spectre, rasait les murs et se glissait discrètement au fond des salles de classe pour s'éclipser comme il était venu. Ses cheveux, qu'il portait autrefois rabattus en une minutieuse houppe au-dessus du front, poussaient désormais platement sur son crâne, et il semblait toujours fripé et bancal, comme s'il avait dormi dans les mêmes vêtements. Les rares fois où nous nous croisions par accident, il me parlait de façon laconique, machinale, et prenait soin d'éviter mon regard.

Il m'arriva de me pointer chez lui, certains soirs, moins motivé par des raisons d'amitié que par l'espoir qu'il ait reçu des nouvelles de Wayne. Mais Sammy se montrait renfrogné, taciturne, et au bout d'une dizaine de minutes assis tous les deux dans sa chambre, la conversation tournait court.

« Il ne va pas bien du tout, Joe, me confia Lucy un soir en me raccompagnant jusqu'au trottoir. Je n'arrive plus à communiquer avec lui.

— Moi non plus, dis-je. On dirait qu'il en veut à tout le monde. »

Appuyée contre ma voiture, cigarette à la main et frissonnant un peu dans la brise du soir, elle paraissait petite et vulnérable. Sur le piédestal de mon esprit, je me la représentais toujours immense, de stature presque mythique ; aussi était-ce chaque fois une révélation lorsque je réalisais à quel point j'étais plus grand qu'elle. Ce serait si simple, songeai-je, de faire un pas vers elle et de la prendre dans mes bras.

« Cette histoire me rend dingue, lâcha Lucy en secouant la tête. Il se nourrit à peine. Il refuse de me parler. Je ne sais plus quoi faire de lui, nom de Dieu. Tu sais, je pense avoir été une bonne mère pour lui. Sammy n'est pas facile à vivre tous les jours, crois-moi. (Elle souffla quelques volutes de fumée qu'elle dissipa d'un geste nerveux de la main.) Je sais que je ne colle pas à l'image de la mère idéale ; je ne me fais aucune illusion là-dessus. J'étais à peine plus âgée que toi quand j'ai eu Sammy. Une gamine, oui. J'ai toujours dit qu'on était bien mieux tous les deux sans son connard de père, mais je ne sais plus. S'il avait eu un père, peut-être... (Sa voix se perdit dans la nuit et elle leva les yeux vers moi, un sourire triste aux lèvres.) Je suis en train de devenir folle, non ?

— Ça va aller.

— Excuse-moi, Joe. Je ne voulais pas t'accabler avec ça. C'est juste que... je ne sais pas. Je me sens si impuissante. »

À cet instant, je compris un nouvel aspect de la personnalité de Lucy. Avant la naissance de Sammy, elle avait traversé l'existence d'un pas léger, comme portée par le vent de sa beauté. Mais après son divorce, sa vie avait commencé à se remplir d'une kyrielle de tourments nouveaux auxquels ses charmes ne pouvaient absolument rien. Elle semblait se sentir inapte à aider Sammy et se méprisait elle-même d'éprouver de tels sentiments.

« Ça va aller, répétai-je. J'aimerais tant pouvoir faire plus.

— Continue à venir, surtout, dit-elle. Il a vraiment besoin d'un ami, en ce moment.

— Il ne veut pas me voir. C'est tout juste s'il m'adresse la parole. »

Elle m'agrippa le bras à deux mains.

« Ne laisse pas tout tomber maintenant, Joe. Il finira par se reprendre. Je le connais.

— O.K., promis-je. Je ne laisserai pas tomber. »

Mais c'est ce que je fis, pourtant. Je ne pouvais m'empêcher de blâmer Sammy pour ce qui était arrivé à Wayne, et chaque fois que je le voyais, le regard triste, perdu dans le vide, je sentais bouillir en moi une rage si forte que j'étais à deux doigts de m'emporter. J'avais envie de lui hurler dessus, de le réduire en purée sanguinolente et de lui dire à quel point j'aurais préféré qu'il ne mette jamais les pieds aux Falls. Je lui avais offert mon amitié et lui m'avait remercié en foutant ma vie en l'air, purement et simplement. Quelque part, je savais que ma réaction était puérile, qu'il y avait là des vérités plus importantes et plus graves en jeu, mais cette prise de conscience ne faisait rien pour dissiper ma colère.

« Cesse de harceler Mme Hargrove », me dit mon père un soir en passant la tête par la porte de ma chambre tandis qu'il traversait le couloir pour regagner la sienne.

Il était tout avachi et couvert de sueur après sa journée de travail, les paupières alourdies par l'épuisement. Ses chinos étaient usés jusqu'à la corde au niveau des genoux, effilochés aux revers, et j'eus un élan de sympathie sincère envers lui. Il ne lui serait jamais venu à l'esprit de s'acheter un nouveau pantalon sans ma mère pour le lui dire.

« Quoi ?

— Cette pauvre femme a assez d'ennuis comme ça. Elle n'a pas besoin que tu l'appelles jour et nuit pour remuer le couteau dans la plaie.

— Je ne l'appelle pas jour et nuit, protestai-je.

— Eh bien, elle m'a quasiment sauté dessus dans le parking du Stop and Shop pour me dire que tu la rendais cinglée.

— Elle l'était déjà.

— Un peu de respect, je te prie, aboya-t-il d'un ton sévère en franchissant réellement le seuil de ma chambre pour la première fois depuis, disons, l'élection de Reagan à la présidence. Si j'apprenais que mon fils était homosexuel, j'ignore si je le vivrais mieux.

— Ah oui ? Si tu veux mon avis, répondis-je amèrement, la réponse est non. »

Je vis la colère brûler un court instant dans ses yeux, mais il était trop fatigué pour batailler avec moi.

« Wayne est parti de son propre chef. S'il voulait vraiment avoir de tes nouvelles, il aurait trouvé le moyen de te contacter.

— Ça t'arrange bien qu'il soit parti », l'accusai-je.

Mon père acquiesça.

« Wayne devait quitter cette ville. C'était dans l'intérêt de tous, le sien y compris. Et plus tard, toi aussi, peut-être, tu comprendras pourquoi. »

Il tourna les talons, s'apprêta à sortir de la pièce.

« C'est un tissu de conneries », lançai-je.

Il se raidit, mais ne se retourna pas.

« Laisse-la tranquille, dit-il. Point final. »

Après son départ, je frappai le mur de toutes mes forces jusqu'à m'en meurtrir les phalanges, puis repris de plus belle, et de minces filets de sang se mirent à couler le long de la peinture ivoire mat tel du chocolat. Mon père devait forcément entendre tout ce raffut, mais il ne prit même pas la peine de se déplacer.

Quelques jours plus tard, mon père s'absenta une nuit pour un voyage d'affaires de vingt-quatre heures et Carly vint chez moi pour faire l'amour. Faire l'amour ensemble dans un vrai lit, sans la constante crainte inhibante d'être dérangés, était un luxe d'une grande rareté, et nous ne rations pas une occasion d'en profiter. Nous batifolions depuis deux bonnes heures lorsque quelqu'un sonna à la porte.

« Qui est-ce ? » demanda Carly.

J'étais allongé sur le dos, et elle sur moi, dos plaqué contre mon ventre, bras et jambes posés par-dessus les miens. Elle adorait se mettre dans cette position, parfois, lorsqu'on venait juste de terminer, le but étant de créer le contact le plus étroit possible entre nos deux corps.

« Personne, dis-je. Fais pas gaffe. »

Mais la sonnette continua à retentir avec insistance et je finis par m'extraire de sous elle pour aller enfiler un short.

« Je reviens dans une minute, lui promis-je.

— Je garde ta place au chaud. »

Elle s'étira de tout son long sur le matelas, m'offrant ainsi une vue imprenable sur son corps nu, encore luisant de sueur après l'amour.

« Joe.

— Ouaip.

— Je t'aime.

— Moi aussi. »

Mon sourire s'évanouit lorsque j'ouvris la porte et découvris Sammy, assis sur les marches du perron, en train de tripoter ses clés de voiture.

« Hé, Joe, dit-il en se levant. Je ne m'attendais pas à te trouver chez toi. »

Alors pourquoi es-tu resté ?

« Comment va ? lui demandai-je.

— Ça va.

— Bien. Et quoi de neuf ?

— Quoi de neuf ? » répéta-t-il comme s'il méditait la question.

Il portait un jean et un coupe-vent bleu, ses cheveux graisseux collés contre son crâne, et semblait ne pas être passé par la case douche depuis un moment. À la pointe de son menton et de ses favoris apparaissaient de petites touffes sombres et asymétriques, et je constatai ainsi de visu pour la première fois que le visage de Sammy n'était pas imberbe.

« Je n'en sais rien, dit-il. J'étais dans ma chambre, à écouter *Bobby Jean* pour la millionième fois lorsque tout à coup, j'ai eu l'impression d'étouffer. Je n'arrivais plus à respirer. Il fallait que je sorte prendre l'air.

— Pourquoi *Bobby Jean* ?

— T'as déjà écouté les paroles ?

— Peut-être. Jamais fait attention. »

Sammy me gratifia de la moue dédaigneuse qu'il réservait aux béotiens incapables de comprendre toute la beauté complexe de Springsteen.

« Dans ce morceau, il est question de quelqu'un dont le meilleur ami quitte la ville sans lui dire au revoir, expliqua-t-il. Tu devrais le réécouter, un de ces jours.

— Peut-être, oui. »

Sammy hocha la tête, comme absorbé dans ses pensées.

« Joe, dit-il, avant toute cette histoire... on était amis, pas vrai ?

— Bien sûr.

— Alors pourquoi est-ce qu'on ne l'est plus ? »

La franchise désarmante de cette question me prit par surprise ; je dus détourner le regard pendant une bonne minute avant de répondre.

« Je ne sais pas. J'ai essayé de continuer à être ton ami, formulai-je, mais ces mots sonnaient faux même à mes oreilles.

— Est-ce que tu me détestes ?

— Bien sûr que non.

— Parce que si c'était le cas, je te comprendrais, dit Sammy. Je ne t'approuverais pas, mais je te comprendrais. »

Gros soupir. Je n'avais aucune envie de discuter de ça maintenant.

« Je ne te déteste pas, Sammy. »

Il me regarda droit dans les yeux, sans détour, afin de jauger la sincérité de mes propos. Au bout d'un instant, il hocha la tête.

« Bien, dit-il. Je ne crois pas que je pourrais supporter d'être détesté par toi, en ce moment.

— Fais-moi savoir quand ce sera le moment », rétorquai-je, me fendant d'un rictus exagéré pour lui faire comprendre que c'était de l'humour.

Il se dérida.

« Promis », dit-il.

Il se retourna pour descendre les marches du perron, s'arrêta à mi-course, commença à dire quelque chose, puis se ravisa et leva les yeux vers moi.

« Tu sais, je ne voulais pas être comme ça, lança-t-il d'un ton hésitant.

— Comme quoi ? »

Il eut un petit sourire et se désigna d'un geste.

« Comme ça. Une pédale. Crois-moi, j'ai essayé de toutes mes forces, pendant un moment. Même lorsqu'on a débarqué ici, je pensais que je pourrais changer en vivant dans une nouvelle ville où personne ne me connaissait. (Une lueur à la fois amusée et embarrassée passa dans ses yeux.) De toute évidence, je me trompais, ajouta-t-il. Et Wayne aussi.

— Je ne crois pas que Wayne soit très sûr de ce qu'il est ou de ce qu'il n'est pas, rétorquai-je, un peu plus sur la défensive que je ne l'aurais souhaité. À mon avis, s'il est parti, c'est pour tenter de résoudre cette question. »

Sammy m'observa un long moment sans rien dire, puis il secoua la tête.

« Si Wayne n'était pas sûr de ce qu'il était, Wayne ne serait jamais parti, dit-il.

— Peu importe », répondis-je, avant de m'empresser de changer de sujet.

Je n'avais nul besoin d'entendre Sammy théoriser sur mon meilleur ami.

« Où est-ce que tu vas ?

— Aucune idée, fit-il en haussant les épaules. Je vais juste faire un tour. (Il leva les yeux vers moi.) Ça te dirait de m'accompagner ? »

Je faillis répondre oui. Depuis le départ de Wayne et la dépression consécutive de Sammy, je n'avais plus vraiment de potes avec qui sortir pour faire les quatre cents coups, et je réalisai soudain que ça me manquait. Mais Carly m'attendait là-haut sur mon lit, nue, offerte, et il n'y avait pas photo.

« Demain, peut-être, suggérai-je. Je suis un peu occupé, là. »

Sammy jeta un coup d'œil derrière moi, à l'intérieur de la maison, et eut un sourire malicieux.

« J'aurais dû m'en douter. »

Il pivota sur ses talons et regagna la rue, contournant la Chevy de sa mère par l'avant.

« Sammy ? l'appelai-je.

— Ouais ?

— On se voit bientôt. »

Il ouvrit la portière et me jeta un dernier coup d'œil par-dessus le toit de la voiture.

« Prends soin de toi, Joe. »

L'étrange irrévocabilité de cette phrase résonnait encore à mes oreilles comme je grimpais l'escalier ; mais je ne me pris pas la tête bien longtemps car, en entrant dans ma chambre, je découvris Carly en train de sauter à pieds joints au beau milieu de mon lit, toujours aussi délicieusement nue, et la pensée de Sammy fit exactement comme le sang qui irriguait mon cerveau : elle quitta aussitôt les sphères de mon bulbe crânien.

« Je m'ennuyais, fit-elle d'un air penaud.

— C'est ce que je vois.
— Es-tu particulièrement attaché à ce short ?
— Pas vraiment. Pourquoi ?
— Parce que si je le vois encore sur toi dans cinq secondes, je rentre chez moi. »

J'éclatai de rire et me précipitai sur le lit. Pendant les deux heures qui suivirent, le monde extérieur se fondit au noir, et il n'exista plus rien au-delà de l'univers contenu entre les quatre murs de ma chambre.

Plus tard, une fois Carly repartie chez elle, je ressortis ma cassette de *Born in the U.S.A.* et écoutai *Bobby Jean* sur ma chaîne. Sammy avait raison. Je n'avais jamais vraiment prêté attention au texte, et je fus stupéfait de constater à quel point il exprimait exactement ce que j'avais ressenti depuis le départ de Wayne. Springsteen se gardait bien de préciser le sexe de Bobby Jean, laissant l'auditeur libre de se faire sa propre idée. Arrivé au dernier couplet – lorsqu'il imagine Bobby Jean sur une route quelque part, dans un bus ou un train, et chante à quel point il aurait aimé le ou la voir une dernière fois –, je fus parcouru d'un frisson. « *I miss you* », résonna la voix du Boss à travers mes haut-parleurs. « *Good luck, good bye, Bobby Jean.* » Il s'attardait sur le prénom pendant un temps supplémentaire, puis arrivait le saxo rauque et puissant de Clarence, gémissement de désespoir à vous donner la chair de poule ; je m'assis par terre et me balançai d'avant en arrière au rythme de la musique, sans tout de suite réaliser que j'étais en train de pleurer.

J'ignorais encore que Sammy était mort lorsque j'arrivai au lycée, le lendemain matin, et trouvai Carly à côté de son casier en train de s'esclaffer avec un groupe de filles. À ma vue, elle s'excusa auprès de sa bande et se précipita pour m'embrasser.

« Hé, beau brun, dit-elle, s'alignant automatiquement sur mon pas. J'ai passé un super-moment hier soir.

— Pourquoi tant de gloussements ? dis-je en désignant ses copines, toujours plongées dans leur grande discussion animée.

— Cheryl a perdu sa virginité hier soir, m'expliqua Carly. Elle était à la cascade avec Mike et quelqu'un a fait le grand plongeon.

— Cheryl Sands était vierge ? m'exclamai-je, dubitatif.

— Sur un plan strictement technique, oui.

— Je vois. Alors comme ça, quelqu'un a vraiment sauté dans les chutes hier soir ?

— C'est ce qu'on dit.

— Je rate toujours les bons trucs.

— Pardon, jeune homme, objecta Carly avec sévérité. Si je ne m'abuse, vous en avez largement profité pendant cinq heures hier soir, et sans avoir besoin d'attendre qu'un abruti risque sa vie.

— Ce qui soulève une excellente question. Qui a sauté ? »

Carly eut un haussement d'épaules indifférent.

« Aucune idée. »

Personne n'en savait rien, d'ailleurs. La rumeur fit le tour du lycée, et tous les mecs ayant eu des rencards à la cascade la veille au soir se vantèrent, détails grandiloquents à l'appui, des nouvelles prouesses sexuelles engendrées par cet événement historique. Mais rien de plus concernant l'identité du casse-cou, ou l'issue de son plongeon présumé dans les eaux de la Bush River.

Si les nouvelles vont vite dans une petite ville de province, elles se propagent carrément à la vitesse de la lumière dans les couloirs du lycée. Nous étions installés en classe pour l'appel quotidien lorsque Mouse arriva en retard, bouillant d'excitation, avec la nouvelle du suicide de Sammy ; mais l'information parvint néanmoins à traverser les murs de notre salle, colportée comme par une armée de tiques grâce au réseau de surveillants de couloirs, de retardataires et de pisseurs revenant des toilettes.

« Ce n'est qu'une rumeur », me chuchota Carly, posant sa main sur mon bras tandis que je me mettais à trembler comme une feuille.

Mais je repensai à la visite-surprise de Sammy chez moi la veille au soir, à son étrange solennité au moment de me dire au revoir, et alors je compris.

La voix de Lyncroft, trop forte et chargée de salive, comme d'habitude, résonna dans le haut-parleur au mur de la classe pour annoncer la tenue d'une assemblée exceptionnelle dans l'auditorium. Tout le monde attrapa son sac, ses bouquins, et sortit en chuchotant d'un air intrigué dans le couloir, bientôt grouillant d'élèves. Je sentis des gouttes de sueur froide perler à mon front et sus que Sammy était mort. Je sus aussi qu'il était hors de question pour moi de me rendre dans un auditorium surpeuplé pour entendre notre alcoolo de principal me confirmer la nouvelle. Carly m'avait devancé de quelques mètres dans le couloir, et le simple fait de lui annoncer ma décision de sécher l'assemblée me parut soudain au-dessus de mes forces ; je fis donc un rapide demi-tour et me dirigeai d'un pas assuré vers la sortie. J'avais appris très tôt que les profs étaient moins enclins à vous bombarder de questions quand vous aviez l'air décidé.

Je m'assis dans la voiture de mon père sur le parking et me balançai d'avant en arrière sur le siège, frappant le volant de toutes mes forces et hurlant des jurons jusqu'à m'en écorcher la voix. Au bout d'un moment, je mis le contact et pris le chemin de chez Sammy. C'était une chaude et belle journée, pas un nuage dans le ciel, et tandis que je traversais le centre-ville de Bush Falls, l'absolue normalité du décor commença à avoir raison de la folie qui m'habitait ; je me laissai convaincre que je m'étais trompé, que cette assemblée exceptionnelle avait été convoquée pour un tout autre motif. Au fil des rues, ma conviction ne fit que se renforcer : Sammy séchait les cours, voilà tout. Je le trouverais vautré dans sa chambre, broyant du noir, sans doute, mais tout ce qu'il y a de vivant. Je lui raconterais la rumeur incroyable qui ébranlait le lycée ; il s'exclamerait : « Ils peuvent toujours courir ! » avec un grand sourire, puis je lui annoncerais que je séchais les cours, moi aussi, et je lui proposerais qu'on passe la journée ensemble.

Je parvins ainsi à maintenir la réalité à distance pendant le reste du trajet. Puis j'arrivai à hauteur de la maison de Sammy, vis les voitures de flics garées devant chez lui, et la vérité reprit ses droits avec autant de brutalité qu'un coup de pied dans les couilles. Je m'arrêtai le long du trottoir et attendis un bon quart d'heure, jusqu'à ce que le shérif Muser et son adjoint émergent de la maison et s'engouffrent dans leur véhicule, l'air grave. J'attendis qu'ils s'éloignent pour sortir de ma voiture et je grimpai sans un bruit les marches du perron des Haber. La porte d'entrée était incidemment restée ouverte derrière la contre-porte vitrée, si bien que j'avais une vue plongeante sur la cuisine au bout du couloir où Lucy, assise devant la table, sa tête entre les mains, pleurait à chaudes larmes.

J'ignore combien de temps je restai planté à la regarder, bouleversé par le déchirant désespoir de ses sanglots, paralysé par le poids de mon propre chagrin et de ma culpabilité. Je m'apprêtais tout juste à m'éclipser lorsqu'elle leva les yeux et m'aperçut à travers la contre-porte. Je songeai à m'enfuir, sentais déjà mes pieds se retourner à l'intérieur de mes baskets ; mais son regard me figea droit sur place.

« Joe », dit-elle sans élever la voix, pas le moins du monde étonnée de me surprendre en train de l'espionner devant sa porte.

J'allai jusqu'à la cuisine et m'appuyai contre le mur, sans trop savoir quelle contenance adopter ; elle m'observait, les yeux rouges et gonflés d'avoir tant pleuré.

« Mon Sammy est parti. »

Elle prononça ces mots d'une voix aiguë, mal assurée, telle une enfant implorant d'un ton indigné entre deux sanglots.

« Je sais, répondis-je.

— Je n'avais que lui, dit-elle, s'essuyant le nez d'un geste trivial avec le revers du poignet. Et maintenant, je ne sais pas ce que je vais devenir. »

Elle acheva cette dernière phrase dans un long gémissement abattu et replongea son visage entre ses mains. Je m'assis à ses côtés, l'entourai de mon bras, et elle s'écroula sur moi comme si ses os ne la soutenaient plus, son corps tout entier agité de soubresauts à chaque nouvel accès de larmes.

« Maintenant, je n'ai plus personne. »

Je voulus lui dire qu'elle m'avait moi, mais je savais que cela n'était plus vrai, désormais. Je me contentai donc de la serrer dans mes bras, sans un mot. Nous restâmes un long moment enlacés, figés dans notre symétrie futile et pathétique, un garçon privé de sa mère et une mère privée de son fils, sans nulle part où nous retrouver à mi-chemin, et sans rien à nous apporter l'un l'autre. Je repartis sans éprouver ni chagrin ni compassion, simplement une rage effervescente contre moi-même, dégoûté par ma propre nullité méprisable, et de plus en plus convaincu qu'il était temps pour moi de foutre le camp loin de Bush Falls.

On repêcha le corps de Sammy des eaux de la Bush River tôt dans la matinée. Sa voiture fut retrouvée dans les bois, non loin de la cascade, et bien qu'aucun compte rendu des circonstances de sa mort n'ait été publié dans la presse, je m'imaginais sans peine, jusque dans le détail, comment les choses s'étaient déroulées. Tandis que, dans ma chambre, Carly et moi achevions notre marathon du sexe, Sammy était arrivé au pied des chutes et avait garé sa voiture. Là, au milieu d'autres bagnoles abritant des couples en train de se peloter maladroitement, il avait enfourné une cassette de Springsteen dans son autoradio – peut-être même avait-il écouté *Bobby Jean* au moment où je me passais la chanson dans ma piaule – et bu ce qu'il fallait de bière pour ne pas penser aux conséquences de ce qu'il s'apprêtait à faire. Enfin, il était sorti de sa voiture et avait plongé son regard en contrebas, l'obscurité combinée à l'alcool suffisant à masquer le bouillonnement des flots, si bien que la chose ne lui avait guère semblé particulièrement effrayante. Puis il avait inspiré à pleins poumons une dernière fois et s'était jeté avec détermination du haut des rochers.

Peut-être éprouva-t-il un sentiment de plénitude en cet ultime instant, heureux d'avoir osé franchir le pas. Pendant ces quelques secondes d'envol, avant que le sombre tumulte ne l'engloutisse pour de bon, peut-être se sentit-il enfin libre. Et peut-être tentai-je tout bonnement de m'en convaincre parce que je savais que si j'avais choisi de faire ce tour en bagnole avec lui au lieu de retourner au pieu avec ma petite amie, Sammy n'aurait jamais sauté.

Le reste du semestre se perdit dans un trou nébuleux. J'allais en cours, continuais à voir Carly et finis par décrocher mon diplôme de fin d'année, mais c'était comme si je me tenais derrière un voile de détachement vaporeux ; les événements se succédaient mais je ne ressentais rien. À croire que quelque chose s'était éteint en moi dans la cuisine de Lucy, ce jour-là, et que je m'étais aliéné de ma propre vie.

Un jour, Sean Tallon lâcha une vanne à propos de Sammy en passant à côté de moi dans le couloir et je lui balançai sans hésiter un coup de poing en plein nez, si bien qu'il se mit à pisser le sang. Il eut plus de surprise que de mal, mais il reprit vite ses esprits et me tabassa dans les grandes largeurs, me défonçant le crâne avec son bras dans le plâtre, le tout sous l'œil de Mouse qui gloussait à n'en plus pouvoir. J'observai mes hématomes dans la glace avec un intérêt quasi clinique, mais sans me rappeler avoir ressenti la moindre douleur.

Le bras cassé de Sean, allié à la disparition de Wayne, porta un rude coup à l'équipe de basket. Les Couguars se firent éliminer du championnat en moins de temps qu'il n'en faut pour le dire, et pour la première fois en vingt ans, Bush Falls ne fut pas présent en finale.

Une semaine environ après la mort de Sammy, quelqu'un balança une grosse brique à travers la fenêtre du bureau de Dugan et saccagea son étagère à trophées. Il y eut une enquête, mais on ne retrouva jamais l'identité du coupable. En y repensant des années après, je me suis dit que c'était moi, et il m'arrivait parfois de me remémorer le poids de la brique dans la paume de ma main droite. Mais ce souvenir semblait si vague et artificiel que je n'étais pas vraiment sûr. Je l'avais peut-être juste entendu raconter et eusse voulu que ce fût moi.

VINGT-CINQ

L'erreur, comme on dit, est humaine. Le pardon, lui, est divin. S'abstenir de pardonner jusqu'à ce qu'il soit trop tard est donc une erreur divinement conne. Maintenant que j'ai enterré mon père, je réalise que j'ai toujours eu l'intention de lui pardonner. Mais j'ai dû fermer les yeux à un moment, et dix-sept années se sont écoulées ; aujourd'hui, ce pardon jamais accordé me ronge de l'intérieur telle une septicémie.

Je reste au lit pendant deux jours, fiévreux sous mes draps trempés de sueur, l'estomac vrillé, les cuisses flageolantes. J'ignore si ce que je ressens est un symptôme de mon affliction ou du profond regret qui m'accable de ne pas pouvoir éprouver de chagrin, mais quelle que soit la nature du mal, on peut dire qu'il ne m'a pas loupé. Allongé immobile, je passe confusément du sommeil à l'éveil, et inversement, jusqu'à ce que les deux états se fondent l'un dans l'autre et deviennent impossibles à distinguer. À plusieurs reprises, je rêve que je suis en train de pleurer et me réveille les yeux gonflés, l'oreiller humide.

Mes pensées s'enchaînent en un monologue intérieur incohérent. Je hais ma vie. Je l'ignorais encore il y a quelques jours à peine. Comment un détail en apparence si crucial a-t-il pu échapper à mon attention ? Pourquoi le décès de mon père déclenche-t-il en moi un tel sentiment de solitude, alors qu'il ne faisait même pas partie de ma vie ? Je suis orphelin. Je répète le mot plusieurs fois de suite à voix haute, l'écoute se répercuter sur les murs de la chambre de mon enfance jusqu'à ce qu'il perde tout son sens.

La solitude – c'est le grand thème que je décline en d'infinies variations, comme une symphonie. J'ai déjà vécu plus d'un tiers de mon existence et je ne me suis jamais senti aussi seul. Plus on avance dans la vie, plus on est censé gagner en substance, nucléon de son propre petit univers, orbite croisant d'autres orbites. Au lieu de quoi je me suis délesté de tous les êtres qui m'aimaient comme un serpent se dépouille de sa peau et part ramper, hargneux, jusqu'à son trou solitaire et misérable.

Le deuxième jour de mon festival d'autoapitoiement, en plein après-midi, Jared débarque dans ma chambre.

« Qu'est-ce que tu fais ? » demande-t-il.

Je broie du noir. Je boude. Je me lamente et je pleurniche sur mon sort.

« Rien, dis-je.

— Tu as une mine épouvantable.

— Mauvaise hygiène de vie. »

Il hoche la tête, insensible à mon sarcasme, et vire les vêtements posés sur mon fauteuil de bureau pour s'asseoir.

« Ouais. Bref. Mon père m'a chargé de t'inviter à dîner chez nous demain soir, si tu es encore dans les parages.

— Il aurait pu m'appeler, non ?

— Il t'a appelé. Je crois que l'autre bouffon en bas ne t'a jamais refilé le message.

— Quel bouffon ?

— Ton agent, je crois. Il se conduit comme en territoire conquis.

— Owen est en bas ?

— Je croyais que tu étais au courant.
— Non.
— Il fait comme si, en tout cas, dit Jared en haussant les épaules. Au fait, impressionnant, ton sketch au cimetière.
— J'ai glissé », protesté-je.
Il m'observe longuement avant de plisser le front d'un air perplexe.
« Dis-moi juste un truc : tu l'aimais, oui ou non ? »
Je l'observe à mon tour.
« C'était mon père.
— Je ne parle pas de ton arbre généalogique, là.
— Écoute… » commencé-je.
Il m'interrompt d'un geste de la main.
« Contente-toi de répondre par oui ou par non.
— Ce n'est pas si simple. »
Il se renfrogne à mes tergiversations – la moue intransigeante de la jeunesse pleine de convictions.
« Alors fais simple. »
Je reste silencieux un long moment, mais Jared paraît armé d'une patience à toute épreuve.
« Impossible, lâché-je enfin.
— Pourquoi ?
— C'est… Je ne sais pas. »
Il se lève et soupire.
« Comment peut-on atteindre un tel degré de névrose ? énonce-t-il, sans réelle méchanceté toutefois.
— Ça demande une discipline de fer, lui lancé-je tandis qu'il se dirige vers la porte. Et un investissement absolu. Disons que c'est un peu mon super-pouvoir. »
Il s'arrête devant la porte.
« On se voit demain soir ?
— Demain soir ?
— Hmm, dîner, tu te souviens ?
— Ah oui. Bien sûr. »
Il secoue la tête avec un petit sourire désabusé.

« Enfin, si tu arrives à nous caser dans ton emploi du temps de ministre. »

Un peu plus tard, je m'extirpe hors de mon lit et me traîne au rez-de-chaussée où je découvre Owen, affalé sur le canapé, vêtu de l'un des joggings de mon père et d'un tricot de peau, occupé à surfer sur des sites pornos asiatiques depuis son ordinateur portable. « Hé », lance-t-il en guise de salutation. Il se redresse un peu, et le gros bourrelet de son ventre blanc et imberbe déborde entre l'ourlet du tricot et l'élastique du jogging, telle une boule de pâte à pain gonflant dans un moule à gâteau. Des cercles concentriques d'assiettes sales en carton, de cannettes de soda, d'emballages de barres chocolatées et de boîtes en carton provenant du traiteur chinois recréent autour de lui une sorte de Stonehenge. Assis là au milieu de ses propres détritus, il offre une vision quelque peu pathétique et j'ai soudain une révélation – le véritable Owen, l'être humble et doux qui se cache derrière le cynisme et les costumes ridicules, n'est au fond qu'un petit bonhomme triste et solitaire. Sa verve mordante et son excentricité ne sont que les fils avec lesquels, inlassablement, désespérément, il tisse son cocon protecteur, seule barrière entre lui et l'abîme. À moins que ce ne soit moi qui projette.

« Qu'est-ce que tu fais là ?

— Je garde la forteresse, me répond Owen.

— C'est réussi. »

Je jette un coup d'œil éloquent à la montagne de déchets.

« Il faut bien se nourrir. »

Je m'assois au pied de l'escalier et me frotte le visage, découragé.

« Owen. Pourquoi es-tu encore là ? »

Il sourit et referme son ordinateur portable.

« J'ai une meilleure question, dit-il avant de me dévisager avec intensité. Pourquoi es-tu encore là, toi ?

— J'ai des trucs à régler.

— Lesquels ?

— Je n'en sais trop rien. Je devrais peut-être commencer par là, d'ailleurs. »

Owen se lève en époussetant les miettes éparpillées sur son tricot de peau.

« Eh bien, pour répondre à ta question… je suis resté parce que j'ai quelque chose à te dire.

— Quoi donc ?

— J'aimerais t'expliquer pourquoi ton manuscrit n'est pas bon.

— Alors maintenant mon manuscrit n'est pas bon ?

— Non. Il n'a jamais été bon.

— Les mots me manquent pour te dire à quel point je n'ai pas, mais alors pas du tout la tête à ça.

— Au contraire, rétorque Owen. Tu es à point. Ton boulot, c'est l'écriture. Mais le mien, c'est les écrivains, et s'il y en a un de nous deux qui est au sommet de son art en ce moment, c'est bien moi. Alors tu ferais mieux d'ouvrir grandes tes oreilles. (Il me fixe du regard, comme s'il me mettait au défi de le contredire.) *Bush Falls* sortait droit de tes tripes, de cet endroit où les bons auteurs stockent les grands événements de leur existence. Ton problème, c'est que depuis que tu as quitté les Falls, il ne t'est rien arrivé de bien transcendant. Si je devais faire un résumé pour la quatrième de couv' du livre de ta vie, je serais bien en peine de trouver quoi que ce soit à raconter. Joe vit à Manhattan. Joe a beau baiser un peu plus que la moyenne, sa vie sexuelle manque sans aucun doute de piquant. Joe vieillit. Joe déprime. Et voilà. Tu n'as vécu ni grand amour ni événement majeur quelconque. C'est comme si tu étais somnambule depuis dix-sept ans.

— J'ai quand même écrit un best-seller salué par la critique, je te signale.

— Certes, concède Owen. Le seul événement remarquable dans ta vie depuis Bush Falls est d'avoir écrit un roman sur Bush Falls. Tu vois où je veux en venir ?

— Je ne suis qu'un gros loser ?

— En dehors de cela, écoute. Tu es parti de cette ville il y a dix-sept ans, mais en réalité, tu ne l'as jamais quittée. Tu es resté profondément marqué par tout ce qui s'est passé ici – tes potes, ton père, Carly –, et cette meurtrissure a accouché de ton livre. Mais tu n'en tireras pas un second sur le même modèle.

— Alors qu'est-ce qui me reste à faire ?

— Tu es déjà en train de le faire. Depuis que tu as remis les pieds ici.

— Et qu'est-ce que je suis en train de faire ? »

Owen a un petit sourire.

« Tu recharges ton inspiration.

— T'es malade, rétorqué-je. Je vis un putain de cauchemar, ici.

— Je sais. (Il s'assoit à côté de moi sur les marches.) Tu souffres. Et crois-moi, cela me réjouit.

— Pourquoi ?

— Parce que, pour paraphraser le grand Bruce Lee, la douleur est positive. C'est la preuve que tu es en vie. Et les morts, pour autant que je sache, ne produisent pas de littérature.

— J'emmerde la littérature, m'enflammé-je. Je n'ai rien. Personne dans la vie. (Ma voix tremble, trahissant mon émotion, et je redescends d'un cran pour mieux me maîtriser.) Je ne compte pour personne.

— C'est faux.

— Non, c'est un fait, répliqué-je tristement. Et je ne m'en étais jamais rendu compte jusqu'à présent. Quel splendide enfoiré je dois être pour en être arrivé à ce stade de mon existence sans avoir laissé la moindre trace dans la vie de quelqu'un ?

— Tu comptes pour moi.

— Je te paie.

— Raison de plus. »

Je soupire.

« Qu'importe.

— Tu comptes pour Wayne.

— Wayne est mourant », répliqué-je, et je me méprise aussitôt d'avoir dit une chose pareille.

Owen me couve d'un œil sévère.

« Nous sommes tous mourants. Chacun à notre rythme, c'est tout.

— C'est la première fois que tu essaies de remonter le moral de quelqu'un ? Parce que permets-moi de te dire, tu t'y prends comme un manche.

— Cela ne figure pas parmi les attributions de mon poste. (Owen me donne une tape sur les genoux et se lève.) Remonte-toi tout seul. Moi, je mets les voiles. »

Je le regarde rassembler ses affaires – son ordinateur et un petit sac de voyage en cuir –, puis je le suis jusqu'à la porte d'entrée. J'ai du mal à en croire mes yeux, mais la limousine blanche est encore garée devant la maison.

« Tu as gardé la limousine pendant tout ce temps ? Ça va te coûter une fortune.

— En fait, c'est à toi que ça va coûter une fortune », dit-il avec un sourire malin en dévalant les marches du perron avant que j'aie eu le temps de le remercier d'être venu.

À travers le vasistas de la porte, je regarde l'absurde limousine s'éloigner. Le toit ouvrant se découvre et la main d'Owen surgit dans les airs, brandissant joyeusement un verre de vin à demi rempli. Il sera bourré dans les règles, le temps d'arriver chez lui. J'esquisse un sourire, pour la première fois depuis longtemps ; je me sens hyper-cinématographique, là, à suivre du regard la limousine blanche qui repart dans le crépuscule du Connecticut. Dans la cuisine, mon portable se met à sonner. Je décide d'abord de l'ignorer, puis je me ravise. Comme l'a dit Owen, il est temps de me reprendre en main, de me jeter à l'eau et de commencer à faire le tri. Soudain gonflé à bloc, comme régénéré, j'attrape le téléphone, en chargement sur son socle, et décroche.

« Sale connard », fait Nat.

Owen a laissé un énorme carton dans la cuisine. Je l'ouvre et y découvre un ordinateur portable Dell Inspiron flambant neuf, une poignée de cédéroms et une note griffonnée par Owen à la hâte. *N'y pense même pas. Contente-toi de l'allumer et de te mettre au boulot.* Un quart d'heure plus tard, l'appareil est en place, opérationnel, sur le bureau de ma chambre, et je suis assis d'un air pensif face à l'écran vide qui m'accable de sarcasmes, me défiant de le remplir de quoi que ce soit digne d'intérêt. L'idée de tout reprendre de zéro est effrayante, mais elle n'en dégage pas moins un certain attrait. Je me rappelle à moi-même que j'y suis déjà parvenu une fois – sous les louanges de la critique, qui plus est – et laisse courir mes doigts sur le doux plastique satiné du clavier.

Depuis quelques jours une idée m'est apparue, le squelette d'une histoire que je retourne à présent dans ma tête en quête de la porte d'accès qui me permettra de me lancer. *Lorsque Matt Burns retourna dans sa ville natale pour assister à l'enterrement de son père, personne n'en fut plus surpris que Matt lui-même*, commencé-je, avant de marquer une première pause. La phrase s'inscrit, minuscule et insignifiante, au milieu de la blancheur de l'écran vide, improbable tremplin duquel est censé jaillir un roman tout entier; mais je décèle quelque chose de rassurant dans sa simplicité anodine et me remets à pianoter, un peu hésitant au début, puis progressivement gagné par la confiance. En deux heures, je rédige trois chapitres. J'ai dans la tête un genre de roman à énigme lyrique, l'histoire d'un homme qui retourne dans sa ville afin d'enquêter sur les circonstances suspectes de la mort de son père, avec qui il était brouillé depuis des années, exhumant son propre passé tourmenté à mesure qu'il déterre les indices. Voilà l'idée de départ ; et bien que je n'en sois qu'aux premières pages, je sais que je tiens quelque chose de bon, et que je maîtriserai ce livre du début à la fin. Il est vingt et une heures passées lorsque je m'arrête enfin et sauvegarde mon travail, résistant à la tentation de me relire sur-le-champ. Je réalise alors que je ne me suis pas douché depuis deux jours et que je chlingue. J'ôte mon pantalon de jogging et me dirige vers la salle de bains. Pour la première fois depuis mon retour aux Falls, les choses me semblent à nouveau accessibles. Je sais qu'il s'agit d'une simple illusion générée par mes deux heures d'écriture exaltées ; mais pour l'instant, à tout prendre, disons que ça fera l'affaire.

VINGT-SIX

Lorsqu'on est nu et trempé, tout paraît possible. Je me frictionne avec vigueur sous la douche, frottant énergiquement l'équivalent de deux jours de crasse accumulée, et je suis une assemblée nationale à moi tout seul, adoptant de grandes résolutions à la pelle. Je vais écrire mon nouveau roman. Je vais me réconcilier avec ma famille, tâcher de devenir un frère et un oncle. J'ai déjà franchi un pas prometteur dans ce sens avec Jared, même si cela m'a conduit à prendre quelques détours avec la loi. Je vais m'efforcer de surmonter les obstacles qui nous séparent, Carly et moi, et vérifier s'il y a autre chose à sauver au passage. Je vais être un ami pour Wayne, lui offrir tout le réconfort et le soutien dont il a besoin. Me voilà baptisé sous la mousse vert pâle du gel Irish Springs aux herbes essentielles, drapé dans une douce écume de possibles.

Je sors tout juste de la douche lorsqu'on sonne à la porte. J'enroule à la hâte une serviette autour de mes hanches, trempé et revigoré au contact de l'air froid, et me précipite au rez-de-chaussée, encore empli d'une folle exaltation à l'idée des projets qui m'attendent. Puis j'ouvre la porte et me retrouve nez à nez avec Lucy, les joues roses, un peu essoufflée, vêtue d'une jupe courte et d'un sweat moulant au décolleté arrondi, et les choses prennent une tout autre tournure.

« Bonjour, dis-je en me reculant pour la laisser entrer.

— Pardon de débarquer à l'improviste, s'excuse-t-elle. Je pensais que tu serais peut-être déjà reparti. »

Elle ôte une mèche de cheveux rebelle collée sur son brillant à lèvres.

« Eh non, dis-je. Toujours là. »

Elle a un sourire hésitant.

« Je suis désolée de ne pas être venue à l'enterrement. Je ne sors pas trop de chez moi ces jours-ci, et je...

— Ne t'inquiète pas pour ça. »

La scène doit se dérouler au ralenti, parce que j'ai le temps de m'attarder sur le moindre détail : ses traits lisses et délicats, la façon dont ses lèvres rouges et pulpeuses semblent s'écraser l'une contre l'autre, ses seins tendus contre le tissu sombre de son sweat, ses jambes hâlées, et le galbe discret de ses cuisses sous l'ourlet de sa jupe.

Nous échangeons quelques mots, mais le son de notre conversation s'évanouit petit à petit, comme s'il venait de très loin, à mesure que nous nous rapprochons. Je fais un pas en arrière, agrippant ma serviette à deux mains, et explique à Lucy que je dois monter me changer, mais elle se jette sur moi, pose sa main sur mon bras pour me retenir et, d'un mot, m'adjure de rester, sa voix émet un signal radio aussitôt capté par mon anatomie et je me mets à frissonner, insiste que je suis trempé, mais elle se presse contre moi, m'attrape la main et la guide de force sous sa jupe, remontant jusqu'à son entrejambe, approche sa bouche contre mon visage pour me chuchoter : « Moi aussi », et ma serviette glisse à terre un quart de seconde avant que sa jupe ne suive le même chemin.

Nous montons l'escalier en titubant, enchevêtrant nos langues et nos corps avec une intensité animale, mais une fois dans ma chambre, elle me repousse afin que je la regarde se déshabiller. Elle s'y prend avec lenteur, debout dans l'encadrement de la porte, baignée par la lumière satinée émanant du couloir. Et alors c'est incroyable mais elle est là devant moi, somptueusement nue, et mes yeux avides boivent chaque centimètre de sa chair sublime. Lucy doit bien avoir dépassé la cinquantaine mais son corps, lui, refuse obstinément de faire son âge. Sa peau resplendit de vitalité, ses seins sont lourds, remarquablement fermes, et son ventre est toujours aussi plat et lisse. On pourrait penser qu'après des années de fantasme, la réalité ne peut être à la hauteur; et pourtant, si. Les petites imperfections qui apparaissent ici et là, les plis, les rides, et même une tache de naissance en forme de botte italienne nichée juste en dessous de sa hanche gauche, ne sont qu'un écrin supplémentaire à sa perfection, les exceptions qui confirment la règle. Lentement, elle va vers le lit et grimpe sur le matelas, s'étend à quatre pattes, et ses fesses pommelées, insensibles au passage du temps, se tendent imperceptiblement vers moi tandis qu'elle tourne la tête par-dessus son épaule. « Baise-moi, Joe », gémit-elle, et comme elle se soulève en prenant appui sur ses avant-bras, j'aperçois entre ses cuisses écartées la pointe de ses seins frottant contre les draps. « Baise-moi de toutes tes forces. »

C'est ce que je fais. Et elle est douce et chaude, et souple, et moite, et moelleuse, en fait telle que je l'avais toujours imaginée. Les lobes veloutés de ses seins sous mes paumes, ses tétons rouge cerise et durs entre mes dents, la saveur de sa langue qui s'entortille à l'intérieur de ma bouche et la pression de ses lèvres humides contre les miennes. Nous nous embrassons et nous léchons et nous suçons et nous caressons à une cadence de plus en plus fébrile, sans nous accorder de répit ou laisser la moindre place à toute forme de pensée rationnelle, et lorsque je la pénètre, elle jouit presque aussitôt, criant et enfonçant ses ongles dans mes parties charnues pour m'attirer encore plus profondément en elle. Cet épilogue rapide est une aubaine car après six mois de célibat, mon sexe est tel un nerf à vif, et toute velléité d'endurance tantrique est à exclure. Mon tour arrive quelques secondes plus tard, et tandis que je tressaille sous les derniers soubresauts de l'orgasme, je pense à Carly et j'ai honte.

Nous restons parfaitement immobiles pendant un moment, notre sueur et nos fluides corporels mêlés s'asséchant à même notre peau poisseuse sous l'effet de l'air conditionné. Ce n'est que lorsque je me roule sur le côté, que je m'aperçois qu'elle est en train de sangloter, tout doucement. J'ouvre la bouche pour lui parler, mais rien de ce que je pourrais dire n'aurait d'importance, aussi me contenté-je de m'allonger contre elle pour la serrer dans mes bras pendant qu'elle continue de pleurer, jusqu'à ce qu'elle finisse par s'endormir. Lorsque sa respiration devient lente et régulière, je m'extirpe du lit et me dirige vers la salle de bains. Mon visage hagard, couvert de traces de rouge à lèvres, m'observe dans la glace pendant que j'urine et, en me penchant pour voir mes yeux injectés de sang de plus près, je me surprends à répéter les derniers mots que m'a adressés Lucy avant que je me jette au lit avec elle. « Baise-moi », dis-je lentement au miroir. Mon reflet fronce tristement les sourcils, consterné par mon manque d'imagination.

Lucy est réveillée avant l'aube. J'entends ses déplacements furtifs à travers la pièce tandis qu'elle rassemble ses vêtements. Une fois habillée, elle s'approche du lit, s'agenouille à mon chevet et me caresse doucement les cheveux. J'aimerais voir l'expression de son visage mais je garde les yeux fermés, feignant d'être encore endormi. Elle finit par se pencher et me dépose un baiser sur la tempe. Ses lèvres sont sèches, à présent, comme si on leur avait aspiré toute vie et toute chaleur. Sa bouche s'attarde longuement sur mon front, après quoi elle se lève et quitte la chambre sur la pointe des pieds. J'attends que le bruit de moteur de sa voiture s'évanouisse au loin avant d'ouvrir les yeux.

VINGT-SEPT

Petite leçon de justice divine : la première fois que j'ai fait l'amour avec Carly, j'ai pensé à Lucy, et voilà qu'aujourd'hui, dix-sept ans après, je couche enfin avec Lucy mais je ne peux m'empêcher de songer à Carly, malgré le parfum de Lucy qui continue de me titiller les narines, le goût insistant de sa bouche sur mes lèvres gonflées et gercées, et son corps nu, tatoué à l'intérieur de mes paupières, qui s'illumine devant moi chaque fois que je cligne des yeux. Je suis la vedette de ma propre farce shakespearienne, incapable de coucher avec une femme sans désirer l'autre. Les dieux du sexe et de l'ironie ont décidé de se taper un hockey et de se servir de moi comme palet.

Je sors de la maison pour la première fois en trois jours, et la lumière du soleil agresse mes pupilles tandis que je pars vers le centre-ville au volant de ma Mercedes. J'essaie de penser à autre chose, histoire de dissiper le gros nuage d'angoisse qui semble s'être abattu sur moi depuis mon dérapage avec Lucy, mais la magie sordide de cette soirée finit toujours par me rattraper. Je passe chez Wayne, mais sa mère m'informe qu'il est encore en train de dormir. Quelque chose dans son attitude, dans son empressement à me communiquer cette information, me fait penser qu'elle ment, mais elle me paraît encore plus à cran que d'habitude et parée à l'attaque ; plutôt que de déclencher une guerre contre elle, je lui réponds que je repasserai plus tard.

De retour dans ma voiture, je saisis mon portable et appelle Owen.

« Félicitations pour avoir couché avec ta mère, me hurle-t-il quasiment dans l'oreille, me faisant presque regretter de l'avoir appelé chez lui de si bonne heure.

— Quoi ?

— Je t'en prie, Joe. Ton attirance pour Lucy n'est que la manifestation évidente de ton besoin d'amour maternel frustré.

— Et pourquoi pas juste une question de sex-appeal ?

— Ça n'est pas aussi simple. Ton cas est complexe.

— Tu ne dirais pas ça si tu rencontrais Lucy, protesté-je.

— Eh bien, accroche-toi à ta version si ça peut te faire plaisir, assène-t-il d'un ton suffisant.

— Où sont passés tes bons principes sur les diagnostics à l'emporte-pièce ?

— Allons, Joe. Tu me l'as servi sur un plateau. »

Je pousse un soupir.

« Franchement, je commence un peu à regretter cette formule mon-agent-est aussi-mon-psy.

— Le problème n'est pas là, objecte Owen.

— Tu veux dire que baiser sa mère n'est pas un problème ? »

Il éclate de rire.

« As-tu réalisé une seule seconde, conflits œdipiens mis à part, que tu essayais peut-être de baiser ton passé ?

— Redis-moi ça ?

— Inconsciemment, tu sembles obsédé par l'idée de corriger tes erreurs. Cette relation téléphonique grotesque que tu entretiens avec Natalie et ton passage à l'acte avec Lucy sont symptomatiques d'un besoin compulsif de réparer tes torts. Tu te sens responsable de la mort de Sammy, et donc redevable envers Lucy.

— Je me sens peut-être responsable pour Sammy, en effet. Mais en quoi coucher avec sa mère réparerait-il quoi que ce soit ?

— En rien, bien sûr. Mais tu ne serais pas le premier homme dans l'Histoire à penser que la réponse à tous ses maux réside dans sa queue. Ton comportement autodestructeur est le résultat de ce besoin irrésistible de corriger ton passé. Et la seule personne qui, selon moi, pourrait constituer un potentiel réel pour le futur – Carly –, tu la maintiens loin de toi.

— Elle ne m'a pas exactement fait les yeux doux, si tu veux savoir.

— Cela reste à déterminer, commente-t-il, comme s'il disposait d'informations confidentielles. Carly représente bien plus qu'une simple attirance sexuelle pour toi et tu te sens indigne d'elle, de l'avenir qu'elle pourrait t'offrir, tant que tu n'as pas résolu ton passé une bonne fois pour toutes. Or tu auras beau sauter toutes les femmes que tu voudras, tu ne pourras jamais revenir en arrière. Non pas que je veuille mettre un frein à ta libido, loin de là. La baise, c'est la santé. Continue, surtout.

— C'est drôle, dis-je. Tout un tas de merdes vous tombent dessus et vous croyez maîtriser la situation sans problème, mais des années plus tard, vous réalisez que vous ne maîtrisiez rien du tout, vous faites du mal à ceux qui vous entourent et à vous-même, et vous avez tant de choses à vous faire pardonner que vous ne savez même pas par où commencer. »

Owen pousse un grognement, peu sensible à ce nouvel épanchement.

« Vas-y doucement, me conseille-t-il, soudain sérieux. La précipitation ne donne jamais rien de bon, comme le prouve ta décision de coucher avec Lucy. (Comme si j'avais pu prendre une décision quelconque une fois qu'elle avait franchi le seuil de cette maison.) Il te faut prendre davantage de distance.

— J'ai eu dix-sept années de distance », lâché-je avant de refermer impulsivement mon téléphone, soudain écœuré par cette conversation.

Si je suis prêt à faire l'effort de me remonter les manches et à me salir les mains, ce n'est pas pour me laisser démolir par de la pseudo-analyse non-stop. Je mets mon clignotant, attends que la route soit dégagée et fais demi-tour. Direction : les bureaux de la rédaction du *Minuteman.* Il est grand temps que je m'enhardisse un peu. Parfois, on ressent ce que les alcooliques et les drogués appellent un moment de clarté – lorsque tombe le voile opaque du chaos et que se révèle alors le rythme cosmique invisible de l'univers, soudain accessible. Je ne doute pas que cela se terminera par un beau fiasco, comme d'habitude, mais je me sens gonflé par une telle bouffée d'optimisme que ma bonne humeur ne s'évanouit même pas lorsque Mouse me fait arrêter sur le bas-côté, toutes sirènes hurlantes, afin de me signer une contravention pour demi-tour non autorisé et, tenez-vous bien, conduite d'un véhicule avec phare cassé.

VINGT-HUIT

Les bureaux du *Minuteman* se situent dans un ancien *strip mall*[1] désaffecté reconverti en bureaux sur Oxnard Avenue, juste au nord du centre-ville. Je franchis les portes en verre et me retrouve dans une vaste salle *open space* où résonne le vacarme aseptisé du monde de l'entreprise – crépitement plastifié des claviers d'ordinateurs, sonneries de téléphone atones, et, à l'arrière-plan, radio FM fadasse servant de refuge à des artistes proscrits comme Phil Collins, Billy Joel et Hall and Oates. Au centre de la pièce, baignant dans la lueur phosphorescente des néons du faux plafond, quatre reporters installés dans des box à la configuration saugrenue tapotent à toute allure sur de vieux ordinateurs grisâtres, comme si leur vie en dépendait. À côté, deux lycéens assis derrière des bureaux en aluminium, l'air cool et blasé, répondent au téléphone et trient des montagnes de documents et de photos. Dans un coin, à l'autre bout de la pièce, deux types avec des têtes de premiers de la classe sont en train de bidouiller des maquettes par P.A.O. sur de gigantesques Mac. Il y a trois portes au fond de la pièce,

1. Zone commerciale constituée d'une série de magasins-entrepôts alignés côte à côte, face à un vaste parking.

toutes ouvertes, et à travers celle de gauche j'aperçois Carly. Comme je traverse la salle en contournant les box, un murmure parcourt les membres de l'équipe à mesure qu'ils réalisent ma présence, scrutant mon arrivée à la porte du bureau de Carly avec un vif intérêt.

« C'est hors de question », annonce Carly lorsque je pénètre dans son bureau.

Elle est assise en tailleur au milieu d'un immense secrétaire en chêne usé, plongée dans l'étude d'un projet de maquette et le visage masqué derrière un rideau de cheveux.

« Tu n'as même pas entendu ma proposition, dis-je, et elle relève la tête en sursautant, les yeux écarquillés derrière ses lunettes à monture dorée que je lui vois porter pour la première fois.

— Joe, dit-elle en posant la page sur son bureau. Qu'est-ce que tu fais ici ?

— Qu'est-ce qui est hors de question ? interroge une voix désincarnée derrière Carly.

— La maquette de la page six. (Carly s'adresse au haut-parleur de son téléphone sans me quitter des yeux.) Je refuse de couper cet article à cause de deux phrases à la noix.

— Alors demande à l'éditorial de virer une quinzaine de mots, répond la voix.

— Tu leur en as parlé ?

— Ils m'ont dit d'aller me faire foutre. »

Carly me sourit d'un air désolé.

« Je te rappelle dans une minute, dit-elle.

— Qui est Joe ? veut savoir la voix.

— Au revoir, Calvin, dit Carly, et elle presse un bouton sur le cadran du téléphone. Excuse-moi, reprend-elle à mon intention en ôtant machinalement ses lunettes. Qu'est-ce que tu viens faire ici ? »

Avec son corsage stretch couleur rouille enfoncé dans son pantalon noir à pinces, elle paraît toute mignonne et recroquevillée au milieu de ce grand bureau. Son visage, dépourvu de toute trace de maquillage, est encore plus ciselé que dans mon souvenir, presque émacié, et je ne me suis pas encore fait à la vision de ses longs cheveux châtains : épais, raides et volontairement dénués de style.

« J'avais envie de t'inviter à déjeuner, dis-je, affectant un ton désinvolte.

— Il est dix heures du matin.

— On évitera le rush de midi. »

Elle m'observe d'un air perplexe.

« De quoi est-ce qu'on va parler ? »

Sa franchise désarmante, nourrie par un esprit incisif, a toujours été l'une des qualités que je préfère chez Carly, surtout quand nous étions ados. Mais aujourd'hui, entrer en mode conversation avec elle est comme de jouer dans un orchestre de jazz, et je n'ai pas répété depuis un bail. Sans compter que je suis totalement à contretemps.

« Je ne sais pas, dis-je. Nous n'avons pas vraiment eu l'occasion de passer du temps ensemble.

— C'est un peu vain, tu ne crois pas ? » dit-elle en se glissant avec grâce de l'autre côté de son secrétaire pour atterrir directement sur son fauteuil en cuir patiné.

La lumière de sa lampe de bureau capte le léger duvet blond à la base de son cou, juste derrière ses oreilles.

« Pourquoi dis-tu une chose pareille ? »

Carly lève les yeux au ciel.

« Enfin quoi, qu'est-ce qu'on va bien pouvoir se raconter ? Tu vas me décrire ta vie d'écrivain riche et célèbre, et je vais te décrire ma petite vie de rédactrice en chef de province, et puis il y aura quelques silences gênés qui nous insupporteront à tous les deux si bien que nous dirons n'importe quoi pour combler le vide, jusqu'à ce que l'un de nous fasse inévitablement allusion au passé, toi, sans doute, et tu t'excuseras d'avoir été un tel enfoiré avec moi à New York et je te dirai ne t'inquiète pas, c'est de l'histoire ancienne, mais en fait je serai furieuse contre moi de ne pas t'avoir dit tout le fond de ma pensée, alors je te le dirai quand même, et je me mettrai à pleurer, et tu te diras que nous avons renoué le contact comme au bon vieux temps alors que tu m'auras juste fait chialer. Encore. Et puis tu retourneras chez toi, dans ta grande ville, retrouver ton fabuleux train de vie et tes fascinants amis, pendant que je serai toujours là et que tout sera exactement comme avant, sauf que nous aurons ajouté cet irritant petit épilogue. Voilà pourquoi je te répète que tout cela est vain. (Elle lève les sourcils.) Tu ne crois pas ?

— C'est une vision des choses, dis-je lentement. Névrotique et déprimante, certes, mais une vision comme une autre. Puis-je émettre une objection ?

— Mais je t'en prie. Liberté d'expression. »

Je prends une grande respiration.

« D'abord, je suis sûr que c'est très intéressant de diriger le journal, et tout, mais très franchement c'est le cadet de mes soucis, et je n'ai aucune envie de parler de ma vie d'écrivain. Je n'ai ni train de vie fabuleux ni amis fascinants qui m'attendent à New York. D'ailleurs, c'est tout juste si j'ai une vie. Tu as sans doute raison au sujet du passé – bien sûr, nous l'évoquerons, c'est inévitable, mais je ne m'y intéresse que dans la mesure où il a un rapport avec ce qui se passe aujourd'hui et maintenant. J'ai cru pouvoir éviter le passé, ces dernières années, mais il s'avère que j'ai surtout évité le présent. Et j'ai décidé de ne plus jamais reproduire cette erreur. Il existe d'excellentes raisons pour que nous nous parlions, toi et moi, pour apprendre à nous connaître tels que nous sommes aujourd'hui, mais je ne cherche même pas à les analyser. Je marche à l'instinct, ce qui est tout à fait nouveau pour moi. Et je te promets que, s'il y a bien une chose au monde dont je n'ai pas envie, c'est de te faire pleurer. (Je marque une pause grandiloquente, le temps de reprendre mon souffle.) Ce n'est qu'un déjeuner, nom de Dieu. Ça ne veut pas dire qu'on se fiance ou je ne sais quoi. »

Un léger rictus se forme au coin de ses lèvres, mais elle reste impassible.

« Je ne sais pas si j'ai envie de ça tout de suite.

— J'ai prononcé ces mots une fois, quand j'avais dix-neuf ans. Aujourd'hui, j'en ai trente-quatre.

— Bon sang, ce qu'on est vieux, dit Carly d'un ton plein de regret, et je la sens déjà à moitié revenue sur sa position, vacillante face à ma détermination.

— Je vois bien que tu hésites. Alors laisse-moi te faciliter les choses, déclaré-je en m'installant sur l'une des chaises face à son bureau. Je ne ressors pas d'ici sans toi. »

Elle m'observe fixement, je soutiens son regard, et il se passe quelque chose à l'endroit précis où nos yeux se croisent.

« Allez, insisté-je. Quels méfaits pourrais-je bien commettre pendant un déjeuner ? »

Au bout d'un moment, Carly ferme les yeux.

« Oh, après tout », lâche-t-elle à voix basse, davantage comme si elle se parlait à elle-même.

Puis elle se lève et attrape sa veste en cuir accrochée au portemanteau, et je lui emboîte le pas à travers la porte, me retrouvant ainsi de nouveau dans la salle de rédaction. Si l'équipe du *Minuteman* avait noté mon arrivée avec intérêt, on peut dire que tous les regards sont à présent ostensiblement braqués sur nous comme nous traversons la pièce pour rejoindre la sortie.

« Il en faut peu pour exciter les foules, pas vrai ? chuchoté-je à Carly.

— On récolte ce qu'on sème, dit-elle en franchissant la première la porte donnant sur le parking. Grâce à toi, mes employés ont pu lire par le menu le récit de ma défloration sur la banquette arrière de ta bagnole. Chacun son tour d'essuyer les regards indiscrets, non ? »

Je souris bêtement et m'efforce d'ignorer le filet de colère qui perce dans sa voix, tels de minuscules bris de verre après un accident de voiture.

Le ciel est couvert ; de gros nuages sales sont suspendus au-dessus de nos têtes telle une épaisse couche de pollution, et l'air est lourd, annonçant la pluie.

« Ta voiture a l'air de s'être battue dans un bar, dit Carly en découvrant la Mercedes couverte d'égratignures avec son phare cassé.

— Nous avons connu des jours meilleurs, tous les deux. »

Elle me jette un coup d'œil par-dessus le toit ouvrant, hésitant à comprendre si je parlais d'elle ou de mon véhicule.

« Joe, dit-elle doucement, je ne sais pas si c'est une bonne idée.

— Allons, fis-je, m'efforçant de préserver une bonne ambiance. J'ai l'intention de me montrer particulièrement spirituel, aujourd'hui.

— Arrête ça.

— Arrêter quoi ?

— Arrête de jouer les hommes charmants.

— Je ne joue pas ; je suis. »

Entre nous, une gouttelette en forme de poire vient s'écraser comme une grosse larme sur le toit de la Mercedes, et nous la regardons tous les deux, conscients de sa potentielle charge symbolique.

« Vas-y mollo avec moi, lance-t-elle en ouvrant la portière. C'est vraiment le merdier, en ce moment.

— Je connais. »

Elle monte dans la voiture, et je me retrouve seul à contempler la goutte de pluie. Puis un léger crachin se met à tomber, et je pousse un profond soupir avant de m'engouffrer à mon tour dans la voiture – j'espère que je ne suis pas en train de faire une connerie.

*
* *

Le staccato de la pluie qui tambourine contre le toit de la Mercedes remplit le silence embarrassé qui règne à l'intérieur, et la lumière du jour s'est teintée d'un voile gris et sinistre lorsque nous arrivons sur le parking du Duchess. Nous nous précipitons, la tête entre les épaules, jusqu'à l'entrée du restaurant, pataugeant au passage dans les mini-rivières qui inondent le trottoir. Une fois à l'intérieur, je secoue mes cheveux trempés et m'essuie le visage avec les mains, tandis que Carly se dépatouille avec son corsage, à présent quasi transparent par endroits et qui, comme je fais semblant de ne pas remarquer, colle de façon provocante contre sa poitrine. Sheila, la serveuse qui avait jeté ce curieux coup d'œil intime à Brad il y a quelques jours, lance un bonjour familier à Carly et nous invite à prendre place où bon nous semble. Carly choisit une banquette près de la fenêtre, et Sheila prend immédiatement notre commande avant de disparaître en cuisine. Nous sommes les seuls clients, ce qui n'est pas pour me déplaire – cela réduit d'autant les risques d'accidents au milk-shake.

Carly déplace les crudités dans son assiette avec sa fourchette; elle retourne, trie et dispose les aliments selon un schéma abscons qu'elle est sans doute la seule à comprendre. De temps à autre, lorsque les feuilles de salade sont alignées correctement, elle pique un morceau du bout de sa fourchette et l'amène à sa bouche. À ce rythme, une salade Cæsar peut durer plus d'une heure. C'est-à-dire bien plus de temps qu'il n'en faut pour que nous fassions le tour de la conversation. Nous restons donc assis en silence, à regarder le déluge qui tombe par la fenêtre. Enfin, je me tourne vers elle.

« Vas-y, pose-moi une question. »

Prise au dépourvu, elle hausse les sourcils. C'était notre petit jeu du temps du lycée, généralement après l'amour, lorsque nous restions allongés côte à côte, rassasiés et heureux. Nous voulions tout savoir l'un de l'autre, mais les conversations habituelles ne permettaient pas toujours d'aborder les bons sujets, aussi Carly avait-elle pris l'habitude de m'inviter à lui poser des questions indiscrètes, destinées à ouvrir les compartiments les plus secrets en nous. Elle m'observe hébétée pendant un instant, avant de se fendre d'un sourire forcé et de reposer sa fourchette.

« O.K., dit-elle. Quand est-ce que tu t'en vas ?

— Aucune idée, mais sache que ton hospitalité me va droit au cœur.

— Allons, Joe. Pourquoi est-ce que tu t'attardes encore ici ?

— C'est compliqué.

— Tu peux me faire la version *Reader's Digest* ? »

Je prends le temps de réfléchir à la question.

« Le décès de mon père m'a secoué d'une façon totalement inattendue. Je viens seulement de réaliser que pendant toutes ces années où je l'ai détesté parce qu'il n'était jamais là pour moi et n'en avait rien à foutre de ma gueule, lui pleurait la mort de ma mère. Et j'aurais dû être là pour lui. Je l'ai laissé tomber. J'aurais dû être là pour Wayne et Sammy, aussi…

— Mais tu y étais, m'interrompt Carly. Tu étais le seul à rester à leurs côtés.

— Physiquement, peut-être. Mais qu'est-ce que je leur ai apporté de bon, à tous les deux ? Je priais pour que cette histoire se dissipe au plus vite, pour que Wayne s'intéresse de nouveau aux filles, et la plupart du temps j'étais trop obsédé par toi pour me soucier de leur sort.

— Donc, c'est de ma faute ?

— Bien sûr que non. Tu étais de loin la meilleure chose qui me soit arrivée… et aujourd'hui, dix-sept ans après, ça reste encore vrai. Ce qui selon l'angle où l'on se place, peut sembler pathétique ou merveilleux. (Je détourne les yeux et m'éclaircit la gorge.) Hmm, et toi... tu jugerais ça comment ?

— Triste », répond Carly d'un ton neutre en regardant par la fenêtre.

Pas vraiment la réaction que j'avais espérée.

« Peu importe, fais-je, un tantinet vexé. J'imagine que ça l'est aussi. L'essentiel, c'est que j'ai compris que je ruminais ma colère depuis des années. Sans doute par impuissance. Or aujourd'hui c'est comme si on m'offrait une seconde chance d'être là pour Wayne quand il a besoin de moi, de l'accompagner jusqu'au bout. De renouer avec ma famille, si elle veut bien de moi. Et puis il y a toi...

— Il y a moi, répète Carly en opinant d'un air las. La cerise sur le gâteau de tes petites névroses.

— Je te demande pardon ?

— Tu es incroyable, dit-elle, et sa voix grimpe de quelques crans. Tout ce qui se trouve ici, moi, Wayne, cette ville... tout ça n'a plus rien à voir avec toi. Tu t'es barré. Tu as décroché le jackpot. Et maintenant, tu veux revenir et répandre tes largesses sur les malheureuses créatures anéanties par ton départ.

— Ce n'est pas ça du tout, protesté-je. C'est moi qui me suis effondré.

— Arrête, tu vas me faire pleurer, raille-t-elle avec colère. J'ai un scoop pour toi, Joe. Tu n'es pas le centre du monde. Nous avons foutu nos vies en l'air tout seuls, comme des grands. Tu n'aurais rien pu y changer à l'époque, et tu ne peux rien y changer maintenant. Tu croyais avoir le monopole du regret, peut-être ?

— Il ne s'agit pas de ça, répété-je – comment diable cette discussion a-t-elle pu déraper si vite ?

— Si on arrêtait de tourner autour du pot, reprend-elle en balayant mes protestations d'un geste de la main. Qu'est-ce que tu attends de moi, Joe ?

— Rien.

— Foutaises. Deuxième essai. Qu'est-ce que tu attends de moi ? »

Ses yeux sont froids, dépourvus d'humour. Lorsque j'y plonge mon regard, j'ai l'impression de me noyer, tel un nageur imprudent ayant négligé les avis de courants dangereux.

« Je voudrais juste apprendre à te connaître à nouveau, dis-je. Je sais que nous avons changé tous les deux, mais tu n'en restes pas moins la seule personne que j'aie vraiment aimée.

— Et qu'est-ce que tu proposes, qu'on sorte ensemble ? Qu'on se fixe un rencard ?

— Pourquoi est-ce que ça te met dans un état pareil ? »

Carly hoche lentement la tête, les joues empourprées par la colère.

« Je te fais l'effet d'une proie facile, pas vrai ? Ta pauvre ex-petite amie, meurtrie et solitaire. Tu as dû te dire qu'après tout ce que j'avais traversé, je serais trop heureuse de te tomber dans les bras.

— Ce n'est pas juste, objecté-je, essayant de contrer son indignation en me montrant indigné à mon tour.

— Rien n'est juste. (Elle se penche brutalement en avant.) Regarde-moi. Regarde Wayne. Tu crois que c'est juste, bordel ? » (Elle s'interrompt une seconde, luttant contre les larmes.) Les choses ont mal tourné pour toi. Dommage. Mais tu as foutu le camp et tu t'es servi de nous comme accessoires pour ton putain de bouquin. Alors ne nous fais pas le coup du grand retour du héros. Désolée, Joe, ce serait trop facile. »

Je reste assis face à elle, sans un mot, paralysé sur mon siège. Je m'attendais à ce que ce soit un peu tendu entre nous, au début, quitte à devoir ramer pour détendre l'atmosphère, mais j'étais convaincu que Carly avait encore des sentiments pour moi, enfouis là, quelque part, et qui ne demandaient qu'à remonter à la surface. Je n'avais pas envisagé qu'elle puisse ne plus rien éprouver du tout, et que ce que nous avions représenté autrefois l'un pour l'autre était aujourd'hui totalement mort à ses yeux. Tout à coup, sans raison, j'ai le cœur brisé. La pluie cingle la baie vitrée, et j'ai comme l'envie subite de me précipiter dehors pour m'y dissoudre.

Carly se renfonce dans son siège, hors d'haleine. En tout état de cause, son accès de colère semble la laisser aussi abasourdie que moi. Lentement, je me lève et sors une poignée de billets de ma poche.

« Je m'excuse, dis-je. Tu avais raison ; c'était une grossière erreur. Je te ramène à ton bureau. »

Elle lève les yeux vers moi mais ne fait pas mine de bouger.

« Alors voilà, terminé ? »

Sa fureur la quitte petit à petit, les muscles de son visage et de ses épaules se détendent à mesure qu'elle reprend calmement son souffle.

« Terminé. Encore une fois, je suis vraiment désolé. Tu avais raison sur toute la ligne. Je ne pensais qu'à ma petite personne. »

Elle acquiesce en silence et, au lieu de se lever, tourne la tête vers la fenêtre.

« Pose-moi une question, dit-elle tranquillement, sa voix débarrassée de toute trace de colère.

— Quoi ?

— Chacun son tour. Vas-y. »

Je la fixe du regard, incrédule, puis me rassois et observe son reflet dans la vitre.

« Est-ce que tu me détestes ? me vois-je lui demander.

— Oui, admet-elle. Parfois.

— Est-ce que tu m'aimes ? »

Elle ne réagit pas tout de suite et je me sens vieillir d'une année en attendant sa réponse.

« Bien sûr que oui », murmure-t-elle dans un souffle à peine audible, masqué par le tambourinement de la pluie.

Je hoche la tête, traversé par un frisson imperceptible, tandis que la nouvelle se répand dans mes organes internes. Je ne prétends pas comprendre les femmes. Ou plutôt si. C'est exactement ce que je fais : prétendre. Pourtant, il m'apparaît parfois que ça ne m'avance pas à grand-chose. Comme en ce moment précis, par exemple ; mais je réalise alors, comme sous l'effet d'une divine prophétie, que j'ai atteint le maximum de ce que je pouvais espérer et que toute tentative supplémentaire ne ferait que tout gâcher. Aussi, bien que j'aie un million de choses à lui dire, décidé-je de tout ramener à une question cruciale.

« Carly.

— Oui ? »

Dans la vitre, son reflet se tourne vers le mien.

« Tu crois que tu aimerais sortir avec moi, un soir ? »

Dehors retentit un coup de tonnerre si puissant qu'il fait trembler la vitre, et à l'intérieur, Carly me regarde comme une étrangère avant de me répondre :

« Peut-être. Je ne sais pas. Repose-moi la question demain. »

J'emboîte le pas à Carly pour regagner la sortie lorsqu'un bruit de portes battantes me fait tourner la tête en direction du comptoir. Sheila vient juste de s'engouffrer dans la cuisine et, à travers le battement des portes, j'aperçois un homme appuyé contre un plan de travail en métal. L'homme me tourne le dos pendant qu'ils s'embrassent, mais j'ai le temps de distinguer son profil avant que la porte ne se referme pour de bon et, malgré mon angle de vision médiocre, je mettrais ma main à couper qu'il s'agissait de mon frère, Brad.

VINGT-NEUF

Je raccompagne Carly à son bureau sans trop savoir quoi penser de ce déjeuner à part que rien ne s'est déroulé comme prévu. Elle ânonne un « merci » expéditif, embarrassé, en s'efforçant d'éviter mon regard, et sa politesse forcée sonne comme une rebuffade à mes oreilles. Alors que je ressors du parking, une Lexus Sedan couleur hématome s'engage à ma suite. Je l'avais déjà remarquée tout à l'heure, qui nous suivait depuis le Duchess. J'envisage d'accélérer pour la semer, confiant quant aux aptitudes de la Mercedes, mais le mauvais temps ajouté à la collection de papillons qui s'empile dans ma boîte à gants suffisent à me convaincre de n'en rien faire. J'opte plutôt pour un détour par la station Mobil au coin de Startfield et de Pine, m'arrête sous l'auvent qui abrite les pompes et descends de voiture pour faire le plein. La Lexus hésite une seconde, puis vient se garer à la pompe juste à côté. La portière s'ouvre et j'entends la voix nasillarde et les guitares puissantes de Green Day s'échapper des haut-parleurs avant que le conducteur ne coupe le contact. Sean Tallon émerge de la voiture, beau comme un camion avec son imperméable en cuir noir qui lui arrive aux chevilles et ses bottes de moto.

« Hé, Sean, dis-je en contemplant sa panoplie, tu es dans ta phase Shaft ? »

Lorsqu'une situation me rend nerveux, j'ai pour principe de ne surtout pas réfléchir avant d'ouvrir la bouche.

Sean coince le pistolet de la pompe avec le bouchon du réservoir à carburant pour permettre à l'essence de s'écouler toute seule, une technique d'une simplicité géniale à laquelle je n'avais jamais pensé, puis s'avance vers moi, souriant à ma petite blague.

« Goffman, dit-il. Toujours là ?

— J'en ai bien peur, dis-je en serrant nerveusement le pistolet de ma propre pompe.

— Maintenant que ton vieux a passé l'arme à gauche, je pensais que tu foutrais le camp d'ici.

— Le destin semble vouloir me retenir ici contre mon gré. »

Il opine et s'appuie contre ma voiture. En dix-sept ans, il a à la fois engraissé et acquis une masse musculaire disproportionnée, si bien qu'il ressemble à un gros ours bourru, et sa peau est toute crevassée, à vif, comme s'il se frottait chaque matin le visage à la paille de fer. Son nez autrefois en bec d'aigle a été fracturé il y a longtemps, et l'extrémité bulbeuse laisse apparaître un minuscule réseau de vaisseaux capillaires. Je n'avais pas remarqué un tel degré de décrépitude physique chez lui sous les lampes tamisées du Halftime – trop occupé que j'étais à me faire casser la gueule –, mais la lumière du jour ne fait pas de cadeau et je réalise qu'il porte les stigmates de son mode de vie, rude et agité. Il sort un paquet de cigarettes, s'en allume une et tire une longue bouffée crispée en prenant la pose, le clope coincé entre le pouce et l'index. Je doute que Sean ait jamais manqué un épisode des *Sopranos*. Il ne dit rien pendant un long moment, et nous restons tous les deux abrités sous l'auvent de la station-service pendant qu'une pluie diluvienne continue de tomber. Je baisse les yeux vers mes pieds, observe les mini-flaques d'essence créant de petites taches arc-en-ciel en forme d'amibes sur le bitume détrempé. Mon père est mort, songé-je à brûle-pourpoint, et je sens quelque chose se serrer dans mon estomac, comme un muscle dormant qui se contracte d'un seul coup.

« Je suis sorti de mes gonds, au bar, l'autre soir, dit Sean en expirant lentement la fumée par les narines. Je n'étais pas au courant pour ton père.

— Je vois.

— Je ne suis pas en train de m'excuser, précise-t-il aussitôt en croisant les bras sur sa poitrine. Tu ne l'avais pas volé. Toutes ces saloperies que tu as écrites… (Il coince sa cigarette entre ses lèvres et fouille dans les poches de son manteau pour en extraire deux pages froissées, manifestement arrachées d'un exemplaire de *Bush Falls*. Il les contemple un instant, puis parcourt le texte en diagonale.) Nous y voilà, dit-il, avant de se racler la gorge et de me faire la lecture sur un ton monocorde : "*Pour moi, l'hostilité qui animait la cruauté grandissante de Shane envers Sammy dépassait les limites du traditionnel sectarisme adolescent de cour de récré. Quelque chose en lui était révolté par les manières efféminées de Sammy, et je compris plus tard, bien après coup, que ce que Shane voyait en Sammy n'était autre que l'incarnation des démons sexuels qu'il combattait lui-même chaque jour.* " »

Sean termine de lire et me foudroie du regard.

« Tu as acheté mon livre, commenté-je. Je suis très touché.

— Crois-moi, tu le seras encore plus si tu continues à traîner par ici, répond-il avec un rictus mauvais.

— Es-tu en train de me menacer ?

— Excuse-moi… ce n'était pas assez clair ?

— Ça n'est que de la fiction, Sean, objecté-je platement. C'est écrit sur la couverture.

— Si par fiction tu entends un tissu de conneries, je suis d'accord, dit-il en remettant les pages dans sa poche. Mais ce n'est pas parce que ça s'appelle un roman que ça change quoi que ce soit à ce que tu as fait.

— Et qu'ai-je fait, au juste ?

— Tu m'as traité de pédale, dit-il en balançant son mégot qui, en dépit de mes prières, ne met pas le feu à la flaque d'essence pour le faire brûler dans d'atroces souffrances. (La poignée du pistolet sursaute dans ma main, signe que le réservoir est plein, et je remets le tuyau à sa place.) Grâce à toi, tous les habitants de cette ville se sont mis à me regarder d'un autre œil. (Il se redresse et décolle son dos de la voiture pour se camper face à moi.) Tu as sali ma réputation.

— Je te le répète. Il s'agissait d'une œuvre de fiction. Si, par certains aspects, tu t'es identifié au personnage…

— Ta gueule, rétorque Sean. Tu abuses de ma patience.

— Et qu'est-ce que tu comptes faire, Sean ? lancé-je en affectant un ton blasé. Me casser la gueule une deuxième fois ? »

Il termine son plein, replace le tuyau sur la pompe et referme le bouchon de son réservoir avec des gestes brusques.

« Fous le camp d'ici, Goffman, lâche-t-il. Aujourd'hui, je veux dire. Je t'ai épargné par respect envers ta famille. Mais si tu peux encore pisser debout, c'est par pure charité de ma part. Te voir parader dans les rues comme le Messie, comme si tout le monde t'attendait et que tu n'avais jamais écrit ce putain de bouquin, est une insulte à mes yeux et aux yeux de cette ville, et plus je te parle, plus je me sens bouillir.

— Merci pour le débriefing », dis-je en ouvrant ma portière.

Sean fait un pas en avant et la referme d'un coup de

pied, créant une petite bosse à la carrosserie juste en dessous de la poignée. J'ajoute mentalement ce nouvel affront à la liste des dégradations diverses qui m'ont été infligées depuis mon arrivée aux Falls.

« Jolie bagnole, dit Sean.

— Merci.

— J'en ai démoli des plus belles que ça.

— Tes parents doivent être fiers de toi. »

Il me regarde droit dans les yeux.

« Aujourd'hui, Goffman. Je ne déconne pas. Ou je t'explose la cervelle dans ta putain de caisse. »

Il me dévisage avec un grand sourire haineux, ravi de mon impuissance à réagir. Puis il pointe deux doigts contre ma tempe pour imiter le canon d'un revolver et s'écrie : « Pan ». La plupart des gens, lorsqu'ils exécutent ce geste universel, abaissent leur pouce pour symboliser le mouvement du chien, mais Sean, lui, fait mine de presser la détente, détail qui me paraît infiniment plus menaçant puisqu'il semble témoigner d'une connaissance intime de la chose dans la vraie vie.

Il réintègre sa Lexus et j'attends qu'il s'éloigne sous la pluie avant de remonter dans ma voiture, où je me mets à fredonner le générique de Shaft, histoire de me calmer les nerfs. « *Who's the black private dick that's a sex machine to all the chicks ? Shaft !* » L'horloge de mon tableau de bord en érable indique 12 h 05. Bien plus tôt que je ne l'aurais cru. Il y a peu de chances que je m'en sorte sans d'autres catastrophes d'ici la fin de la journée.

TRENTE

Wayne est habillé et assis à son bureau en train de feuilleter un album photo lorsque j'arrive chez lui, peu après.

« Eh, dis-je. T'as bonne mine. »

Ce qui est faux, mais je le dis quand même – comportement classique face aux malades en phase terminale. On établit de nouveaux critères et on noie le tout sous une fausse allégresse, comme si une bonne couche de babillage saupoudrée d'une pincée de compliments enjoués suffisaient à déjouer la présence inéluctable de la mort.

Wayne me salue d'un sourire et referme l'album, l'air hagard mais déterminé.

« Ma théorie, c'est que si je m'habille et que je fais quelque chose de ma journée, j'aurai moins de chances de crever d'ici le lendemain.

— Ça se défend, commenté-je. Alors, quel est le programme ? »

Il se lève et commence à enfiler son blouson de basket.

« On va faire un tour sur la tombe de Sammy. »

Je le regarde.

« Tu es sûr ?

— Ça fait partie de ma liste de trucs à faire avant l'extrême-onction.

— J'aimerais bien que t'arrêtes de parler comme ça, dis-je en l'aidant à ajuster son blouson sur ses épaules quasi inexistantes.

— C'est ce qu'on appelle l'étoffe du héros. Assume, mon grand. »

***

La pluie a cessé et le soleil perce ici et là à travers la couverture de nuages gris comme nous traversons la ville pour nous rendre au cimetière.

« Regarde, dis-je en lui montrant un large faisceau de rayons de soleil. Quand j'étais môme, je croyais que c'était Dieu qui transperçait les nuages.

— Ce n'est pas Dieu, rétorque Wayne. C'est la patrouille de recherche. »

J'acquiesce sans un mot. J'ai pour principe de ne jamais parler théologie, alors d'autant moins avec un ami mourant.

« Quand je ne t'ai plus revu, après l'enterrement, je me suis dit que tu en avais eu ta claque, fait Wayne.

— Eh non, encore là. »

Je lui raconte tout ce qui s'est passé depuis l'enterrement de mon père.

« Jésus Marie Joseph, soupire-t-il. Je vois qu'on ne s'est pas ennuyé.

— Ç'a été un peu épique, oui.

— Je n'arrive pas à croire que tu te sois tapé Mme Haber.

— Moi non plus.

— C'était comment ?

— Irréel.

— J'imagine, dit-il. Et Carly ?

— Quoi, Carly ? »

Wayne me jette un regard ébahi.

« Tu réalises que tu aurais dû avoir la partie de jambes

en l'air avec Carly et le déjeuner avec Mme Haber, non ?

— C'eût été une solution. »

Il sourit.

« Il faut toujours que tu fasses tout à l'envers, hein ?

— C'est ce qui fait mon charme. »

Il farfouille parmi ma collection de CD et opte pour *Born to Run*. « À la mémoire de Sammy », dit-il en insérant le compact. Nous continuons à rouler sans un mot, au son du lent crescendo de *Thunder Road* et de la voix rauque de Springsteen chantant tous ceux qui s'enterrent au fond de leur lit pour se complaire dans leur souffrance.

Wayne attend dans la voiture tandis que je vais chercher un plan du cimetière auprès de l'unique employée du bureau d'accueil. Nous suivons un dédale de petites routes jusqu'à l'allée principale et garons la voiture. Wayne a emporté un lecteur CD portatif, une bouteille de vin et deux verres. Nous nous asseyons sur l'herbe humide devant la tombe de Sammy, et Wayne remplit les verres.

« À Sammy, dis-je avec un sourire en portant un toast.

— À Sammy, répète Wayne, et nous buvons chacun une gorgée de vin. (Il enclenche le lecteur CD et Springsteen entame les premiers accords de *Backstreets*.) C'était notre chanson, dit Wayne tout doucement en fermant les yeux.

— Hein ? *Backstreets* ?

— Ouais, *Backstreets*, et alors ?

— Je ne sais pas, moi. La plupart des couples que je connaissais, au bahut, avaient tous des chansons comme *Can't Fight This Feeling* ou *Glory of Love*, ou encore *In Your Eyes*, tu vois ? Des chansons romantiques.

— On n'était pas romantiques, rétorque Wayne d'un ton grave. On était complètement paumés. Et c'est de ça dont parle *Backstreets*. (Il marque une pause, dodelinant de la tête au rythme de la musique.) Ça parle de deux types qui essaient en vain d'aspirer le feu qui les a vus naître. Après tout ce temps, ça reste la meilleure description que j'aie jamais entendue de ce qu'on a vécu, cet été-là ; de ce que ça fait d'être jeune et homo. »

J'essaie de prêter attention aux paroles, ce qui n'est pas si simple, compte tenu des marmonnements rocailleux du Boss, des martèlements de la batterie et des grosses guitares qui noient sa voix à la fin de chaque phrase. Je n'ai pas vraiment l'impression que Springsteen cause d'amour gay, dans ce morceau, mais après tout chacun voit midi à sa porte.

« Bon, dit Wayne en éteignant le poste une fois le morceau terminé. Souhaites-tu ajouter quelques mots ?

— J'ignorais qu'il s'agissait d'une cérémonie officielle. »

Il pointe son verre dans ma direction.

« Du vin. De la musique. C'est soit ça, soit un rendez-vous galant. »

Je réfléchis à la question, puisqu'il semble tenir à ce que je dise quelque chose.

« Sammy était un ami sincère et loyal, commencé-je.

— Sammy n'était pas ton chien Skip, m'interrompt Wayne d'un ton agacé. En outre, il est mort depuis dix-sept ans. C'est un peu tard pour l'oraison funèbre.

— Que veux-tu que je dise, alors ?

— Exprime ta pensée, voilà tout.

— J'ai la tête vide. Vas-y le premier.

— D'accord. (Il avale une gorgée de vin d'un air inspiré.) Pendant des années, j'ai blâmé Sammy pour mon homosexualité. Je me répétais que rien n'était fixé pour moi, quand j'étais ado, et qu'il était arrivé pile à ce moment pour me faire basculer définitivement. Je sais que c'est archifaux, mais je le détestais ; même quand j'avais envie de lui, je le haïssais d'avoir fait de moi une pédale. Je me disais que si nos chemins ne s'étaient jamais croisés, j'aurais fini par rencontrer une fille à mon goût… j'en sais rien. J'étais jeune, pas vrai ?

— On était tous jeunes.

— Le résultat, poursuit Wayne d'un ton morne, le regard fixé sur la pierre tombale de Sammy, c'est que depuis cette époque, j'ai le sentiment d'avoir passé ma vie à éprouver de la haine. D'abord envers Sammy, puis envers moi-même, pour avoir eu la connerie de le vomir alors que ce qui m'arrivait n'était clairement la faute de personne. Comme dit la chanson, on essayait juste de respirer ce feu qui nous avait vus naître. (La voix de Wayne se brise et ses yeux s'emplissent de larmes.) Sammy, dit-il. J'ai décidé de me pardonner en ton nom, puisque tu n'es pas là pour le faire. J'espère que tu es d'accord mais, dans le cas contraire, sache que je n'en ai rien à battre. Tu n'avais qu'à y penser avant de décider de te suicider. Et pendant que j'y suis, j'en profite pour pardonner à notre ami Joe ici présent, en ton nom également. J'ignore de quoi, au juste, mais il a l'air de penser qu'il en a besoin. »

Wayne avale une nouvelle gorgée de vin et lève les yeux vers moi, un faible sourire aux lèvres.

« C'était comment ? »

Je sens mes yeux s'embuer à mon tour.

« C'était très bien. »

Wayne dépose quelques fleurs au pied de la tombe et nous repartons vers la voiture. Nous roulons en silence pendant un moment, absorbés chacun par le poids de nos pensées.

« Joe.

— Ouais.

— Vous aviez une chanson, Carly et toi ? »

Je m'apprête à répondre non lorsque la mémoire me revient d'un coup.

« Mais oui. Je me demande comment j'ai pu oublier un truc pareil.

— C'était laquelle ?

— *No One Is To Blame*. Howard Jones. »

Wayne tourne la tête vers moi et nous échangeons un sourire.

« C'est une bonne chanson, dit-il doucement en reposant sa tête en arrière. Putain de bon choix, les enfants. »

TRENTE ET UN

De retour à la maison, vers quinze heures, je trouve Brad dans le bureau, avachi dans le fauteuil, en train de fumer l'une des pipes de mon père.

« Hé, Joe, lance-t-il en se redressant d'un air malaisé. (Il pose la pipe sur le cendrier et esquisse un petit sourire penaud.) Désolé. J'avais juste envie de sentir à nouveau cette odeur.

— Il te manque beaucoup, hein ?

— Je n'arrive pas à croire qu'il soit parti, tu comprends ?

— Ouais. »

Brad secoue la tête, comme pour mettre de l'ordre dans son esprit.

« Je voulais te parler d'un truc. Tu as une minute ?

— Bien sûr. »

Il me jette un coup d'œil hésitant, ne sait pas par où commencer.

« Papa n'avait pas de testament, commence-t-il. Il n'a sans doute jamais pensé qu'il mourrait un jour.

— Hmm.

— Sans testament, toi et moi devenons ses héritiers par voie de droit, ce qui nous permet de procéder à un partage équitable de ses biens – c'est-à-dire la maison, l'usine, et un portefeuille d'actions d'une valeur de deux cent mille dollars. »

Je vois très bien où il veut en venir, et je l'arrête tout de suite.

« Brad, je ne veux pas un *cent* de l'argent de papa. Je n'en ai pas besoin, et en outre, tu le mérites. Je suis sûr qu'il le voudrait ainsi. »

Brad acquiesce en se mordant les lèvres.

« C'est juste que les temps sont durs, tu vois. L'usine a complètement coulé, et puis j'aimerais pouvoir envoyer Jared à la fac.

— Brad, je t'en prie. Tu n'as même pas à te justifier. »

Mais il n'a pas terminé.

« Cindy et moi, ajoute-t-il, on a des problèmes.

— Des problèmes d'argent ? »

Il hausse les épaules.

« Avant, je pensais qu'on était stressés à cause de nos histoires de fric. Mais aujourd'hui, je crois que ça va beaucoup plus loin que ça.

— Vous avez déjà commencé à parler divorce ?

— On ne se parle plus trop, à vrai dire.

— Navré de l'apprendre », dis-je, sincèrement désolé.

J'attends sa réponse, mais il semble incapable de continuer, ce que je n'ai guère de mal à comprendre. Brad est en train de se confier à moi, et je me sens soudain terrifié à l'idée de cette intimité nouvelle, bien que je sois conscient qu'il s'agisse d'une chose plutôt positive, d'un premier pas vers de meilleurs rapports. Nous devons nous faire l'effet de deux imposteurs à jouer ainsi les frères confidents, habitués à aborder des sujets graves ensemble. Je me demande s'il a l'intention de me parler de Sheila, depuis combien de temps ils se voient et si leur aventure est la cause ou la conséquence de sa crise conjugale. Si c'est la tournure que doit prendre cette discussion, eh bien, soit : malaise familial mis à part, je suis partant. Mais Brad semble avoir fait le tour de la séquence confession, et il se renfonce dans son siège d'un air dépité. Je pourrais poser des questions, bien sûr; lui sortir tout de go que je l'ai vu à travers les portes de la cuisine du Duchess, en train de lui peloter le cul comme un noyé agrippé à sa bouée de sauvetage. Mais j'ai dans l'idée que je ferais mieux de m'abstenir.

Brad se prend la tête entre les mains et se frotte les yeux.

« Je ne sais pas comment les choses ont pu partir en couilles comme ça. Un jour tout va bien, et tout à coup… je ne sais pas. C'est comme si je la regardais et qu'elle était toujours là, quelque part, mais que je n'arrivais plus à établir le contact, tu vois ?

— Ouais. »

Je repense à Carly. J'aimerais tant pouvoir arrêter le temps, annuler toutes les règles et laisser quelque chose de neuf émerger à la place.

Nos regards se croisent. La situation est au-delà de l'étrange ; nous ne nous étions jamais laissé aller à de tels épanchements.

« Ouais », répète Brad avant de se lever.

Apparemment, il a eu sa dose de chaleur fraternelle pour la journée, et je crois que nous éprouvons tous les deux un vif soulagement. Il n'empêche que c'est déjà un début, une base à partir de laquelle nous pourrons peut-être progresser petit à petit.

« Enfin bref… je ne voulais pas t'ennuyer avec mes histoires.

— C'est normal, voyons.

— Merci pour l'héritage.

— N'en parlons plus. »

Il s'arrête à la porte.

« Papa était fier de toi, dit-il. Je sais que ça doit te sembler un peu incongru, mais c'est vrai.

— Il te l'a dit ?

— Bien sûr que non, fait Brad. Il n'aurait jamais dit

un truc pareil. Mais je le voyais rien qu'à la façon dont il parlait de toi. J'ai repris les affaires mais toi, tu as quitté la ville et tu as fait ton trou tout seul. Il était fier de toi pour ça. »

Je viens de lui céder l'ensemble de la fortune familiale ; cela n'est sans doute qu'un échange de bons procédés, mais malgré tout, je ne peux m'empêcher de me sentir touché par ce qu'il essaie de faire.

« Merci de me l'avoir dit.

— On se voit demain soir », conclut-il en me tendant le bras.

Nous nous serrons la main, un geste bien formel pour clore une discussion si intime. Une accolade eût été plus logique, en la circonstance, mais j'imagine qu'aucun de nous n'est encore prêt pour ça.

L'un dans l'autre, c'est déjà pas mal.

Après le départ de Brad, je me mets au travail sur mon nouveau roman et savoure la facilité avec laquelle les mots me viennent. Le personnage de Matt Burns se dévoile dans ma tête, au fur et à mesure, comme si je le découvrais au lieu de le créer. C'est un type ordinaire, quelque peu écrasé par le poids de ses attentes et de ses espoirs, qui s'amenuisent petit à petit. Il bégayait, dans son enfance, ce qui faisait de lui l'objet d'abondantes moqueries, et c'est pourquoi, bien qu'il ait vaincu ce défaut d'élocution à l'âge adulte, il s'exprime aujourd'hui par petites phrases courtes et lapidaires, comme s'il craignait que son bégaiement ne reprenne le dessus à tout moment. Il n'est pas particulièrement costaud de nature mais doué de ses mains, et le plus heureux des hommes lorsqu'il se trouve plongé au beau milieu de la cacophonie assourdissante d'un chantier de construction. Le reste du temps, le monde lui paraît trop calme, et à présent qu'il s'interroge sur les circonstances du décès de son père, armé de sa seule parole, il se sent hors de son élément naturel et mal à l'aise.

Matt se révèle être mon instrument. Je grimpe sur son dos pour m'aventurer à travers la ville, captant au passage la couleur locale et la voix des personnages secondaires. J'écris d'un seul jet toute la nuit, conscient qu'il me faudra ensuite revenir sur tous ces détails et élaguer au maximum, mais fou de joie de m'être enfin remis à l'écriture et de voir les choses se dessiner avec une telle clarté. Je me laisse emporter par l'élan de la création, tel un dieu assistant à la naissance de son propre univers. Voilà trop longtemps que je ne m'étais pas senti dans la peau d'un écrivain.

Peu après deux heures du matin, je m'endors sur mon bureau et rêve que je me trouve à une fête chez Lucy. Le jardin est noir de monde ; certains invités sont en tenue de soirée, d'autres en maillot. Je suis moi-même vêtu d'un caleçon de bain et me dirige vers la piscine, où Lucy prend le soleil sur une chaise longue, moulée dans un bikini noir. « Hé, Joe, dit-elle en souriant avec un geste vague de la main. Regarde qui est de retour parmi nous. » Je lève les yeux et aperçois Sammy debout au bord du bassin, imitant une pose de bodybuilder avant de sauter bruyamment dans l'eau. Mais lorsqu'il remonte à la surface, je réalise que je me suis trompé. C'est Wayne, et non Sammy, qui fend à présent l'eau de la piscine de son crawl puissant. Je l'appelle, stupéfait de le voir en si bonne santé, mais il est trop concentré sur sa nage pour m'entendre. Je me retrouve alors pris dans l'un de ces frustrants engrenages propres aux rêves où j'ai beau mettre inlassablement un pied devant l'autre, je ne parviens jamais à rejoindre le bord de la piscine. « Wayne ! m'écrié-je. C'est moi ! » Il interrompt ses battements et scrute la foule des yeux, mais ne me voit pas, en dépit de mes folles gesticulations. Il finit par hausser les épaules et sort de l'eau. Lucy se lève pour aller lui tendre une serviette, et ils s'embrassent – un baiser intense, chargé de désir, ce qui bien sûr n'a aucun sens. Puis il pivote sur ses talons et passe devant moi, et il a dix-huit ans à nouveau, scintillant, vigoureux, plein de vie.

« Wayne », dis-je. Il fait volte-face et me dévisage comme s'il me voyait pour la première fois. Des gouttes d'eau perlent du bout de son nez et de ses oreilles. « C'est moi – Joe. » Je me sens troublé et désorienté, mais surtout pénétré d'un immense sentiment de gratitude à voir qu'il n'est plus malade, que nous allons pouvoir continuer à être potes comme avant. Il me regarde d'un air sombre et opine lentement.

« Joe.

— Oui.

— On te demande au téléphone, me dit-il, son fameux sourire ironique au coin des lèvres.

— Quoi ?

— Écoute. »

Je tends l'oreille et, en effet, j'entends une sonnerie. Mais dès que je réalise que cette sonnerie ne fait pas partie de mon rêve, ce dernier s'évanouit et je suis brutalement réveillé par le téléphone.

Je suis affalé sur mon bureau, le visage collé contre mon bras plein de bave, et la position peu orthodoxe dans laquelle je me suis assoupi m'a donné un beau torticolis. La lumière indirecte du jour projette des ombres et de douces lueurs sur les murs de ma chambre. Je m'étonne quelque peu d'avoir dormi aussi longtemps à mon bureau et me sens encore hanté par les images de cet étrange songe.

« C'est Wayne », m'annonce Carly lorsque je décroche le téléphone, et mon cerveau embrumé se demande aussitôt comment elle peut savoir une chose pareille, vu qu'elle n'était même pas dans mon rêve.

« Hein ? (Je me redresse tant bien que mal.) Carly ? Quelle heure est-il ?

— Dix heures et demie, dit-elle d'une voix me sommant de retrouver mes esprits. Joe, Wayne est sur le toit du lycée. »

J'essaie de comprendre, mais ça ne percute pas.

« Tu peux me redire ça ? »

Je tente de stimuler manuellement les forces vives de mon cerveau en me frottant les yeux, histoire de ranimer mes neurones.

« Wayne est sur le toit du lycée, répète Carly d'un ton impatient. Il faut y aller.

— Bah, t'inquiète. On grimpait toujours sur le toit, autrefois. Il ne glissera pas. »

Silence à l'autre bout du fil.

« Je n'ai pas peur qu'il glisse, Joe. »

Je me redresse, tout à fait réveillé à présent.

« J'arrive.

— Je suis déjà dans ma voiture, dit-elle. Je passe te prendre dans cinq minutes.

— Tu ne crois pas qu'il va sauter, dis ?

— Non. Mais ce serait bien son genre de prendre tout le monde par surprise. »

Le lycée est déjà en état de siège lorsque Carly et moi arrêtons la voiture à l'entrée. Le campus grouille d'une foule de jeunes gens surexcités, que leurs professeurs tentent de contenir sans grande conviction. Devant la façade, les assistants du shérif ont entrepris d'ériger des barricades en bois pour délimiter un périmètre de sûreté en contrebas de la coupole. Un camion de pompiers et plusieurs véhicules de secours sont garés à des angles aléatoires le long de la rue, et deux camionnettes de télévision aux toits surmontés d'antennes satellites se sont carrément installées sur le trottoir, leurs équipes respectives déjà à pied d'œuvre sur le terrain pour saisir l'effervescence ambiante en vue du journal du soir. Là-haut, sur le toit, Wayne est adossé à la coupole, en train de fumer une cigarette. Il est trop loin pour que je puisse distinguer ses traits, mais il ne me fait pas l'effet de quelqu'un qui s'apprête à sauter dans le vide.

Tous les gamins ont les yeux rivés sur le toit avec une fascination morbide non dissimulée, bavardant et échangeant des blagues, ravis de ce coup de théâtre spectaculaire et de l'heure de cours – voire deux – qu'ils sont en train de louper. Carly et moi jouons des coudes à travers la foule avant de réussir à franchir les barrières du périmètre de sécurité, dans lequel se trouve Mouse, armé d'un porte-voix, le visage tendu et inquiet au milieu d'un essaim de secouristes et de pompiers.

« Dave ! s'exclame Carly. Tu as pu lui parler ? »

Il se tourne vers elle et fronce les sourcils.

« Pas de journalistes derrière le cordon de sécurité, dit-il.

— C'est Wayne Hargrove, là-haut, insiste-t-elle. Laisse-nous aller lui parler. »

Mouse la toise avec sévérité.

« Je sais qui c'est. Il refuse de parler. Maintenant, évacuez le périmètre.

— Allez, Mouse, tu sais qu'il me parlera, à moi », dis-je, ce qui s'avère être une erreur, non seulement parce que je l'ai appelé par son surnom sans le faire exprès, mais parce qu'il n'avait, semble-t-il, même pas remarqué ma présence.

« Toi ! aboie-t-il en écarquillant les yeux. Si tu ne bouges pas ton cul d'ici dix secondes, je t'arrête pour obstruction aux forces de l'ordre. »

Je commence à discuter, mais Carly me tire de force derrière la barrière. J'essaie d'appeler Wayne pour lui faire savoir que je suis là, mais il semble ignorer ma présence exactement comme dans mon rêve.

« Et maintenant ? » me demande Carly, protégeant ses yeux du soleil comme elle regarde en direction du toit.

Elle porte un jean surmonté d'un corsage vert avocat,

et ses cheveux sont retenus au-dessus de son front par une barrette en cuir marron. Ce n'est ni le lieu ni le moment de réaliser à quel point elle est jolie, mais malgré la gravité de la situation, une partie de moi ne peut s'empêcher de frétiller de bonheur à l'idée de me tenir à ses côtés, de vivre cet instant avec elle.

« Par ici », dis-je en lui prenant la main et en m'élançant à travers la foule.

Nous nous frayons un chemin jusqu'à l'extrémité du bâtiment, où nous attend un autre officier de police bloquant l'accès à l'escalier de secours qui se trouve de l'autre côté.

« Si on parvenait à faire dégager ce type, je pourrais grimper sur le toit, soufflé-je. Tu crois que tu peux faire diversion ?

— Pas de problème », répond Carly avec un petit air diabolique avant de se glisser sous la barrière, sans sourciller.

Avant que j'aie le temps de piger quoi que ce soit, elle s'élance sur la pelouse en repartant dans l'autre sens.

« Hep ! crie le flic. Vous là-bas ! »

Carly continue à courir et, quelques secondes plus tard, le type s'élance à sa poursuite. Je l'entends s'arrêter pour lui expliquer qu'elle est journaliste, mais j'ai déjà franchi la bande de pelouse interdite et atteint l'escalier. Je gravis les marches métalliques deux par deux, même trois par trois, tel James Bond s'élançant à l'assaut du toit en catimini.

J'émerge tout juste au sommet de l'escalier lorsque j'entends un bruit derrière moi. Je me prépare psychologiquement à affronter l'adjoint du shérif et me retourne pour me retrouver nez à nez avec Jared, qui m'emboîte le pas sur le toit.

« Salut, oncle Joe, me lance-t-il en ôtant ses cheveux hirsutes de son visage, comme nous reprenons tous les deux notre souffle.

— Qu'est-ce que tu fais là ?

— Je vais au bahut, ici. Des fois.

— Tu as choisi le bon jour pour arrêter de sécher les cours. »

Il hausse les épaules.

« Pas de bol, hein ? (Il va jusqu'au bord et jette un coup d'œil à la foule en contrebas avec un intérêt certain.) Terrible, le plongeon.

— Tu ferais mieux de redescendre.

— La vue est bien meilleure d'ici.

— O.K. (Je renonce et me tourne vers la coupole.) Je vais aller parler à Wayne. Toi, tu m'attends là.

— C'est clair, dit Jared. Bonne chance. »

J'avais oublié que le seul moyen d'accéder à la coupole était de passer par la façade, ce qui signifie jeter ses jambes dans le vide et balancer ses pieds sur le rebord en ciment avant de se hisser à la seule force des mains. Si ce périlleux exercice me déplaisait quand j'étais môme, je n'en ai plus le souvenir aujourd'hui, mais là, j'y réfléchis à deux fois. Une main ou un pied qui glisse, et je suis bon pour une dégringolade de cinq étages avant de m'écraser sur l'esplanade. Cela dit, Wayne y est bien arrivé malgré son corps frêle ; comment pourrais-je oser me dégonfler ? Avant que mon hésitation se mue en une paralysie totale, j'agrippe le rebord en ciment, dont la surface granuleuse s'imprime sur mes doigts, et me hisse tant bien que mal. En bas, une exclamation sourde – et fort jouissive – parcourt l'assemblée. Wayne est adossé contre le dôme, une cigarette coincée entre les lèvres et une seconde, fraîchement allumée, entre ses doigts effilés, pointée dans ma direction.

« Hé, Joe, dit-il en me saluant d'un signe de tête.

— Salut. »

Je me hisse et me tortille sur le ventre jusqu'à ce que mon corps tout entier soit amarré en sécurité sur le rebord.

« Ça roule ?

— Au poil. »

Je prends la cigarette qu'il me tend et me redresse en position assise à côté de lui. Nos quatre pieds pendouillent dangereusement dans le vide.

« Pourquoi n'ai-je pas le souvenir que c'était aussi casse-gueule, à l'époque ?

— Parce que nous étions immortels, en ce temps-là, répond Wayne, les yeux rivés sur l'agitation qui règne au-dessous.

— Ça doit être ça. (Je tire une brève taffe de ma cigarette. La fumée a un goût rance et me picote le fond de la gorge.) Alors, dis-moi. Qu'est-ce qui se passe ? »

Wayne hoche la tête, comme s'il s'attendait à cette question.

« Je me suis senti particulièrement invincible en me réveillant, ce matin, commence-t-il. Et mon petit doigt m'a dit que ma dernière journée de validité était peut-être arrivée. Tu n'as pas idée de ce que ça fait... savoir que c'est la dernière fois que je peux sortir de mon lit et voir le monde, le ciel, sentir le sol sous mes pieds, le vent caresser mon visage. (Il marque une pause, le temps de tirer lui aussi une taffe minuscule, presque enfantine, de sa cigarette.) Bref, en un mot comme en cent, je suis parti me balader et j'ai atterri ici.

— Je n'arrive pas à croire que tu aies réussi à grimper jusque-là.

— Je sais, dit-il. C'est dingue, non ? Moi-même, je n'étais pas trop sûr de mon coup.

— Et comment comptais-tu redescendre, au juste ? »

Wayne se penche en avant et jette un coup d'œil à la foule amassée sur le campus du lycée entre ses pieds, avant de se tourner vers moi, un rictus désabusé au coin des lèvres.

« Raccourci.

— Wayne, vieux. »

Je ne sais pas quoi dire. Deux pigeons viennent de se poser à côté de nous, le moucheté vert jade de leur plumage luisant tel un assortiment de sequins à la lumière du soleil. Je n'avais jamais considéré les pigeons comme des oiseaux colorés auparavant, et je les observe, fasciné, se tourner autour pendant quelques secondes en un ballet accéléré et sautillant avant de s'envoler dans un bruissement d'ailes.

« Je suis à bout, mec, dit Wayne. Je n'en peux plus de me lever tous les matins et d'arborer un putain d'air digne pour mieux faire passer la pilule aux yeux des autres. »

Il écrase son clope d'un geste violent, les yeux gonflés par de grosses larmes de colère, et ses lèvres gercées tremblotent fébrilement tandis qu'il s'efforce de contenir la rage et la terreur qui bouillent à l'intérieur de lui tel un mélange toxique. Je m'étonne presque qu'un homme si proche de la mort, si desséché, puisse produire autant de larmes.

« Je suis en train de crever, mec, et tu sais quoi ? La pilule ne passe pas. C'est une tragédie, une putain de tragédie. Je suis trop jeune pour ça. Et je ne peux plus continuer à jouer les boute-en-train et à faire comme si j'étais en paix avec toute cette saloperie.

— Qui t'a demandé de le faire ? » objecté-je, juste histoire de dire quelque chose.

Wayne me fixe d'un air amusé.

« Allons, Joe. C'est écrit dans le manuel. Les jeunes gens condamnés par la maladie développent toujours un sens de l'humour pince-sans-rire un rien sarcastique, histoire de mettre tout le monde à l'aise autour d'eux et de montrer le bon exemple de la dignité et du savoir-vivre face à des événements totalement dégueulasses. Tu ne regardes jamais les téléfilms du câble, vieux ?

— Non merci. Hétéro, tu te souviens ? »

Il rit.

« Désolé. J'avais oublié. (Il balance son mégot entre

ses pieds et nous suivons sa chute des yeux.) Je dois faire ma crise de la quarantaine. Sauf que j'aurai jamais quarante ans, et que c'est le sens de ma mort que je dois trouver. Je suis né. J'ai grandi. Maintenant, je vais crever. Et quel est le bilan ? Ni gamins, ni douce moitié, ni personne dont j'ai enrichi l'existence. Rien. Je ne laisse rien derrière moi. J'ai la trouille de crever, évidemment, mais plus encore, j'enrage à l'idée que ma vie ne servira au mieux que d'histoire édifiante aux yeux des gens.

— Il n'y a que deux possibilités, en fait, dis-je d'un air pensif. Soit il y a une vie après la mort, soit il n'y en a pas.

— Comme c'est profond.

— Ta gueule. Si c'est un prêtre que tu voulais, tu n'avais qu'à escalader le toit de l'église.

— Bien vu, concède Wayne en souriant. Continue, je t'en prie. Je meurs d'envie de connaître la suite.

— Comme je le disais, s'il y a une vie après la mort et que notre monde n'est qu'une salle d'attente, peu importe que tu te sentes si infructueux puisque tu vas pouvoir repartir de zéro.

— Et s'il n'y a rien ?

— Dans ce cas, nous finirons tous six pieds sous terre. Chacun son tour. Alors à quoi bon se prendre la tête ? »

Wayne me regarde d'un air interloqué.

« En gros, ce que tu es en train de me dire, c'est que s'il y a une vie après la mort, rien de ce qui s'est passé ici n'a d'importance… et que s'il n'y en a pas, rien de ce qui s'est passé ici n'a d'importance.

— Voilà une simplification bien approximative d'un problème de théologie aux résonances infiniment complexes.

— Mais c'était juste pour résumer.

— En effet. Pour résumer.

— Qu'est-ce qui fait la différence, alors ?

— Les petites choses, dis-je. Tous ces vieux trucs que tu m'as ressortis l'autre fois avec toi, moi et Carly. Ce sont ces moments-là qui comptent. Tu ne t'écoutes jamais, quand tu parles ?

— J'étais défoncé », fait Wayne en haussant les épaules.

Il s'allume une nouvelle cigarette en hochant la tête, pensif. Nous restons assis en silence pendant plusieurs minutes, à observer le flux et le reflux de la foule. De notre point de vue imprenable, nous voyons les conducteurs qui arrêtent leur voiture pour ne pas rater une miette du spectacle et les nouveaux curieux affluant d'un pas vif vers le lycée. Il ne se passe jamais grand-chose, à Bush Falls, alors personne ne veut passer à côté de l'événement lorsque événement il y a. D'autres camionnettes de la télé arrivent, ainsi qu'une poignée de photographes. Le crépitement des flashs fait scintiller la foule comme un diamant. Je cherche Carly des yeux, mais à une telle hauteur, il m'est impossible de la distinguer. Je ressens une tristesse infinie, mais aussi un curieux sentiment libérateur, comme si j'avais essayé de me sentir triste, en vain, depuis trop longtemps, et que j'y parvenais seulement maintenant.

« Bon, dis-je. Tu vas sauter, ou non ?

— Nan…

— Pourquoi ?

— C'est pas mon genre.

— Je suis bien d'accord. Puis-je t'aider à regagner la terre ferme ? »

Wayne se rejette en arrière et observe la foule.

« Encore une ou deux minutes, O.K. ?

— Bien sûr.

— Carly est en bas ?

— Oui, quelque part.

— Joe ?

— Ouais ?

— Je ne veux pas finir dans un mouroir.

— Alors n'y va pas.

— Je me disais que je pourrais peut-être emménager chez toi. Enfin chez ton père, quoi.

— C'est une idée géniale. »

Il hoche la tête.

« Je refuse que mes amis me torchent le cul, ou quoi. Je n'ai pas besoin qu'on se souvienne de moi comme ça.

— J'espère ne pas te vexer en te disant que personne n'ira se battre pour te torcher le cul. Je te trouverai une infirmière.

— Je vais te coûter un max.

— Je peux toujours revendre ma caisse. »

Il y a comme un bruit de grattement et deux mains apparaissent sur le rebord de la coupole, bientôt suivies par la tête de Jared

« Coucou, lance-t-il en souriant. Qu'est-ce que vous racontez de beau ? »

Des cris retentissent parmi la foule, et je réalise que Jared est suspendu dans le vide.

« Remonte tes fesses ici, et en vitesse ! lui ordonné-je en le tirant par-dessus le rebord.

— Qui est-ce ? demande Wayne.

— Jared Goffman, répond mon neveu en lui tendant la main.

— Le fils de Brad, expliqué-je.

— J'ai cette chance, renchérit Jared. Bon, alors, qu'est-ce qu'on fout ici, à part se vautrer sur des décennies de merdes d'oiseaux ?

— Je croyais t'avoir dit de m'attendre près de l'escalier.

— Je m'ennuie vite, comme tous les enfants. (Il s'assoit contre la coupole à côté de Wayne et s'allume une cigarette.) T'es vraiment très malade, hein ? lui demande-t-il tout de go.

— On ne fait pas plus malade, rétorque Wayne.
— T'as quel âge, trente ?
— Trente-quatre.
— Merde ! s'exclame Jared d'un ton sincère. Tu parles d'un âge pour finir entre quatre planches. »
L'expression semble beaucoup amuser Wayne. Je prends un air faussement gêné.
« Tu sais ce qu'on dit, soupiré-je. Les jeunes ne méritent pas leur jeunesse.
— Et les vivants, leur vie, acquiesce Wayne. (Il se tourne vers Jared.) Raconte-moi l'un de tes trucs préférés.
— Comment ça ? »
Wayne lève les yeux vers le ciel.
« Décris-moi l'un des petits trésors de la vie, un plaisir simple, spontané, que tu oublies aussitôt après l'avoir fait. (Il fixe Jared d'un regard noir.) Je te préviens, si tu me réponds une pipe, je te balance du haut de ce rebord en ciment. »
Jared tire sur son clope d'un air méditatif.
« Des fois, tu vois, je remplis un gobelet de plastique de jus d'orange et je le mets au congèle. Genre, avec les glaçons. Normalement, quand on suce la glace, on aspire tout le jus et il ne reste plus qu'un bloc de flotte gelée sans goût. Mais il y a toujours un peu de jus qui reste coincé au fond, et donc, quand on suce progressivement le glaçon en renversant le gobelet de temps en temps, on peut attraper quelques gouttes de pur jus d'orange bien frais… et ça, c'est carrément délicieux, tu vois ? (Il nous jette un coup d'œil furtif.) Bon, je sais que ça a l'air idiot, mais c'était pour répondre à ta question. »
Wayne sourit, ferme les yeux. Une brise légère vient nous caresser et il se met à frissonner, ostensiblement.
« C'était parfait, dit-il. Et toi, Joe ? »
Je réfléchis un instant avant de répondre.
« Phoebe Cates.

— Phoebe Cates, répète Wayne d'un ton sceptique.

— Qui est Phoebe Cates ? demande Jared.

— Une actrice, dis-je. Tous les types de mon âge ont été amoureux d'elle, à un moment.

— À cause de la scène topless dans *Fast Times at Ridgemont High*, explique Wayne.

— Ah ouais, fait Jared en hochant la tête. Je vois qui c'est.

— Ça n'a rien à voir avec *Fast Times*. C'est juste cette espèce de pureté qu'elle dégage. Quand j'étais ado, elle était un peu l'archétype de la fille idéale, et je m'imaginais la vie incroyable que j'aurais si je rencontrais quelqu'un comme elle. Aujourd'hui, chaque fois que je la vois à la télé, je ressens ce même sentiment d'euphorie et d'espoir, comme si je revivais mes rêves de l'époque et que tout était encore possible.

— Ouais, fait Wayne. Mais Phoebe Cates ? Je ne vois vraiment pas ce que tu lui trouves.

— Moi non plus, ajoute Jared.

— Forcément. Toi, tu es gay, et toi tu as une génération de retard. Pour mettre tout le monde d'accord, je retire ce que j'ai dit et j'opte pour la pipe. (Nous rions tous les trois.) Alors, est-ce qu'on descend de là, oui ou non ? »

Un calme presque comique s'abat sur l'assemblée tandis que nous entamons notre hasardeuse descente en nous suspendant un par un au rebord de la coupole, d'abord Jared, puis moi en deuxième pour mieux guider Wayne. Une fois notre trio arrivé en sûreté sur le toit, la foule se met à applaudir et à acclamer, comme si nous étions un groupe de rock. *Bonsoir, Bush Falls ! Merci ! Que Dieu vous garde !*

Mouse nous attend en haut de l'escalier, flanqué d'un shérif assistant et de deux ambulanciers. Ces derniers entourent Wayne et, lentement, commencent à lui faire descendre les marches. L'assistant produit deux paires de menottes, et Mouse nous arrête Jared et moi pour atteinte à l'ordre public et obstruction à une administration d'État, puisque nous venons, semble-t-il, d'entraver une opération de sauvetage des forces de police.

TRENTE-DEUX

Carly est partie dans l'ambulance pour rester avec Wayne. Je n'avais donc d'autre choix que de poireauter dans la cellule du poste de police avec Jared en attendant que Cindy vienne nous chercher. Debout de l'autre côté des barreaux, vêtue d'un jean et d'une chemisette polo bleu marine qui irait comme un gant à une enfant de cinq ans, elle me couve d'un regard accusateur tandis que Mouse actionne la serrure.

« Je suis désolé, Cindy, dit-il en faisant coulisser la porte de la cellule. Ils perturbaient notre action devant une foule de gosses, je ne pouvais pas les laisser s'en sortir comme ça. (Il la fixe d'un air mielleux.) Ç'aurait été un message négatif pour tous ces enfants, tu comprends. »

La nervosité de Mouse est palpable et je réalise que, comme tous les hommes de son âge, à Bush Falls, il a grandi en adoration devant Cindy, et cela semble ne pas avoir beaucoup changé depuis. Même à cet instant, il ne peut s'empêcher de laisser traîner ses yeux à hauteur du fabuleux renflement de ses seins sous le coton moulant de sa chemisette.

« Je comprends, dit Cindy, sans me lâcher du regard. Ça ne se reproduira plus. »

J'emboîte le pas à Jared pour sortir de la cellule, mais Mouse referme la porte aussitôt derrière lui.

« Et où crois-tu aller, comme ça ? me dit-il.

— Chez moi !

— Oh non. Je n'ai pas encore décidé des charges à retenir contre toi.

— Tu plaisantes. »

Mouse me décoche ce qui est sans doute censé être un rictus supérieur et carnassier.

« Nous fermons les yeux pour le môme, dit-il en verrouillant la porte. Pour toi, je ne sais pas encore.

— C'est de la connerie, intervient Jared.

— Tais-toi, Jared ! lui lance sèchement Cindy d'une voix basse et tremblante.

— On a aidé ce type à descendre, m'man. On n'a rien fait de mal.

— Vous avez entravé une opération de sauvetage des forces de l'ordre », dit Mouse.

Jared le toise avec mépris.

« Toi, face de bite, on ne t'a rien demandé.

— Jared ! s'exclame Cindy d'une voix aiguë en le saisissant par le bras. Plus un mot.

— Tu préfères peut-être retourner en cellule, renchérit Mouse, le visage congestionné par la rage.

— Non ! lâche Cindy. Nous partons. »

Elle pousse Jared de force dans le couloir et Mouse ferme la marche derrière elle, les yeux rivés sur son cul. Quelques instants plus tard, elle réapparaît, seule.

« Qu'est-ce que tu fais encore là ? me demande-t-elle.

— Mouse a décidé qu'il ne m'avait pas assez fait chier comme ça. »

Elle fronce les sourcils à ma réponse élusive.

« Pourquoi n'es-tu pas déjà reparti à New York ?

— Tu sais, dis-je en m'avançant vers les barreaux, tout le monde me pose cette question, depuis plusieurs jours. Quelqu'un de plus vulnérable commencerait à croire qu'on ne veut pas de lui. »

Cindy tord sa bouche en un sourire sans humour, une grimace qui entache d'un coup la beauté parfaite de son visage. L'un des inconvénients majeurs de ce genre de beauté est que le moindre élément disgracieux se remarque aussitôt, un peu comme des empreintes de semelles sur un tapis blanc.

« Eh bien, non, on ne veut pas de toi, rétorque-t-elle. Tu n'as jamais manifesté le moindre intérêt envers ta famille, et tout ce que tu trouves à faire, c'est de te conduire comme un jeune délinquant. Jared a assez d'ennuis comme ça. Il n'a pas besoin que son oncle m'as-tu-vu et bon à rien vienne l'encourager.

— Wayne était sur le toit et je suis monté l'aider, répliqué-je vivement. Quand Jared s'est pointé, de sa propre initiative, je lui ai ordonné de foutre le camp. »

Elle balaie mes paroles d'un geste de dégoût.

« Tu as été absent pendant dix-sept ans, dit-elle d'une voix tranchante comme un couperet. Alors rends-nous un service : embarque ta drogue, ton attitude condescendante, et rentre chez toi. Tu n'as rien à faire ici. »

Qu'il soit bien précisé que je ne regarde même pas ses fesses lorsqu'elle pivote brusquement sur les talons et ressort en trombe. Je suis bien trop occupé à me demander si ce que je sens monter en moi, à cet instant précis, est un accès d'indignation légitime, ou le retour de ce bon vieil autoapitoiement.

Carly arrive au poste vers quinze heures et ramène Mouse à la raison en le menaçant d'une série d'éditoriaux assassins visant les pratiques discutables du bureau du shérif et ses « innombrables bévues ». Entre-temps, j'ai eu tout le loisir de me recroqueviller dans un état de peur panique et de me sentir seul au monde, détesté de tous.

« Comment va Wayne ? » lui demandé-je tandis que nous descendons les marches du poste.

Elle porte la même tenue que ce matin, mais sa barrette semble avoir disparu en cours de route et ses cheveux s'étalent à présent négligemment sur ses épaules.

« Il se repose chez lui, dit-elle, avant de me jeter un regard en coin. Vous avez parlé de son projet de s'installer chez toi ?

— Ouais.

— Eh bien, j'espère que tu étais sérieux, parce qu'il a l'intention de déménager bientôt.

— Tant mieux, commenté-je d'un ton absent comme nous arrivons au coin de la rue. Où est ta voiture ?

— Toujours garée devant le lycée. Et la tienne ?

— À la maison. Tu es passée me prendre, tu te souviens ?

— Ah oui, c'est vrai. Bon sang, c'était il y a un siècle, on dirait. »

Nous remontons la rue sans trop savoir où aller.

« D'une façon générale, le temps s'écoule bizarrement depuis que je suis arrivé, dis-je.

— Comment ça ?

— Eh bien, je ne suis là que depuis une semaine, mais j'ai l'impression que ça fait un mois. Et l'époque où je vivais ici, il y a si longtemps, me semble plus proche de moi qu'elle ne l'a jamais été, tandis que les dix-sept années qui se sont écoulées depuis ne forment plus qu'une parenthèse minuscule. Une petite zone marquée en jaune pâle sur le planisphère de ma vie pour représenter le temps passé loin des Falls.

Carly me jette un coup d'œil tendre et amusé qui s'éternise quelques secondes.

« Tu as été très malheureux, hein ?

— Pas vraiment. (Je réfléchis.) En fait, si. »

Elle se tourne vers moi et pose sa paume contre ma joue, un geste si affectueux et inattendu que mes jambes manquent se dérober sous moi et que je me mets à frissonner légèrement, sous l'effet de l'émotion violente qui me submerge. Voyant que je ne cesse de trembler, Carly me prend délicatement le visage entre ses mains pour me calmer. Nous restons ainsi sans bouger pendant une bonne minute, son regard plongé dans le mien comme si elle prenait la mesure de mon âme à travers mes prunelles. Puis ses yeux s'embuent et elle s'exclame : « Oh merde ! », et ses mains descendent le long de mon visage en une caresse tandis qu'elle s'avance d'un pas pour me prendre entre ses bras. « Merde », dit-elle à nouveau, secouée de faibles sanglots, presque imperceptibles, sur mon épaule. Je m'apprête à dire quelque chose puis me ravise aussitôt, en un rare réflexe de retenue, soucieux de ne surtout pas gâcher cet instant. Je me contente d'enfouir mon visage dans ses cheveux, et m'accroche à elle comme si ma vie en dépendait.

*
* *

Nous marchons jusque chez mon père dans un silence apaisant, nos pensées intimes virevoltant tout autour de nous et nos corps si proches l'un de l'autre qu'ils créent une zone magnétique provoquant un picotement chaque fois que nos membres se frôlent par inadvertance. Cette chose entre nous, cette boule de colère et de peur invisible qui flottait, menaçante, depuis mon arrivée aux Falls, semble s'être enfin évaporée, et un doux vide a pris sa place, qui ne demande qu'à être rempli. Vu mon taux de succès de ces jours derniers, il est hors de question pour moi de m'y atteler le premier.

Une fois arrivés à la maison, nous prenons ma pauvre Mercedes délabrée pour aller récupérer la voiture de Carly devant le lycée. Je m'arrête à hauteur de sa Honda et laisse le moteur tourner. Le lycée a déjà fermé ses portes pour la journée, mais quelques gamins sont encore là à traîner sur les marches ou à se bécoter sur les capots des voitures.

« Mon Dieu, dis-je. Tu te souviens ?

— En ce moment, tous les jours, dit Carly avec un petit sourire. J'ai du mal à me rappeler certains événements en particulier, mais je me souviens encore exactement combien on se sent plein, à cet âge-là.

— Plein de quoi ?

— Je ne sais pas. Plein d'espoirs, plein de rêves, plein de conneries. On se remplit soi-même. On se sent si plein qu'on explose de tous les côtés. Et puis on se lance dans le vaste monde, et les gens vous vident, petit à petit, comme on dégonfle une baudruche. »

Je médite la comparaison.

« Bref, on traverse la vie en se vidant de sa vitalité au fur et à mesure jusqu'à ce qu'il ne reste plus rien, et après, on meurt. C'est ça ?

— Non, bien sûr. On se démène comme on peut pour se remplir d'air frais, le sien ou celui que vous apportent les autres. Mais à cette époque-là – elle désigne les gamins étalés dehors –, on n'avait pas besoin d'efforts pour se sentir plein, tu comprends ? Il nous suffisait de respirer.

— Je sais, dis-je. Même si mes années de lycée étaient totalement merdiques avant que tu débarques dans ma vie, je me levais quand même chaque matin avec la force d'y retourner et de recommencer une nouvelle journée, comme si j'étais persuadé que les choses pouvaient toujours s'arranger, à un moment donné. »

Carly soupire longuement.

« Eh oui. »

Nous restons dans la voiture à observer les adolescents comme si le pare-brise devant nous était un écran de télé, calmes et tranquilles, chacun conforté plutôt qu'accablé par le silence de l'autre.

« Ce qu'on est bien », dis-je.

Carly repousse les cheveux qui lui tombent devant le

visage et se tourne vers moi, les lèvres tendues en une petite moue sensuelle.

« Tu devrais m'embrasser maintenant. »

« J'ai besoin d'aide », dis-je à Owen tandis que je roule au pas sur la route qui me ramène chez mon père.

Je me rejoue en boucle la scène du baiser de Carly, passe ma langue à l'intérieur de mes lèvres et de mes joues pour goûter une dernière fois à la saveur de sa bouche, comme après un succulent bonbon. Je n'en reviens pas d'avoir gardé le souvenir exact de son goût, comme si notre dernier baiser remontait à quelques jours à peine, et non à des années. À l'instant où nos lèvres s'étaient séparées, j'avais eu envie de recommencer, mais j'étais parvenu à me retenir, conscient que ce n'était pas le bon moment, que Carly exigeait de ma part une attitude plus prévenante et mesurée, même si je ne comprenais pas vraiment pourquoi.

« Reconnaître qu'on a besoin d'aide, c'est déjà un premier pas vers la guérison, résonne la voix joviale d'Owen dans le combiné.

— Sérieusement, dis-je, et je lui explique alors que Wayne va emménager avec moi dans la maison de mon père.

— Je comprends. De quoi as-tu besoin ?

— Pour commencer, d'une infirmière et d'un lit d'hôpital.

— Je m'en occupe. Quoi d'autre ? »

Je m'aperçois que je n'en ai aucune idée.

« Je ne sais pas trop. Je ne me suis jamais occupé de qui que ce soit.

— Moi non plus. »

Je prends quelques secondes pour méditer cette triste réalité : deux hommes intelligents et prospères, totalement ignares en matière de charité.

« Es-tu en train de te dire que nous ne sommes que

deux connards égoïstes et futiles ? interroge Owen, et je ne peux m'empêcher de sourire.

— Mais non, dis-je d'une voix sourde.

— Moi aussi. (Il se racle la gorge.) Joe.

— Ouais.

— Tu es quelqu'un de bien.

— Je ne suis qu'un trou du cul.

— Cela nonobstant.

— Bon, et n'y a-t-il pas quelqu'un que tu pourrais appeler, histoire de lui demander conseil ?

— On est en Amérique, rétorque Owen. Il y a toujours quelqu'un à appeler. »

TRENTE-TROIS

Plus tard dans la soirée, je suis en train de marteler le clavier de mon ordinateur lorsqu'une intervention divine me rappelle que je suis attendu à dîner chez Brad et Cindy. Enfin, j'imagine que je le suis toujours ; je n'en suis plus très sûr. Peut-être l'invitation a-t-elle été réexaminée aux vues de ma récente altercation avec Cindy au poste de police. Personne n'a appelé pour annuler, mais peut-être s'agit-il d'une de ces situations si flagrantes qu'elles se passent de confirmation verbale. Difficile à dire, en vérité. Dans ce cas, me pointer chez eux serait une maladresse – voire un faux pas. Mais ne pas venir alors que tout le monde m'attend ne ferait que confirmer mes tendances je-m'en-foutistes à l'égard de ma propre famille, perception que je cherche précisément à démentir. Cindy me voit déjà comme l'homme à abattre, de toute façon ; ce n'est pas comme si je pouvais m'enfoncer encore plus bas que je ne le suis déjà. En plus, Jared sera là.

Et merde. J'y vais.

Brad et Cindy vivent dans une grande demeure de style colonial hollandais à environ trois cents mètres de chez mon père. Emily et Jenny m'ouvrent la porte. Elles portent exactement la même tenue, T-shirt Backstreet

Boys trop grand et fuseau noir, et l'une des deux arbore, perché sur son poignet, un oiseau blanc de taille alarmante avec une plume en forme de main comme plantée au sommet du crâne.

« Salut, oncle Joe », chantent les jumelles à l'unisson, mais avec un demi-ton d'écart dans leur voix, ce qui crée un effet irréel et inquiétant renforcé par la présence du volatile.

La porteuse de l'oiseau – appelons-la Emily – se retourne avec mille précautions pour m'inviter à entrer tandis que Jenny donne des biscuits secs à l'animal, qui les lui arrache d'entre les doigts avec des coups de bec saccadés.

« Bonsoir, les filles », dis-je d'un ton assez formel en entrant.

Il y a quelque chose dans le fait de m'adresser à ces deux fillettes en même temps qui me rend compassé et mal à l'aise, comme si je passais à l'inspection devant un jury. Je n'ai pas l'habitude des adolescentes et ces deux-là me paraissent particulièrement blasées, comme si elles me perçaient à jour. Leur supériorité numérique neutralise ma supériorité en âge, et elles semblent en être conscientes.

« Qui est-ce ? » demandé-je en désignant l'oiseau.

— Shnookums, dit Emily.

— C'est un cacatoès fille, énonce Jenny.

— Elle sait parler.

— Elle sait dire : « Comment ça va ».

— Et : « *Oops, I did it again* ».

— Wow, dis-je. Voyons voir ça. »

Les jumelles secouent la tête en échangeant des petits sourires railleurs.

« Elle ne parlera pas pour toi.

— Elle ne parle que pour nous.

— Parce qu'on l'a entraînée.

— Et pour Jared, des fois.

— Ouais. Il lui a appris à dire : *Salut, trouduc.* »

Elles éclatent de rire en même temps.

La première chose qui s'offre à ma vue lorsque je pénètre dans la maison est le salon, de ces living-rooms de musée dont la seule raison d'être est de faire vitrine. Moquette blanche épaisse qui n'a jamais connu le contact d'une semelle de chaussure, canapés victoriens clairement conçus dans un mépris total du fessier humain, et piano Steinway quart de queue si laqué et si brillant qu'on peut même se voir dedans. Il n'a sans doute jamais émis la moindre note, mais sert surtout de plate-forme pour l'exposition de portraits de famille sertis dans des cadres clinquants, plaqués or ou argent, et orientés de manière à pouvoir être admirés par le visiteur sans que ce dernier ait à franchir le pas de la porte. C'est une pièce à l'image de Cindy : ultraféminine et comminatoire au dernier degré. Je ne peux m'empêcher de voir une dimension tragique dans la perfection immaculée de cette pièce, entretenue par Cindy jour après jour avec un acharnement maniaque tandis que sa vie et son mariage lui filent inexorablement entre les mains.

À l'autre bout du large vestibule se trouve la salle de séjour familiale avec vieille moquette beige, canapés modulaires au cuir décoloré par le soleil, cheminée, fauteuil inclinable La-Z-Boy, et téléviseur à grand écran plat sur lequel J. Lo est présentement en train de tournoyer au beau milieu d'un night-club à la déco industrielle. Jenny et Emily s'assoient sur le dossier du canapé et accompagnent les paroles de la vidéo tout en se chamaillant et en caressant leur oiseau.

« Où est Jared ? demandé-je.

— Dans sa chambre.

— Il parle avec sa copine.

— Ils s'embrassent dans le téléphone. »

Elles se regardent en mimant des bruits de bisous et éclatent de rire.

« Et vos parents ?

— Papa n'est pas encore rentré, et maman est au sous-sol.

— Y a qu'à suivre la musique. »

Mon premier réflexe est de monter voir Jared, un peu comme on contacte son ambassade en posant le pied dans un pays étranger, mais ma mission du soir consiste à me rapprocher de Brad et de Cindy. Je me dirige donc au sous-sol après en avoir repéré la porte, au fond de la cuisine. Je trouve Cindy en plein entraînement de gymnastique devant une vidéo Pilates, au milieu d'une salle de jeu reconvertie en salle de sport miniature. Malgré les posters de Disney encore accrochés aux murs, l'espace a été investi par un tapis de course, un stepper, un râtelier à haltères et un tapis de sol sur lequel Cindy est allongée sur le dos, jambes et poitrine surélevées, en train d'exécuter une série d'abdos au rythme de la musique émanant du poste de télé. Elle porte un short en spandex noir, une brassière de sport, et ses cheveux retenus en arrière par un bandana découvrent son visage rouge et luisant de sueur.

« Salut, Cindy », lancé-je depuis l'escalier.

Elle ne rate pas un seul mouvement de son exercice et se contente de tourner la tête vers l'escalier en grognant un mot de bienvenue sans manifester le moindre trouble ou élan de pudeur face à cette intrusion pendant sa gym, ce qui, avec un corps comme le sien, serait une coquetterie ridicule.

« Brad-n'est-pas-encore-rentré », souffle-t-elle d'une voix forcément hachée par les mouvements de haut en bas qu'elle inflige à son abdomen digne d'un publireportage. Elle ne peut parler qu'à chaque expiration, c'est-à-dire lorsqu'elle soulève son ventre vers le haut. Elle semble y mettre une sorte d'énergie acharnée qui franchit allègrement la limite entre autodiscipline et désespoir, et j'éprouve malgré moi un élan de sympathie tendre envers ma belle-sœur, réalisant que peut-être, derrière son amertume, se cache juste une jeune fille désorientée incapable de comprendre où sa vie a bien pu foirer.

« Brad finissait tard, ce soir ? » lui demandé-je, promenant ostensiblement mon regard à travers la pièce pour bien montrer mon parfait désintérêt envers sa luisante perfection plastique.

« Non, grogne-t-elle, complétant à présent l'exercice d'un mouvement latéral pour isoler un nouveau groupe de muscles sur son tronc lisse. Il-saute-sa-serveuse.

— Je te demande pardon ?

— Tu-as-bien-entendu. »

Elle termine ses abdos et, paumes pressées contre le matelas, soulève le haut de son corps en arquant le dos pour étirer son ventre plat.

« Tu es sûre ? dis-je d'une voix sourde.

— Il n'y a pas de secrets dans une petite ville de province. Tout se sait ; le seul critère, c'est ce dont les gens sont prêts à discuter avec vous. »

J'ignore si c'est ce constat désinvolte de l'infidélité de Brad ou les contorsions de son incroyable corps qui perturbent autant mon esprit ; toujours est-il qu'il me faut plusieurs secondes avant de réaliser que Cindy vient de citer la première phrase de *Bush Falls*.

« Je ne sais pas quoi dire. »

Elle se lève en secouant les bras et les jambes.

« Bienvenue au club. Tu veux bien me donner un coup de main avec le matelas ? »

Je l'aide à enrouler le tapis de sol et à le poser contre la porte. Elle se dirige alors vers une petite alcôve contenant une machine à laver et un sèche-linge et, à ma totale stupeur, ôte son short et sa brassière.

« Ça fait un moment que ça dure, je crois », dit-elle d'un ton égal en enfournant ses vêtements trempés de sueur dans la machine avant d'y verser une dose de lessive.

« Non pas qu'il ait jamais voulu l'admettre.

— Peut-être que tu te fais des idées », dis-je, espérant que ma voix ne trahit pas le vent de panique que son brusque effeuillage vient de faire souffler sur ma personne.

Est-ce une tentative de séduction ? Est-ce là tout ce qu'elle a trouvé pour se venger de Brad, flirter avec son frère dans la buanderie au sous-sol ? J'ai honte du frisson d'excitation qui, malgré mon horreur, m'envahit brièvement à cette perspective. Elle se détourne de la machine et se plante face à moi.

« Non, c'est vrai », dit-elle doucement.

Soudain confronté de plain-pied à la nudité de ma belle-sœur, je dévie aussitôt le regard vers les murs couverts de posters, superposant malgré moi l'image de ses seins aux deux sphères des oreilles de Mickey.

« Ne t'inquiète pas, dit-elle avec un petit sourire désabusé en constatant mon embarras. Je travaille comme une dingue pour entretenir ce corps ; autant que quelqu'un le voie. »

Il ne s'agit donc pas de séduction mais d'exhibitionnisme, tout bonnement. Je me sens rassuré, et un tantinet déçu.

« Sans doute, rétorqué-je en me tournant pour la regarder droit dans les yeux. Mais je doute que ce quelqu'un soit moi. »

Elle m'observe un instant, puis hausse les épaules et attrape une serviette-éponge lavande posée sur une étagère derrière elle.

« Comme tu voudras, dit-elle en s'enroulant dans sa serviette. Je monte me doucher. »

J. Lo a cédé la place à Britney Spears lorsque je retourne au salon. Apparemment, c'est l'*happy hour* du ventre nu sur MTV. Jared est assis par terre, ses jambes étendues devant lui, en train de bidouiller un lecteur MP3 tout en étudiant le nombril de Britney. Les jumelles sont toujours perchées sur le dossier du canapé, à jouer avec leur oiseau.

« Salut, Jared, dis-je en m'asseyant sur le bras du fauteuil La-Z-Boy.

— Elle t'a montré ses nichons ? tient à savoir mon neveu.

— Hein ?

— C'est bon, dit-il. Elle fait le coup à tout le monde. Même à moi.

— Ah ouais ? »

Jared acquiesce d'un air insondable.

« Mes potes adorent venir à la maison.

— J'imagine. »

Tout à coup, l'oiseau se met à battre violemment des ailes entre les deux jumelles, et j'ai un mouvement de recul instinctif.

« Elle sait voler ? demandé-je, nerveux.

— Bien sûr que oui, répond la jumelle au cacatoès. C'est un oiseau, non ? »

Pour mieux illustrer ses propos, elle lance le volatile en l'air et, un cri rauque et quelques coups d'ailes furieux plus tard, Shnookums a pris son envol et mis plus ou moins le cap en direction de mon visage. J'élève les mains devant moi en un réflexe protecteur et me roule en boule au fond du fauteuil. L'oiseau opère alors un virage et va se percher sur le poste de télé. Les jumelles sont si hilares qu'elles menacent de basculer du canapé, ce qui, en cet instant précis, ne me contrarierait pas le moins du monde. Cindy apparaît sur le seuil de la pièce et me découvre ainsi, recroquevillé dans le La-Z-Boy, la tête enfouie dans les bras et les jambes en l'air. Elle me toise avec une expression lasse et ironique, comme si je faisais sans arrêt ce genre de truc, avant de s'adresser aux filles.

« Vous deux, je vous conseille de remettre cet oiseau illico dans sa cage. Si je le retrouve encore une fois dans mon living-room, tant pis pour lui. »

Brad finit par arriver et monte s'isoler quelques instants avec Cindy à l'étage, histoire qu'ils puissent se hurler dessus et se couvrir d'injures, pendant que Jared et les filles regardent la télévision sans sourciller, comme hypnotisés, faisant abstraction du reste avec une facilité qu'on devine si coutumière que cela fait peine à voir. Au bout d'un moment, Brad descend dire bonsoir et je l'accompagne dans la cuisine. Il sort une bouteille de vin du frigo encastré Sub-Zero et se met en quête d'un tire-bouchon en farfouillant dans divers tiroirs.

« Désolé d'être en retard, dit-il.

— Ne t'inquiète pas pour ça. Écoute, Brad, ce n'était peut-être pas une bonne idée. Je peux très bien revenir une autre fois.

— Non, ça ira.

— Je ne sais pas… Cindy semble en colère.

— C'était à prévoir », assène-t-il d'un air maussade.

Cindy nous sert le dîner, composé d'un poulet sauce marinara trop cuit, dont la chair se désintègre au moindre coup de fourchette, d'une purée de pommes de terre et d'une salade assaisonnée trop tôt, caoutchouteuse à force de baigner dans sa vinaigrette qui a eu tout le temps de fermenter. « C'était délicieux », déclaré-je. Jared, qui a fini par se joindre à nous après moult rappels à l'ordre, lève un sourcil incrédule dans ma direction. La conversation, ou ce qui en tient lieu, est pénible et forcée, et bien que ma présence, de toute évidence, contribue pour une part non négligeable à la morosité ambiante, je devine que le rituel du dîner familial se déroule rarement ici dans la joie et les éclats de rire. Brad mange avec détermination et concentration, Jared avec un détachement affecté, et Jenny et Emily gloussent en chuchotant dans un langage gémellaire incompréhensible. « *Oubou youbou ?* » « *Boubou wabou.* » « *Ouais ?* » « *Ouais.* » Cindy grignote des morceaux de salade détrempés et gronde les filles d'une voix absente à intervalles réguliers pour de quelconques transgressions mineures pendant que je grave les lettres « S.O.S. » dans ma purée. Nous achevons la première bouteille de vin en moins de dix minutes, et Cindy s'empresse d'en ouvrir une deuxième.

« Alors, Joe, lance Brad, combien de temps penses-tu rester dans le coin ? »

Cindy relève la tête d'un air curieux, visiblement très intéressée par ma réponse.

« Je ne sais pas trop, dis-je. Rien n'est encore fixé.

— J'ai du mal à comprendre comment on peut rester un jour de plus dans ce trou de merde quand on a la possibilité de se casser, intervient Jared.

— Jared ! claque la voix de Cindy, tandis que les jumelles retiennent leur souffle aux gros mots de leur frère avec horreur et délectation.

— Surveille ton langage, Jared, lâche Brad d'un ton las.

— Désolé. Ce trou à la con. »

Les filles démarrent au quart de tour comme des rires de sitcom préenregistrés.

« Je pensais comme toi, autrefois, Jared. Mais tu n'imagines pas à quel point un endroit que l'on croyait détester peut se mettre à vous manquer. »

C'est moi, affectant le ton candide de la conciliation en un vain effort pour apaiser les tensions qui règnent autour de la table, et peut-être apaiser mes relations avec les derniers membres vivants de ma seule famille.

« Ouais, facile à dire, pour toi, rétorque Jared. Moi, je n'ai pas encore assouvi mon désir de vengeance en écrivant un bouquin.

— Je n'ai pas écrit mon livre pour me venger.

— Pour quoi, alors ?

— C'est compliqué.

— Tu dis toujours les mêmes trucs. Ce n'est pas si

simple. C'est compliqué. Foutaises. Tu t'en es pris à tous ceux que tu détestais. Il n'y a rien de mal là-dedans, mais appelons les choses par leur nom. C'était un acte de vengeance.

— Ça suffit, Jared, menace Brad, sans grande conviction toutefois.

— Oh, allez, p'pa, s'enflamme Jared, virant progressivement au rouge. Tu as pété les plombs quand le bouquin est sorti. Vous gueuliez tout le temps avec maman.

— Voilà qui devient intéressant, dis-je en me tournant vers Brad comme si je n'attendais que ce coup de théâtre. Je suis sûr que mon livre t'a excédé. Pourquoi est-ce que tu ne m'as rien dit ? »

Brad repose doucement sa fourchette et termine de mastiquer sa bouchée de poulet avec une lenteur délibérée avant de tamponner sa serviette au coin de sa bouche, pour bien montrer qu'il n'a nullement l'intention de se presser.

« Pourquoi est-ce que je n'ai rien dit, reprend-il avec un hochement de tête résigné, comme s'il était contraint et forcé de participer à un débat qu'il aurait préféré éviter. Un : parce que toi et moi ne nous parlons quasiment jamais. Deux : parce que je ne voulais sans doute pas te faire ce plaisir. Mais surtout – et je sais que tu auras peut-être du mal à comprendre ce concept – parce que je suis un adulte, Joe, et que j'ai d'autres chats à fouetter plutôt que de perdre mon temps avec un livre stupide et malveillant.

— Ça, c'est sûr », ajoute Cindy avec un rictus vipérin avant d'engloutir, selon mes calculs, son quatrième verre de vin.

Brad se tourne vers sa femme, les traits pincés en un mélange de pitié et de dégoût.

« Tu ne crois pas que tu as assez bu ?

— Au contraire.

— Qu'est-ce que je t'ai fait, bon sang ? glissé-je à

Jared en chuchotant tandis que Brad et Cindy se rongent l'un l'autre tels deux animaux affamés.

— Rien du tout.

— Alors pourquoi me faire un coup pareil ?

— J'essaie juste de détourner la foudre.

— La détourner de quoi ? »

Il soupire et me regarde.

« De toi. »

Avant que j'aie eu le temps de lui demander ce qu'il entendait par là, Shnookums fait une entrée aérienne dans la salle à manger et procède à un piqué en direction du poulet marinara, éclaboussant la table de sauce rouge à mesure qu'elle bat des ailes pour tenter de rectifier son plan de vol.

« Brad ! » vocifère Cindy, tandis que tout le monde se lève en un mouvement de surprise.

« Merde ! » rugit Brad.

L'oiseau patauge en rond dans le plat de poulet comme s'il était sur un plateau tournant, incapable de reprendre son envol à cause de ses plumes pleines de sauce. Cindy tente de le dégager en lui tapant dessus, mais rate complètement son coup et renverse son verre de vin, qui se répand sur la table, ainsi que la bouteille, qui heurte le sol avec un bruit sourd.

« Bordel de merde ! » hurle-t-elle.

Tous les regards rivés sur elle, Shnookums parvient à s'extraire du plat de poulet et effectue quelques pas hésitants sur la nappe, en laissant dans son sillage une série de parfaites empreintes rouges, avant de s'arrêter pile en face de moi. « *Salut, trouduc* », coasse-t-elle, achevant ainsi d'enterrer le dîner familial.

Après avoir aidé Brad et Cindy à nettoyer l'hécatombe de la salle à manger, je m'apprête à prendre congé lorsque je surprends le coup d'œil lourd de sens qu'adresse Cindy à son mari.

« Je te raccompagne », me dit Brad.

Je repense à cette phrase de Jared concernant la foudre parentale, et je me demande aussitôt ce qui m'attend. Dehors, nous nous asseyons sur les marches du perron et Brad va droit au but.

« Il faut que je te parle de Jared.

— O.K. Tu sais, je tiens à te dire que je l'aime vraiment beaucoup. C'est un brave gosse. »

Brad acquiesce.

« Je sais. Le truc, c'est qu'il nous cause pas mal de soucis à moi et à Cindy, question discipline. Il sèche les cours, il traîne dehors toute la nuit et il fume des joints.

— C'est un ado, rétorqué-je avec un haussement d'épaules. Mais j'ai passé pas mal de temps avec lui ces derniers jours, et je t'assure que c'est un bon petit gars. À mon avis, tu n'as aucun souci à te faire.

— Je sais que c'est ton avis, réplique-t-il avec sarcasme. C'est bien là le problème.

— Je ne comprends pas. »

Brad marque une pause et pince ses lèvres.

« As-tu fumé des joints avec Jared ? »

Oh, oh !

« Pardon ?

— Cindy m'a dit que le soir où elle t'avait annoncé la mort de papa, Jared et toi empestiez le shit à des kilomètres.

— Écoute, Brad. Je ne suis là que depuis une semaine. Si Jared fait des conneries, il les avait déjà commencées avant quc j'arrive.

— Réponds à ma question. As-tu fumé avec lui, oui ou non ?

— C'était son joint à lui, dis-je platement. Je n'ai fait que tirer quelques taffes dessus.

— Hmm, c'est bien ce que je pensais, opine Brad. Alors laisse-moi t'expliquer une chose : Cindy et moi pensons que tu devrais retourner à Manhattan. Nous ne voulons plus que tu voies Jared.

— C'est complètement dingue. C'était juste un joint, nom de Dieu.

— Tu vois, tu ne fais que t'enfoncer.

— Écoute, dis-je. Jared traverse vraiment une phase difficile, en ce moment. Ça va mal entre Cindy et toi ; il a perdu tous ses repères.

— Tu es là depuis quelques jours et tu connais mieux mon fils que moi, maintenant ?

— Ce n'est pas ce que je voulais dire. C'est peut-être parce que je suis un étranger dans la famille, justement. En tout cas, je suis le seul adulte à qui il semble avoir envie de parler. »

Brad se tourne vers moi, les yeux brûlant de colère.

« Tu n'es pas un adulte, Joe. Tu es un adolescent de trente-quatre ans. Voilà pourquoi Jared t'apprécie. Il ne te voit pas comme un guide ou un modèle de sagesse. Du haut de ton âge, tu ne fais qu'apporter davantage de crédibilité à ses conneries. Et s'il y a bien une chose dont il n'a pas besoin, c'est d'un autre légume avec qui se défoncer.

— Je vois, dis-je en me levant brusquement. Tu sais ce que je pense ? Je pense que tu cherches simplement une excuse pour m'éloigner de Jared parce que tu ne supportes pas le fait qu'il s'entende mieux avec moi qu'avec toi. Je suis désolé que Jared ne soit pas devenu un sportif, Brad, mais si incroyable que ça puisse paraître, ce n'est pas parce qu'un gamin n'entre pas chez les Couguars qu'il ne vaut rien. »

Brad reste assis sur les marches, l'air totalement épuisé.

« Tu sais pourquoi je voulais que Jared fasse partie de l'équipe ? Parce que je voulais qu'il se sente intégré à un groupe, qu'il apprenne le sens des responsabilités. C'est quelque chose que tu n'as jamais compris, parce que tu n'as jamais fait partie de quoi que ce soit de toute ta vie. Tu ne t'es jamais intéressé à autre chose qu'à ta petite personne. C'est facile pour toi de poser tes fesses ici et de me dire de fermer les yeux sur les joints et tout le reste, parce qu'à la fin de la journée, ça ne fait aucune différence pour toi. Tu es son nouveau petit pote. Je suis son père, Joe. J'adorerais être son pote, moi aussi, mais je suis responsable de ce môme. Mais tout ceci te passe sans doute très loin au-dessus de la tête, vu que tu ignores ce qu'est l'amour et le don de soi.

— Et en quoi sauter Sheila Girardi contribue-t-il au bien-être de ton fils ? »

C'est petit, certes, mais je suis à court d'arguments nobles.

Brad se lève, et pendant un bref instant de terreur, je me dis qu'il va me frapper.

« Rentre chez toi, Joe, lance-t-il, le visage crispé en une expression de souffrance absolue. Tu n'as rien à faire ici. »

*
* *

J'ai déjà parcouru plusieurs pâtés de maisons lorsque j'entends un bruit de pas précipités derrière moi.

« Rentre chez toi, Jared, dis-je lorsque l'adolescent apparaît à mes côtés, calquant son allure sur la mienne.

— Salut.

— Je ne suis plus censé te parler, lui annoncé-je.

— J'ai essayé de te prévenir, me lance-t-il d'un air contrit.

— Je sais. T'inquiète pas.

— J'ai écouté toute la conversation, dit Jared. Il a été super-dur avec toi.

— Il n'avait pas tort sur certains points.

— Alors quoi, tu vas lui obéir ? »

Je m'arrête et me plante face à mon neveu.

« Écoute, Jared. Je suis venu dîner chez toi parce que je croyais pouvoir renouer avec vous, me sentir plus proche de ma famille. Mais tu sais ce que j'ai appris, ce soir ? Que ça n'arrivera jamais, parce que vous êtes tous si déconnectés les uns des autres que je n'ai aucune famille avec laquelle me réconcilier.

— Donc tu laisses tomber ?

— Je repense mon approche. Ton père m'a accusé de ne pas savoir ce qu'était le don de soi, et il a raison. On a traîné ensemble, on a parlé des filles, de musique, on a fumé un joint, et tu sais à qui profite tout ça ? À moi. Parce que ça me donne l'impression d'avoir une famille. Toi, en revanche, ça ne t'apporte rien de bon. Tu as besoin d'un père, pas d'un copain. Et s'il y a une chose dont je suis expert, c'est de l'art de foutre en l'air ses relations avec son père. Alors je n'ai qu'un conseil à te donner : oublie la pose, et donne une chance à ton père. Je sais que ça ne va pas être facile, mais je t'assure que si ça marche, tu ne le regretteras pas. »

Jared m'observe un long moment avant d'acquiescer.

« O.K. J'y penserai.

— Bien. Et la cage à oiseau, là, c'est pour quoi ? »

Jared transporte une gigantesque cage blanche grillagée, dans laquelle une Shnookums passablement excitée se fait ballotter sans merci à chacun de ses pas.

« Comme toi, Shnookums a besoin de se faire oublier quelque temps aux yeux des parents. J'ai tenu un conseil avec mes frangines, et nous t'avons désigné comme gardien provisoire. »

Il sourit de toutes ses dents et me tend la cage.

« Quand dois-je la nourrir ?

— Laisse, je viendrai m'en occuper.

— Tu n'es pas censé me fréquenter.

— Suis un peu, mec. Je ne fais jamais ce que je suis censé faire. »

« Tu veux un oiseau ? » demandé-je à Carly lorsqu'elle m'ouvre la porte.

Elle me contemple avec un sourire malicieux, vêtue d'un bas de jogging de Bush Falls High et d'un débardeur à bretelles, tout en grignotant gaiement une grosse carotte.

« Qu'est-ce que c'est que ça ?

— Je te présente Shnookums. C'est une dame cacatoès.

— Mon Dieu, Joe, elle saigne !

— C'est de la sauce marinara.

— Ah. Bon, ça va alors.

— Je viens de passer une soirée… intéressante.

— Je n'en doute pas, dit-elle, mâchonnant une nouvelle bouchée de carotte. Et grâce à toi, la mienne vient de le devenir également.

— Je passais par là en rentrant de chez Brad, j'ai décidé de faire un crochet.

— Ma maison n'est pas sur le chemin de chez Brad.

— Ne sois pas si premier degré.

— O.K., dit Carly. J'étais en train de faire quelques trucs pour le boulot. Tu veux entrer ? L'oiseau est convié aussi, bien entendu.

— J'aimerais, mais c'est impossible. J'ai moi-même du travail qui m'attend.

— Tu écris ?

— Oui. Enfin. »

Elle acquiesce en silence.

« Dans ce cas, que puis-je faire pour toi ?

— J'espérais que, peut-être, je pourrais à nouveau t'embrasser. »

Son sourire est la lumière du soleil.

« J'espérais aussi. »

Elle fait un pas pour me rejoindre sur la première marche du perron, et nous nous tenons face à face.

« J'ai une haleine de carotte, prévient-elle.

— J'adore les carottes. »

Elle m'empoigne des deux mains par la chemise.

« Alors ça tombe à pic, Roméo. »

TRENTE-QUATRE

Owen a besoin de quelques jours supplémentaires afin de réunir le matériel nécessaire pour Wayne, mais Wayne me dit que c'est aussi bien, car il a envie de passer encore un peu de temps dans la chambre de son enfance à farfouiller dans les tiroirs et sur les étagères, histoire de revisiter sa jeunesse une dernière fois. Je le soupçonne de vouloir donner un peu plus de temps à sa mère, dans l'espoir qu'elle émerge à temps de sa stupeur dévote pour lui ouvrir enfin son cœur avant de lui dire au revoir. Bien que je comprenne ce souhait, je ne suis guère optimiste là-dessus.

Je ne prends même pas la peine de me raser, de me doucher ou de me laver les dents en me réveillant le lendemain matin ; je me contente de me rouler hors du lit, d'enfiler un caleçon et de me mettre directement au travail sur mon manuscrit. Juste avant de m'endormir hier soir, les lèvres encore emplies du baiser de Carly, je bouillonnais d'idées : évolution de la trame, traits de caractère de mes personnages, expressions, même des paragraphes entiers rédigés dans ma tête et que je tiens à présent à coucher noir sur blanc avant de les oublier. Écrire sans m'être lavé ni habillé me semble curieusement plus jouissif, plus productif, comme si le fait de négliger les considérations superficielles me permettait de concentrer toute mon énergie sur le processus de création intérieur. C'est donc tel quel que je m'installe à mon bureau, l'haleine fétide, le cheveu gras, en bataille, la peau flasque et le visage non débarbouillé, et je me sens comme jamais dans la peau d'un écrivain. Hemingway n'avait sûrement que faire d'une brosse à dents ou de lotion après-rasage lorsqu'il était pris par l'inspiration.

Et c'est dans cet état peu présentable que j'ouvre la porte pour me retrouver nez à nez avec Lucy Haber, debout sur mon perron, un exemplaire de *Bush Falls* serré contre sa poitrine. Elle n'a pas lésiné sur le maquillage et, pour la première fois, je songe qu'il se dégage quelque chose de désespéré de son apparence, un je-ne-sais-quoi qui en fait un peu trop pour une femme de son âge, et j'ai aussitôt honte de cette pensée peu charitable. Sur la quatrième de couverture du livre, ma photo, appuyée contre le renflement de sa poitrine, me fixe d'un œil accusateur.

« Je te réveille ? demande-t-elle, troublée par ma mise piteuse.

— Non. Ça va. »

Si seulement j'avais au moins enfilé un T-shirt.

« J'aurais pensé que tu passerais me voir, peut-être, dit-elle, affichant une gêne évidente. Non pas que je te fasse le moindre reproche.

— Excuse-moi. Je suis… désolé. »

Lucy dissipe aussitôt mon embarras.

« Tout va bien. Je ne veux pas te mettre mal à l'aise. C'est pour ça que je me suis éclipsée de si bonne heure, l'autre matin.

— Je suis désolé », balbutié-je à nouveau.

C'est tout ce que je suis capable de dire, apparemment.

« Je croyais que tu étais reparti mais quand j'ai vu ta voiture en passant dans la rue, hier, alors j'ai pensé que je pourrais venir te dire au revoir en bonne et due forme.

— Je suis très touché. Tu veux entrer ? »

Elle sourit.

« Non, merci.

— Ça n'était pas… Il n'y avait aucun sous-entendu dans mon invitation.

— Non. Je sais. (Elle me tend le livre et un stylo argenté.) Tu voudrais bien me le signer ?

— Bien sûr. Ça faisait longtemps qu'on ne me l'avait pas demandé. »

J'ouvre le roman à la page de titre et inscris « *Chère Lucy* », puis marque une pause afin de réfléchir à ma dédicace. « *Tu as été ma muse, mon fantasme, et aujourd'hui je suis heureux de pouvoir t'appeler mon amie. Affectueusement, Joseph Goffman.* »

Elle lit la phrase et me sourit.

« Viens là que je t'embrasse. »

Je la serre dans mes bras, et les boutons de son chemisier s'enfoncent dans ma peau nue. Il n'y a aucune intention sexuelle là-dedans, mais je crois que certaines personnes ne sont capables d'embrasser ou d'enlacer que d'une seule manière, et notre étreinte a quelque chose de vaguement érotique – sa main sur mon dos nu, son bas-ventre pressé contre mon sexe. Elle rejette la tête en arrière et pose son front contre le mien.

« J'espère ne pas avoir brisé ton fantasme, glisse-t-elle, et je vois à son regard que la question la préoccupe sincèrement.

« Tu plaisantes, dis-je. Tu l'as corroboré au-delà de tout ce que je pouvais espérer.

— Tu es mignon. (Elle se penche en avant et dépose un léger baiser sur mes lèvres.) Ne sois pas un étranger, Joe.

— Promis. »

Elle se redresse, et je vois qu'elle est sur le point de

pleurer. Elle me sourit une dernière fois et je la regarde s'éloigner vers sa voiture. Ce n'est qu'après son départ que je remarque Carly, garée de l'autre côté de la rue et observant la scène de sa propre voiture, les traits figés en un masque de perplexité absolue. Totalement pris au dépourvu, j'agite la main pour la saluer. Elle me renvoie le geste, mais son visage reste immobile et elle ne fait pas mine de venir à ma rencontre. Me voilà donc contraint de descendre les marches du perron et de traverser la rue en caleçon, frissonnant dans l'air matutinal et boitillant maladroitement au contact du moindre détritus tranchant contre mes plantes de pieds.

« Je sais que ça avait l'air bizarre », commencé-je.

Elle hoche la tête.

« Tu l'as sautée ? »

Le ton est neutre, à peine intéressé, comme si la réponse ne la concernait pas vraiment.

« Elle venait juste d'arriver.

— Je sais quand elle est arrivée, rétorque Carly. Avant cela, est-ce que tu l'as sautée ? »

Je soupire.

« C'était avant qu'il se passe quoi que ce soit entre toi et moi. »

Non pas que je croie aux vertus de l'honnêteté à tout prix, mais cela reste encore la stratégie la plus viable, parfois, surtout lorsque le temps vous manque pour échafauder un mensonge crédible.

Elle commence déjà à opiner d'un air entendu avant même que j'aie terminé ma phrase, et sa bouche tremble imperceptiblement.

« Écoute, Carly…

— Tu n'as rien à expliquer, tranche-t-elle d'un ton trop rationnel. Il n'y avait aucun engagement entre nous. Je suis ravie pour toi. Après tout, tu voulais cette nana depuis, quoi… vingt ans, c'est ça ? C'est très bien expliqué dans ton livre.

— Laisse-moi une chance, au moins.
— Félicitations. Tu te l'es enfin tapée, mon vieux.
— Tu veux bien arrêter ?
— Pas de problème », répond Carly.

Elle actionne violemment le levier de vitesses et démarre dans un crissement de pneus, me laissant ainsi retraverser la rue pieds nus, clopin-clopant, et si je me sens tout nu, à ce moment, ce n'est pas uniquement parce que je n'ai rien sur le dos. Une fois de plus, je constate, non sans une certaine fascination, que manque de jugeote et mauvais timing semblent décidément se liguer contre moi – et toujours lorsque mon existence commençait à montrer des signes encourageants.

Naturellement, plus question d'écrire ; je monte à l'étage pour me doucher et m'habiller. J'ai l'intention de ne pas laisser cet incident tout bousiller entre Carly et moi. Le timing était fâcheux, certes, mais je ne l'ai pas trompée. La chronologie est clairement de mon côté dans cette affaire, et j'espère pouvoir l'en convaincre dès qu'elle se sera calmée. À ma grande surprise, elle accepte de prendre mon appel lorsque je téléphone à son bureau, une demi-heure plus tard.

« Salut, Joe, lance-t-elle d'un ton on ne peut plus détendu.
— Ne sois pas fâchée contre moi, je t'en prie.
— Je ne suis pas fâchée, répond-elle d'une voix douce.
— Hein ? »

C'est là l'un de ses vieux trucs, quelque chose que je n'ai jamais compris chez elle. Quand Carly est furieuse, elle punit son offenseur en ne lui accordant même pas le privilège de contempler sa rage, car cela équivaudrait à un premier pas vers l'absolution. Je me suis plus d'une fois égaré sur le terrain miné de sa susceptibilité, aussi bien au lycée que du temps de nos années communes à

Manhattan, et je me rappelle maintenant très clairement à quel point Carly peut se transformer en Rubik's Cube dès qu'elle est vexée ou en colère.

« Il n'y a aucun problème, dit-elle. Ça n'avait rien à voir avec moi.

— Tout va bien entre nous, alors ?

— Aussi bien que ça l'a toujours été.

— Ah. Choix de mots calculé. Sous-entendus. Voilà qui prend forme.

— Je ne vois pas de quoi tu parles. »

Je respire un grand coup.

« Je tiens à ce que tu saches que ce qui s'est passé avec Lucy a eu lieu peu après mon arrivée, quand il n'y avait encore rien entre nous.

— Joe ?

— Oui.

— À la minute où tu as posé le pied dans cette ville, il y avait quelque chose entre nous. Tu le sais aussi bien que moi. Alors fais-moi plaisir, et arrête tes salades. Accorde-moi au moins ça.

— O.K. (Je me demande si l'abandon soudain de son ton faussement blasé est à interpréter comme un bon signe.) Mais ce qui s'est passé avec Lucy ne s'est produit qu'une seule fois. Ç'aurait été une erreur même s'il n'y avait rien entre toi et moi, et ce n'était pas voué à se reproduire.

— Dommage, rétorque froidement Carly. Tu n'auras plus personne à bécoter, maintenant.

— Tu sais que j'étais complètement à toi dès l'instant où tu m'as donné ce baiser.

— Si tu comptais me tirer des larmes avec ça, tu risques d'être très déçu. »

Ces frustrants échanges se reproduisent à divers intervalles tout au long de la journée, et rebelotte le lendemain. Carly semble mettre un point d'honneur à prendre chacun de mes appels, tout en refusant obstinément de me voir en personne. Je me laisse convaincre qu'il s'agit d'une simple guerre des nerfs, mais je suis en fait très inquiet à l'idée qu'elle est peut-être en train de s'éloigner de moi pour de bon. Entre deux coups de fil stériles, je m'efforce de repousser toute distraction et de me concentrer sur mon roman. Il est grand temps que Matt Burns se rende sur les lieux de la mort supposée accidentelle de son père, c'est-à-dire la cascade située au milieu du bois derrière l'usine textile Norton où, avec un zèle assidu, son père avait tenu les livres de comptes pour les héritiers de la famille Norton pendant tant d'années. J'ignore quand m'est venue l'idée définitive de transplanter les chutes de Bush Falls dans la ville natale imaginaire de Matt – une riche bourgade de l'État de New York –, mais maintenant qu'elles sont un personnage du récit à part entière, j'ai du mal à imaginer la série d'événements à la fois romantiques et sinistres susceptibles de leur créer une dimension mythique au sein du roman. Je décide qu'une petite virée en voiture jusqu'aux chutes s'impose, afin de méditer au pied de leur mur d'eau assourdissant, de m'envelopper de leur voile de brume frigide et de trouver l'inspiration. Au moins, cela me fera mettre le nez dehors.

C'est une lumineuse journée d'octobre, fraîche et vivifiante, pas un nuage dans le ciel, et le cuir de la Mercedes est si froid que j'en ai la chair de poule à travers mon pantalon le temps que le chauffage des sièges se mette en marche. Je quitte le centre-ville et bifurque de la route principale pour m'enfoncer dans le dédale de chemins de terre coupant à travers bois jusqu'à la cascade. Je laisse ma voiture à l'endroit approximatif où, dans une autre vie, Carly et moi nous étions fait don de nos virginités respectives, peut-être dans l'espoir inconscient d'invoquer les fantômes des deux adolescents que nous étions alors, afin qu'ils intercèdent en ma faveur. En parcourant les sous-bois, je me rappelle avec quelle lenteur et quelle maladresse nous avions fait l'amour, cette nuit-là, et songe que ce que l'on qualifie de perte de l'innocence est au contraire son apogée. Je franchis la dernière rangée d'arbres et me retrouve au bord de la grande cuvette dans laquelle les cascades jumelles se jettent avec fracas. Le long de la rive, spectacle prévisible, s'agglutinent bouteilles de bière vides et cannettes défoncées, emballages de préservatifs déchirés, vieux mégots et briquets hors d'usage, tous les résidus de la grande marche rituelle des adolescents vers la maturité sexuelle. Au bout de quelques minutes, assis dans le froid, sous le picotement des embruns, je décide qu'il est temps de prendre un peu de hauteur pour m'offrir une meilleure perspective.

Je reprends la route principale vers le nord, dépasse le site Porter's et m'engage sur la piste pleine d'ornières qui serpente à travers le sous-bois jusqu'au sommet de la cascade, une voie tout juste assez large pour laisser passer une voiture et dont la nomenclature comptait entre autres allitérations choisies, Route du Rut, Chemin de la Chatte, Sentier de la Sucette, Nibards Boulevard et, à n'en pas douter, un paquet d'autres trouvailles rajoutées au fil des ans. Lorsque le chemin de terre devient impraticable en voiture, je me gare et parcours à pied les vingt derniers mètres me séparant du garde-fou rouillé qui surplombe les chutes. Derrière celui-ci se trouve un amoncellement de gros rochers, sur lesquels les plus téméraires venaient souvent s'asseoir pour descendre leurs bouteilles de bière achetées dans l'illégalité avant de les balancer droit dans le rideau de la cascade, juste trois mètres devant eux. C'est de ce même promontoire que s'effectuait habituellement le grand saut ayant déjà assuré une renommée mythique à quelques-uns. J'enjambe le parapet et progresse centimètre par centimètre, frottant mes fesses à même les rochers, jusqu'à une surface relativement plane où je me redresse avec mille précautions excessives face à l'impressionnant mur d'eau. Je me trouve quasi à portée de main de la cascade, aussi proche qu'il est humainement possible à moins d'y être carrément plongé, et le grondement assourdissant des eaux, ajouté aux embruns qui me recouvrent aussitôt d'une pellicule humide, me monte vite à la tête. J'essaie tant bien que mal de maintenir mon équilibre. La proximité de cette incroyable force de la nature est à la fois effrayante et enivrante, mais j'éprouve en outre une étonnante sensation d'apaisement, perché seul, sur ce haut promontoire, en une communion intime avec les chutes.

« Hé, Goffman. »

Ce simple son de voix, si inattendu, me fait vaciller de surprise. Le temps d'un éclair, je sens mon centre de gravité glisser dangereusement vers l'avant, mais je reprends pied en rejetant doucement le haut de mon corps vers l'arrière et en me servant de mes bras comme balancier.

« Hé, Sean. Qu'est-ce qui t'amène ici ? »

Il est assis sur le garde-fou, toujours en manteau de cuir et jean noir, et termine de fumer une cigarette. Sa présence ici est pour le moins insolite et, pendant un court instant, je me surprends à caresser l'idée improbable d'une coïncidence.

« Je passais par là en bagnole et je t'ai vu bifurquer dans les bois.

— Tu m'as vu bifurquer, répété-je, sceptique.

— Comme tu semblais parti dans un grand trip nostalgique, je me suis dit que tu serais ravi d'avoir un peu de compagnie pour revivre les bons vieux souvenirs du passé.

— Tu m'as suivi, Sean ?

— Peut-être bien. »

Il tire une dernière taffe de son clope et envoie voler le mégot d'un geste expert derrière moi, où il disparaît aussitôt dans le mur d'eau. Puis il se lève et s'avance sur les rochers, sourire aux lèvres, en secouant la tête d'un air incrédule.

« Tu es un sacré numéro, Goffman. Je te dis de quitter la ville et tout ce que tu trouves à faire, c'est de jouer les marioles à la télé, suspendu au toit du lycée. Pour un type qui est censé avoir pris le large, c'est une curieuse façon de se la jouer profil bas.

— Crois-le ou non, j'en avais pourtant bien l'intention », dis-je en le voyant s'approcher, non sans une certaine inquiétude, partagé entre mon envie de prendre tout cela avec calme, et mon instinct me commandant de me précipiter vers la sécurité offerte par le garde-fou avant que mon interlocuteur s'en soit lui-même éloigné. J'esquisse un pas ou deux, mais Sean progresse avec une plus grande agilité que moi sur la rocaille escarpée. Il me rejoint en deux temps, trois mouvements, et jette un coup d'œil en contrebas par-dessus mon épaule.

« Regarde-moi ça. Hallucinant, hein ? »

Je tourne la tête pour observer le spectacle des chutes avec lui, songeant qu'il serait sans doute judicieux de le distraire en lui faisant la conversation, et calculant dans ma tête le moment idéal pour amorcer mon repli stratégique. Un pas pour m'éloigner de lui, deux au maximum, et je serai en sécurité de l'autre côté du parapet.

« C'est ici que ton copain Sammy a fait la culbute, pas vrai ? » lance Sean par-dessus le vacarme de l'eau.

Je reste résolument muet, les yeux rivés sur la cascade mais incapable d'en distinguer le fond.

« Ta mère aussi, si je ne m'abuse. Pourquoi y a-t-il autant de gens qui décident de se noyer, autour de toi ? (Il me toise avec une lueur de défi.) Ça mérite réflexion, à mon avis.

— Mais oui, en effet. »

Je sens mes genoux se dérober sous moi tandis que j'avance mon regard par-dessus la falaise. Une chute de quatre étages, pas moins, et à la mi-octobre le bassin devrait être glacé à souhait. Sans compter que pour y arriver, il faut d'abord éviter les gros rochers coniques qui dépassent de derrière le mur d'eau, telles les cornes d'une créature monstrueuse tapie dans l'eau.

Sean désigne un point au milieu des arbres, en contrebas.

« J'étais garé là, le soir où Sammy s'est suicidé, dit-il, une réelle ombre de nostalgie sur son visage. Avec Vicky Hooper. Tu te souviens de Vicky Hooper ?

— Vicky Hooters, rectifié-je.

— C'est ça, dit-il avec un petit rire. Vicky Hooters. Des nichons gros comme des melons. Ah ouais, c'était quelque chose. (Il marque une pause, le temps de savourer ce souvenir.) Il y avait pas mal de bagnoles, ce soir-là. Ça se pelotait dans tous les coins. Et puis, le bruit s'est répandu que quelqu'un avait sauté. Bien sûr, on a su seulement le lendemain matin que c'était Sammy, tu vois ? Qu'il s'était suicidé. Nous, tout ce qu'on savait, c'était que quelqu'un avait sauté. Je me suis fait tailler la pipe du siècle par Vicky Hooper ce soir-là, grâce à ton pote. Tu comprends, la tradition, tout ça. (Il se tourne vers moi, un rictus retors au coin des lèvres.) Enfin bref. Je voulais juste que tu saches que j'ai bien juté quand ton copain a fait le grand saut. »

Il guette ma réaction, les yeux écarquillés.

« Vicky Hooters était une salope. »

J'avais beau l'observer, je ne vois pas le coup partir. Le poing de Sean me percute au menton de plein fouet, comme unc locomotive, et je m'écroule à terre telle une marionnette à qui l'on viendrait de couper ses fils. Pas tout à fait K.O., mais presque. Sean s'accroupit à côté de moi.

« Explique-moi un truc, dit-il. Toi aussi, tu as baisé ici avec Carly Diamond. C'est de notoriété publique, tous les détails juteux sont dans ton bouquin. Alors pourquoi ma nana serait une pute et pas la tienne ? Il faut appeler une chatte, une chatte, non ?

— Si tu le dis. »

Je me roule sur le côté et commence à me relever. Sean accélère le processus en me soulevant par ma chemise pour me tenir face à lui, sous son nez, dos au vide, et le grondement de la cascade me paraît plus menaçant et plus proche qu'il y a quelques secondes à peine.

« Tu connais la différence entre nous, Goffman ?

— Notre hygiène buccale ? »

Sean sourit et me gifle. Le coup est si foudroyant que mes yeux se mettent à larmoyer.

« Mauvaise réponse. »

La bonne réponse s'avère être la suivante :

« Quelqu'un te fait sortir hors de tes gonds, toi ou tes copains, te vexe, te menace, mais tu ne fais rien, et des années après, tu te contentes de tout raconter dans un pauvre bouquin. Il ne t'est jamais venu à l'esprit que tu pouvais réagir, te comporter comme un homme. Ce livre est l'aveu de ton impuissance à t'interposer pour te défendre ou protéger ton pote la pédale. Je vis dans l'action, moi. En permanence. Si une montagne se dresse au milieu de ma route, je ne m'assois pas devant mon ordinateur pour pleurnicher. Je la défonce. Je l'explose. Et même chose si quelqu'un s'en prend à moi, bordel. »

Il tire encore plus fort sur ma chemise et fait un pas vers le bord de la falaise. Carly m'avait agrippé de la même façon pour m'embrasser, hier, et à ce souvenir, je me sens envahi par une vague de tristesse telle que j'en oublie momentanément ma peur.

« Et maintenant, Sean ? demandé-je. Quelle est la suite ? Tu me casses la gueule, c'est ça ?

— Nan… Mais là, j'hésite sérieusement à te balancer du haut de ces rochers.

— Tu me rassures. Pendant une minute, j'ai cru que tu voulais remettre ça avec la pipe du siècle. »

Sean pâlit d'un coup et fait un pas de plus vers le bord. Je sens son souffle sur mon nez, et le talon de mes chaussures commence à dépasser dans le vide.

« Tu sais quoi ? dit-il. Je crois que tu veux que je te pousse dans le vide. Je t'ai laissé ta chance plusieurs fois, mais tu t'obstines à rester dans cette ville. Et la raison à ça, c'est que tu n'es qu'un putain de cinglé morbide, comme ta mère, qui n'était qu'une putain de cinglée morbide elle aussi. Tu n'attends que ça. Que quelqu'un vienne te libérer de ta misérable existence. »

Je scrute son visage, tout juste à quelques centimètres du mien, et tente d'évaluer le degré de danger dans lequel je me trouve réellement. En dépit du monde qui nous sépare, Sean et moi avons grandi ensemble. Petits, nous allions chacun aux goûters d'anniversaire de l'autre et avons passé un nombre incalculable de récrés à jouer au basket, jusqu'à ce que son entrée au sein des Couguars lui interdise de jouer avec les sportifs inférieurs de ma trempe. Nous pouvons nous haïr, parfois en venir aux mains, mais notre passé commun me semble prévenir d'office tout acte de violence extrême, comme me jeter du haut d'une falaise, par exemple, qui m'exposerait à des risques de blessures graves, voire à la mort. D'instinct, je sais qu'il n'a aucune intention de me pousser du haut de ces chutes. À moi de jouer les conciliateurs dociles, de trouver les mots justes susceptibles de flatter son orgueil, afin qu'il ait le sentiment de pouvoir faire marche arrière sans perdre la face. « Sean », commencé-je. Il secoue la tête et, d'un simple geste, me pousse dans le vide.

La vitesse avec laquelle je me retrouve soudain en chute libre est proprement incroyable. Il y a une seconde à peine, j'étais sur le rocher, à respirer son haleine fétide imprégnée de tabac, et voilà que je me retrouve à voltiger au-dessus de la cascade. Mon corps transperce la surface glacée du bassin, et tout est silence pendant quelques secondes tandis que la pression m'aspire au plus profond de l'eau. Le temps n'a plus aucun sens, puis le sens lui-même n'a plus aucune signification et il n'existe rien d'autre que la pulsation sourde et apaisante de la cascade à quatre mètres cinquante sous la surface. Tout m'apparaît brouillé dans diverses nuances du même vert, les rochers, le fond vaseux de la rivière, l'intérieur de mes paupières lorsque je cligne des yeux. Je n'éprouve nul sentiment de panique, conscient, quelque part, que cela viendra passé le choc ; pour l'instant, je suis enveloppé d'une puissante sensation de paix élémentaire, et en cet instant figé, je comprends le désir de rester au fond de l'eau pour toujours, d'aller à la rencontre de cette paix sombre et ondoyante qui semble si aisément occulter tout le reste. Je crois même que je l'envisage vraiment pendant une seconde. Puis, avec la même force avec laquelle il m'a aspiré vers le fond, le malstrom me propulse vers le haut et je me sens recraché, suffocant, à l'air libre, tandis que la température glacée de l'eau me saisit seulement maintenant, engourdissant mon corps tout entier, et je me laisse emporter par le torrent, les jambes et le dos écorchés par les rochers et les branches immergés. Le lit de la rivière s'élargit et forme une sorte de coude avant de se déverser dans une seconde cuvette, moins profonde celle-ci, où le courant perd de sa force et où je parviens à me remettre debout pour me traîner jusqu'à la rive, tremblant violemment de tous mes membres mais empli d'une exultation béate à me savoir encore en vie. L'eau glacée me dégouline le long du corps, et c'est le salut de Sammy, l'étreinte de ma mère, et je me sens submergé par une euphorie si intense que j'en suis presque aveuglé. Me voici baptisé, régénéré, et c'est comme si la clarté d'esprit et l'équilibre qui m'avaient manqué toute ma vie venaient de m'être restitués par l'entremise d'une action divine. Vaincre la mort est une étape, pensé-je, un tremplin vers une infinité de nouvelles possibilités. Alors, la vase saumâtre que j'ai avalée remonte le long de ma gorge et je vomis de toutes mes forces, mon corps secoué de spasmes qui se prolongent bien après que mon estomac a fini de se purger. Je tombe d'abord à genoux dans les herbes mortes et brunes qui longent la rive, puis sur le flanc, et sombre aussitôt dans un état convulsif, semi-inconscient, mon euphorie première à présent envolée.

Au bout d'un laps de temps indéterminé, deux mains me roulent sur le dos et, ouvrant les paupières, je me retrouve face à l'un des copains de Jared en train de me dévisager avec curiosité.

« Monsieur Goffman ? dit-il.

— Mikey, c'est ça ? grogné-je.

— C'est ça.

— Qu'est-ce que tu fais là ? »

Un sifflement déchire l'air, puis un petit « pop » retentit et Mikey titube d'un pas vers l'arrière, son sweat-shirt éclaboussé de peinture rouge.

« Ah, merde », s'exclame-t-il.

Je suis vivant, pensé-je, sourire aux lèvres, avant de basculer dans le noir.

TRENTE-CINQ

Wayne est à nouveau plongé dans l'observation de ses doigts. La main devant son visage, il contracte ses muscles un par un, replie et déplie ses phalanges, presse le bout de ses doigts desséchés l'un contre l'autre. Il s'est pris de passion pour les diverses parties de son corps, fasciné par leur fonctionnalité intacte qui semble se maintenir au nez et à la barbe de sa mort annoncée.

« Quel gâchis, quand même, dit-il sans même détacher son regard de ses doigts lorsque j'entre dans l'ancien bureau de mon père, transformé par Carly et moi en chambre d'hôpital. Ils sont encore si… capables. »

Je me frotte les yeux pour chasser les derniers restes de sommeil et m'assieds au pied du lit, expédié par Owen avec le reste du matériel dans un énorme camion de déménagement. Égal à lui-même, mon agent bien-aimé s'est un peu emballé et m'a envoyé de quoi équiper un petit centre hospitalier.

« Regarde-moi ça, dit Wayne en soulevant ses draps. Je bande, nom de Dieu.

— Hmm. Une érection et une main valide parfaitement oisive. Je devrais peut-être vous laisser, tous les deux ? »

Wayne se radosse contre ses oreillers avec un grand sourire, m'offrant brièvement une vue imprenable sur ses mâchoires ravagées et noirâtres, percées de dents couleur mucus saillant telle une rangée de petits cailloux. Tout est en train de mourir chez Wayne, et à vitesse grand V, mais sa bouche semble de loin être en tête.

« Ma mère me disait toujours que la branlette rendait aveugle. "*C'est médicalement prouvé, Wayne !*"

— C'est vraiment génial que vous ayez pu parler sexualité à cœur ouvert, tous les deux.

— Je sais, ça va. Quel était le point de vue de M. Goffman Senior sur la masturbation ?

— Il disait que si je salopais mes draps, je devrais les laver moi-même. »

Wayne esquisse un sourire avant de se replonger dans la contemplation de ses doigts.

« Quel gâchis », répète-t-il tristement.

On frappe à la porte. Fabia, la robuste infirmière jamaïcaine également dépêchée par les soins d'Owen, entre à pas feutrés dans la chambre et commence à préparer une série de pilules pour Wayne.

« C'est l'heure du bain maintenant, annonce-t-elle comme tous les jours de sa grosse voix musicale, signe qu'il est temps pour moi de m'éclipser.

— Où est Carly ? me demande Wayne.

— Elle dort encore.

— Dans quel lit ? »

Je secoue la tête d'un air affligé en me dirigeant vers la porte.

« Elle est dans l'ancienne chambre de Brad. »

Wayne secoue la tête à son tour.

« Ah, Joseph, Joseph, soupire-t-il. Tu sais que tu me tues, toi. »

Je m'arrête sur le pas de la porte, et nous échangeons un regard grave le temps que l'ironie du jeu de mots achève de se dissiper autour de nous.

« À tout à l'heure », dis-je d'une voix rauque, et je sors de la chambre.

Carly et moi avons fait le déménagement de Wayne le lendemain de ma fâcheuse expédition dans les chutes de la Bush River, dont j'ai par miracle réchappé sans trop d'égratignures. Mme Hargrove nous a enveloppés d'un regard noir dès la minute où nous sommes entrés, mais n'a émis aucune objection en nous voyant embarquer les affaires de Wayne. Quand ç'a été au tour de ce dernier de franchir le seuil de la maison, Carly d'un côté et moi de l'autre, il s'est arrêté sur le seuil et s'est tourné vers elle, les yeux humides et la mâchoire tremblante.

« Au revoir, m'man. Je tiens à ce que tu saches que je t'aime, et que je suis désolé pour tout ce que je t'ai fait subir. »

Sa mère a opiné, et j'étais sûr qu'elle allait éclater en pleurs et le supplier de rester, mais elle s'est contentée de répondre : « Je prierai pour toi » en dodelinant mécaniquement de la tête jusqu'à ce que Wayne lui tourne enfin le dos, et nous avons descendu les marches du perron. Il s'est arrêté encore une fois devant la voiture de Carly, histoire de jeter un dernier coup d'œil à la maison de son enfance, puis nous avons levé le camp. Que peut-on bien ressentir, ai-je songé, lorsqu'on contemple quelque chose – n'importe quoi, d'ailleurs – en sachant que c'est la dernière fois ?

Je me suis assis à l'arrière avec Wayne et Carly a pris le volant. Pendant toute la traversée du quartier, Wayne a gardé les yeux rivés par la fenêtre, soucieux de profiter jusqu'au moindre détail de ce qui était sans doute sa dernière vision de Bush Falls. Assis derrière Carly, je voyais ses épaules trembler tandis qu'elle sanglotait tout doucement.

« Ça va aller », a dit Wayne tout bas, peut-être pour Carly ou peut-être pour lui-même ; difficile à dire, avec son regard obstinément braqué vers le dehors. « Ça va aller », a-t-il répété.

Et la seule réponse qui a résonné à l'intérieur de ma tête, à ce moment, était : *Tu parles. Rien ne pourra plus jamais aller comme avant.*

Une fois chez mon père, après avoir déposé Wayne à bon port dans son lit entre les mains musclées de Fabia, Carly et moi avons commencé à décharger ses affaires sans un mot. Aucun de nous n'a fait allusion à la brouille en cours, mais Carly a déposé momentanément les armes ; d'instinct, nous avions compris qu'il était hors de question de ternir les derniers jours de Wayne avec nos petites querelles triviales. J'ai été pardonné par défaut, ce qui ne me satisfaisait d'ailleurs qu'à moitié, car cela nous privait de la traditionnelle phase de rabibochage et de l'intimité nouvelle qui accompagne toujours les résolutions de disputes difficiles. Une fois la voiture vidée de toutes les affaires de Wayne, je suis ressorti devant l'entrée de la maison et j'ai surpris Carly en train de prendre dans son coffre un petit sac en toile, genre baise-en-ville.

« Je ne veux pas entendre un mot, m'a-t-elle lancé aussitôt, quasiment par réflexe. C'est mon ami, à moi aussi. »

J'ai acquiescé.

« Pas un mot. »

Elle est venue me rejoindre sur le perron.

« Il est tout proche, m'a-t-elle dit à voix basse, comme si elle craignait que Wayne ne puisse l'entendre de l'intérieur.

— Je sais. »

Elle a hoché la tête en refoulant ses larmes et posé un instant son front contre mon épaule. Nous sommes restés ainsi sans bouger pendant une longue minute dans la lumière déclinante du jour, tandis qu'un souffle de vent automnal annonçant déjà la lame de l'hiver faisait tournoyer les feuilles mortes en une danse folle de l'autre côté de la rue.

« Je suis contente que tu sois là », a murmuré Carly.

C'était il y a deux semaines. Depuis, Carly et moi avons pris la plaisante habitude de nous retrouver tous les matins pour le petit déjeuner pendant que Fabia donne son bain à Wayne, lequel refuse catégoriquement que nous assistions aux diverses étapes un tantinet avilissantes de ses ablutions : toilette à l'éponge, nettoyage des parties intimes, vidange des bassinets. Je le comprends tout à fait, et cela ne me dérange pas le moins du monde. Nous nous asseyons donc chaque matin à la table du petit déjeuner, juste devant la baie vitrée qui donne sur le jardin. Souvent, le repas se déroule en silence, dans l'observation de la faune locale, essentiellement constituée d'écureuils passant leur temps à s'accoupler à la vas-y que je te pousse ou à picorer des provisions, et de chats de gouttière se prélassant au soleil sur le patio. Seuls viennent rompre le silence les grognements aléatoires des coussins rembourrés de nos chaises. Ce son, plus que tout ce qui se trouve dans cette maison, m'évoque aussitôt des images de ma mère aussi claires que des photographies. Je me suis assis sur ces chaises pendant la majeure partie de mon existence, à m'enfiler des bols de Mielpops arrosés de lait sous son œil bienveillant, tandis qu'elle se tenait en robe de chambre, accoudée au comptoir, sirotant tranquillement son café dans la tasse *Super Maman* que je lui avais offerte pour la fête des mères.

Carly grignote son toast à la cannelle d'un air pensif, le genou replié sous son menton. Il se dégage d'elle une sorte d'élégance pure, de grâce indolente, qui tient autant à sa personnalité qu'à la nonchalance de sa pose. Avec son jean délavé et son sweat-shirt gris à capuche, elle semble tout droit sortie de nos années lycée, à l'exception de la légère ombre qui cerne ses yeux et de ses traits tirés, marqués par le manque de sommeil. Elle regarde quelque chose au-dehors et j'ai ainsi tout le loisir de l'observer à la dérobée pendant quelques secondes, faisant défiler en moi le cortège d'émotions diverses qu'elle m'inspire et m'efforçant de mettre le doigt sur ce que je ressens exactement pour elle – grosso modo, cela revient à tenter de dénouer une pelote de laine emmêlée pour se retrouver au final avec davantage de nœuds, mais dans une configuration différente.

« Qu'est-ce que tu regardes ? me demande-t-elle, sans même tourner la tête.

— Rien. »

Mon mensonge la fait sourire.

« C'était juste pour vérifier.

— Je peux t'avouer un truc dingue ? »

Carly me jette un regard suspicieux du coin de l'œil, visiblement troublée par ma question. Je continue de trouver ses réactions de panique à mon égard un rien perturbantes. La Carly que je connaissais autrefois était franche, ne reculait devant rien ; la nervosité que je lis aujourd'hui parfois dans ses yeux semble trahir une blessure profonde, dont j'ai du mal à comprendre l'origine. J'imagine que son connard d'ex-mari est largement responsable de cette transformation, mais peut-être ai-je tendance à vouloir rejeter à tout prix la responsabilité sur un autre parce que l'autre solution est trop déprimante à envisager.

« Quoi donc ? me demande Carly, sur le ton de celle qui regrette déjà d'avoir posé la question.

— J'ai un appart génial en plein New York, dis-je. Vraiment génial. J'y habite depuis trois ans et pourtant, dans ma tête, c'est toujours mon nouvel appartement. Ici, dans cette maison, avec Wayne et toi, c'est la première fois depuis des lustres que je me réveille le matin en me sentant chez moi. Et je culpabilise à cause des circonstances qui nous réunissent tous les trois. Je veux dire, Wayne est en train de mourir et c'est horrible pour un million de raisons différentes mais en même temps, d'une certaine façon, je suis heureux que nous vivions ça ensemble. (Carly a de nouveau tourné le regard vers la fenêtre, mais je remarque que son visage s'est détendu et qu'un petit sourire triste recourbe le coin de ses lèvres.) C'est assez égocentrique, non ?

— Peut-être. (Sa voix est un coussin délicat brodé de papillons.) Mais je vois tout à fait ce que tu veux dire. Je ressens la même chose.

— Tant mieux. Ça me rassure.

— Ce qui ne veut pas dire que tu n'es pas égocentrique.

— Je sais. Mais au moins, je suis en bonne compagnie. »

Nous échangeons un sourire comme si nous venions de partager un secret intime, et l'expression de son visage, toute méfiance envolée, me donne la chair de poule pendant un instant.

Après le petit déjeuner, j'amène mon ordinateur portable dans la chambre et travaille à mon roman, pendant que Wayne somnole par intermittence. J'ai pris l'habitude d'écrire dans sa chambre parce que cela me fait me sentir proche de lui, et je crois qu'il aime l'idée de se trouver en présence d'un travail en cours, d'une œuvre qui ne sera achevée qu'après sa mort, un peu comme si cela devait lui permettre de continuer à vivre au fil du récit. Mon premier roman parlait de Wayne. Celui-ci ne contient aucun personnage lui ressemblant de près ou de loin, et pourtant, curieusement, son essence paraît en infuser chaque page. Et ces pages, je suis heureux de le dire, commencent vraiment à prendre forme. Je travaille dessus depuis moins de trois semaines, et j'ai déjà plus de deux cents feuillets dont la plupart, je crois, seront bons à garder.

Carly s'est installé un bureau provisoire dans le salon et passe les trois quarts du temps collée au téléphone avec son équipe, à corriger des maquettes ou à lire des e-mails sur son effrayant gros ordinateur portable. Quand Wayne est réveillé, elle se joint à nous dans la chambre, où nous avons de longues conversations à bâtons rompus sur tout et rien en particulier, échangeant nos souvenirs et nous racontant chacun nos vies, comme si nos existences d'adultes n'avaient servi que de remplissage en attendant le jour de nos retrouvailles. Nous rions beaucoup, parfois jusqu'aux larmes, et finissons toujours par pousser de gros soupirs nostalgiques ensemble en détournant les yeux. Ce n'est pas si simple de savoir ce que l'on est censé éprouver. Personne n'a envie de plomber l'ambiance, mais la clameur joyeuse de ces papotages, dont l'écho jure si étrangement avec nos silences, peut parfois sembler gratuite et choquante, compte tenu de la situation. Vaut-il mieux rire face à la mort, ou pleurer ? En l'absence de tout élément de réponse permettant de pointer dans l'une ou l'autre direction, nous naviguons à vue entre les deux, en espérant que le compromis auquel nous parvenons sera positif pour Wayne.

Un peu plus tard dans l'après-midi, Jared passe dire bonjour. Il s'est pris d'une vive affection, virant à la fascination, pour Wayne, et vient presque tous les jours s'asseoir sur son lit pour nous écouter jacasser. Wayne, pour sa part, semble adorer la présence de Jared, et il nous interrompt plus d'une fois pour le prendre à témoin.

« Écoute ça, tiens, glisse-t-il, sarcastique, à mon neveu lorsque l'un d'entre nous se lance dans le récit d'une vieille anecdote quelconque. Tu pourras constater par toi-même à quel point ton oncle était un vrai branleur de service. »

Je raconte la fois où pour tuer le temps, un soir, nous avions pris sa voiture et nous étions embarqués tous les deux sur la plus proche bretelle de l'autoroute I-95 pour faire la tournée des stations-service. Chaque fois, nous nous arrêtions pour demander la clé du pipi-room et repartions en douce avec. À la fin de la soirée, nous avions récolté pas moins de sept clés, que Wayne conservait dans sa boîte à gants afin que nous puissions toujours aller aux toilettes lorsque nous étions sur la route.

Wayne décrit notre virée à Manhattan tous les trois pour aller voir Elton John au Madison Square Garden. Nous avions acheté nos billets pour quatre-vingts dollars à un revendeur à la sauvette au coin de la 33e et de la 8e Rue, pour nous apercevoir, au moment d'entrer, que nous nous étions fait refourguer des places de foot périmées depuis un an. Avec Wayne, nous en étions restés sur le cul, humiliés et dégoûtés, mais Carly avait réussi à amadouer le videur pour qu'il nous laisse entrer quand même.

Carly me surprend en racontant la fois où, en quête désespérée d'un endroit où faire l'amour, nous avions escaladé ensemble les grilles du parc Porter's par une belle nuit de printemps pour nous glisser sur la pelouse et nous étions allongés, nus, sur une couverture de pique-nique. Nous étions en pleine action lorsque les arroseurs automatiques s'étaient déclenchés et nous avaient trempés des pieds à la tête, sans parler de nos vêtements éparpillés sur l'herbe. Carly déclenche l'hilarité de Wayne et de Jared en décrivant nos vains efforts pour rester stoïques malgré l'assaut continu des jets d'eau. J'avais complètement oublié cette histoire ; cela me plonge dans un silence pensif et, tandis qu'ils gloussent tous les trois, je me remémore cette fameuse nuit comme dans un flashback, le contact de l'herbe et la peau humide de Carly, sa peau souple et luisante comme nous nous frottions impatiemment l'un contre l'autre en savourant cette moiteur onctueuse et inédite entre nos deux corps.

« Joe ? »

Je reviens à la réalité et m'aperçois que tous ont les

yeux braqués sur moi, Wayne et Jared avec un sourire hilare et Carly, un petit air intrigué.

« Je n'aurais peut-être pas dû raconter ça ?... hésite-t-elle.

— Quoi ? Oh, non. Pas de problème, dis-je un peu trop vite, soucieux de mettre tout le monde à l'aise. J'avais encore des brins d'herbe coincés dans les poils deux jours après.

— Toute cette eau froide, est-ce que ça ne t'a pas un peu cassé ta... concentration ? me demande Jared.

— J'avais dix-huit ans, tu sais. Je n'ai pas besoin de t'expliquer que quand on a dix-huit ans et qu'on est amoureux, rien ne peut ébranler votre concentration. »

Jared et Wayne pouffent de rire. Carly soutient mon regard quelques secondes de plus, avant de hausser légèrement les épaules et de regarder ailleurs.

Bien que la plupart des souvenirs évoqués remontent à nos années lycée, Wayne semble avoir tout aussi à cœur de nous raconter ses pérégrinations diverses du temps où il vivait à Los Angeles.

D'un ton insouciant, il raconte les auditions ratées, la ribambelle de petits boulots pour payer le loyer, et les occasionnelles rencontres avec des célébrités. Dans aucune de ces anecdotes il n'est question d'amis, ou d'amants, et cela ne fait que confirmer mes soupçons concernant l'extrême solitude de ses années passées à L.A. On sent poindre une distance tranquille dans le ton de son récit, comme s'il s'était consolé pendant toutes ces années d'exil en se disant qu'un jour, il pourrait raconter tout cela au passé et que, maintenant que l'échéance approchait, il venait enfin de remplir la promesse qu'il s'était faite.

Au bout d'un moment, Wayne se rendort et Jared monte à l'étage pour chatter avec ses copains sur l'ordinateur dans la chambre de mon père.

« Désolée de t'avoir embarrassé, tout à l'heure, s'excuse

Carly. On papotait, tout ça, et ça m'est revenu d'un coup en mémoire.

— Non, ça va. C'est juste que j'avais complètement oublié cette histoire.

— Tu es donc en train de me dire que je ne suis pas inoubliable au lit ?

— Loin de là. Mais j'ai porté tant de souvenirs de nous pendant tant d'années, que je crois que ma mémoire a instauré un système de rotation. Certaines images ressortent plus souvent que d'autres, et certaines restent si longtemps en bas de la pile qu'on finit par oublier leur existence.

— Ça me rassure.

— Quoi donc ?

— Savoir que tu fais des piles, toi aussi, dit Carly en détournant les yeux. Je ne voulais pas être la seule. »

Je mets de l'eau à bouillir pour faire des spaghettis pendant que Carly nous prépare une salade, et nous dînons tous les quatre dans la chambre de Wayne. Nous faisons tous semblant de ne pas remarquer que Wayne touche à peine à son assiette. Fabia continuera de lui donner les nutriments dont il a besoin par intraveineuse jusqu'au moment où il n'en aura même plus besoin. Au cours du repas, Wayne paraît s'assoupir. Ses paupières se ferment, sa poitrine se soulève au rythme de sa respiration creuse et haletante. Carly, Jared et moi poursuivons notre conversation à voix basse lorsque, sans crier gare, Wayne rouvre les yeux et se redresse dans son lit.

« Je veux tirer un panier », dit-il.

Nous le fixons tous les trois d'un air hébété.

« Tu peux répéter ? intervient Carly.

— Je crois que je n'ai pas touché un ballon de basket depuis le bahut.

— Quoi… tu veux dire, depuis le dernier match avant ton départ ? Le soir où tu as marqué cinquante points ?

— Cinquante-deux, rectifie Wayne.

— Record inégalé », précise Jared.

Wayne pivote la tête vers lui, soudain sérieux.

« Sans blague ?

— Sans blague. »

Il se renfonce contre son oreiller, plongé dans ses pensées.

« Je veux tirer un dernier panier avant de mourir.

— Demain, peut-être ? S'il fait assez chaud, on pourrait sortir dans le jardin, propose Carly d'un ton dubitatif.

— Non. Pas demain, et pas dans une allée de garage à la noix. Je veux le gymnase.

— Le gymnase du lycée ?

— Ouais.

— Il est plus de vingt heures, objecté-je. Le lycée est déjà fermé. »

Wayne fronce les sourcils et se tourne vers Jared. Ce dernier finit par émettre un hochement de tête, un petit sourire au coin des lèvres :

« No problemo. »

Nous prenons la voiture de Carly. Cette dernière insiste pour que je sorte le véhicule du garage et que je laisse le moteur tourner pendant une dizaine de minutes, histoire de réchauffer un peu l'intérieur avant d'installer Wayne. Jared fourre le fauteuil roulant – encore un cadeau d'Owen – dans le coffre pendant que Carly et moi aidons Wayne à enfiler un second bas de jogging et un gros manteau dégoté dans la penderie de mon père, au rez-de-chaussée. Comme nous l'escortons vers la porte d'entrée, Fabia réalise ce qui est en train de se passer et ouvre de grands yeux alarmés.

« Non mais qu'est-ce que vous fabriquez ? hurle-t-elle. Cet homme-là ne doit pas sortir, vous le savez. Il court à sa mort !

— Tout va bien, Fabia, dit Wayne. On va juste faire un petit tour.

— Vous attrapez froid, c'est la mort pour vous ! dit-elle en campant son opulente silhouette entre nous et la porte.

— Et si je n'attrape pas froid ? rétorque Wayne. Hein, alors ? »

Fabia l'observe d'un œil méfiant.

« D'accord, dit-elle en disparaissant dans sa chambre. Mais vous vous mettez ça sur les épaules. (Elle ressort équipée de l'édredon de Wayne et lui recouvre le haut du corps.) Une heure, c'est compris ? Une heure.

— Topez là ! » dit Wayne, et nous sortons de la maison.

Je prends le volant, Jared la place du copilote, et Carly s'installe à l'arrière avec Wayne.

« Comment est-ce qu'on va entrer ? » demandé-je à mon neveu, qui fredonne, nonchalant, au son de la radio.

— Bouddha nous montrera la voie.

— Tu réalises que, depuis mon arrivée, nous avons la manie d'enfreindre la loi, tous les deux ?

— Et alors ?

— Je me demande si ton père n'a pas raison. Rapport à ma mauvaise influence sur toi. Je ne suis pas un bon oncle.

— Ouais, ouais. Si ça peut te faire plaisir, je faisais déjà toutes ces conneries avant que tu débarques.

— Ça me rassure, merci. (Je marque une pause.) Ne touche pas à la drogue.

— Original, comme conseil.

— Et en voilà un autre : n'oublie pas de sortir couvert.

— Sortir couvert, répète Jared. C'est noté.

— Fumer provoque le cancer, ajoute Carly.

— Boire ou conduire, il faut choisir », renchérit Wayne.

La leçon de choses se prolonge encore une minute ou deux.

« Sérieux, conclus-je. Si on se fait encore choper, tes parents vont me tuer.

— Relax. Je fais ça tout le temps.

— De quoi tu parles ? Traîner au gymnase après les cours, ou pratiquer l'effraction en général ?

— Ouais. »

Nous nous garons sur le parking longeant le gymnase, près d'un mur présentant trois sorties de secours. Il s'agit de portes coupe-feu ne pouvant être ouvertes que de l'intérieur, en poussant la grosse barre située à hauteur des hanches.

« Bon, dis-je à Jared en coupant le moteur. Et maintenant ?

— Maintenant, on attend, me répond-il. Il ne devrait pas tarder.

— Qui ça ?

— Drew.

— Qui est Drew ?

— Le Maître des Clés. »

Quelques secondes plus tard, son biper se met à sonner. Avec dextérité, Jared décroche l'engin fixé à sa ceinture et consulte l'écran. « Drew », confirme-t-il avec un hochement de tête, avant d'appuyer sur un bouton et de remettre le biper à sa ceinture. Peu après, une Volkswagen Beetle noire déboule à tombeau ouvert sur le parking et s'arrête non loin de nous dans un crissement de pneus. Sur le pare-chocs arrière, un autocollant proclame JE VENDS DE LA COKE POUR LA CIA. Jared ouvre sa portière et trotte jusqu'au véhicule. Drew se révèle être un grand ado maigre doté d'une paire de favoris dignes d'Elvis. Il porte un jean baggy qui ne lui tombe pas aux chevilles grâce à je ne sais quel procédé miracle invisible, et un sweat-shirt noir avec fermeture Éclair, également plusieurs tailles trop grand. Je me souviens à présent qu'il faisait partie de notre récente expédition de paint-ball. Il sort de sa Beetle, et lui et Jared échangent une poignée de main compliquée avant de se diriger ensemble vers les sorties de secours. En chemin, Drew tire sur la grosse chaîne en argent accrochée à la boucle de sa ceinture et enfoncée dans l'une des poches béantes de son jean, exhibant un porte-clés si énorme qu'il en est presque comique. D'un geste d'expert, il insère une clé dans la dernière porte et s'en sert comme levier pour entrouvrir le battant, le tout avec une aisance semblant indiquer qu'il n'en est pas à son coup d'essai. Jared place une pierre dans l'entrebâillement de la porte et raccompagne son pote jusqu'à sa voiture, où ils échangent une nouvelle poignée de main tordue, puis Drew se réinstalle au volant et repart comme il était venu. Jared revient vers nous en trottinant et lève le pouce en signe de victoire.

« On est bons. »

Je sors le fauteuil roulant du coffre, ainsi que le ballon de basket signé par toute l'équipe des Couguars de 1958 et que nous avons libéré de la vitrine à trophées de mon père avant de lui redonner un second souffle. Ça me fait bizarre d'emprunter ce ballon, mais je me raisonne en me disant que mon père n'est plus là et que Wayne est encore en vie, lui, et puis surtout que les ballons de basket sont faits pour qu'on joue avec, non pour poser bêtement dans des vitrines. D'ailleurs, je suis sûr qu'Arthur Goffman aurait compris le vœu de Wayne de retourner une dernière fois sur la scène de ses triomphes passés, même s'il aurait sans doute désapprouvé ce menu larcin de bas étage.

Le parquet poli du gymnase luit à la faible lueur orangée des néons « sortie » et des lampes de secours tandis que nous entrons en poussant le fauteuil roulant de Wayne, et le bruit de nos pas résonne avec un écho amplifié à travers la gigantesque salle. Wayne a les yeux grands ouverts, tout excité.

« On peut allumer un peu plus ? demandé-je à Jared.
— Non, désolé. »

J'aperçois maintenant les deux grands panneaux de basket en fibre de verre suspendus à une dizaine de mètres du sol, de chaque côté du terrain.

« Les interrupteurs pour allumer la lumière et abaisser les panneaux sont dans le bureau de Dugan, et personne ne peut y entrer à part lui.

— C'est bon, tranche Wayne. On n'a qu'à utiliser les paniers latéraux. »

Le long de chaque mur, suspendus à la mezzanine circulaire de la piste de course, se trouvent les panneaux de basket traditionnels en bois blanc, avec cible et anneau peints en orange. Ces paniers servent à tous les élèves du lycée excepté l'équipe. Par fierté, Dugan réserve les panneaux en fibre de verre et aux dimensions réglementaires à ses seuls Couguars.

Wayne se hisse à bas de son fauteuil roulant et se débarrasse de son édredon. Carly fait mine de se précipiter vers lui, inquiète, mais je la retiens par le bras. Jared aide Wayne à ôter son manteau et lui tend le ballon. Debout au milieu du terrain, les yeux fermés, il presse ses doigts le long des rainures de la balle et oscille imperceptiblement de gauche à droite, comme le font paraît-il les gratte-ciel. Il règne dans la salle le silence pesant propre aux grands espaces clos et vides, tel le frémissement précédant une explosion qui ne viendrait jamais.

« La vache ! s'exclame Wayne d'une voix douce et chevrotante. Ça fait exactement comme avant. Je pourrais rouvrir les yeux et me retrouver à dix-huit ans. »

Il commence à dribbler, et le son se répercute avec fracas à travers le gymnase désert. En dépit de sa constitution affaiblie, dépouillée de toute force, on devine l'ancien athlète exemplaire qu'il était rien qu'à sa façon de faire rebondir le ballon, poignets souples, doigts déployés en éventail, et de se déplacer lentement sans s'arrêter de dribbler. Il s'arrête au niveau de la ligne de lancer franc et scrute le panier, ballon contre la poitrine, prêt à tirer. « Voyons voir », dit-il, comme pour s'encourager lui-même. Il dribble quatre fois de suite, plie les genoux, et tire. Après toutes ces années, le mouvement est parfait, et le ballon suit une trajectoire gracieuse, en plein vers sa cible, mais manque le panier d'une quinzaine de centimètres.

« Raté, murmure Wayne. J'arrive pas à croire que j'aie foiré un lancer franc, bordel.

— Rapproche-toi un peu, lui suggéré-je, tandis que Jared rattrape le ballon pour lui.

— Redonne-moi ça, ordonne-t-il d'un ton impatient. Il faut juste que je calibre mon tir. »

Jared lui fait une passe à terre et Wayne se prépare à tirer à nouveau. Là encore, il dribble quatre fois de suite et je me souviens que c'était son geste rituel, à l'époque. Cette fois, il tient le ballon juste en dessous de ses hanches, plie les genoux, et se penche légèrement en arrière. La balle orange survole le rebord de l'anneau et retombe en plein dans le panier avec un léger *swiish* jouissif.

« Ah, quand même ! retentit la voix de Wayne à travers le gymnase.

— Et pan, dans le mille », commente Jared en lui ramassant le ballon.

Wayne sourit et exécute plusieurs autres lancers francs, en déposant chaque fois le ballon dans le panier avec le même petit bruissement du filet.

« Il y va les yeux fermés ! » s'exclame Jared.

Je m'avance sur le terrain et constate qu'il a raison. Wayne observe fixement le panneau entre chaque tir, mais lorsque Jared lui passe le ballon, il ferme les paupières avec une quasi-béatitude.

« Un lancer franc se fait avec tout le corps, dit-il. Pas avec les yeux. »

Au bout de plusieurs tirs, Wayne se met brusquement à tanguer d'un côté, et Carly et moi nous précipitons pour l'aider à se rasseoir dans son fauteuil roulant. Malgré son front plissé par la fatigue et son visage couvert de sueur, luisant sous les néons comme le polyuréthane brillant du sol du gymnase, il a le sourire jusqu'aux oreilles.

« J'ai encore le truc, dit-il en jubilant tandis que Carly l'enveloppe dans son manteau comme dans une couverture.

— Mais oui, tu vois... dis-je. On rentre ?

— Nan, répond Wayne en s'essuyant le visage avec sa manche. Fais joujou avec la balle cinq minutes. J'ai envie de remettre ça après une pause. »

Je ramasse le ballon, me dirige vers le panier et tire. La balle heurte l'anneau et rebondit vers la gauche, où Jared la rattrape au vol. Il la lève à hauteur de son torse et la lance en un geste puissant, en plein dans le panier. « Joli coup », dis-je en lui tendant le ballon que je viens de ramasser. Il dribble vers la droite et tente un nouveau tir à trois points, avec la même agilité et la même puissance de mouvement. *Swiish*, panier. Impressionné, je lui repasse le ballon et l'observe, hébété, marquer six fois d'affilée.

« Ton père m'a dit que tu n'avais jamais pu intégrer l'équipe, m'étonné-je.

— Je n'ai jamais essayé. (Jared rattrape ma passe et effectue un nouveau tir parfait.) C'est un peu le sujet tabou, avec lui. »

Je rattrape le ballon et le garde contre moi.

« Pourquoi est-ce que tu n'as pas essayé ? »

Il hausse les épaules.

« Ça me gonflait.

— Tu te disais que tu n'y arriverais jamais ? »

Il s'approche, m'arrache la balle des mains et s'élance en dribblant vers le panier. Tout en courant, il lance doucement le ballon contre le panneau et bondit en l'air pour le rattraper au vol, puis, avec un grand moulinet du bras, l'enfonce violemment dans le panier.

« Ce n'est donc pas un problème de confiance en toi, commenté-je.

— Pas vraiment, répond-il d'un ton sarcastique, tandis que la balle roule lentement jusqu'aux pieds de Wayne. De temps en temps, Dugan m'appelle dans son bureau pour me faire son speech. "*Gnagnagna, viens rejoindre les Couguars, fiston.* »

— Alors, pourquoi non ? »

Jared se gratte la tête et se tourne vers moi.

« Tu te souviens, dans ton bouquin, quand tu racontes que tu te sentais exclu par Paps et mon père sous prétexte qu'ils étaient obsédés par le basket et pas toi ? Eh bien, j'étais un fana de basket moi aussi, quand j'étais au collège. J'étais le meilleur de mon équipe, et mon père était hypercontent. Mais c'était une telle obsession chez lui qu'il s'est mis à ne me parler que de ça. Genre non-stop, tu vois ? Je veux dire, mes rapports avec mon père ne passaient que par le basket. Ce que je faisais à côté, mes autres centres d'intérêt, il s'en tapait grave. Tant que j'étais la star de l'équipe, il se foutait du reste. (Jared s'interrompt et tourne la tête, soudain conscient que Carly et Wayne sont aussi en train de l'écouter.) Bref, poursuit-il en s'éclaircissant la voix, j'ai décidé que je ne voulais plus vivre pour le basket. J'avais envie de faire autre chose de mon temps que m'entraîner et voir les mecs de l'équipe. Je me disais que mon père n'aurait qu'à trouver une nouvelle passion à partager avec moi, mais je me plantais sur toute la ligne puisqu'il s'avère qu'on a zéro en commun. »

Pour un gamin aussi peu loquace que Jared, c'est presque un discours, et nous accueillons ses paroles avec un silence respectueux. Jared s'approche de Wayne et tend le bras pour récupérer le ballon.

« Voilà, c'était la triste histoire de ma vie. Séance à vingt-trois heures. (Wayne lui envoie le ballon et Jared le fait rebondir d'avant en arrière entre ses jambes.) Je crois que j'ai plus de trucs en commun avec toi qu'avec mon père, oncle Joe, dit-il.

— Sauf que toi, petit, tu sais jouer, ajoute Wayne, et tout le monde de s'esclaffer.

— Ta gueule, lui lancé-je, malicieux, tandis que Jared et Carly ricanent dans leur coin. Tu veux jouer à un contre un ? Maintenant ? »

Son visage s'éclaire.

« Voilà qui est parlé. »

Il se débarrasse de son manteau avec un grand geste théâtral et se relève délicatement, les deux bras tendus vers Jared.

« File-moi ce ballon, junior. »

Au moment où Jared s'apprête à s'exécuter, un couinement métallique strident retentit dans la salle, suivi d'un grincement sonore. Tout le monde se retourne vers le fond du gymnase où l'une des portes vient de s'ouvrir, projetant un triangle de lumière sur le sol. Debout, à contre-jour sur le seuil de son bureau, se tient le coach Dugan. Son visage est dans l'ombre, mais son profil buriné est reconnaissable entre mille.

« Qui est là ? dit-il en s'avançant sur le terrain.

— Et merde, grogne Jared entre ses dents.

— Hé, coach, tente Wayne d'un ton penaud. Comment ça va ? »

Dugan plisse les yeux dans sa direction.

« C'est toi, Hargrove ?

— Oui, m'sieur.

— Qu'est-ce que tu fous ici, fiston ?

— Je voulais juste fouler ce bon vieux terrain une dernière fois. »

Dugan détaille un par un les membres de notre petite troupe, et son regard se fait dur lorsqu'il s'arrête sur moi. Il paraît sur le point de dire quelque chose, mais tourne les talons et disparaît dans son bureau en claquant lourdement la porte métallique derrière lui.

« La main dans le sac, fait Jared en se dirigeant vers la sortie. Et en beauté. À tous les coups, il est en train d'appeler les flics.

— Qu'est-ce qu'on fait ? demande Carly, gloussant malgré elle comme une écolière. On court ? »

Je réfléchis à toute vitesse.

« O.K. »

Wayne se rassoit dans son fauteuil et nous entamons une retraite précipitée vers la sortie, lorsque nous sommes stoppés net dans notre élan par un claquement bruyant, suivi d'un bourdonnement. Trois secondes plus tard, les lampes à sodium du gymnase s'éclairent en tintant, rangée par rangée, emplissant progressivement le silence de la salle d'un faible grésillement électrique. Nous restons plantés là, les yeux écarquillés, sous leur halo violet, médusés par cette illumination accélérée. Wayne a un air radieux.

« Regarde ! s'exclame Carly en désignant le plafond.

— Nom de Dieu... », dit-il, la voix chargée d'émotion.

Je ne comprends pas tout de suite de quoi ils parlent, mais il me suffit de lever légèrement les yeux. Les panneaux en fibre de verre, ceux réservés aux Couguars, sont en train de s'abaisser lentement, presque majestueusement, vers le sol, jusqu'à ce qu'ils s'immobilisent en position de match.

Jared pousse un hululement de joie et tourne le fauteuil de Wayne dans tous les sens avant de courir à l'autre bout du gymnase, et Carly s'élance à leur poursuite en faisant rebondir le ballon bien trop haut devant elle, à la manière exubérante et appliquée des filles qui n'ont jamais joué au basket. Je suis d'abord touché par le geste de Dugan, puis furieux de m'être abaissé ne serait-ce que quelques secondes à éprouver de la gratitude envers lui – croit-il vraiment que cette seule attention, cet acte minuscule, effacera tout le reste ? –, mais alors, je m'interroge : *Est-ce si différent de ce que j'essaie de faire depuis mon retour aux Falls* ? et la réponse est : *Oui, c'est différent, parce que Dugan n'est qu'un sale con*, et je me souviens alors que j'en suis un moi aussi.

Je m'apprête à aller les rejoindre mais me retrouve soudain incapable de bouger, cloué sur place, submergé par une vague de sentiments flous et imprécis. C'est un peu comme si mon sang avait été porté à ébullition avant de circuler à l'intérieur de mon organisme, et qu'il menaçait de faire fondre mes veines. Cette chose qui me paralyse n'est autre que l'intuition certaine, foudroyante, que je me trouve à l'endroit exact où se tenait mon père lorsqu'il a sombré dans l'inconscience. Je cherche des yeux la ligne de la zone restrictive pour compter mentalement le nombre de pas qui m'en sépare, et mes doutes sont confirmés. Je me tiens exactement au même endroit.

« Allez, Joe ! » m'appelle Carly depuis l'autre bout de la salle.

Je fais glisser deux doigts sur mes joues brûlantes, baignées de larmes, puis je me ressaisis et, d'un pas décidé, me libère du poste fétiche d'Arthur Goffman.

Maintenant que les lumières sont allumées, je constate que l'encre des vieilles signatures qui ornaient le ballon de mon père a salement bavé sur nos mains trempées de sueur, et que nous en avons tous plein la figure – le spectacle vaut le détour. Nous restons encore une demi-heure à nous faire des passes et à tirer des paniers, Carly, Jared et moi, tandis que Wayne nous observe en souriant depuis son fauteuil roulant. De temps à autre, il se lève et nous lui lançons le ballon pour qu'il réitère l'un de ses parfaits lancers francs.

Un peu plus tard, Jared est en train de nous laminer

haut la main, Carly et moi, lors d'un pathétique deux contre un, lorsque je jette par hasard un coup d'œil en direction de Wayne. Il se tient raide comme un piquet dans son fauteuil, les yeux grands ouverts, immobile.

« Wayne ? » dis-je, m'arrêtant net en plein dribble.

Il ne répond pas ; il ne semble même pas m'entendre.

« Wayne ! répété-je, un peu plus fort cette fois.

— Ô mon Dieu..., lâche Carly dans un murmure, et je sens ses ongles s'enfoncer douloureusement dans mon avant-bras comme dans de la glaise. Est-ce qu'il... ? »

Nous approchons d'un pas hésitant, presque au ralenti, et le ballon m'échappe des mains pour rebondir bruyamment sur le côté.

« Wayne ? » dis-je, cette fois tout doucement.

Le son de ma propre voix sonne creux à mes oreilles. Je sens trembler le bras de Carly contre le mien. Nous sommes tout juste à un mètre de lui lorsqu'il cligne des yeux et nous adresse un grand sourire.

« Un peu d'humour noir ! » s'exclame-t-il.

Carly s'effondre sur moi en ravalant son souffle, tandis que derrière nous, Jared acclame et applaudit.

Sur le chemin du retour, Wayne nous annonce qu'il souhaite être incinéré afin que nous puissions faire quelque chose « d'émouvant et de symbolique » avec ses cendres, comme pour Debra Winger dans *Tendres passions*.

« Vous vous souvenez ? insiste-t-il. Shirley MacLaine face à l'urne, en train de se demander ce qu'elle va bien pouvoir en foutre ? C'est ce que je veux. Que vous vous creusiez la tête tous les deux, afin de trouver une fin émouvante et symbolique pour mes restes mortels.

— Ça t'ennuierait d'être un peu plus précis ? dis-je.

— Je vous ai déjà donné l'idée pour l'incinération, proteste Wayne. Doux Jésus, ce n'est quand même pas à moi de tout faire ! »

Une fois rentrés à la maison et Wayne sagement rendu aux mains de Fabia, je me dirige vers la salle de bains lorsque j'aperçois Carly, assise sur son lit dans la chambre de Brad, dont la porte est restée grande ouverte, encore vêtue du jean et du sweat-shirt qu'elle portait tout à l'heure, et contemplant ses mains maculées d'encre d'un air pensif.

« Ça va, toi ? » glissé-je.

Elle lève les yeux vers moi.

« Il y a plus de quarante ans, ces gamins ont signé ce ballon de basket dans l'espoir de préserver quelque chose qui comptait à leurs yeux. Dès l'instant où ils avaient gagné ce championnat, ils savaient déjà que chaque minute qui passait ne faisait que diluer l'importance de ce qu'ils avaient vécu. Leurs noms sont restés inscrits sur cette balle pendant plus de quarante ans, et en une heure à peine, ils se sont étalés partout sur mes mains, sur les tiennes. Un coup de pied supplémentaire dans les ruines de leur postérité. »

Je pénètre dans la pièce et m'appuie contre l'ancien bureau de Brad, recouvert d'autocollants de Rush et de Led Zeppelin ayant traversé le temps à l'abri sous le sous-main en verre, et où trônent diverses photos de Brad et de Cindy jeunes, enlacés, collés l'un à l'autre en ce qui devait être à l'époque un élan de pur désir adolescent mais qui, aujourd'hui, semble distiller quelque chose d'infiniment plus désespéré.

« Je ne vois pas trop où tu veux en venir.

— Avais-tu réellement oublié cette nuit à la belle étoile, sous les arroseurs automatiques ? me demande-t-elle, une expression franche et inébranlable sur son visage.

— Je ne sais pas. Je suis incapable de dire si je l'avais vraiment oubliée, ou bien si c'est juste que je n'y avais plus repensé depuis longtemps. »

Elle opine.

« Dans un cas comme dans l'autre, je crois que ça revient au même. On essaie tous de se raccrocher aux bonnes choses du passé. Surtout lorsque l'ici et maintenant laisse à désirer. Ces types… (Elle contemple à nouveau ses paumes.) C'est presque comme s'ils savaient d'avance que rien ne serait jamais aussi bon que ce qu'ils étaient en train de vivre. Et pour moi, c'est tout le temps que je suis restée avec toi. Au cours des dix-sept années qui ont suivi, cette période de ma vie est devenue le ballon de mon étagère à trophées ; je pouvais le contempler tous les jours pour y retrouver un semblant de douceur, de souvenirs heureux.

— Pour moi aussi.

— Je sais, dit-elle. Mais la mémoire est imparfaite, au mieux. Et si c'est tout ce qui vous reste, que se passe-t-il lorsqu'elle vous lâche pour de bon ? »

Je m'assois à côté d'elle sur le lit, mes paumes étalées devant moi.

« Juste une paire de mains sales. »

Elle presse ses paumes contre les miennes et nous entremêlons nos doigts. Des fragments invisibles passent à toute vitesse entre nous, chargés de sens et de sentiments.

« J'allais prendre une douche », dis-je.

Elle hoche lentement la tête.

« Besoin de compagnie ? »

Sous le jet brûlant, armé chacun d'un gant de toilette, nous nous frictionnons lentement l'un l'autre, et l'eau qui s'écoule à nos pieds est noire de l'encre des Couguars de 1958. Nous la regardons tourbillonner autour de la bonde, jusqu'à ce que la couleur disparaisse petit à petit et qu'elle retrouve sa clarté normale. Heureux de nous être ainsi débarrassés des dernières traces du passé, nous abandonnons nos gants d'un geste solennel, nos mains et nos bouches constituant de bien meilleurs instruments pour la tâche qui nous attend à présent : nos retrouvailles dans l'ici et maintenant.

Mes doigts sentent une petite alvéole à l'intérieur de sa poitrine, juste au-dessus du sein gauche, et s'y attardent en une caresse, intrigués, jusqu'à ce que Carly lève les yeux vers moi. L'eau ruisselle en minces filets le long de son visage et sur ses hanches. « Il m'a frappée avec un grille-pain », explique-t-elle d'un ton neutre. Quelques gouttes d'eau sont restées piégées à l'intérieur de cette cavité artificielle et je me penche pour les lécher, explorant avec ma langue les contours satinés de sa peau à l'endroit de cette lésion irréparable. Puis je l'attire doucement contre moi et nous nous agrippons l'un à l'autre sous le jet de la douche, enveloppés du léger voile chuintant de l'eau.

« Quand je te tiens comme ça, je ne la sens plus du tout, lui dis-je, mes lèvres collées contre son oreille.

— Moi non plus », répond-elle en me mordillant l'épaule.

Je la porte jusqu'à ma chambre, enroulée dans une serviette, et la dépose sur mon lit avant de la dénuder avec mille précautions, comme de la poterie soigneusement emballée. Je m'allonge sur elle et nous passons un long moment à nous caresser et à nous embrasser, mais Carly préfère attendre avant que je la pénètre. Elle veut prolonger cet instant le plus longtemps possible, comme du temps où nous étions ados, lorsque le frottement et les caresses étaient une fin en soi et non de simples préliminaires servant à huiler les mécanismes du sexe. En ce temps-là, le sexe était un trophée mythique, inaccessible, alors qu'aujourd'hui il fait juste partie intégrante du reste, et Carly ne veut pas précipiter les choses. Néanmoins, au bout d'un moment, il n'est plus possible de nier l'excitation qui monte entre nos corps fébriles, et nous nous retrouvons confrontés à un choix pragmatique :

nous comporter comme le voudrait notre âge, ou nous foutre dans un beau merdier. Après, j'allume ma vieille chaîne stéréo et nous écoutons Peter Gabriel chanter à quel point l'on se sent perdu, parfois, et l'aiguille du phonographe crépite comme des gouttes de pluie dans les haut-parleurs. Carly a la tête posée sur mon ventre et nous restons immobiles, à écouter la musique, jusqu'à ce que nous tombions de sommeil. Nous sommes toujours dans la même position vers trois heures du matin lorsque Fabia vient cogner à notre porte pour nous annoncer que nous ferions mieux de descendre, et tout de suite.

Wayne a la tête posée sur ses oreillers, paupières closes. De fines gouttes de sueur perlent à son front et au-dessus de ses lèvres.

« Hé, Wayne, ça va ? » dis-je en m'asseyant sur le lit.

Carly fait le tour pour s'asseoir de l'autre côté et Fabia reste debout au pied du lit, l'air affolé. Wayne cligne des yeux mais ne parvient pas à les garder ouverts, et ses paupières continuent à trembler par à-coups, comme si un important moteur interne se trouvait sur le point de s'éteindre, ce qui est bien sûr en train de se produire. Au terme d'un effort considérable, il parvient à croiser mon regard pendant quelques secondes avant que ses paupières s'effondrent à nouveau.

« Joe », murmure-t-il, et sa voix paraît lointaine, assourdie, comme si elle ne sortait pas de sa bouche mais passait directement par la paroi de sa gorge.

« Wayne, dis-je. Nous sommes là. »

Il hoche la tête. À travers sa peau translucide, j'ai l'impression de voir son sang qui s'égoutte au ralenti, propulsé avec peine jusque dans les veines du front par un cœur affaibli.

« Je crois que c'est le moment », dit-il au bout d'une longue minute.

Quelque chose d'humide et de pâteux pointe dans le timbre de sa voix, noyant la fin de chaque syllabe.

« C'est bizarre. Je pensais avoir plus peur que ça. »

Nous venons d'entrer dans un film, la scène de l'agonie. Il s'apprête à nous révéler un secret, une confidence enfouie depuis des années, un trésor caché, un enfant abandonné et adopté à la naissance, le nom d'un assassin, un mot mystérieux à élucider. Carly se penche vers lui et, avec une douceur infinie, suit la courbe de ses sourcils du doigt, essuyant au passage les gouttelettes de sueur qui ont commencé à couler le long de son visage. Il rouvre les yeux et la regarde pendant un instant.

« Dis-moi la vérité, chuchote-t-il. Vous avez conclu, cette nuit, pas vrai ? »

Carly a un sourire, malgré ses yeux qui commencent à s'embuer, et acquiesce.

« Oui », dit-elle à mi-voix.

Wayne sourit à son tour.

« Merci, mon Dieu. »

Il tend son bras tremblant vers elle et essuie doucement ses joues humides, puis porte ses doigts à ses lèvres parcheminées et goûte ses larmes en fermant les yeux. Il reste sans bouger pendant un long moment, la poitrine soulevée par intermittence à mesure que ses halètements s'intensifient. Je comprends que le simple fait de respirer lui est de plus en plus difficile. Il ouvre la bouche mais ne parvient cette fois qu'à émettre un râle moite et inintelligible, et cet effort semble l'épuiser davantage.

« Ça va aller, dis-je, ma voix aiguë et tremblante. Tâche de te détendre. »

Ma propre poitrine se met à trembler sous l'effet d'une brève série de soubresauts incontrôlables, et je sens la main réconfortante de Carly sur mon épaule.

« Ça va aller, Wayne », répété-je.

Au bout d'une minute environ, il rouvre les yeux.

« Tu me dédieras ton livre. »

C'est une question, mais il n'a plus la force de marquer l'interrogation à la fin de sa phrase.

« Bien sûr.

— Montre-moi noble.

— Promis.

— Mais cool aussi.

— Noble et cool. C'est noté. »

Carly lui dépose un baiser sur le front. Je fais de même, et sa peau brûlante a un goût salé. Le temps que je me rassoie, il a refermé les yeux, mais ses lèvres esquissent un faible sourire. Sa bouche tremble encore une fois ou deux, mais aucun son n'en sort.

La mort s'installe sur son visage avant de s'étendre au reste du corps, comme quand on éteint les lumières une à une avant de baisser un rideau de fer. D'abord les paupières de Wayne cessent de trembloter, puis ses lèvres se referment en une légère moue. Sa poitrine continue de se soulever pendant une demi-heure environ, à un rythme de plus en plus imperceptible jusqu'à ce que, de toute évidence, il ait cessé de respirer. Pendant ce temps, Carly et moi sommes restés assis en silence à ses côtés, ne cessant de lui caresser le bras doucement pour lui tenir compagnie. À la fin, les jambes de Wayne se plaquent l'une contre l'autre en un spasme vif, inattendu, et Carly laisse échapper un petit cri avant de porter aussitôt sa main à sa bouche, comme une fillette réalisant qu'elle vient de dire quelque chose qu'elle n'aurait pas dû.

TRENTE-SIX

Vous pourrez baiser autant de fois que vous voudrez, vous briser la voix à coups de grandes déclarations, cependant, pour se sentir vraiment un couple, il suffit d'arriver à quelque cérémonie formelle, habillés pour la circonstance et marchant du même pas. Je prends une seconde de plus pour savourer ce sentiment tandis que Carly et moi gravissons les marches du parvis de l'église Saint Michael's, où se déroule l'enterrement de Wayne, afin de respirer pleinement cette sensation par tous les pores de ma peau, conscient qu'il s'agit d'une perception fugace, trop vite assimilée, comme on absorbe de l'oxygène sans y penser.

Le ciel affiche un gris violent, menaçant, et l'air, lourd et moite, annonce déjà l'orage. Un temps idéal pour un enterrement. Je sais que Wayne aurait apprécié, connaissant son sens de la dramaturgie.

« Ça me dépasse, me confie Carly alors que les grandes portes sombres de Saint Mike's se dressent devant nous. Pourquoi Wayne a-t-il voulu une messe traditionnelle ? Il déteste l'Église.

— À mon avis, ça n'a rien à voir avec l'Église, dis-je en tirant sur la poignée en fer forgé. Il le fait pour ses parents.

— Peut-être. Mais ça ne lui ressemble pas du tout. »

Wayne est mort depuis trois jours et nous continuons à parler de lui au présent, comme si nous refusions son rejet inéluctable vers le passé.

Nous sommes les premiers arrivés. Le bruit de nos pas sur les vieilles dalles en pierre renvoie un triple écho contre les voûtes du plafond. Nous franchissons une petite porte basse et entrons dans l'église proprement dite, avant de traverser les rangées de bancs vides jusqu'au pied de l'autel. J'observe les parois du sanctuaire, les détails des vitraux, les poutres en bois apparentes et les crucifix qui ornent le plafond de chaque côté de l'imposant chandelier.

« Tu sais quoi ? C'est la première fois que je mets les pieds dans une église.

— Vraiment ? dit Carly. Moi, c'est la troisième. Un mariage, un enterrement.

— Quelle bande de païens. »

Nous parlons à voix basse, bien qu'il n'y ait que nous devant l'autel – l'excès de zèle coupable des néophytes.

« Nous ne sommes pas des païens. Juste des Juifs passifs. »

Nous nous asseyons sur le banc le plus proche, et le bois craque sous le rembourrage vermillon maltraité par des décennies de vomi de bébé, de restes de bonbons et de chewing-gums illicites.

« Rien de tel que d'entrer dans une église pour faire ressortir le Juif qui est en vous », commenté-je.

Non pas que les Goffman aient été de fervents pratiquants du judaïsme, loin de là. De mémoire, mon seul passage dans une synagogue remontait à la bar-mitzvah de Brad. Il avait bredouillé une série de bénédictions par-dessus la Torah au temple réformé sis sur l'avenue Churchill, après quoi il y avait eu une grande fête. Je me souviens encore des boîtes d'allumettes et des sachets de bonbons à la menthe avec son nom inscrit dessus, de la table décorée de panneaux de basket miniatures avec ballons en Styrofoam, et du DJ permanenté top ringard qui ne s'était visiblement jamais remis de la mort du disco. Si ma mère n'était pas décédée avant mon treizième anniversaire, j'imagine que j'aurais eu droit à une bar-mitzvah, moi aussi, mais il n'en fut hélas pas ainsi. D'après la tradition juive, si je comprends bien, cela veut dire que je ne suis jamais officiellement devenu un homme.

La porte grince derrière nous et nous nous retournons pour assister à l'entrée des parents de Wayne, escortés du père Mahon, un prêtre trapu et sympathique, officiant à Saint Mike's depuis plus de trente ans et réputé auprès des fidèles comme des non-pratiquants pour son style d'arbitrage spectaculaire et résolument *old-school* au sein de la ligue de base-ball de Bush Falls. Deux autres couples que je ne connais pas, sans doute des membres de la famille résidant loin d'ici, emboîtent le pas aux parents de Wayne, qui descendent à présent l'allée de l'église. Je me contente de saluer Mme Hargrove d'un hochement de tête, mais Carly s'avance vers elle et lui serre la main d'un air solennel, ne me laissant pas d'autre choix que d'en faire autant.

« Madame Hargrove, dit-elle. Je suis désolée. Nous l'aimions tant. »

Mme Hargrove enregistre ces paroles d'un hochement de tête et se tourne vers moi en me scrutant le fond des prunelles tel un scanner rétinal, une lueur agressive dans le regard, comme si elle me défiait d'émettre le moindre commentaire déplacé. Sa main est molle et sèche entre mes doigts, un petit animal mort enveloppé dans un mouchoir en papier, et je récite les condoléances d'usage. La poignée de main du père de Wayne est vigoureuse et moite, et il s'attarde une seconde de plus, m'obligeant à croiser son regard.

« Joe, murmure-t-il d'une voix tremblante et éraillée,

et je le réalise seulement aujourd'hui, si proche de celle de Wayne. Merci pour tout. »

Ses yeux se gonflent de larmes, et pendant un instant je redoute qu'il ne se mette à pleurer sur mon épaule. Mme Hargrove, visiblement contrariée par la tournure que prennent les événements, l'agrippe fermement par le bras et le dirige de force vers la première rangée de bancs.

« Ressaisis-toi, Victor, le sermonne-t-elle. Pour l'amour de Dieu. »

Brad et Jared nous rejoignent quelques minutes plus tard. Brad porte un pantalon sombre avec son blouson des Couguars, et Jared un costume bleu marine sans cravate. Ses cheveux sont attachés en catogan derrière ses oreilles, et ses yeux semblent légèrement rougis, comme s'il avait pleuré. Brad laisse Jared à notre banc et va présenter ses condoléances aux parents de Wayne. Lorsqu'il revient vers nous, je le vois essuyer discrètement une larme et éprouve un nouvel élan d'affection à son égard comme cela m'arrive parfois, de façon si incompréhensible, depuis mon arrivée aux Falls.

« Salut, Joe, dit-il en me serrant la main. Je suis désolé. »

Nous ne nous sommes pas reparlé depuis ce fameux dîner chez lui. Il doit savoir que j'ai pas mal revu Jared, ces temps-ci, mais s'il est toujours en colère contre moi, il fait en sorte de ne pas le montrer.

« C'est un beau geste, dis-je en désignant son blouson de basket. Wayne aurait été touché.

— C'est une tradition », répond-il avec un haussement d'épaules.

D'autres arrivées se succèdent au cours des vingt minutes suivantes. Je reconnais Paul Barrow, le médecin de Wayne, ainsi que Dave Skies et Stan Rydell, deux types qui étaient dans notre classe au lycée, et une poignée d'hommes et de femmes, sans doute des collègues de travail de M. Hargrove, à moins qu'il ne s'agisse de connaissances issues de leur cercle de pratiquants.

Wayne avait demandé une cérémonie toute simple, juste pour la famille et les amis ; après quelques échanges à voix basse avec Mme Hargrove, le père Mahon grimpe les marches de l'autel et commence à feuilleter les pages de son missel. Je me rappelle le pas de danse qu'il exécutait chaque fois qu'il annonçait un *strike-out*[1], le genou levé en l'air et le poing tendu vers l'avant en proclamant : « *Strrrrike* trois ! » Je regarde en direction de Brad et surprends un sourire amusé sur ses lèvres. Il se penche vers moi et mime les mots *strrrrike trois*. J'acquiesce en silence et nous échangeons un sourire complice, fraternel.

Deux hommes à l'allure solennelle, arborant costumes noirs et moustaches identiques, apportent le cercueil et le déposent devant l'autel. Wayne refusait catégoriquement de se faire embaumer, aussi le haut du cercueil est-il resté fermé, ce qui n'est pas pour me déplaire ; et à en juger par l'expression de leur visage, je crois que Carly et Brad partagent ce soulagement. Seul Jared semble contrarié et un tantinet déçu, lui qui était venu avec l'intention de vivre son premier face à face avec un cadavre, histoire de contempler la mort à des fins d'édification personnelle, histoire de défier sa propre conception de la mortalité.

Alors que le père Mahon s'apprête à commencer le service, un bruit retentit au fond de l'église. L'assemblée tout entière se retourne et assiste alors à l'arrivée du coach Dugan, descendant l'allée centrale à grandes enjambées avec son vieux blouson de basket éculé porté par-dessus une chemise blanche et une cravate lie-de-vin à motifs

1. Au baseball, élimination d'un batteur ayant échoué à frapper la balle trois fois de suite.

cachemire. Il s'avance jusqu'au premier rang et échange quelques mots avec la mère de Wayne. Au bout d'un instant, celle-ci a un signe d'acquiescement et Dugan se dirige au pied de l'autel pour s'entretenir encore plus brièvement avec le père Mahon. Apparemment, la juridiction du coach s'étend aussi à la paroisse car le prêtre hoche la tête en souriant, et Dugan tourne les talons pour repartir dans l'autre sens. Tandis qu'il remonte l'allée, nos regards se croisent une seconde et à mon grand étonnement, il m'adresse un salut amical. Je le salue à mon tour et me sens super-crétin lorsque je réalise que j'ai intercepté par inadvertance un sourire adressé à Brad.

« Je sais que Wayne voulait une cérémonie intime, annonce le père Mahon. Mais il y a eu un léger… imprévu. J'ai expliqué à notre entraîneur que seule la famille était réunie ici, et il m'a fait remarquer – avec justesse – qu'en élargissant notre définition de la "famille", nous pourrions nous accommoder de ce changement sans risquer de heurter les dernières volontés de Wayne. D'ailleurs, je suis sûr que cela lui aurait beaucoup plu.

— Qu'est-ce qui se passe ? me glisse Jared.

— Je pourrais te poser la même question.

— Regardez », nous souffle Carly.

Nous tournons la tête vers l'entrée, où Dugan vient d'ouvrir grandes les portes à double battant. Soudain, un cortège d'hommes en vestes Couguars bleu et blanc entrent en file indienne dans l'église. Tous les âges sont représentés, des sexagénaires aux jeunes recrues de la promo de cette année. Les plus âgés ont la même démarche singulière qu'avait mon père, chaque pas infléchi par les jambes voûtées, les genoux ruinés. Ils arborent tous une pure face d'enterrement, ce masque grave et constipé trahissant leur profond malaise de se trouver ici, non pas en présence de la mort elle-même, mais de celle du décédé. Les plus jeunes aussi semblent mal à l'aise, mais ils affichent une détermination de fer, et l'on peut voir la flamme des instructions de Dugan brûler dans leurs yeux. Petit à petit, entre les grincements de plancher, les craquements des bancs et le brouhaha général de leur laborieuse répartition rangée par rangée, Couguars d'hier et d'aujourd'hui achèvent de remplir tous les sièges de l'église. Debout près des portes, surveillant cette sombre procession, se tient le coach en personne, l'air impatient et sévère, comme s'il était prêt à infliger quarante tours d'église à l'équipe tout entière s'ils n'y arrivaient pas du premier coup.

À présent, le fond de l'édifice est une mer de bleu et de blanc, et si artificiel que puisse paraître le tableau, il n'en dégage pas moins un je-ne-sais-quoi d'imposant et de majestueux, absolument réel. Et ça marche. À ma droite, je vois que Jared et Brad sont tous les deux en train d'essuyer leurs larmes. À ma gauche, Carly elle aussi a les yeux gros ; j'ai donc un peu moins honte de ma gorge serrée et de mes joues humides. Je prends la main de Carly.

« Il aurait beaucoup aimé, murmuré-je.

— Je sais. »

Elle serre ma main dans la sienne et renifle en écrasant doucement ses larmes contre ma veste.

Le père Mahon s'éclaircit la gorge pour commencer l'oraison, mais sa voix se brise dès la première syllabe et il lui faut une bonne minute pour se reprendre. À peine a-t-il rouvert la bouche qu'il est aussitôt interrompu par un cri de douleur déchirant, comme, au premier rang, quelque chose vient enfin de se briser en Mme Hargrove qui ne pouvait continuer à ployer plus longtemps, et celle-ci s'effondre contre son mari, secouée de violents sanglots. J'en suis heureux pour Wayne et j'espère que là où il est, il voit que sa mère a enfin laissé parler son cœur. Je sens ma poitrine tressaillir malgré moi. Carly pleure contre mon épaule, tandis que Jared fond en larmes et se blottit entre les bras de son père. D'un coup, venue de nulle part, la voix de Wayne retentit à mes oreilles. *Alors ça*, lance-t-il avec enthousiasme, *c'est ce que j'appelle un enterrement.*

TRENTE-SEPT

Nous sortons de l'église sous un orage magistral. La pluie qui tombe à verse martèle les marches du parvis et étouffe tout bruit et toute lumière, nous plongeant dans un décor à la texture granuleuse et sourde, comme une photo imprimée dans un journal. Dans les films, on verrait des parapluies noirs s'ouvrir de partout dans le plus pur style funéraire, mais là, ils jaillissent aussi en rouge et en jaune, petits globes de couleurs vives venues se superposer aux tristes teintes grises de cette journée.

Nous sommes six à avoir été désignés par Wayne comme porteurs officiels ; nous descendons au bas des marches pour aller attendre devant une porte discrète en sous-sol, où nous réceptionnerons le cercueil et l'amènerons jusqu'au corbillard. Les six élus sont Brad, Jared, Victor Hargrove, un oncle indéterminé, le coach Dugan et moi-même. Je ne peux m'empêcher d'être un rien désarçonné par cette marque de respect posthume envers Dugan, et je me sens piqué d'une pointe de rage indignée à l'encontre de Wayne pour avoir pardonné à ce type, me laissant seul cramponné aux vestiges de ma colère.

Il n'y a que quelques mètres à parcourir pour rejoindre le fourgon mortuaire mais avec les deux mains sous le cercueil, il est bien sûr impossible de tenir un parapluie, et la minute qu'il nous faut pour porter Wayne depuis la porte jusqu'au véhicule nous suffit pour être trempés des pieds à la tête. Le corbillard est garé moteur tournant le long du trottoir, et le chauffeur et son assistant nous attendent à l'arrière avec, professionnalisme oblige, leurs faces de carême assorties. Je les imagine dans l'arrière-boutique en train de s'entraîner l'un en face de l'autre – avec un nom différent pour chaque variété – et de se gondoler de rire. Ils s'avancent pour nous aider à guider le cercueil le long des rails métalliques du hayon arrière, soufflant leurs instructions telles des indications scéniques, et la grosse boule qui me vrille le fond de la gorge se dissout en un torrent de larmes silencieuses. Wayne n'est plus qu'un chargement à l'arrière d'un corbillard.

Nous regardons le fourgon s'éloigner sous la pluie. Il n'y aura pas de cortège, la destination finale étant le crématorium de Noank, à deux villes de là. Je m'y rendrai demain avec Carly pour récupérer les cendres de Wayne. D'ici là, nous tâcherons de trouver quoi en faire. Quelqu'un me tapote l'épaule et je me retourne, m'attendant à tomber sur Carly, mais je me retrouve nez à nez avec Dugan, recroquevillé sous un parapluie bleu trop petit.

« Goffman. J'ai deux mots à te dire. »

D'emblée, un frisson me parcourt l'échine mais je parviens à lui faire face, et même à croiser son regard. La peau autour de ses yeux est toute craquelée, parcourue de poches durcies et de crevasses, mais son regard, sombre et intense, continue d'imposer le respect.

« Merci pour ce que vous avez fait au gymnase, l'autre soir, dis-je, non pas tant pour le remercier que pour dissiper un peu de la nervosité qui affole ma poitrine. C'était très important pour Wayne. »

Il balaie ma remarque d'une moue impatiente.

« J'ai eu de longues conversations avec ton père lorsque ton livre est sorti, lance-t-il sans le moindre préambule, les yeux plissés avec détermination, le visage luisant sous une fine couche d'eau de pluie. Nous avons beaucoup parlé de Wayne, de la façon dont nous avons sans doute mal géré la situation à l'époque. Art avait été blessé par ton livre, mais il trouvait que tu avais soulevé des points intéressants, et il était fier de toi. »

J'acquiesce et passe ma main dans mes cheveux trempés.

« Merci. Ça me fait plaisir de l'entendre.

— Pour moi, ce bouquin n'était qu'un tas de merde, enchaîne Dugan aussi sec. L'œuvre médisante d'un minable fils de pute cherchant à se venger et à accabler les autres. »

J'acquiesce à nouveau et tente d'esquisser un rictus railleur, mais je sens que ma grimace part de travers, les muscles ramollis de mon visage trahissant davantage mon état de nerfs qu'ils ne projettent un masque d'assurance et d'ironie.

« Vous comprendrez que je ne vous demande pas une bafouille pour la jaquette de mon prochain roman.

— Tu n'es qu'un sale con, Goffman.

— Eh bien, c'est toujours un plaisir d'entendre l'avis de ses lecteurs, dis-je, scrutant désespérément la mer de parapluies, à la recherche de Carly pour qu'elle vienne me sortir de là.

— Je ne suis qu'un sale con, moi aussi », poursuit-il.

Il sort un cigare de la poche de sa veste et l'allume avec un briquet Zippo en or estampillé du logo des Couguars. Il ne s'agit pas d'un modèle classique, mais clairement d'un cadeau, et je me demande combien d'autres accessoires de ce genre sont venus enrichir sa collection au fil des ans : cravates, T-shirts, montres, stylos en or. Il tire quelques bouffées de son cigare, et le nuage de fumée flotte un bref instant devant nous sous le dôme du parapluie avant de se dissoudre tel un fantôme entre les gouttes de pluie.

« Il n'y a rien de mal à être un sale con, tant qu'on le fait avec le sens des responsabilités.

— Alors en quoi suis-je un mauvais sale con ?

— Tu as écrit des saloperies dans ton bouquin pour me nuire. »

Il me regarde droit dans les yeux, me met au défi de le contredire.

Je hausse les épaules.

« Vous connaissez le proverbe. Il n'y a que la vérité qui… »

Il grimace, entre humour et mépris, et opine comme s'il s'était attendu à une telle réaction de ma part.

« Je ne dis pas que tu n'avais pas raison sur certaines choses. Mais tu as rajouté un paquet de crasses gratuites pour enfoncer les gens, et s'il y avait une part de vérité là-dedans, elle a été noyée au milieu du reste. Si tu avais parlé des choses simplement, les gens auraient pu accepter d'entendre ce que tu avais à dire. Mais non. Il a fallu que tu te foutes de la gueule de tout le monde, et résultat, tu n'as plus aucune crédibilité. (Dugan reprend son souffle, et à ma grande surprise, je vois que sa mâchoire tremble.) Pas un jour ne passe sans que j'aie des regrets pour la façon dont j'ai géré cette histoire avec Wayne, dit-il. Je ne pensais pas à mal, à l'époque, mais ce n'est pas une excuse. L'un de mes gars était dans la merde, et je l'ai laissé tomber. Il m'a fallu du temps, mais je m'en rends compte, à présent. »

Ça nous fait une belle jambe, songé-je avec colère. Mais je me retiens. À ce stade, tout ce que je pourrais dire ne ferait que sortir de travers ou, au contraire, viser pile où ça fait mal, et dans un cas comme dans l'autre cela m'exploserait forcément à la gueule. Je me contente de le dévisager pour tâcher de comprendre où il veut en venir depuis tout à l'heure.

« Quand il a réapparu à Bush Falls, malade, je ne pouvais m'empêcher de penser que peut-être, d'une certaine façon, j'étais responsable de ce qui s'était passé, que si j'avais réagi autrement... (La voix de Dugan se brise et, si impossible que cela puisse paraître, il semble lutter pour retenir ses larmes.) Wayne a dû me haïr pendant longtemps. Mais j'imagine qu'on prend le temps de réfléchir lorsqu'on voit venir la mort de loin, et il a décidé qu'il ne voulait pas quitter ce monde en ne laissant que de la colère derrière lui. Et donc, il m'a pardonné. Voilà plus de cinquante ans que j'enseigne le basket-ball. Quand on enseigne depuis tant d'années, on oublie la faculté d'apprendre. Mais je vais apprendre quelque chose de la mort de Wayne ; c'est que s'accrocher à sa colère est une perte de temps. Et la vie est trop courte pour ça, bordel. »

Cette fois, il a vraiment les larmes aux yeux. Après toutes ces années, Dugan et moi vivons un grand moment de télé. Plus tard, je sais que je repenserai au million de choses que j'aurais voulu dire, histoire d'apaiser un peu la rage et la culpabilité que je cultive avec soin depuis tout ce temps, mais la seule partie de mon corps encore opérationnelle pour cette rencontre historique semble être les muscles de ma nuque, qui me permettent de hocher la tête.

« En conclusion, reprend Dugan en se raclant la gorge et en jetant un coup d'œil par-dessus mon épaule, je te dirai la même chose qu'à ton père. Nous faisons tous des erreurs. Mais nos erreurs, elles, ne nous font pas. Si c'était le cas, nous serions dans la merde jusqu'au cou. Surtout deux sales cons comme toi et moi. »

Je souris à sa dernière remarque et trouve enfin les mots à dire, sans toutefois être sûr de pouvoir y mettre le ton conciliateur qui s'imposerait.

« On a beaucoup à apprendre d'un sale con. »

Dugan sourit à son tour, et c'est une première pour moi.

« En effet. »

Je le regarde s'éloigner, mâchonnant toujours son cigare. Vu de derrière, il trahit davantage son âge, avec sa silhouette voûtée et ses épaules qui s'affaissent sous son blouson. Plus tard, je me repasserai cette conversation et je ne saurai pas trop quoi en penser. Est-ce mon pardon ou le sien qui vient d'être négocié ? Pour l'instant, j'éprouvais seulement une vague satisfaction à l'idée que nous soyons parvenus à une amorce de rapprochement et que la hache de guerre soit enfin enterrée. Je ne l'apprécie pas plus qu'avant, mais je le hais peut-être un peu moins, et c'est déjà quelque chose.

Lorsque Carly me retrouve, cinq minutes plus tard, je n'ai pas bougé d'un pouce, debout sous la pluie.

« Tu es trempé », me dit-elle en m'attirant sous son parapluie et en m'essuyant le visage de ses doigts.

Une reproduction du plafond de la chapelle Sixtine est imprimée à l'intérieur de son parapluie.

« Je me suis toujours demandé qui achetait ce genre de trucs, remarquai-je.

— Alors, de quoi vous avez parlé ? »

Son mascara a coulé, laissant de grosses traînées noires autour de ses yeux – une petite fille qui aurait joué avec le maquillage de sa mère. Je l'embrasse sur la joue, et nous pressons nos fronts l'un contre l'autre.

« J'avoue que je n'en sais rien », dis-je.

Tout à coup, je me sens épuisé et je ne désire qu'une chose, me blottir au lit avec elle afin d'oublier dans le sommeil nos corps transis, trempés jusqu'aux os. Carly me serre entre ses bras et c'est si bon de la sentir contre moi, et nous finissons par pleurer ensemble, bien qu'avec la pluie qui ruisselle sur nos visages, il soit impossible de savoir qui a pleuré le premier.

TRENTE-HUIT

Avec Wayne, autrefois, on s'amusait à abaisser le panneau de basket de l'allée de mon garage à environ deux mètres cinquante du sol, pour perfectionner nos *alley-oops*, nos tomahawks et nos smashs arrière. Petit à petit, ces entraînements sauvages avaient eu pour effet de déboulonner l'anneau de son support, de sorte que chaque rebond du ballon provoquait un cliquetis métallique bien particulier. Voilà des années que je n'ai pas entendu ce son ; pourtant, assis dans le bureau, concentré sur mon nouveau roman, je le reconnais tout de suite et me précipite dans le jardin. Brad est en train de jouer seul dans l'allée du garage, vêtu du même pantalon et des mocassins qu'il portait tout à l'heure à l'enterrement de Wayne.

« Hé ! s'exclame-t-il en me voyant sous le porche. Ça te dirait de faire quelques dribbles ? »

Je le rejoins et il me lance le ballon.

« Bien sûr. »

L'allée est encore humide à cause de l'averse tombée plus tôt dans la journée, et le ballon est recouvert d'une fine pellicule de crasse détrempée à force de rebondir sur le bitume. Je m'avance et exécute sans mal un tir avec le panneau, bien trop proche de la cible pour véritablement compter, mais Brad me relance quand même le ballon. Nous tirons quelques paniers sans un mot pendant une dizaine de minutes à la lumière déclinante du jour ; seuls résonnent, dans le silence, le chant des criquets et la claque de cuir du ballon sur le macadam humide.

« C'était quelque chose aujourd'hui, à l'enterrement, hein ? » déclare enfin Brad.

Le ton se veut neutre, décontracté, mais sa pose trahit son embarras.

« Tu m'étonnes. »

Je lance le ballon, qui rebondit contre l'anneau et atterrit directement entre les mains de Brad. Il effectue un tir en course, reprend la balle et dribble sur le côté pour enchaîner sur un tir de biais. Il a gardé une maîtrise indiscutable, et lorsqu'il tire, on sait d'avance qu'il va marquer.

« J'ai dit des choses, l'autre soir, commence-t-il, comme je rattrape sa balle au rebond.

— Toutes justifiées.

— N'empêche. Je suis désolé qu'on se soit quittés comme ça.

— Tu n'as pas à être désolé. Je n'ai personne pour me botter le cul quand je dépasse les bornes. Je crois que j'en avais besoin. »

Je lui rends la balle et il l'observe, sourcils froncés, comme s'il n'avait jamais vraiment pris le temps d'observer un ballon de basket de sa vie.

« Je pars ce soir pour un salon professionnel à Chicago. Je serai absent pendant quelques jours, et à mon retour, je quitterai chez moi pour emménager ici. (Il s'assoit sur les marches devant la maison.) Je ne sais pas combien de temps tu as l'intention de rester, mais je tenais à te dire au revoir, au cas où. Sinon, sache que tu auras bientôt un colocataire.

— Je ne pense pas m'éterniser encore longtemps », dis-je en m'asseyant à côté de lui.

Il acquiesce et se racle la gorge.

« Cette histoire avec Sheila…, reprend-il. Ça n'a commencé que lorsque tout était déjà vraiment foutu entre Cindy et moi.

— Ce ne sont pas mes oignons.

— Prétendons juste un instant que si.

— O.K. Vous allez divorcer ?

— J'en sais rien.

— Tu es amoureux de Sheila ?

— Difficile à dire.

— Je vois.

— Et avec Carly, vous en êtes où ?

— Ça reste à voir. »

Il sourit.

« Je crois qu'on a pas mal de choses en commun, finalement.

— Qui l'eût cru ? » acquiescé-je, lui souriant à mon tour.

Il me donne une tape dans le dos et nous restons sur les marches à fixer nos chaussures, deux frères assis côte à côte dans le crépuscule devant la maison de leurs parents morts, un peu égarés, un peu retrouvés, tournés vers l'avenir et incapables de savoir quel sera son vrai visage.

TRENTE-NEUF

Le lendemain, je me rends à Noank avec Carly récupérer les cendres de Wayne, qui nous attendent au guichet d'accueil dans la traditionnelle urne en cuivre. Nous passons le trajet du retour à nous creuser la tête pour trouver quoi en faire.

« On pourrait les répandre au-dessus des chutes, suggère Carly.

— C'est une idée, dis-je. Mais eu égard à mon récent plongeon, je ne suis qu'à moitié emballé. Pourquoi pas le lac artificiel du parc Porter's ?

— On parle d'y construire un nouveau centre commercial. Ton lac sera peut-être bientôt transformé en boutique de bermudas.

— Depuis quand les journalistes prêtent-ils attention aux rumeurs ?

— C'est nous qui les lançons.

— O.K. Alors exit Porter's. Wayne ne peut pas passer l'éternité dans une boutique de bermudas.

— Et le gymnase du lycée ? propose Carly. Il aimait tant le basket. »

J'approuve d'un hochement de tête, mais les détails concrets me laissent perplexes. J'imagine les cendres disséminées sur le parquet brillant de la salle de sport, pour atterrir au fond du seau à serpillière de la femme de ménage. En outre, il doit bien y avoir des lois régissant ce genre de trucs.

« Je crois vraiment qu'il faudrait faire ça dehors. Souviens-toi, dans *Tendres passions*, quand les cendres s'envolaient à l'arrière de la décapotable de Jack Nicholson. C'était comme si elles rejoignaient le ciel et l'océan en se dispersant partout à la fois. Je crois que c'était son trip, à Wayne.

— Bien. (Carly soulève l'urne et la pose délicatement sur ses genoux. Tout en parlant, elle suit du doigt le tracé des lignes gravées dans le cuivre.) Tu as la décapotable, c'est déjà un début.

— Exact. On a les accessoires, il ne manque que le décor. »

Nous roulons en silence pendant quelques minutes, puis Carly pose sa tête sur mon épaule et se met à me caresser négligemment la cuisse.

« Je suis fatiguée », chuchote-t-elle contre mon oreille.

Malgré la tristesse de cette journée et le caractère morbide de notre expédition, l'effet cumulé de son souffle contre mon cou et de sa main sur ma jambe ne tarde pas à titiller certaine partie de mon anatomie.

« Continue comme ça, et tu peux dire adieu à ta sieste. »

Elle sourit et remonte lentement sa main le long de ma cuisse, appuyant ses caresses à mesure qu'elle rapproche ses lèvres de mon oreille.

« Chauffeur, à la maison », murmure-t-elle.

Nous laissons l'urne dans la voiture et nous précipitons à l'intérieur en nous pelotant comme deux adolescents.

Nous faisons l'amour plusieurs fois de suite, bruyamment, sauvagement, avec une passion farouche et une fièvre absentes de nos précédentes retrouvailles. Wayne n'est plus, et avec lui, ma toute dernière raison de rester aux Falls vient de disparaître ; c'est comme si nous nous efforcions de dépasser les interrogations et les doutes qui s'étaient amoncelés entre nous jusqu'à présent et d'y répondre simplement par le sexe. Ça ne marche pas, bien sûr, le sexe étant davantage une question qu'une solution pour les gens dans notre cas, mais cela ne nous empêche pas de nous y adonner avec toute la conviction nécessaire. Si nous sommes condamnés à errer sans jamais trouver de réponse, autant que ce soit agréable.

À la fin du troisième round, Carly s'écroule de sommeil. J'enfile un jean, un T-shirt et descends regarder la pluie, encore délicieusement engourdi par nos prouesses à peine achevées. Je me sens à la fois épuisé et revigoré. Ce qui avait commencé à se fissurer depuis mon arrivée aux Falls s'est finalement écroulé à la mort de Wayne, et je sens à présent en moi une sorte de tiraillement confus, comme quelque chose de neuf qui s'installe, quelque chose de tout aussi friable mais d'encore préservé et intact. Devant la porte, je m'ouvre une chaise pliante et regarde la pluie tomber jusqu'à ce qu'elle se réduise peu à peu dans la lumière du perron à une épaisse brume de moiteur ondulant tels les pans d'un rideau. La lune voilée projette une lueur angoissante dans la nuit, et j'imagine le fantôme de Wayne voletant dans le crachin, juste devant moi, invisible et léger comme l'air.

« Hé, vieux, dis-je. Comment ça se passe, de l'autre côté ? »

Pour toute réponse, j'entends le hurlement solitaire d'un chien, non loin de là, mais ça me fait quand même du bien de parler à Wayne.

Peu après, la porte s'ouvre et Carly émerge sur le perron, vêtue d'un vieux jogging qu'elle a dû dénicher en fouillant dans mes tiroirs. Malgré ses yeux et ses cheveux encore fripés par le sommeil, elle rayonne de beauté dans la lumière ambrée.

« Salut, toi.

— Salut. »

Elle saisit l'une des chaises de jardin posées contre le mur et s'assoit à côté de moi, genoux repliés contre sa poitrine, le regard perdu dans la pluie, indéchiffrable. Je prends délicatement sa main entre les miennes pour la caresser. Nous restons assis en silence, chacun écoutant la respiration de l'autre.

« Joe, commence-t-elle. C'est dingue. Je veux dire… est-ce qu'on va vraiment tenter un truc pareil ?

— Oui. J'en ai envie. (Au moment même où je prononce ces mots, je réalise à quel point c'est vrai.) Je suis encore amoureux de toi. »

Elle me regarde, sérieuse.

« Je ne suis pas encore prête à t'entendre dire ça. Je ne sais même pas si je le serai un jour.

— C'est la vérité.

— Peu importe. Je ne suis plus la même qu'avant. C'est trop le merdier dans ma tête. (Je la regarde du coin de l'œil.) Je t'assure, insiste-t-elle. Tu as à peine gratté la surface.

— La plupart des gens dignes d'intérêt sont tous paumés et cinglés d'une façon ou d'une autre. Regarde-moi, par exemple. »

Elle sourit tristement et me touche le visage avec tendresse.

« Ça ne va jamais marcher.

— Allez, quoi, dis-je. Qu'est-ce qui peut nous arriver, au pire ? »

Juste devant la maison, ma Mercedes explose avec fracas en un geyser de flammes.

Le souffle de l'explosion balaie nos chaises et nous tombons tous les deux à la renverse. À l'étage, les fenêtres de ma chambre volent en éclats, qui n'assommeront plus jamais d'innocents pigeons en plein vol. Nous nous aplatissons au sol et braquons nos regards vers la voiture, transformée en une aveuglante boule de feu dont les flammes s'élancent à bien six ou sept mètres vers le ciel. Les alarmes de tous les véhicules garés dans la rue se mettent à hurler. La chaleur dégagée par le brasier nous lèche sauvagement le visage, et nous levons nos bras en un même réflexe de protection tandis que la Mercedes brûle sous nos yeux éberlués. Sur la pelouse, plusieurs exemplaires de *Bush Falls* ont pris feu eux aussi et se consument en de petits incendies isolés.

« C'était quoi, ça ? s'exclame Carly, haussant la voix pour se faire entendre par-dessus le mugissement des flammes.

— Sean, lâché-je, incrédule. Il a bel et bien foutu le feu à ma bagnole.

— Non, c'est impossible.

— Ça ressemble à un coup du club de lecture, pour toi ? »

Un instant plus tard, la porte s'ouvre derrière nous et, à notre grande surprise, Jared fait irruption sous le porche, les cheveux en bataille et achevant d'enfiler son jean.

« C'est quoi, ce bordel ?

— Qu'est-ce que tu fous là ? » lui demandé-je.

Je n'aurais jamais imaginé qu'il se planquait dans la maison.

« Je suis toujours là. Qu'est-ce qui est arrivé à ta caisse ?

— À ton avis ?

— On dirait qu'elle a fait boum.

— Alors tu en sais autant que moi. »

La porte s'ouvre à nouveau et une jolie blonde apparaît sur le seuil, vêtue en tout et pour tout – autant que je puisse en juger – du T-shirt de Jared.

« Voici Kate », dit-il.

Je me souviens que c'est la fille qu'il m'avait montrée à travers la fenêtre.

« Ça alors », fis-je.

Il se contente de sourire et de hausser les épaules.

Les flammes paraissent s'être un peu calmées, à présent, et nous restons tous les quatre sur les marches à regarder la voiture se désintégrer.

« Vous savez quoi ? Je détestais cette bagnole.

— Elle ne t'allait pas du tout, approuve Carly en se pelotonnant contre moi.

— À moi ça m'irait très bien », bougonne Jared.

Soudain, Carly se redresse d'un bond, si précipitamment que je crains d'abord qu'elle n'ait été brûlée par quelque braise égarée.

« Regardez ! »

Elle tend les mains vers le ciel, et nous distinguons un million de petites particules blanches voletant dans les airs, telle une tempête de neige.

« C'est Wayne, dis-je.

— Quoi ?

— L'urne de Wayne. Elle était dans la voiture. »

Nous descendons jusqu'au jardin, mains et bras grands ouverts, afin de capter le plus possible des cendres de Wayne. Jared finit par se joindre à nous, le visage levé vers le ciel d'un air émerveillé. Kate, restée sur le perron, nous observe avec un dégoût à peine dissimulé. Tous les trois, nous tournoyons lentement sur nous-mêmes, les bras en croix, tandis que Wayne flotte autour de nous au ralenti en un vaste tourbillon blanc. Les voisins arrachés à leur sommeil sortent un par un sur le pas de leur porte et nous contemplent avec des visages plus ou moins alarmés. Carly ouvre la bouche, et un peu de cendre vient se poser sur sa langue. Elle se tourne vers moi en souriant.

« Il est partout. (Elle agite ses bras vers le ciel.) Il est dans l'air. »

À mon tour, je tends la langue pour y recueillir un morceau de cendre, que j'avale, et je me retourne vers Carly, dont les cheveux sont parsemés de flocons blancs.

« Tu ressembles à un ange, lui dis-je.

— Je me *sens* comme un ange.

— Écoute. Je crois que je vais avoir besoin d'un chauffeur pour me ramener à New York. »

Elle s'arrête de virevolter.

« En effet…

— Viens passer quelque temps avec moi à New York. »

Carly me regarde longuement, sans prononcer un mot.

« Peut-être.

— Peut-être ?

— C'est tout ce que je peux t'offrir pour l'instant. »

Au loin résonnent déjà les premières sirènes des voitures de pompiers déchirant la nuit, et je sais que ce n'est plus qu'une question de minutes avant le chaos. Je m'avance vers Carly, l'enveloppe de mes bras, et nous tournoyons lentement à la lueur du brasier, dansons sous la voûte prodigieuse des cendres de Wayne.

« Je peux vivre avec peut-être », murmuré-je.

Achevé d'imprimer sur les presses de

BUSSIÈRE

GROUPE CPI

à Saint-Amand-Montrond (Cher)
pour le compte des Éditions 10/18
en décembre 2006

N° d'édition : 3907. – N° d'impression : 064162/1.
Dépôt légal : février 2007.

Imprimé en France